Les Filles de la chance

Charlotte Nicole Davis

Les Filles de la chance

Traduit de l'anglais (États-Unis)
par Julie Lopez

Wiz Albin Michel

Titre original :
THE GOOD LUCK GIRLS
(Première publication : Tor Teen, une marque déposée de Macmillan Publishing Group, LLC, Publié par Tom Doherty Associates)

À mes parents, merci d'avoir soutenu ce rêve depuis le début.

PROLOGUE

C'était plus facile, lui avait-on dit, si on se chantait une mélodie dans sa tête.

Assise aussi immobile que possible devant sa coiffeuse à pattes de lion, Clémentine fouillait sa mémoire à la recherche des chansons qu'elle avait apprises au piano dans le petit salon. Mais son esprit était vide depuis les enchères, ne laissant qu'un gémissement de peur muet, comme les lamentations des morts. Derrière elle, marmonnant la bouche pleine d'épingles, Mère Fleur exultait, répétant que c'était un honneur pour Clémentine d'avoir obtenu une telle offre et qu'elle était très fière d'elle. La responsable de maison avait passé la dernière heure à préparer Clémentine pour sa Nuit de chance, laçant sa robe blanche vaporeuse, lui appliquant du rouge sur les joues, lui noircissant les yeux avec de la suie.

– Toi aussi, tu devrais être fière de toi, poursuivit la femme plus âgée.

Elle brossait les cheveux noirs crépus de Clémentine en arrière pour dégager son visage et les épingla en un nœud élégant. Un soupir las chatouilla la nuque de la jeune fille.

– Seize ans, enfin une vraie femme. Je me rappelle quand tu n'étais qu'une sauterelle, tout comme ta sœur. Mais elle s'en est bien sortie, Clémentine, et tu t'en sortiras bien aussi.

Clémentine ne trouvait aucun réconfort dans ces paroles. Mère Fleur avait passé l'âge de travailler depuis longtemps. Sa faveur, un œillet, avait commencé à se faner sur sa joue blanche et ridée, l'encre ensorcelée ayant depuis longtemps viré au gris. Clémentine se demandait si elle se rappelait sa Nuit de chance. Avait-elle été aussi effrayée ? Et les autres filles ? On dissuadait les filles du crépuscule de parler de leur travail aux filles de l'aube. Elles n'avaient raconté à Clémentine que l'essentiel. Elles n'avaient pas précisé si ces dernières minutes étaient censées s'étirer comme le souffle qu'on retient entre l'éclair et le tonnerre ni si son ventre était censé chuter comme si elle tombait dans un précipice. Même sa sœur, Aster, ne lui avait jamais donné de détails sur sa Nuit de chance.

Cependant, c'était elle qui lui avait suggéré de chanter une mélodie dans sa tête. « Pas nécessairement ta chanson préférée, avait-elle dit. D'ailleurs, mieux vaut que ce ne soit pas ta chanson préférée. Choisis-en juste une que tu connais par cœur, et ne pense à rien d'autre. »

Aster avait aussi insisté pour qu'elle ne prenne pas de Chardon sucré, la mixture apaisante que les filles du crépuscule devaient boire pour calmer leur nervosité. Elle était allée jusqu'à lui demander de mentir à Mère Fleur et de lui dire qu'elle avait pris sa dose. Clémentine ne lui avait pas demandé pourquoi, même si cela l'avait surprise. Elle se fiait à Aster en toutes choses.

Cela dit, à cet instant précis, une goutte de Chardon sucré aurait peut-être été une bonne idée.

Mère Fleur finit de tripoter ses cheveux et planta une dernière épingle.

– Presque terminé, marmonna-t-elle.

Clémentine tenta de se détendre et de se laisser dorloter. En six ans à la maison d'hospitalité de Green Creek, Mère Fleur n'avait jamais été aussi gentille avec elle. Elle n'avait jamais été pomponnée ainsi et cela lui offrait une distraction bienvenue par rapport au devoir qui l'attendait.

Clémentine s'éclaircit la gorge.

– J'aime beaucoup le résultat, parvint-elle à dire.

– Ce n'est pas toi qu'on essaie d'impressionner ce soir, répliqua Mère Fleur avec un petit rire sec. Mais je suis quand même contente que ça te plaise. Ça donne de l'assurance de savoir qu'on a belle allure.

Mère Fleur prit ensuite un flacon de parfum en cristal. Clémentine lui offrit le côté gauche de sa gorge, où sa faveur noire luisait sur sa peau marron foncé : une fleur de clémentine, dont les pétales en forme d'étoiles remuaient occasionnellement, comme dans une douce brise. Elle lui allait bien, aimait-elle à penser. Elle l'avait eue à l'âge de dix ans. Le tatoueur avait soigneusement préparé l'encre, la mélangeant avec les ingrédients répugnants qui lui conféraient son pouvoir. Le sang d'un homme mort. De l'os en poudre. Le venin d'un scinque à crochets noirs. Puis il avait enfoncé l'aiguille, pointue comme une griffe de puma, dans le creux au-dessus de sa clavicule. Cette faveur marquerait Clémentine en tant que propriété de la maison d'hospitalité jusqu'à la fin de ses jours.

Au début, la fleur de clémentine n'avait été qu'un bourgeon : deux feuilles en forme de larmes, une tige bouclée. Elle avait poussé lentement à chaque année qui passait, l'encre se déployant sur le croissant de son cou, jusqu'à ce matin où, enfin, elle l'avait découverte à son réveil entièrement éclose juste au-dessus de sa mâchoire.

Le baiser froid du parfum lui picota la peau. Mère Fleur remit le flacon à sa place.

– Là, dit la responsable de maison sur un ton définitif, en posant les mains sur les épaules de Clémentine.

Le cœur de Clémentine bondit dans sa poitrine. Elle croisa le regard de Mère Fleur dans le miroir alors que des questions s'accumulaient dans sa gorge.

– N'oublie pas que tu ne représentes pas que toi ce soir. Tu représentes toute la maison d'hospitalité de Green Creek, souligna Mère Fleur avec une intonation menaçante familière. Nous savons tous que tu es spéciale, et le bluffeur aussi. Voilà pourquoi il a payé une telle fortune. Prouve-lui que ça valait bien le moindre centime, et ensuite on fêtera ça, d'accord ?

Elle n'avait pas besoin de préciser ce qui se passerait si la jeune fille échouait. Les dévoreurs, les gros bras de la maison d'hospitalité, savaient punir les filles sans laisser une trace sur leur corps, dévaster leur esprit et le piéger dans un lieu de douleur ou de peur. Clémentine avait déjà été soumise à leur envoûtement. Elles l'avaient toutes été, au moins une fois. Chaque fille devait être conditionnée quand elle arrivait dans la maison, devait apprendre à craindre le courroux des dévoreurs. Certaines ne s'en remettaient jamais et étaient jetées à la rue, bredouillant des paroles incohérentes, et y mouraient.

Cette menace voilée suffit à dénouer la langue de Clémentine.

– Mère Fleur... C'est seulement... Est-ce normal d'être aussi nerveuse ? Je me sens un peu barbouillée.

– Ce ne sont que des papillons de lune, Clémentine. Toutes les filles éprouvent ça. C'est à cause de l'excitation. Et pourquoi ne serais-tu pas excitée ? (Elle lui fit un clin d'œil.) Et flattée, aussi. Ce n'est pas tout le monde qui plaît à un jeune homme aussi respecté.

– Qui est-ce ? osa demander Clémentine.

Un politicien, peut-être, ou un homme d'affaires habile, ou un joueur de classe internationale dont les gains lui brûlaient les poches...

– Si je te le dis, tu seras encore plus agitée. Il te traitera bien. C'est tout ce que tu dois savoir.

Clémentine céda, craignant de trop insister. Et puis, au fond, ça n'avait pas d'importance. Toute sa vie à Green Creek l'avait menée à ce moment. Elle n'aurait plus à travailler comme domestique après ce soir, n'aurait plus à récurer les plats jusqu'à ce que ses mains soient à vif ni à transpirer au-dessus de la cuisinière. Elle avait hâte de porter de belles robes et de se prélasser dans les salons avec les autres filles du crépuscule, y compris Aster, qu'elle avait à peine vue cette année. Passer de nouveau du temps avec sa sœur... ce serait le mieux, elle le savait.

Il fallait seulement qu'elle tienne bon ce soir.

– Tu es prête à ce que je le fasse monter ? demanda Mère Fleur.

– Oui, répondit Clémentine, et elle le pensait.

– Bien, dit la responsable en lui pressant l'épaule, ses ongles s'enfonçant dans sa peau. Ne nous déçois pas.

Mère Fleur sortit rapidement, éteignant au passage le lustre à gaz. Seule la lueur rosée d'une lampe en verre de scorie illuminait la pièce, comme un rougissement. La porte se referma avec un déclic derrière elle.

Pendant plusieurs battements de cœur, Clémentine resta assise devant sa coiffeuse, son reflet exagérant les ombres. Le bluffeur serait là d'un moment à l'autre. Devait-elle se lever pour l'accueillir ? L'attendre étendue sur le lit ? Elle avait eu la journée entière pour y penser. Des années entières.

Puis elle l'entendit. Le craquement de pas lourds dans l'escalier.

Pense à une chanson, se dit-elle. *Aster est en bas. Pense juste à une chanson.*

La porte s'ouvrit.

L'homme qui apparut était plus grossier que ce à quoi elle s'était attendue, un bœuf aux épaules larges engoncé dans un costume. Son élégant manteau noir tombait jusqu'à ses genoux, tandis que son chapeau melon était incliné sur un visage en forme de pelle, encadré par une barbe auburn. Rien dans son apparence ne trahissait son identité, mais le scintillement de la bague en théomite à son pouce témoignait de sa richesse. La pierre sombre était assez grosse pour acheter toute la maison d'hospitalité.

Le bluffeur restait immobile dans l'embrasure de la porte alors qu'il observait la suite : les murs couleur prune et les tableaux représentant les montagnes à roche rouge d'Arketta, le tapis orné sous ses pieds, le canapé moelleux contre le mur, la carafe à vin sur la table. Et, bien sûr, le lit royal au centre de la pièce, aux nombreux oreillers empilés contre sa tête dorée. Pour finir, son regard se posa sur Clémentine elle-même, qui releva le menton. Il fit courir sa langue sur ses lèvres minces et sourit. Clémentine eut un mouvement de recul et elle se réprimanda. Il s'agissait d'une maison d'hospitalité. Elle devait faire en sorte qu'il se sente le bienvenu.

Le bluffeur ferma la porte, dans un claquement aussi fort qu'un coup de feu. Il jeta son manteau et son chapeau sur la patère. Ses épaules épaisses tendaient sa chemise blanche, mais Clémentine voyait désormais qu'il était plus jeune qu'elle ne l'avait cru au premier abord. Dix-neuf ans, peut-être vingt, avec des yeux d'un bleu glacé. Elle avança d'un pas, hésitante.

– Laissez-moi m'en occuper, dit-elle en s'approchant pour déboutonner son gilet. Vous devez être content de ne plus être sur la route.

Ces mots écrits à l'avance lui semblaient peu naturels, mais le bluffeur tendit obligeamment les bras alors qu'elle retirait son gilet et dénouait sa cravate.

– Et qu'est-ce qu'une fille comme toi pourrait bien savoir de la route ? demanda-t-il d'une voix traînante. Ou de quoi que ce soit en dehors de ce bel établissement ?

La mémoire de Clémentine tremblota, comme la lumière du soleil sur de l'eau.

– J'en sais assez, répondit-elle.

Il se lécha de nouveau les lèvres, s'approchant pour l'examiner de plus près. Il passa son pouce sur sa faveur.

– Une peau comme de la soie, murmura-t-il. Ils ont fait du beau travail avec toi.

Elle fut surprise par la rugosité de ses mains, leur chaleur. Le seul autre homme étranger à sa famille qui l'avait touchée était le médecin de la maison d'hospitalité, qui portait toujours des gants en caoutchouc froids. Elle posa sa main sur celle du bluffeur et entrelaça ses doigts aux siens.

– Je suis ravie que vous aimiez ce que vous avez sous les

yeux, dit-elle, prenant son courage à deux mains. Voyons ce que vous allez aimer d'autre.

Elle avait sans doute dit ce qu'il fallait, ou presque, car il haussa les sourcils et la conduisit jusqu'au lit, sa main grosse comme une patte d'ours toujours enroulée autour de la sienne. Le ventre de Clémentine fit une autre pirouette. *Juste des papillons de lune*, se dit-elle. Quelques instants plus tard, ils étaient assis côte à côte sur le bord du matelas. Le bluffeur se pencha pour délacer ses bottes. Clémentine cherchait désespérément un moyen de combler le silence. Ses joues la brûlaient. Elle n'avait pas le droit de parler pour ne rien dire, de lui demander son nom ni d'où il venait. C'était à l'homme de décider s'il souhaitait ou non dévoiler ces secrets.

Il se mit alors à déboutonner sa chemise. Clémentine agrippa la couette.

– Plutôt silencieuse, hein ? demanda-t-il.

Elle poussa un rire nerveux.

– Je suppose qu'on peut dire ça.

– Il semblerait que vous le soyez toutes la première fois, dit-il d'un ton détaché. C'est aussi bien. Tous ces bavardages artificiels que débitent certaines filles ne sont qu'une perte de temps. Je préfère tirer profit de chaque minute et en avoir pour mon lustre.

Le cœur de Clémentine se serra. Ses respirations se firent courtes, haletantes.

– Vous m'avez l'air d'un homme avec beaucoup de lustre à dépenser.

Il fallait qu'elle continue de le faire parler.

– C'est le lustre de mon père, pour l'instant, dit-il en se relevant pour se débarrasser de sa chemise d'un haussement d'épaules, révélant un torse trapu couvert de poils roux. Tu sais qui est mon père ?

Elle secoua la tête.

– C'est aussi bien, répéta-t-il. C'est bientôt moi qui dirigerai tout. Et alors, je reviendrai et je t'apporterai quelque chose de joli, d'accord ?

Il lui releva le menton, accrochant son regard pour la première fois. Son sourire était tranchant comme une lame.

– Du moins, si tu me traites bien.

Puis, avant que Clémentine ne puisse tenter de gagner du temps, il la souleva et l'allongea au milieu du lit et grimpa sur elle, la piégeant entre ses bras. Son haleine empestait le whisky. Clémentine eut la nausée alors que le regard du bluffeur courait sur le V de son décolleté. Elle savait désormais que son malaise n'avait rien à voir avec quelques papillons de lune inoffensifs. Elle allait être malade.

Il faut que j'arrête ça...

Le bluffeur se pencha et commença à lui embrasser la gorge.

Elle inspira subitement et retint son souffle. Se tendit, ferma les yeux. Des lèvres craquelées raclaient sa peau. Des dents émoussées tiraient sur sa chair avec une urgence maladroite. Au bout d'un moment, cependant, elle ouvrit lentement les yeux. Ce n'était pas si terrible, se dit-elle. Les baisers étaient peut-être un peu dégoûtants, mais ce n'était pas si terrible.

Alors il se détendit, laissant peser tout son poids sur elle tandis qu'il commençait à descendre le long de son cou, embrassant sa faveur. Clémentine se tortilla sous cette pression suffocante.

– Attendez, parvint-elle à articuler.

Il l'ignora. Elle commença à se débattre et haussa le ton.

– Attendez, s'il vous plaît...

– Tu as dit que tu serais silencieuse, répliqua-t-il brusquement.

Sa main remonta le long de la jambe de Clémentine, se glissa sous sa robe, se posa sur son genou nu. Le cœur de la jeune fille tapait aussi fort qu'un coup de sabot. *Pense à une chanson, pense à une chanson.*

Sa main monta plus haut.

– Attendez, s'il vous plaît, je ne suis pas prête...

Il plaqua un avant-bras sur sa gorge. Pour la faire taire, pensa-t-elle. Elle déglutit malgré la douleur. Une vague de vertige la submergea.

Elle n'arrivait plus à respirer.

Cela suffit à libérer la peur qui avait grandi en elle depuis le matin, à la transformer en une puissante panique. Elle ne voulait pas, elle n'était pas prête, elle n'arrivait pas à respirer...

– Arrêtez ! cria-t-elle en poussant de toutes ses forces sur son torse.

Ce fut le dernier mot qu'elle parvint à cracher. Il appuya son bras encore plus fort. Sa vision se troubla, ses yeux se remplirent de larmes. Ses poumons se comprimèrent. Elle se mit à tâtonner à l'aveugle sur la table de nuit, cherchant quelque chose, n'importe quoi. Ses doigts trouvèrent la lampe. S'en saisirent par le pied.

Et elle en abattit la lourde base sur la tête de l'homme.

Il rugit et recula, appuyant sa main là où la lampe l'avait frappé.

– Maudite sois-tu ! s'écria-t-il, le regard brûlant de rage. Je vais te tuer...

Clémentine le frappa de nouveau, plus fort. Cette fois, le corps du bluffeur se ramollit et il s'effondra sur elle. Elle inspira, haletante, sous ce poids écrasant. Elle le repoussa et s'écarta, se leva d'un bond et recula dans un coin de la chambre sombre, le dos pressé contre le mur. Elle toussait si fort qu'elle avait peur de se mettre à vomir, que les larmes qui lui avaient piqué les yeux sortaient enfin. Elle l'avait fait. Il allait être encore plus furieux, et il allait l'agresser de nouveau, et il... et il...

Et il ne se relevait pas. Elle se figea, tendit l'oreille pour entendre sa respiration. À l'affût du moindre mouvement.

Lentement, elle se rapprocha du lit. Elle distinguait à peine la forme de son corps dans l'obscurité. Elle posa une main sur sa tête et la retira vivement quand elle sentit l'entaille sanguinolente sur son crâne, chaude et humide.

Le choc se déversa sur elle, suivi d'un soulagement si pur qu'il fit céder ses genoux. Une chanson lui revint enfin en mémoire, ses trois accords finaux résonnant à ses oreilles.

Eliza Little aux cheveux si roux,
Son premier mari mit une autre femme dans son lit,
Elle l'apprit et le laissa la supplier,
Puis elle sortit son fusil et le tua sans pitié.

CHAPITRE 1

Douze heures plus tôt

Aster aurait voulu se saisir d'un couteau mais elle se contenta de serrer le poing.

En retrait dans un coin de la chambre couleur prune, elle regardait Mère Fleur montrer à Clémentine son nouveau logement somptueux, qui contrastait de manière frappante avec le dortoir rustique où dormaient les filles de l'aube. Aster ravala le goût amer dans sa bouche tandis que Clémentine contemplait les lieux. Comme toutes les Filles de la chance, Clem commençait son seizième anniversaire par son admission dans le monde des filles du crépuscule et elle le terminerait ici, dans cette pièce, par sa Nuit de chance.

C'était cette perspective qui donnait envie à Aster d'avoir une arme, la seule idée de sa sœur piégée ici avec la vermine qui fréquentait la maison d'hospitalité. Mais il était inutile de lutter contre ce qui l'attendait. Pas quand il suffisait d'un mot déplacé pour qu'un dévoreur vous ravage l'esprit. Ici, les filles chapardaient un peu de bonheur quand personne ne les regardait. C'était comme ça qu'elles s'en sortaient.

Mère Fleur se racla la gorge, semblant remarquer le silence de plomb d'Aster.

– Je ne doute pas une seconde que cette expression renfrognée soit désormais gravée sur ton visage, Aster, mais tu ferais bien de manifester un peu plus d'enthousiasme pour le grand jour de ta sœur, l'avertit-elle.

Clémentine jeta un coup d'œil à Aster.

– Elle n'est pas matinale, c'est tout, expliqua-t-elle nerveusement. Elle ne l'a jamais été. Allez, Aster, souris pour Mère Fleur.

Aster se tourna vers Mère Fleur et lui montra les dents. Celle-ci pinça les lèvres dans une moue désapprobatrice par trop familière. Aster savait qu'elle n'avait jamais été l'une des favorites de la responsable de maison. Non qu'elle se soit déjà ouvertement mal conduite – elle refusait à Mère Fleur le plaisir de la punir –, mais elle avait toujours été semblable à ce poing serré. Tendue, hostile. Attendant le moment de frapper.

Cette colère brûlant à petit feu avait grandi ces derniers jours. Aster n'avait pu s'empêcher de repenser à sa propre Nuit de chance, un peu plus d'un an plus tôt, quand Mère Fleur l'avait vendue à un homme maigre et aux yeux de fouine qui ressemblait à un lézard. Elle avait promis à Aster que ce serait la nuit dont elle serait la plus fière, celle où elle deviendrait une femme.

Sauf qu'elle n'était pas devenue une femme, mais une ombre avec de la bile à la place du sang et un puits de honte dans le cœur. Si elle n'avait pas sombré au fond de ce puits, c'était uniquement parce qu'elle savait que Clémentine avait besoin d'elle.

Aster n'aurait pas cru se sentir un jour plus impuissante

que lorsque ce premier homme avait posé les mains sur elle. Elle avait eu tort. Cette situation était bien pire.

– Il me semble que tu me dois des excuses, tu ne crois pas, Aster ? poursuivit Mère Fleur, manifestement mécontente. À moins que je ne doive en toucher un mot à Dex ?

Le dévoreur en chef.

Aster déplia ses doigts.

– Je vous demande pardon, Mère Fleur, murmura-t-elle. Clem a raison. Ça faisait longtemps que je ne m'étais pas levée aussi tôt.

Mère Fleur lui jeta un regard froid et entendu mais elle n'insista pas.

– Eh bien, ces grasses matinées sont l'un des nombreux privilèges des filles du crépuscule dont Clémentine pourra bientôt profiter, dit-elle avec un entrain forcé. Bon, on a besoin de moi en bas pour ouvrir la maison. Je pense que tu peux aider ta sœur à finir de s'installer ?

– Avec plaisir.

Mère Fleur continua de la dévisager un instant, puis elle se détourna et décocha un sourire éclatant à Clémentine.

– Bon, eh bien joyeux anniversaire, Clémentine ! lança-t-elle d'un ton solennel. Nous nous verrons au petit déjeuner.

Elle les laissa.

Dès qu'elle fut sortie, Clémentine poussa un cri de joie et se jeta en arrière sur le lit. La jupe de sa robe de jour jaune se gonfla comme une cloche autour d'elle.

– Par le Voile, cette chambre est digne d'une princesse ! Je crois qu'elle est encore plus grande que la tienne.

Malgré ses craintes, Aster sourit et croisa les bras.

– Ah oui ? Je ne vois aucune fenêtre comme dans la

mienne. Mais tu as raison, celle-ci est plus grande. Tu es trop gâtée.

En vérité, Aster aurait accepté même la plus petite des chambres pour pouvoir garder sa fenêtre. Elle adorait regarder le soleil se lever par-dessus les montagnes le matin, quand la lumière se déversait comme de l'or liquide dans la vallée où dormait Green Creek. La maison d'hospitalité était située près du centre-ville, de sorte qu'Aster voyait à peu près tout, des jolies boutiques qui bordaient Main Street au mur aveugle qui entourait la ville et dont le mortier était mélangé à de la poussière de théomite pour éloigner les esprits vengeurs.

Cette vue était une échappatoire, la seule dont elle disposait.

– Gâtée, tu parles ! répliqua Clémentine. J'ai travaillé dur pour cette chambre. Et ce lit. Regarde, même les oreillers ont des oreillers.

– C'est mieux que ces lits de camp qui sentent la pisse là-haut, non ? suggéra Aster.

– Beaucoup mieux, acquiesça Clémentine en s'asseyant, et une ombre passa sur son visage. Mais en même temps, j'imagine qu'il le faut bien.

Aster sentit un air glacé lui parcourir le ventre.

– Ne te préoccupe pas de tout ça pour l'instant, dit-elle en aidant Clem à se relever. Allons chercher tes affaires pour que tu te sentes chez toi ici.

Sa petite sœur retrouva son enthousiasme.

– Oui, si on se dépêche, on pourra voir les autres avant qu'elles descendent en cuisine.

Les « autres » étaient Tanaisie et Mauve, les deux meilleures amies de Clémentine. Elles vivaient toujours dans le grenier avec les filles qui n'avaient pas encore seize ans. Jusqu'à aujourd'hui, Clémentine avait fait partie comme elles de l'équipe de cuisine.

– Ça te fait drôle de ne pas avoir de tâches ménagères à accomplir ? demanda Aster alors qu'elles s'engageaient dans le couloir.

– C'est sûr que ça ne me manque pas, si c'est ce que tu veux savoir, répondit Clémentine en ricanant, puis son sourire s'évanouit. Mais Tanaisie et Mauve vont me manquer.

– Elles auront seize ans dans quoi ? Trois et quatre mois ? Elles deviendront bientôt des filles du crépuscule, la rassura Aster.

– C'est vrai. Et puis, je les verrai encore de temps en temps, ajouta Clémentine.

Aster marqua une pause.

– Oui, évidemment.

Mais bien sûr, ce ne serait pas pareil, pas du tout. Les filles du crépuscule et les filles de l'aube menaient des vies séparées, et quand leurs chemins se croisaient, une barrière tacite se dressait entre elles, comme le Voile entre les vivants et les morts. Clémentine n'aurait pas le droit de parler de son travail avec les filles de l'aube. Or, pour les filles du crépuscule, le travail était tout.

On avait souvent, très souvent dit à Aster qu'elle devait s'estimer heureuse d'avoir ce travail. Les Filles de la chance n'avaient jamais faim, avaient toujours un toit au-dessus de leur tête, voyaient le médecin et le dentiste deux fois par an. Divertir les bluffeurs leur permettait de porter le genre de vêtements dont les autres filles ne pouvaient que rêver et de bénéficier d'une réserve infinie de Chardon sucré.

C'était bien plus que ce que la plupart des gens pouvaient

espérer à Arketta, en particulier dans la région de la Balafre, la chaîne de montagnes déchiquetées qui coupait le pays en deux. C'était dans cette zone sauvage, battue par les vents, qu'à l'époque lointaine de l'ancien Empire, toutes les personnes jugées criminelles par les autorités avaient été bannies et obligées de travailler dans les mines. Certaines avaient été capturées à Arketta, sur les champs de bataille où elles combattaient l'offensive de l'Empire. D'autres avaient été envoyées à Arketta dans des bateaux-prisons puants en provenance des colonies. On les appelait les sang-de-poussière. Ils ressemblaient à n'importe quel sang-pur ordinaire, sauf qu'ils ne projetaient pas d'ombre. Les premiers sang-de-poussière s'étaient vu arracher la leur en guise de punition et leurs enfants étaient nés sans. Un sang-de-poussière ne pouvait jamais vraiment payer sa dette. Si vous étiez condamné à dix aigles d'amende pour vol, à la fin de l'année vous en deviez douze mille, car il fallait tout rembourser, de votre ration de pain moisi au toit percé au-dessus de votre tête.

Désormais, deux siècles environ après la chute de l'Empire, les sang-de-poussière étaient plus nombreux que jamais dans la Balafre. Des hommes d'affaires entreprenants avaient acquis des terres et racheté la dette des sang-de-poussière en échange de leur travail, un arrangement qui était connu sous le nom de Règlement des comptes. Le Règlement des comptes avait offert aux sang-pur la possibilité de devenir de riches propriétaires terriens et de vivre parmi l'élite d'Arketta ; elle avait permis aux sang-de-poussière d'effacer par leur travail des générations de dettes, de gagner enfin leur liberté et de quitter la Balafre. Et cela avait plutôt bien fonctionné pour les propriétaires, mais les mineurs, eux, n'y avaient gagné que des corps brisés et des ventres vides. La maladie les emportait, ou ils disparaissaient dans le gosier d'une montagne, ou un vengeant les éventrait avec ses griffes invisibles. On n'échappait pas au Règlement des comptes, la loi y veillait : la frontière d'Arketta avec sa voisine industrielle au nord, Ferron, était protégée par les militaires les plus expérimentés, et aucune personne sans ombre ne la franchissait.

C'était comme ça qu'au départ, les maisons d'hospitalité avaient trouvé leurs travailleuses. Des dénicheurs repéraient des familles désespérées avec des filles jeunes et proposaient de les emmener en échange d'une modeste compensation. Les filles travaillaient comme aides-ménagères jusqu'à leurs seize ans, puis elles servaient les invités jusqu'à quarante ans. Elles n'avaient rien à payer, mais elles ne gagnaient rien non plus. C'était un amer compromis, et tout le monde le savait. Pourtant, quand il y avait une bouche de trop à nourrir à la maison, quand un accident sous terre rendait les parents incapables de travailler, quand l'alternative pour la fille était une courte vie de souffrance interrompue brutalement, la maison d'hospitalité restait la seule option. Au moins, le soir, elle aurait le ventre plein. Au moins, ses besoins médicaux seraient pris en charge. En fin de compte, affirmaient les propriétaires terriens, ces filles avaient de la chance de mener une vie aussi confortable.

Le problème, c'était qu'Aster n'avait jamais choisi cette vie-là.

Aucune d'entre elles ne l'avait choisie. Et aucune ne pourrait jamais vraiment la quitter. Pas quand leurs faveurs indiquaient ce qu'elles étaient même après qu'elles avaient passé l'âge. Les bluffeurs avaient beau aimer répéter que les Filles de la chance menaient la belle vie, ils semblaient oublier que la plupart d'entre elles, devenues mendiantes, mouraient dans la rue. Très rarement, un bluffeur aisé achetait une fille dans une maison pour en avoir l'usage exclusif, mais ça ne valait guère mieux : une fois achetée, elle ne passait jamais l'âge. Elle restait la propriété du bluffeur jusqu'à la fin de ses jours.

Aster porta une main sur le côté de sa gorge, là où une chaîne de fleurs aux fins pétales tachetait sa peau comme une pluie d'étoiles noires. Elle avait envisagé de s'enfuir. C'était impossible de ne pas y penser. Mais une faveur n'était pas seulement une marque indiquant que vous apparteniez à une maison d'hospitalité ; elle était ensorcelée. Si une fille recouvrait la sienne avec du maquillage, un foulard à poussière ou autre, l'encre chauffait et s'embrasait, comme marquée au fer rouge. Du rouge, elle passait à l'orange, puis au jaune, puis au blanc. La douleur était supportable quelques minutes, mais elle finissait par mettre à genoux même la plus coriace et il fallait des heures pour qu'elle disparaisse complètement.

Les filles ne pouvaient pas cacher leur faveur ni s'en débarrasser. Elles ne pouvaient même pas franchir la porte d'entrée. Dex montait la garde dans le vestibule, surveillant toutes les allées et venues de ses yeux couleur de rouille. Il était censé être là pour les protéger, mais tout le monde savait que si une fille essayait de filer en douce, elle serait pourchassée et ramenée de force pour une exécution prolongée.

Autrefois, Aster avait cru qu'elle s'habituerait à la maison d'hospitalité, qu'elle apprendrait peut-être même à en voir le côté glamour, comme de nombreuses autres filles. Cette illusion leur rendait probablement les choses plus supportables. Mais pour Aster, tout le temps du monde ne pourrait jamais transformer ce tonneau de pisse en vin. Sa seule chance, à ses yeux, c'était que Clémentine et elle soient encore ensemble. La plupart des filles ne revoyaient jamais leur famille.

Devant elle, Clémentine atteignit l'escalier au bout du couloir et se mit à le gravir deux marches à la fois, rapide et silencieuse. Aster la suivit, évitant de mémoire les craquements des planches sous la moquette. Elles tournèrent et dépassèrent le deuxième étage, qui abritait les appartements privés de Mère Fleur, et continuèrent de monter jusqu'au grenier inachevé.

– Bonne Nuit de chance, Clémentine ! lança gaiement une plus jeune qu'elle en les croisant dans l'escalier, suivie de deux filles qui, dans leur hâte, faillirent renverser Aster.

– Oh… Désolée, mademoiselle Aster, bredouilla l'une d'elles.

Elle ne s'était sûrement pas attendue à voir une fille plus âgée par ici. Aster grimaça en entendant la déférence dans sa voix, à croire qu'elle n'avait pas été l'une d'elles seulement un an plus tôt.

– Ce n'est rien, marmonna-t-elle.

Et ne m'appelle pas « mademoiselle », aurait-elle voulu ajouter. Mais évidemment, elles faisaient simplement ce qu'on leur demandait. Aster poursuivit son chemin.

Le grenier servait de dortoir de fortune et, avec son plancher nu hérissé de clous tordus et l'air froid matinal qui s'infiltrait à travers les murs, il était bien loin du luxe du reste de la maison. Une guirlande de lanternes de mineurs projetait une faible lumière vacillante. Un scorpion mort était niché sur le rebord de la fenêtre. La nuit, quand tout était tranquille, on entendait un grincement dans les chevrons, là où une fille s'était pendue avec ses draps trente ans plus tôt, et si vous étiez assez bête pour ouvrir les yeux, vous voyiez aussi son cadavre pâle comme la lune.

Mais maintenant, c'était le matin, bruyant et plein de vie, et environ deux dizaines de filles de l'aube s'affairaient en tous sens, se préparant pour aller travailler. Elles pressaient leurs amies, faisaient leur lit et enfilaient leur robe de domestique – du lin vert et raide sous un tablier blanc impeccable. Bien que portant toutes le même uniforme, elles avaient des corps de toutes tailles, formes et couleurs. Tout le monde savait qu'une maison d'hospitalité proposant une grande variété de filles attirait plus de clients.

Aster éprouva une bouffée de compassion en passant entre les lits de camp. La plupart des Filles de la chance étaient des sang-de-poussière, comme Clem et elle, et elles arrivaient ici maigres et affamées, sans même leur ombre pour leur tenir compagnie. Les plus jeunes, qui n'avaient que dix ans, arboraient encore cet air malingre. En grandissant, cependant, elles s'étoffaient et devenaient plus éclatantes de santé. Mais elles n'en restaient pas moins des cochons qu'on engraissait pour l'abattoir, et la plupart d'entre elles ne s'en rendaient même pas compte.

Ne pense pas à ça, se dit-elle. *Souris. Pour Clémentine.* Elle expira et se détendit. Elle se dirigea ensuite vers le miroir solitaire, dans un coin, où Clémentine faisait admirer sa tenue à Tanaisie et Mauve. Les deux filles, inséparables, avaient toujours été l'opposé l'une de l'autre : Tanaisie avec ses cheveux blond-roux et rebelles et sa peau blanche, pleine de taches de rousseur ; Mauve avec son teint chaud et marron, ses cheveux noirs et lisses coupés court. À quinze ans, elles faisaient partie des plus âgées du grenier. Leurs faveurs étaient presque écloses. Des grappes de fleurs rondes parsemaient le cou de Tanaisie, telles des bourres de coton. La faveur de Mauve était aussi délicate que la jeune fille était rustre, et chaque fleur se dépliait en cinq pétales en forme de cœur.

– Ce n'est pas ce que je porterai ce soir, bien sûr, disait Clémentine. Je me changerai après les enchères. Mais ma garde-robe est déjà pleine de nouvelles splendeurs comme celle-ci.

– Tu es nerveuse ? lui demanda Tanaisie en tripotant sa natte effilochée.

Clémentine hésita. La réponse se lisait clairement sur son visage, mais Mauve lui donna un petit coup d'épaule pour l'encourager.

– Bien sûr que non, elle s'apprête à sortir de ce trou à rats pour de bon ! lança-t-elle en balayant la pièce du regard.

Clémentine lui adressa un regard soulagé.

– Oui, acquiesça-t-elle, quoi qu'il arrive ce soir, je pense que ça en vaudra la peine, si c'est pour commencer à vivre comme une fille du crépuscule.

Aster restait en retrait à les observer, un petit pincement au cœur. Contrairement à Clémentine, elle n'était jamais devenue proche des autres filles. C'était mieux comme ça. Elle ne pouvait pas perdre des amies qu'elle n'avait pas.

Pourtant, j'aurais bien eu besoin de visages amicaux après ma Nuit de chance, songea-t-elle. Clémentine et les autres semblaient penser que les choses s'amélioreraient quand elles auraient seize ans. Aster ne pouvait se résoudre à leur avouer que ce serait bien pire.

Au lieu de ça, elle se força à sourire et se rapprocha.

– Allez, Clem, il faut qu'on soit en bas dans quelques minutes pour ton banquet de petit déjeuner.

– Oh, bonjour, quel plaisir de vous voir aussi, mademoiselle Aster, lança Mauve, sans une once de la révérence dont les autres filles avaient fait preuve dans l'escalier.

Tanaisie ricana.

– Promets-nous que tu ne nous regarderas pas de haut, Clem, dit-elle.

– Mademoiselle Clem, répliqua Clémentine d'un air hautain.

– Écoutez, s'impatienta Aster, je tenais juste à vous dire que le fait d'avoir seize ans n'empêchera pas Mère Fleur de vous mener la vie dure si vous ne faites pas ce qu'elle vous demande. Et elle t'a demandé d'être installée dans ta nouvelle chambre avant le petit déjeuner, Clem. Où sont tes affaires ?

Clémentine poussa un soupir théâtral avant de les conduire à son lit de camp. Une simple malle se trouvait au pied du lit. Comme elle n'aurait plus besoin de ses vieux vêtements, elles ne récupérèrent que ses biens les plus précieux. Des mots et des dessins que lui avaient donnés les autres filles au fil des ans, un pot rempli de restes de bâtons de sucre candi datant du jour du Règlement des comptes, une plume d'un rouge fané qu'elle avait trouvée un jour en balayant la cheminée.

– Et ça ? demanda Tanaisie en ramassant la poupée de chiffon de Clémentine.

Aster jeta un coup d'œil à sa sœur, dont l'expression se décomposa un bref instant. Clémentine finit par pincer les lèvres et secouer la tête.

– J'aurais l'air maligne si je devais expliquer ce qu'est ce vieux truc à un bluffeur, décréta-t-elle. La fille qui dormait dans ce lit avant moi m'avait laissé cette poupée. Je vais faire la même chose et la laisser pour la prochaine.

La prochaine, pensa Aster, l'air sombre.

Il y en a toujours une.

CHAPITRE 2

La salle à manger était l'une des plus belles pièces de la maison d'hospitalité, de ses sols en marbre reluisants au plafond aux carreaux dorés. Chaque assiette débordait de nourriture : des pains de maïs surmontés de crème fouettée et de confiture, de la saucisse de porc épicée, des œufs brouillés et des pommes de terre sautées, des fruits frais sculptés en forme de fleurs. Tandis que les filles de l'aube mangeaient les restes de la veille dans la cuisine, les filles du crépuscule, ainsi que les bluffeurs restés pour le petit déjeuner, savouraient un repas de bûcheron. Des bavardages oiseux couraient entre les tables comme le murmure d'un ruisseau.

Aster était assise avec Clémentine et quatre autres filles du crépuscule, dont aucune n'avait plus de vingt ans. Lys, Souci et Sauge étaient toutes des connaissances dont Clem devait se souvenir pour avoir grandi avec elles. Les Filles de la chance avaient tendance à rester avec les filles de leur âge. Au grand désespoir d'Aster, cela signifiait que leur groupe incluait également Violette, l'apprentie de Mère Fleur et sa petite protégée. Contrairement aux autres, Violette était née dans la maison d'hospitalité, fille d'une ancienne fille du crépuscule, et elle avait l'air de croire que cela faisait d'elle une fichue princesse. Même maintenant, elle s'était débrouillée pour trôner en bout de table, malgré le fait qu'il s'agissait d'une table ronde.

– Les bluffeurs doivent partir avant midi, expliquait-elle à Clémentine.

Violette était la seule sang-pur de la maison et son ombre la suivait comme la traîne d'une robe. Elle s'exprimait toujours sur un ton supérieur qui tapait sur les nerfs d'Aster.

– La plupart des hommes n'ont pas les moyens de s'offrir plus d'une heure ou deux avec nous, poursuivit-elle, mais si l'un d'entre eux passe la nuit avec toi, c'est ton devoir de lui tenir compagnie pendant la matinée. Ensuite, de midi à seize heures, tu devras prendre un bain, te faire belle, ranger ta chambre et ainsi de suite. J'ai une liste des choses que tu dois faire, et même si ces tâches sont plus agréables que le travail des domestiques, elles n'en sont pas moins importantes : Green Creek représente le summum de l'élégance et du professionnalisme. Ensuite, à seize heures, nous ouvrons de nouveau pour les invités suivants...

Aster retroussa la lèvre.

– Par les morts, Violette, vas-tu la laisser déguster ses pains de maïs ?

Violette se tourna vers elle et plissa ses yeux bleus et froids tout en ramenant une mèche de cheveux noirs derrière son oreille. Sa faveur, aux élégants pétales en forme de larmes, avait la sombre iridescence d'une aile de corbeau.

– Je veux juste que ta sœur réussisse, Aster. Pas toi ?

– Je veux juste qu'elle finisse son foutu repas avant qu'il ne refroidisse.

– Les gros mots sont strictement interdits pendant les

heures de travail, ajouta Violette à l'intention de Clémentine.

Aster serra les dents. D'ordinaire, elle arrivait mieux à tenir sa langue, mais elle ignorait combien de temps elle pourrait supporter cette célébration de ce qui allait se passer ce soir. Cela lui rappelait ce qu'elle ressentait chaque année le jour du Règlement des comptes, jour de fête à Arketta où les sang-de-poussière étaient censés fêter leur « bonne fortune » et où les propriétaires terriens étaient loués pour leur prétendue bienfaisance. Cette fête la rendait toujours malade. Aujourd'hui, c'était encore pire.

Respire. Souris.

À côté d'elle, Clémentine s'affairait à boire son lait pour éviter de parler à l'une comme à l'autre.

Lys se mit à rire.

– Allons, Violette, Aster a raison. Ça fait beaucoup à assimiler d'un coup. Quelles questions veux-tu nous poser, Clémentine ?

Celle-ci reposa finalement son verre et lécha la moustache de lait sur sa lèvre. Elle jeta un coup d'œil à Aster.

– Eh bien, euh... comment se passent les enchères ? Je vais vraiment ne rester debout sur scène que quelques secondes ?

La main d'Aster se resserra sur sa fourchette.

– Oh, ne t'en fais pas pour ça, intervint Souci. C'est rapide, tranquille. Les bluffeurs n'ont pas le droit de parler. Comme le disait Violette, Green Creek est un endroit agréable. Il ne s'y passe rien de déplaisant comme dans certaines autres maisons.

– Tu auras les yeux bandés, expliqua Lys. C'est la tradition. Ça porte malheur de voir le bluffeur avant le coucher du soleil. Tu n'auras qu'à te tenir debout et être jolie, en fait. C'est tout.

Aster n'osait pas regarder sa sœur de peur que celle-ci ne voie la vérité dans ses yeux. Green Creek n'était pas « un endroit agréable ». Ses « traditions » avaient pour seul but de toutes les contrôler. Mais elle savait que Lys et Souci prenaient ce ton enjoué pour le bien de sa sœur, par gentillesse, et elle les laissait faire. De toute manière, les enchères seraient le cadet des soucis de Clem.

Clémentine posa quelques questions, auxquelles on répondit par les mêmes réponses vagues et un faux glamour. Aster se dit avec une ironie amère que c'était une introduction parfaite au monde des filles du crépuscule. Brillant à l'extérieur, avec ses promesses alléchantes, tandis que la pourriture en ramollissait l'intérieur.

Aster touchait à peine sa nourriture. Même après sept ans à la maison d'hospitalité, elle ne tenait aucun repas pour acquis, mais ce matin, elle n'avait pas d'appétit.

Enfin, des filles de l'aube vinrent débarrasser. L'une d'elles laissa échapper un verre. Il se brisa sur le sol avec un bruit sec.

– Je vous demande pardon, dit-elle aussitôt, les yeux baissés, en se hâtant d'aller nettoyer les dégâts.

Mais Violette la prit par le poignet avant qu'elle ne puisse commencer.

– Idiote. Laisse ça pour l'instant, ordonna-t-elle d'un ton menaçant. Tu vas seulement mettre plus de bazar. Sois certaine que Mère Fleur sera mise au courant.

– Mais...

Violette haussa un sourcil.

– On répond, en plus ?

La fille décampa avant d'aggraver son cas. Violette se tourna vers Clémentine, tout sourire.

– Bon, Clémentine, c'est ton anniversaire, après tout, alors les filles et moi t'avons chacune apporté un petit quelque chose. Et si tu commençais, Aster ? suggéra-t-elle sur un ton professionnel.

Aster releva les yeux du verre brisé à ses pieds. C'était le moment de la matinée qu'elle avait réellement attendu avec impatience. Elle avait passé toute la semaine à travailler sur un bracelet pour sa sœur. Elle avait utilisé des restes de fil dans son nécessaire à couture et une épingle à cheveux pour le fermoir. Le bracelet avait le même motif marron, noir et blanc qu'un serpent à sonnette diamantin.

– Ça te rappelle quelque chose ? demanda-t-elle en sortant le bracelet de sa poche.

Pour la première fois de la journée, son sourire était sincère. Les yeux de Clémentine s'illuminèrent.

– Bien sûr que oui ! Je n'oublierai jamais ces couleurs, aussi longtemps que je vivrai.

– Attends... commença Sauge d'un ton hésitant. Je me souviens que tu nous as raconté avoir été mordue par un serpent quand tu étais petite, Clémentine. C'est de ça que vous parlez ?

Aster hocha la tête. Cela s'était passé dix ans plus tôt, bien avant qu'elles n'arrivent à la maison d'hospitalité. Quand elles vivaient encore dans le camp de mineurs. La mort rôdait de maison en maison, tel un coyote en chasse, et certains soirs, Aster avait si faim qu'elle mâchait le col de sa chemise de nuit pour se soulager. Mais au moins, Clémentine et elle étaient libres.

Un soir, elles étaient assises dehors pendant que leur mère

balayait le porche et Clémentine, qui s'était aventurée dans l'herbe pour jouer, avait dérangé un serpent à sonnette dans les broussailles. Il avait plongé ses crochets dans sa cheville, mais par miracle, elle avait survécu, grâce aux morts.

– Tu n'étais pas censée survivre à cette morsure, dit Aster. Mais tu l'as fait, et tu es ici... (Elle déglutit. Elle n'avait pas prévu ça.) Et pour moi, c'est l'essentiel. (Les mains tremblantes, elle attacha le bracelet autour du poignet de Clémentine et lui embrassa le front.) Si tu as survécu à quelque chose comme ça, tu peux survivre à tout, tu m'entends ?

Violette se racla la gorge, probablement contrariée qu'Aster ne s'en soit pas tenue au script.

Tant pis pour elle, pensa Aster. Il fallait bien que quelqu'un soit honnête avec Clémentine. Ce n'était pas un travail qu'on faisait par plaisir. C'était un travail qu'on faisait par obligation.

Sauge s'agita sur son siège, mal à l'aise.

– J'ai demandé à une de mes amies de l'équipe de cuisine de te préparer des cookies à la patate douce, dit-elle. Je sais que ce sont tes préférés, alors...

Elle lui tendit un paquet bosselé enveloppé dans du vieux papier journal. Souci lui offrit ensuite un dessin figurant Clémentine et Aster, et Lys, une montre à gousset cassée qu'un bluffeur avait un jour oubliée dans sa chambre. Clémentine les remercia toutes, un grand sourire aux lèvres. Elle n'avait jamais eu autant de cadeaux pour son anniversaire. De temps à autre, néanmoins, elle jetait un coup d'œil à son bracelet et son sourire faiblissait. Aster se demanda si elle n'avait pas eu tort de ne pas jouer le jeu comme les autres.

Puis ce fut au tour de Violette.

– Mon présent est de la part de Mère Fleur, dit-elle en tendant à Clémentine un petit flacon marron. Du Chardon sucré.

Maintenant, toutes les filles souriaient.

– C'est ça, le vrai cadeau, murmura Souci.

– De l'or liquide, renchérit Lys en hochant la tête.

Aster ne dit rien, même si son cou la brûlait.

– Je suis sûre que tu nous as déjà entendues parler du Chardon sucré, poursuivit Violette, mais les mots ne rendent pas vraiment justice à la sensation qu'il procure. C'est comme si ton esprit s'enfonçait dans un bain chaud. À l'extérieur de la maison d'hospitalité, les gens s'écharpent pour en goûter ne serait-ce qu'une goutte, mais maintenant que tu es une fille du crépuscule, tu en auras tous les soirs. Le bouchon est un compte-gouttes, tu vois ? Une goutte sous la langue suffit. Mère Fleur te le remplira chaque semaine.

Aster n'avait bu de Chardon sucré qu'une seule fois, lors de sa Nuit de chance. Elle comprenait pourquoi certaines filles aimaient ça, mais la façon dont cette potion alanguissait ses membres et embrumait son esprit lui avait donné l'impression d'être encore plus vulnérable, et la terrible sensation de vide qu'elle laissait le lendemain matin était pire que la faim. Une autre dose l'aurait contrée, mais Aster savait que si elle cédait, elle serait perdue pour de bon. Même les filles qui, comme Violette, n'en prenaient que depuis un an devenaient fatiguées et étourdies, et l'esprit de nombreuses filles plus âgées s'était complètement décomposé.

Aster ne supportait pas l'idée que sa sœur finisse comme ça.

– Merci, Violette, dit doucement Clémentine. Merci à toutes, vraiment. C'est ma plus belle journée à Green Creek, et si chaque jour en tant que fille du crépuscule se passe comme ça... chanceuse est vraiment le mot juste.

Elle déboucha le flacon et le tint sous son nez.

– Oh, pas encore, intervint Violette. Garde-le pour ce soir.

– Oh... désolée.

– Ne t'excuse pas. Nous sommes toutes heureuses pour toi. N'est-ce pas, Aster ?

Aster expira entre ses dents.

– Ravies.

Après le petit déjeuner, Aster et Clémentine montèrent les cadeaux de Clémentine dans sa chambre. Clem déposa soigneusement les cookies et le dessin sur son bureau et rangea la montre à gousset dans sa boîte à bijoux, à côté des boucles d'oreilles et des colliers étincelants que Mère Fleur lui avait donnés.

– Merci encore. Tu sais, c'est très important pour moi de t'avoir ici, dit-elle avant de marquer une pause. À quoi dois-je m'attendre ce soir ? Vraiment ? Je sais que tu n'as pas le droit d'en parler, et tu n'y es pas obligée, mais je veux juste... je veux juste savoir.

Aster jeta un coup d'œil par-dessus son épaule pour s'assurer que la porte était bien fermée. Elle hésita. Elle ne voyait pas l'intérêt d'instiller la peur dans l'esprit de sa sœur. D'autant moins qu'elle ne pouvait rien faire pour l'aider. Aster se demanda une fois de plus si ce n'était pas Violette qui avait raison.

Mais Violette a menti. Mère Fleur a menti.

Tout le monde mentait. C'était comme ça que les filles se retrouvaient à la maison d'hospitalité, pour commencer, envoyées par des parents assez désespérés pour croire que ce serait mieux que la vie qu'ils pourraient leur offrir.

Aster croisa enfin le regard de Clémentine.

– Aucune d'entre nous ne peut réellement savoir à quoi s'attendre chaque soir. C'est aussi vrai pour moi maintenant que quand j'ai eu seize ans. Mais écoute, je pensais ce que je t'ai dit, Clémentine. Tu as toujours été plus forte que toutes les difficultés qu'on a dû affronter. Plus forte que moi, aussi, parce que tu réussis toujours à garder le moral, quoi qu'il arrive. (Aster parvint à sourire, alors qu'elle était dangereusement proche des larmes.) Alors, si tu te sens effrayée... pense juste à une chanson, d'accord. Pas nécessairement ta chanson préférée. D'ailleurs, mieux vaut que ce ne soit pas ta chanson préférée. Choisis-en juste une que tu connais par cœur, et ne pense à rien d'autre. Voilà ce que je veux que tu fasses.

Clémentine hocha la tête.

– D'accord. Oui, d'accord.

Elle soupira et prit Aster dans ses bras.

– Merci.

Aster la serra fort.

– Je serai juste là, au rez-de-chaussée.

– D'accord.

Clémentine la relâcha et poussa un rire un peu gêné.

– Bon, je ferais mieux de descendre dans la salle de réception pour les enchères. Bonne fortune.

– Bonne fortune, répondit Aster d'un ton solennel.

Elle suivit sa sœur dans le couloir, où elles se quitteraient. Aster devait retourner dans sa chambre afin de la préparer pour le prochain bluffeur. La prochaine fois qu'elle verrait sa sœur, le pire de cette soirée serait derrière elles.

Et nous serons de nouveau du même côté des choses, pensa Aster.

Elle n'aurait plus à cacher des secrets à Clémentine, ne serait plus séparée d'elle. Elles pourraient discuter comme autrefois. Trouver des choses qui les feraient rire. Voler leur bonheur là où elles le pourraient. C'était comme ça qu'elles survivaient.

À moins...

Aster fit volte-face.

– Clem ? demanda-t-elle, glacée par l'image de sa sœur avec le regard aussi vide que les Filles de la chance les plus âgées, dont le seul bonheur résidait dans un petit flacon marron.

Clémentine se retourna.

– Oui ?

– Ne... ne prends pas de Chardon sucré, d'accord ? la supplia-t-elle. Mens à Mère Fleur si elle t'interroge à ce sujet. Ton corps leur appartient peut-être, mais pas nécessairement ton esprit. On pourra se donner du courage, toutes les deux. Comme toujours.

Clémentine fronça les sourcils, perplexe.

– Mais, Violette...

– Promets-le-moi, Clem.

La jeune fille déglutit et hocha la tête.

– Je te le promets.

CHAPITRE 3

Le soir était tombé sur la maison d'hospitalité de Green Creek, et les filles du crépuscule, fidèles à leur nom, reprenaient vie alors qu'elles passaient d'un client à l'autre dans l'assemblée grandissante.

Aster se faisait bien trop de souci pour Clémentine pour se donner la peine de flatter les hommes imbus d'eux-mêmes qui l'entouraient. Elle demeurait dans les ombres de la salle de réception et regardait les autres filles s'alanguir sur les meubles et flirter avec une aisance expérimentée. Les murs couverts de miroirs reflétaient indéfiniment la lumière du lustre, donnant l'illusion d'un ciel étoilé, tandis que les tapis moelleux étouffaient les sons et créaient une atmosphère calme, intime. Iris, l'une des femmes les plus âgées de la maison d'hospitalité, était penchée sur le piano à queue qui dominait le coin sud-ouest de la pièce. Elle se mit à jouer une mélodie suave. Aster se souvint que peu après leur arrivée ici, Clémentine, alors âgée de neuf ans, était sortie en douce de son lit pour essayer de jouer une berceuse sur les touches blanches crémeuses. Les dévoreurs avaient ratissé son esprit si brutalement qu'elle n'avait pas parlé pendant trois jours.

Mais ensuite, la gentille Iris l'avait prise sous son aile. « Il est temps que je commence à former l'une de vous à s'occuper de cette vieille créature à ma place, avait-elle dit. Je sais qu'on dirait qu'il a des dents, mais je te promets qu'il ne mord pas. »

En ce moment même, Clémentine devait accueillir le bluffeur qui l'avait achetée aux enchères.

Aster combattit une nouvelle vague de nausée. L'air étouffant échauffait encore son humeur. Les hommes devaient le sentir, car, pour une fois, ils la laissaient tranquille. Certains d'entre eux étaient des connaisseurs du milieu venus voir si la maison d'hospitalité de Green Creek était à la hauteur de sa réputation. D'autres, des voyageurs riches mais épuisés par la route qui cherchaient seulement une paire de seins pour la nuit. Et presque tous venaient de l'une des villes engraissées d'Arketta, près des frontières, où ils étaient à leur place. Dans la Balafre, même les hommes les plus grands se sentaient petits, entre les montagnes immenses et les morts agités. Les Filles de la chance les aidaient à se sentir grands à nouveau.

Du moins, c'était ce qu'elles étaient censées faire.

Aster continuait de faire les cent pas sur un côté de la pièce, tirant sur le devant de son corset. Sa robe, bleu cobalt avec de la dentelle noire, lui arrivait à peine à mi-cuisse et ses jambes transpiraient sous des bas résille trop serrés. Ses cheveux frisottaient autour de son bandeau en soie, comme un nuage d'orage. Mère Fleur lui fit les gros yeux depuis son fauteuil préféré mais, heureusement, la responsable de maison décida elle aussi de ne pas lui chercher des poux ce soir.

Un accord particulièrement fort s'échappa du piano et Aster sursauta, les nerfs tendus presque jusqu'à se rompre.

Assise sur le canapé le plus proche, sur les genoux d'un bluffeur, Violette haussa un sourcil.

– Tu as l'air nerveuse, Aster, fit-elle remarquer d'un ton nonchalant. Inutile de t'inquiéter. Ta sœur va bien.

– Et qu'est-ce que tu en sais ? répliqua Aster.

– J'ai bien regardé le bluffeur qui est avec elle. Il est aussi charpenté qu'une maison. Je la soupçonne de passer une meilleure Nuit de chance que la plupart des filles.

– Je te demande pardon ? lança Aster en s'approchant d'elle, les poings serrés.

Le sourire de Violette s'évapora. Mais avant qu'Aster puisse ajouter quoi que ce soit, quelqu'un derrière elle lui saisit le poignet avec une force redoutable. Un frisson fiévreux remonta le long de son bras et se propagea dans tout son corps, suivi d'un effroi soudain, écrasant.

Un dévoreur.

– Ça suffit, dit-il, sa voix glissant sur sa nuque comme de l'eau froide.

Elle se retourna. Elle faisait face à un homme élégamment vêtu, portant la veste vert forêt caractéristique des employés de la maison d'hospitalité. Aster le reconnut. Amos. Comme tous les dévoreurs, ses yeux étaient d'un orange ambré, enfoncés profondément dans son visage de faucon. Soutenir son regard intensifia encore l'effet de l'envoûtement. Ses genoux cédèrent. La douleur fleurit dans sa poitrine. Et la peur rugit dans son crâne, allant crescendo, lui donnant envie de hurler...

Amos relâcha son esprit. Un instant plus tard, il relâcha aussi son poignet. Il ne l'avait piégée que quelques secondes, mais se faire dévorer l'esprit, c'était comme mettre sa main dans une flamme : quelques secondes suffisaient largement.

– Que je ne te reprenne pas à te planquer dans un coin, lui siffla-t-il à l'oreille. Trouve un bluffeur, ou ce sera pire.

Sa tâche accomplie, il reprit son poste dans un coin du petit salon. D'autres comme lui étaient dispersés dans toute la maison. Les dévoreurs tiraient leur pouvoir d'au-delà du Voile, ce qui les apparentait aux morts : ils étaient indifférents au froid et à la faim, à la fatigue et à la douleur. On disait que tous les hommes qui devenaient dévoreurs cédaient leur âme à ce pouvoir au fil du temps. Cependant, pour Aster, tout homme attiré par ce travail ne devait pas avoir beaucoup d'âme à la base. *Ils sont nécessaires pour maintenir la paix*, aurait dit Violette.

Cette petite lèche-bottes lui souriait d'un air suffisant à présent. Elle pensait certainement qu'Aster l'avait bien cherché. Celle-ci retroussa les lèvres et s'éloigna d'un pas raide. Elle tremblait et transpirait toujours. Il fallait qu'elle s'éclaircisse les idées.

La salle de réception était flanquée de chaque côté de deux petits salons, une salle pour les joueurs et un bar qui faisait aussi office de salle de danse. Aster les parcourut tous les deux, prenant soin de ne pas attirer l'attention sur elle. Marcher ne suffit pas à la calmer. Amos avait peut-être fait remonter une peur ancienne, animale, mais celle-ci avait déjà été tapie sous la surface. Elle avait grandi toute la soirée.

Aster avait toujours su que c'était son rôle de protéger Clémentine, et que pour ce faire, elle devait respecter les règles et éviter de s'attirer les foudres de Mère Fleur.

Alors pourquoi avait-elle l'impression d'avoir complètement laissé tomber sa sœur ?

Elle se retrouva rapidement dans la salle de réception, plus animée que jamais, et se dirigea vers l'une des fenêtres, où l'ambiance était plus calme. Elle ne voyait rien dans le carré noir de la nuit, mais cette poche d'air frais était bienvenue. Les effets de l'intervention du dévoreur commençaient à s'atténuer.

Et puis, juste au moment où elle allait se forcer à se mêler à la foule, elle remarqua quelque chose : à une fenêtre d'elle, près du pied de l'escalier, les rideaux en velours remuèrent.

Un mouvement bien trop brusque pour être dû à un courant d'air.

Aster plissa les yeux. La maison d'hospitalité avait ses morts, bien sûr. Le Voile était toujours plus fin dans les lieux de grande souffrance. Mais un sanctifieur venait une fois par mois pour chasser autant d'esprits qu'il le pouvait ; il n'y avait pas eu de problème sérieux depuis des années.

Un autre bruissement, plus exagéré cette fois-ci. Personne d'autre ne semblait l'avoir encore remarqué. Aster s'arma de courage et s'approcha du rideau pour voir de quoi il retournait, ne serait-ce que pour se distraire de cette soirée interminable. Quand elle tira sur le rideau, elle réprima un cri.

Clémentine.

Elle avait les cheveux décoiffés, les yeux écarquillés par la panique. Elle tremblait fiévreusement. Aster était si choquée qu'elle ne trouva rien à dire. Clémentine referma les rideaux avant que quelqu'un d'autre puisse la voir. Aster se retourna rapidement, donnant l'impression qu'elle était simplement appuyée contre le mur.

– Que t'est-il arrivé ? chuchota-t-elle du coin des lèvres en regardant autour d'elle avec angoisse.

Elle n'avait même pas vu sa sœur descendre l'escalier, mais quelqu'un d'autre l'avait peut-être aperçue. Certaines des filles de l'aube travaillant au rez-de-chaussée étaient certainement des espionnes qui dénonçaient les autres en échange de la bienveillance de Mère Fleur. Et un dévoreur pouvait sentir la peur aussi bien qu'il pouvait la contrôler.

Elle entendit à peine la voix de Clem.

– Aster, le bluffeur avec qui j'étais, il, euh, il est... Je crois que je l'ai...

Sa voix s'éteignit complètement.

– Quoi ?

– J'ai dit que je... je crois que je l'ai tué.

Tué ? Non. Clémentine n'était pas capable d'une chose pareille. Le bluffeur avait dû perdre connaissance, ivre mort. Il risquait de se réveiller à tout instant et de partir à sa recherche.

C'est ce que commença à lui dire Aster, mais les mots de Clémentine s'échappèrent à toute vitesse :

– Je ne voulais pas, Aster, je le jure. Je l'ai frappé à la tête avec la lampe. Il m'étouffait et je n'ai pas réfléchi, je voulais juste qu'il arrête, mais maintenant, il y a tout ce sang...

Par le Voile.

– D'accord, dit Aster. Doucement, Clem, ça va aller. Reste tranquille un moment.

En réalité, son cœur tambourinait dans sa poitrine. Elle balaya de nouveau du regard la pièce embrumée par la fumée des cigares. Mère Fleur ne lui prêtait aucune attention, mais Violette l'observait avec une méfiance évidente. Aster l'avait déjà défiée deux fois aujourd'hui. La jeune fille devait mourir d'envie de trouver une excuse pour moucharder.

Détourne le regard, la supplia intérieurement Aster. *Rien que pour cette fois, Violette, s'il te plaît, occupe-toi de tes affaires.*

Le bluffeur de Violette la prit par le menton et l'embrassa. Violette ferma les yeux.

– Il faut qu'on y aille, chuchota aussitôt Aster. Maintenant.

Elles quittèrent la fenêtre et gravirent furtivement l'escalier, Clémentine se collant au mur pour rester dans l'ombre. Aster se forçait à garder son calme et un pas mesuré, serrant la main de Clémentine pour apaiser sa peur. Elles ne se mirent à courir qu'une fois dans le couloir.

Clémentine s'arrêta à quelques pas de sa porte. De toute évidence, elle ne voulait pas aller plus loin. Priant pour que sa sœur ait mal évalué la situation, Aster ouvrit la porte.

La chambre était dans le noir à part le rectangle de lumière en provenance du couloir. Mais même ainsi, Aster voyait le corps sur le lit. L'homme était massif, torse nu, et affalé sur le ventre, ses membres épais formant un X. Il avait le crâne luisant de sang, tel un melon pourri enfoncé. Le verre brisé de la lampe scintillait sur le sol.

Aster le fixait, comme si elle attendait qu'il se lève.

– C'était un accident, chuchota Clémentine, d'un ton presque suppliant. C'est ce qu'on leur dira, hein ? Que c'était un accident ?

Aster tira sa sœur à l'intérieur et referma la porte avant de s'y appuyer, s'accordant une seconde de réflexion. Que ce soit un accident ne changerait rien. Il n'y aurait pas de pardon.

– Clémentine... commença Aster, la bouche sèche. On ne peut le dire à personne. Si Mère Fleur l'apprend...

Elle n'alla pas plus loin. Clémentine avait allumé le lustre à gaz, tournant le bouton au maximum. Un sentiment d'horreur se nicha dans le ventre d'Aster devant la vision qui s'offrait à elle, l'éclat vide des yeux du bluffeur et le cri silencieux de sa bouche molle. Pas une seule nuit n'avait passé sans qu'elle imagine tuer les hommes qui grimpaient dans son lit. Un pistolet sur leur tempe. Ses mains serrées autour de leur gorge. Mais ce n'étaient que des fantasmes. La réalité lui donnait la nausée, le tournis.

Néanmoins, elle préférait mille fois que ce soit Clémentine qui ait tué cet homme plutôt que l'inverse. Elle n'aurait pas été la première Fille de la chance tuée en service par un bluffeur trop brutal.

Heureusement que je lui ai dit de ne pas prendre de Chardon sucré, pensa-t-elle soudain. Droguée, Clémentine n'aurait jamais eu la force de se défendre.

Pendant un très court instant, Aster se sentit presque fière. Sa sœur avait fait preuve d'un courage qu'elle-même n'était plus sûre de posséder.

– Je suis vraiment désolée, dit enfin Clémentine en essuyant ses larmes.

– Ne le sois pas. Ne t'excuse pas. Je préfère que ce soit lui que toi.

Clémentine inspira brusquement.

– Qu'est-ce qu'on fait ?

Aster passa silencieusement leurs options en revue. Si quelqu'un découvrait ce qui s'était passé, Clémentine serait mise à mort. C'était une certitude. Dans la Balafre, les meurtriers étaient pendus très haut à une potence et laissés à la merci des vengeants, les esprits les plus impitoyables de ce côté du Voile. Un homme pouvait dépérir des jours ainsi avant que les vengeants soient irrésistiblement attirés par sa souffrance... mais tôt ou tard, ils finissaient par l'avoir, lui ouvrant le ventre avec leurs serres invisibles et lui attaquant la gorge avec leurs dents imperceptibles. Les corbeaux picoraient ensuite son cadavre dévasté jusqu'à ce que ses os tombent au sol.

Aster préférait mourir que d'abandonner Clémentine à ce sort.

– Bon, dit-elle en se redressant. Bon, d'abord, on va cacher le corps. Mère Fleur aime venir voir les nouvelles filles, vérifier qu'elles traitent bien leurs hommes. Il ne faut pas qu'elle entre et qu'elle trouve le tien comme ça.

– Et ensuite ?

– Je n'en sais rien ! répliqua brusquement Aster, avant d'adresser un regard penaud à sa sœur. Désolée, je... Je suis en train de chercher une solution. Mais ce dont je suis certaine, c'est qu'il faut qu'on se débarrasse de ce cadavre. (Elle balaya la pièce du regard.) Dans l'armoire.

Il s'agissait de la meilleure cachette disponible.

Après avoir ouvert les portes de l'armoire et poussé les robes sur le côté pour faire de la place, elles ne perdirent pas de temps. Clémentine prit les chevilles du bluffeur, Aster ses poignets. Mais alors qu'elles commençaient à le traîner, elles se rendirent compte qu'il était trop lourd. Même si elles arrivaient à l'enlever du matelas, elles ne pourraient jamais le porter. Son corps s'écraserait par terre et quelqu'un monterait en courant. Clémentine suggéra qu'elles demandent à Tanaisie et Mauve de les aider, mais Aster ne leur faisait pas assez confiance. Clémentine insista, lui assurant qu'elle avait tort, et sa sœur finit par céder, trop consciente qu'elles perdaient du temps à discuter.

Aussi calme que possible, Aster monta en toute hâte dans le grenier. Clémentine resta dans la chambre pour parler comme si le bluffeur était encore en vie, au cas où Mère Fleur viendrait écouter à la porte, comme elle en avait l'habitude.

Le grenier était relativement vide : c'était le moment le plus animé de la soirée et la plupart des filles de l'aube travaillaient au rez-de-chaussée. Mais Tanaisie et Mauve avaient terminé leur service après le dîner. Toujours en livrée, elles se détendaient sur le lit de camp de Mauve, qui avait posé la tête sur les genoux de Tanaisie. Mauve dit quelque chose et Tanaisie gloussa.

Aster s'approcha d'elles d'un pas décidé.

– Tanaisie ! Mauve ! aboya-t-elle. On vous demande en bas.

– Et on peut savoir pourquoi ? répliqua Mauve d'un ton mauvais.

– Venez avec moi, c'est tout, ordonna Aster, avant de se pencher vers elles et d'ajouter doucement : Clem a des problèmes.

Tanaisie et Mauve changèrent aussitôt d'attitude. Elles se levèrent et suivirent Aster à l'étage inférieur, dans les couloirs faiblement éclairés. Aster leur expliqua rapidement la situation en chuchotant, s'arrêtant et se forçant à sourire les deux fois où elles croisèrent une autre fille.

Avant d'ouvrir la porte de la chambre de Clémentine, elle fit une pause et regarda des deux côtés pour s'assurer que personne ne venait.

– Écoutez, si vous voulez faire demi-tour, c'est le moment, dit-elle en soutenant leur regard, tour à tour. Je comprendrais que vous ne vouliez pas être mêlées à ça. Clémentine aussi.

Elles échangèrent un regard.

– On n'ira nulle part, répondit Mauve. On ne peut pas vous laisser vous occuper de ça toutes seules.

Tanaisie approuva de la tête.

– Elle ferait la même chose pour nous.

Aster hocha la tête avec reconnaissance. Puis elle ouvrit la porte.

– Oh ! souffla doucement Tanaisie, portant la main à sa bouche.

– Ben mince alors, Clémentine, lâcha Mauve, qui semblait plus impressionnée qu'autre chose. Rappelle-moi de ne jamais te chercher.

– C'était un accident... commença Clémentine.

– Peu importe, la coupa Aster en refermant la porte. Prenez chacune un membre. On va le mettre dans l'armoire.

Mauve retroussa ses manches, révélant des avant-bras puissants comme ceux d'une fermière, tandis que Tanaisie tirait les siennes sur ses mains, sans doute pour ne pas les salir. Elles se saisirent des jambes et Clémentine et Aster des bras. Même à quatre, le corps était lourd et difficile à manipuler. Elles s'avancèrent vers l'armoire à pas traînants. Heureusement, celle-ci se trouvait contre le mur de devant, de sorte qu'on ne la voyait pas depuis la porte d'entrée. Ainsi, lorsque viendrait le moment inévitable où Mère Fleur ouvrirait la porte...

– C'est quoi le plan, ensuite ? murmura Mauve, comme si elle lisait dans les pensées d'Aster. Ils vont forcément s'apercevoir qu'il ne descend pas.

Aster ne pensait qu'à ça. Elle n'avait toujours aucune idée. Clem ne pouvait pas rester ici – du moins si elle voulait vivre –, mais il était impossible de la faire sortir de la maison d'hospitalité, avec Dex à la porte. Les seules personnes qui avaient le droit d'entrer et de sortir de cet établissement étaient les clients qui avaient payé.

Les bluffeurs.

Comme celui juste ici.

– Alors ? insista Mauve, d'une voix tendue par l'effort.

Un flot d'adrénaline se déversa dans le corps d'Aster quand une idée lui vint.

– Attendez, je réfléchis, dit-elle. Posez-le là une seconde.

Elles déposèrent doucement le corps sur le sol. Aster fixait la main du bluffeur. Comme tous les clients, on lui avait fait une faveur temporaire sur le dos de la main quand il était entré : l'emblème de la maison, un crâne dans lequel poussaient des roses. Il devrait montrer sa main à Dex en sortant, pour prouver qu'il avait payé pour son plaisir. Alors, il serait libre de partir.

– Nous allons nous enfuir, annonça Aster, avec plus d'assurance qu'elle n'en éprouvait réellement. Clem et moi. On va ficher le camp d'ici.

La faveur du bluffeur disparaîtrait quand le temps pour lequel il avait payé serait écoulé. Et pour ce qu'elle en savait, elle risquait de s'estomper à tout instant maintenant qu'il était mort. Mais si elles se dépêchaient…

Clémentine la dévisageait, les yeux écarquillés.

– C'est vrai ?

– Tu plaisantes ? demanda Tanaisie. Dex ne vous laissera pas passer.

Aster n'avait pas encore déterminé tous les détails. Mais elle savait qu'elles avaient le plus important.

– Si. Donnez-moi une minute pour élaborer un plan. Clem, rassemble tes affaires. On va filer. Sinon, tu ne survivras pas.

– Comment ? demanda Clémentine. Où ?

– Loin de cette fichue maison, aboya Aster, avant de déglutir. Pour le moment, prépare-toi, c'est tout.

Abasourdie un instant, Clémentine se précipita vers son coffre.

Aster continuait de fixer le bluffeur, essayant désespérément de compléter son plan. Mauve sortit un couteau coincé dans la botte du bluffeur, d'un geste théâtral et expérimenté.

– J'espère que vous n'en aurez pas besoin, mais je me sentirai mieux si vous l'avez, marmonna-t-elle. Bien que je ne voie toujours pas ce que tu as en tête.

– Et vous allez avoir besoin de lustre, ajouta Tanaisie en retirant la bague en théomite du pouce du bluffeur. Ceci devrait vous en fournir beaucoup.

– Comment peut-on... commença Clémentine.

Mais avant que quiconque puisse ajouter quoi que ce soit, la poignée de porte tourna doucement.

Elles étaient découvertes.

CHAPITRE 4

Violette se tenait dans l'embrasure de la porte, les bras croisés.

– Je savais bien que tu mijotais quelque chose, Aster. Que se passe-t-il ici, bon sang ?

Aster lâcha un juron à voix basse. Il fallait que ce soit Violette, la fille qui allait à coup sûr les dénoncer.

Elles devaient se débarrasser d'elle.

– Rien qui te concerne, répondit Aster. Je te verrai en bas dans une minute.

– Mauve ? Tanaisie ? poursuivit Violette, les joues rouges de colère, ignorant Aster. L'une d'entre vous ferait mieux de me répondre. Clémentine, où est ton bluffeur ?

Clémentine jeta un coup d'œil à Aster, visiblement désespérée.

– Il est parti tôt, répondit Aster d'un ton égal.

Elles s'étaient amassées devant la porte, de sorte que Violette ne pouvait pas voir le corps à moins de regarder derrière elles. Aster ne devait pas lui donner de raisons de le faire.

– Il est allé chez Clooney, ajouta-t-elle.

La salle de jeux de l'autre côté de la rue. C'était plausible. Certains hommes ne restaient pas pour la nuit.

– C'est vrai, intervint Clémentine. Et après son départ, j'ai eu envie d'aller chercher mes amies pour... tu sais... juste pour avoir quelqu'un à qui parler...

Violette plissa les yeux.

– Tu veux dire qu'un bluffeur a payé pour une Nuit de chance et est parti au bout de vingt minutes ? Était-il insatisfait à ce point ? demanda-t-elle en s'avançant d'un pas vers Clémentine. Si tu nous as fait perdre ce client, Mère Fleur aura ta peau...

– Hé, on se calme, intervint Mauve d'une voix basse, menaçante.

– Toi, tu ferais mieux de remonter au grenier avant que je dise à Mère Fleur que tu te balades sans permission, ajouta Violette en se tournant vers elle. Toi, aussi, Tanaisie. Et puis regardez dans quel état vous êtes, toutes les deux. Vous croyez être présentables ? (Elle sembla remarquer quelque chose.) Qu'y a-t-il sur ta manche, Tanaisie ? Elle est tachée.

Elle s'avança d'un pas. Aster vit alors qu'une tache rouge sombre maculait la manche de Tanaisie.

– Rien, répondit cette dernière en ramenant rapidement ses mains derrière elle.

– Au nom de Mère Fleur, j'exige que...

Elle continuait de s'approcher. Le cœur battant la chamade, Aster fit un pas en avant pour lui barrer le passage. Mais c'était trop tard. Le visage de Violette se transforma lorsque ses yeux se posèrent sur le sang dans le lit et le suivirent jusqu'à sa source.

– Qu'est-ce que...

La main d'Aster jaillit avant même qu'elle puisse se poser

de questions. Elle prit Violette par le poignet, la tira à l'intérieur et ferma la porte d'un coup de pied. Violette poussa un petit cri aigu quand Aster la plaqua contre la porte.

– Qu'avez-vous fait à ce bluffeur? hurla Violette. Lâche-moi!

– Silence! lança Aster en regardant derrière elle, tenant toujours le bras de Violette contre la porte. Mauve, le couteau.

Elle tendit sa main libre.

– Aster, commença Clémentine.

– Le couteau.

Mauve le lui donna sans un mot.

Alors voilà ce que ça fait, pensa Aster en sentant le cuir lisse sous ses doigts, la lame lourde dans sa main. Cette sensation calma aussitôt son esprit frénétique.

Elle n'était pas sans défense, tout compte fait.

Violette cessa de se débattre et s'immobilisa à la vue du couteau. Elle balaya la pièce du regard d'un air désespéré.

– Que s'est-il passé? répéta-t-elle, plus doucement.

Il n'était plus possible de revenir en arrière, désormais.

Aster rapprocha le couteau de la gorge de Violette et pressa le plat de la lame contre sa peau.

– Le bluffeur est mort, répondit-elle lentement, et sa voix tremblait, mais pas sa main. Je l'ai tué. C'était un accident. Et maintenant, Clem et moi devons nous enfuir.

Clémentine ouvrit la bouche, mais Aster la fit taire d'un regard. *Laisse-moi faire*. Si tout le reste échouait, Aster pourrait au moins assumer la responsabilité de ce meurtre.

– Tu crois que je vais avaler ça? demanda Violette d'une voix étranglée. C'est Clémentine qui était avec lui pendant tout ce temps. Et elle a l'air sacrément plus secouée que toi.

– Crois ce que tu veux. Je n'ai pas le temps de te convaincre. Mais si toi, tu n'arrives pas à me convaincre que tu vas tenir ta langue, je devrai la couper avant de partir.

Aster sentit les autres remuer, mal à l'aise. Violette soutint le regard noir d'Aster. Pesa ses mots. Quand elle répondit, sa voix était à peine plus forte qu'un murmure.

– Tu bluffes.

– Vraiment ? gronda Aster en appuyant plus fort sur le couteau.

Elle prenait ce ton brutal dans l'espoir de cacher qu'en réalité, elle n'était pas sûre d'avoir le cran de mettre sa menace à exécution.

Mais il le fallait. Sinon, Clémentine serait tuée.

Elle fit perler une goutte de sang juste sous la faveur de Violette.

– D'accord, d'accord, arrête ! siffla celle-ci.

– Silence, lui rappela Aster.

– Tu es sérieuse quand tu dis que vous allez partir ?

– Aussi sérieuse que les morts.

– Tu me prends pour une idiote ? S'il y avait un moyen de fuir, tu ne crois pas que je le saurais ? Tu ne penses pas que des filles s'enfuiraient tout le temps ?

– Les autres filles n'ont pas ce que nous avons.

– Des pulsions suicidaires ?

Même maintenant, plaquée contre une porte, un couteau sous la gorge, elle ne se départait pas de ce ton condescendant.

Aster hésita. Elle n'avait pas envie de parler de son plan à Violette. Mais au point où elles en étaient, ça n'avait pas vraiment d'importance.

– La main du bluffeur. On peut la couper, s'en servir pour passer devant Dex.

Le cadavre était la seule réponse au problème qu'il leur posait.

– Bon sang, tu as raison, marmonna Mauve au bout d'un moment.

Violette plissa le front.

– En fait... ça pourrait marcher...

Aster inspira et recula d'un pas.

– Va t'asseoir sur le lit, ordonna-t-elle à Violette en agitant le couteau. Je pense que tu as compris que tu ne quitteras pas cette pièce avant de nous avoir convaincues qu'on pouvait te faire confiance.

Violette se dirigea vers le lit, aussi droite et élégante que jamais. Elle se percha sur le bord du matelas.

– Je n'ai pas encore tous les détails, reprit Aster en regardant Clémentine, Mauve et Tanaisie, qui la dévisageaient. Mais voilà l'idée de base : Clem et moi allons nous servir de la main pour sortir.

Mauve regarda Tanaisie. Une question silencieuse passa entre elles. Tanaisie hocha discrètement la tête et se tourna vers Aster.

– Emmenez-nous.

– Pas question, intervint Clémentine avant qu'Aster puisse répondre. Je refuse que vous soyez tuées à cause de nous. C'est déjà bien assez grave qu'on vous en ait demandé autant.

– Elle a raison, renchérit Aster, soulagée qu'elles soient du même avis. Nous ne savons pas ce qui nous attend dehors et nous aurons les forces de l'ordre sur les talons. Nous fuyons uniquement parce que nous n'avons pas le choix.

Mais personne d'autre ne sait que vous êtes impliquées. Vous pouvez vous en tirer.

– Alors quoi ? répliqua Mauve d'un air mauvais. Tanaisie et moi restons ici et laissons filer notre unique chance de foutre le camp d'ici ? Ça m'étonnerait. Je préfère mourir demain à l'extérieur que de vivre le reste de mes jours ici.

– Moi aussi, acquiesça doucement Tanaisie.

Violette remua. Aster brandit aussitôt son couteau, mais la jeune fille leva les mains dans un geste pacifique.

– Emmenez-moi, souffla-t-elle. Moi aussi je veux m'échapper.

Aster éclata de rire.

– C'est ça.

– Emmenez-moi ! répéta Violette d'un air désespéré.

– Et pourquoi on ferait ça, après avoir supporté tes manigances pendant des années ?

– S'il vous plaît.

Violette n'avait encore jamais dit « s'il te plaît » à aucune d'entre elles. *À quoi joue-t-elle ?* Aster regarda les autres. Clémentine, Tanaisie et Mauve semblaient tout aussi méfiantes.

– C'est un piège, marmonna Tanaisie.

– Ce n'est pas un piège ! Je veux partir, insista Violette avant de pincer les lèvres. Soit vous m'emmenez, soit je raconte tout à Mère Fleur.

– Soit je te coupe la gorge, lui rappela Aster.

– Ce sera toujours mieux que de vivre comme ça.

Le doute s'empara d'Aster. Si ça avait été n'importe qui d'autre, Aster l'aurait crue sans hésitation. Mais Violette ? La favorite de Mère Fleur ? Celle qui répétait sans cesse qu'elle adorait Green Creek ? Non, quelque chose ne collait pas.

Par le Voile, nous n'avons pas le temps pour ça...

– En plus, vous avez besoin de moi, poursuivit Violette.

– Et pour quoi, au juste ? demanda Clémentine, peu convaincue.

– Je sais des choses, des choses que Mère Fleur ne vous dit pas.

– Tu ne ferais que nous ralentir, cracha Mauve. Petite princesse pourrie gâtée...

Violette lui montra les dents.

– Racaille sang-de-poussière...

– Taisez-vous toutes, intervint Aster.

Elle n'avait pas plus confiance en Violette que les autres, mais elles ne pouvaient pas continuer à discuter. Mère Fleur pouvait arriver d'une seconde à l'autre. Et même si égorger Violette serait le seul moyen de s'assurer de son silence, Aster avait la nausée rien que d'y penser. Contrairement au bluffeur, la jeune fille était innocente. Une harpie insupportable et égoïste, certes, mais innocente.

Il fallait qu'elle prenne une décision.

Elle prit une voix basse et menaçante et brandit encore le couteau.

– Si tu fais quoi que ce soit pour saboter notre plan, tu le regretteras.

Aster fit encore une fois le tour de la salle de réception. Cette fois, cependant, elle était la chasseuse, pas la proie. Elle devait trouver un client dont personne ne s'occupait encore, et elle devait faire vite, avant que Violette descende déguisée en bluffeur.

L'idée était que Violette sorte, trouve une charrette à foin dans l'écurie et la fasse rouler jusque sous la fenêtre de la chambre de Clémentine afin que les autres puissent sauter dedans. Mais pour pouvoir passer devant Dex, elle devrait tenir la main coupée hors de la manche du manteau, comme si c'était la sienne. Aster répugnait à confier la partie la plus importante du plan à Violette, mais elle seule était assez grande pour porter les vêtements du robuste bluffeur.

Mauve et Tanaisie avaient accepté de se charger de l'atroce tâche de lui trancher la main. Aster devait créer une distraction dans la salle de réception pour que Dex ne regarde pas Violette de trop près quand elle tenterait de partir.

La frustration lui piquait la nuque alors qu'elle passait la foule en revue, chaque battement de cœur lui faisant l'effet du tic-tac d'un minuteur. Elles ignoraient combien de temps perdurerait la faveur du bluffeur. Et si elle disparaissait avant que Violette ne soit sortie ? Elles seraient fichues.

Un bluffeur maigre portant un long manteau marron se tenait seul au bar, les yeux baissés sur son verre intact. C'était l'un des plus jeunes hommes de la salle. Aster s'apprêtait à l'approcher quand une autre fille le rejoignit, s'appuyant avec décontraction contre le comptoir.

Zut.

Elle se détourna, cherchant désespérément un autre client à coincer. Alors, elle le repéra : un homme seul près du piano, suffisamment proche de la porte d'entrée pour qu'elle soit sûre que Dex viendrait en courant quand elle ferait diversion. Le bluffeur portait l'uniforme gris fané des forces d'Arketta. *Gloire au Règlement des comptes* était écrit sous ses galons : la devise nationale. Comme les policiers, les militaires bénéficiaient de réductions dans les maisons d'hospitalité. Ils étaient toujours contents de trouver quelqu'un à qui raconter leurs histoires sur les rebelles sang-de-poussière qu'ils avaient aidé à capturer.

Aster fendit la foule et se dirigea vers lui.

– Il semblerait que vous ayez besoin de compagnie, dit-elle en se glissant à côté de lui.

Elle laissa courir ses doigts sur son bras. En temps normal, elle n'était pas aussi entreprenante, et pour la première fois, elle regretta de ne pas être aussi douée que Violette pour flirter avec naturel.

Le soldat se redressa, les yeux vitreux et dans le vague à cause de l'alcool.

– Et comment t'appelles-tu, jeune demoiselle ? demanda-t-il d'une voix pâteuse.

– Je m'appelle Aster, vous voyez ? lança-t-elle en se tournant pour lui montrer sa faveur d'un air provocant.

Elle en profita pour jeter un coup d'œil dans la pièce, mais elle ne vit aucun signe de Violette. Elle déglutit, la gorge nouée.

– Lieutenant Carney, à ton service, Aster, se présenta le militaire en inclinant maladroitement son chapeau mou.

Il la regarda des pieds à la tête et un demi-sourire s'épanouit sur son visage. Une fille de l'aube passa à côté d'eux avec un plateau de cocktails aux couleurs vives. Il en attrapa deux.

– Une jolie boisson pour une jolie fille ? demanda-t-il.

Elle le remercia avec modestie et accepta le verre. Elle regarda l'escalier derrière lui. Mais où était Violette ?

Et alors, elle la vit qui descendait l'escalier d'un air arrogant, avec une assurance surprenante. Ses longs cheveux étaient coincés sous le chapeau du bluffeur, sa silhouette féminine cachée par son manteau lui tombant jusqu'aux genoux. Elle avait enroulé son foulard en soie autour de la partie inférieure de son visage. Mais ce n'étaient pas tous ces détails qui la rendaient aussi crédible. C'était sa façon de se tenir, son autorité naturelle et cet air d'homme sûr de son bon droit. Elle ne montrait pas la peur qu'elle devait certainement éprouver.

Le cœur d'Aster battait à tout rompre. Elle s'humecta les lèvres.

– Bonne fortune, lui dit Carney en levant son verre pour trinquer.

Elle se tourna vers lui, luttant pour garder son calme.

– Bonne fortune, répondit-elle avec un sourire forcé, et elle vida son verre en trois gorgées.

L'alcool alluma un feu dans sa gorge, le liquide poisseux et sucré lui brûla la langue. Elle toussa violemment. S'appuya contre l'épaule de Carney, prise de vertige.

Celui-ci lui frotta le dos en riant. Ce contact lui donna la chair de poule.

– Doucement ! s'exclama-t-il, incrédule. Vous êtes vraiment aussi coriaces que de l'herbe sèche, vous les sang-de-poussière !

– Nous aimons impressionner, lieutenant, répondit-elle d'un ton léger. Mais je dois admettre que je me sens un peu faible à cet instant.

Elle se redressa, mais tituba un peu sur place.

– Un autre verre va arranger ça, répondit-il avec trop d'empressement.

Aster regarda encore derrière lui. Violette était dans le vestibule, en deuxième position pour sortir.

– Viens, je vais t'accompagner au bar, insista Carney.

– Ne vous embêtez pas, répondit rapidement Aster. J'ai juste besoin de m'asseoir une seconde.

Elle fit quelques pas mal assurés, poussa un cri dramatique et s'effondra sur le sol. Le piano s'interrompit. Un cri de surprise collectif s'éleva dans la pièce.

Aster resta par terre, les yeux fermés, alors que le chaos explosait autour d'elle. Un méli-mélo de voix emplit la pièce : des filles répétant son prénom, un homme appelant à l'aide. Le martèlement des pas faisait vibrer le sol sous sa joue alors qu'une foule s'amassait autour d'elle. Elle entendit Mère Fleur se frayer un chemin entre les clients et s'excuser pour la gêne occasionnée. L'odeur de fumée de cigare piégée dans le tapis lui retournait l'estomac.

– N'approchez pas, elle est avec moi, ordonna Carney.

Aster ouvrit les yeux en battant des paupières. Un enchevêtrement de jambes se dressait entre elle et la porte d'entrée, mais elle réussit à apercevoir Violette qui sortait d'un pas décidé. Dex se dirigeait d'un pas lourd vers la foule grandissante, imposant le calme aux clients grâce à son influence mentale. En revanche, le soulagement d'Aster n'appartenait qu'à elle.

Violette avait réussi.

Alors, une prise de conscience glacée se propagea le long de sa colonne vertébrale, comme un seau d'eau sur sa brève étincelle de triomphe : et si Violette se contentait de s'enfuir ? Si elle n'amenait pas la charrette sous la fenêtre, si elle se servait simplement de la main du bluffeur pour s'échapper et les laisser pour mortes ? Peut-être avait-elle seulement voulu les utiliser, peut-être avait-ce été son plan depuis le début.

Je n'ai plus d'autre choix que d'attendre de voir ce qui va se passer.

Aster leva les yeux sur Dex, dont la lèvre se retroussa pour révéler des dents jaunies, et sur Mère Fleur, souriante, mais dont les yeux brûlaient de fureur. La conduite négligée d'Aster donnerait une mauvaise image de la maison d'hospitalité. En temps normal, elle se serait fait démolir l'esprit par l'un des dévoreurs le lendemain.

Mais à cette heure-là le lendemain, elle serait libre, ou morte.

– Est-ce que ça va, Aster? demanda Mère Fleur, la voix dégoulinante de fausse sollicitude.

Aster prit la main de Carney et se releva lentement.

– Je vais bien maintenant, madame. La tête m'a tourné, c'est tout. Désolée d'avoir causé un tel émoi. (Elle n'avait pas besoin de feindre le tremblement de sa voix.) Cependant, je pense que je ferais mieux de me retirer pour la nuit, avec votre permission.

– Bien sûr, répondit Mère Fleur. Et le lieutenant aimerait t'accompagner et s'assurer que tu vas bien, passer un peu de temps avec toi. (Elle se tourna vers le bluffeur et sourit.) La chambre Aster se trouve au bout du couloir, sur la droite.

Carney se rapprocha d'elle alors que la foule commençait à se dissiper. La panique d'Aster redoubla d'intensité.

– À vrai dire, je ne crois pas que...

– Ne t'en fais pas, je veillerai sur toi, promit-il.

Il passa un bras autour d'elle et la guida vers l'escalier.

Le cœur d'Aster tambourinait dans sa cage thoracique. Ce n'était pas prévu dans le plan. Elle ne pouvait pas l'emmener dans sa chambre. Clémentine et les autres étaient probablement en train de sortir par sa fenêtre en ce moment même. Ou, si Violette les avait abandonnées, elles étaient coincées là-bas, sans possibilité de s'échapper.

Elle fit exprès de trébucher sur la première marche.

– Attention, dit Carney. Il ne faudrait pas que tu fasses une autre mauvaise chute.

– Il semblerait que je sois trop faible pour monter tout de suite, répliqua Aster.

Elle avait espéré gagner un peu de temps pour que tout le monde puisse sortir, mais Carney la prit dans ses bras et commença à gravir l'escalier.

– Aucun problème, dit-il galamment.

Aster réprima un juron. Évidemment, se comporter en jeune femme sans défense ne faisait que l'encourager.

Il lui souriait tout en continuant à parler et Aster commençait à se sentir réellement malade. Et puis, il y avait la peur habituelle, celle qui s'emparait d'elle chaque fois qu'elle grimpait cet escalier avec un bluffeur. Une terreur qui lui glaçait les os menaçait de la noyer. Peu importait que Carney semble se croire chevaleresque. Le résultat final était toujours le même.

Ils parvinrent sur le palier. Carney la posa. Aster se dirigea vers le bout du couloir aussi lentement que si elle allait à l'échafaud. Elle inspira difficilement en refermant la main sur le bouton de porte.

S'il vous plaît, par le Voile, faites que je ne trouve personne derrière cette porte. Faites qu'elles se soient enfuies. S'il vous plaît.

Elle ouvrit la porte.

Et expira. La chambre était vide, la fenêtre ouverte. Elle s'en approcha lentement, comme si elle voulait juste fermer les rideaux. Elle baissa les yeux et vit la charrette à foin qui attendait en bas.

Clémentine avait filé. Elles avaient toutes filé.

Alors, Carney ferma la porte dans un bruit sourd qui la démoralisa. Elle ne pouvait pas sauter alors qu'il était juste derrière elle.

Tu vas devoir le combattre. L'assommer.

Un soldat expérimenté ? Ses chances étaient minces.

– Alors, par où commence-t-on ? demanda Carney, d'une voix légèrement pâteuse.

Il se plaça derrière elle et encercla sa taille avec ses mains épaisses.

La gorge d'Aster se comprima. Ses yeux la brûlaient. Elle se sentait déjà sombrer dans cet état de détachement apathique où elle se réfugiait chaque soir, son esprit dérivant de plus en plus loin, laissant son corps se débrouiller seul. Sa propre respiration lui paraissait bien trop forte dans ses oreilles et ses membres devenaient si lourds qu'elle aurait aussi bien pu avoir avalé la dose hebdomadaire de Chardon sucré.

Le Chardon sucré.

C'est ça.

– On va te libérer de cette robe, dit Carney. Tu respireras mieux.

Elle se retourna pour lui faire face, toujours dans ses bras.

– Il y a quelque chose que j'ai envie d'essayer depuis un bon bout de temps, lui murmura-t-elle à l'oreille. Mais je ne sais pas si vous seriez partant.

– Ah oui ?

– Voyons si je peux le trouver.

Elle se libéra de son emprise et s'approcha de sa coiffeuse, où était niché son flacon de Chardon sucré, entre les bijoux et les brosses à cheveux.

Elle humecta ses lèvres, une flamme de colère dévorant le brouillard qui avait envahi son esprit. Chaque semaine, Mère Fleur s'était attendue à ce qu'elle lui soit reconnaissante de ce Chardon sucré. Ses parents s'étaient attendus à ce qu'elle leur soit reconnaissante de ce foyer. Le lieutenant Carney s'attendait certainement à ce qu'elle lui soit reconnaissante de sa retenue. Comme si tout ça changeait la nature de cet endroit, ce qu'il avait presque fait à Clémentine. Ce qu'il avait déjà fait à Aster.

– Tu es magnifique, tu sais, dit Carney d'un ton badin. La plupart des filles sang-de-poussière... (Il secoua la tête.) Mais qu'est-ce qu'un homme peut espérer de plus dans la Balafre ? Je suis content d'avoir rencontré la bonne fortune ici, tout compte fait.

Je devrais briser un miroir sur sa tête.

Lui trancher la gorge avec un éclat de verre.

Le laisser se vider de son sang comme un porc.

Mais non, c'était impossible. Elle devait contrôler sa colère tout comme elle contrôlait sa peur. C'était le seul moyen de sortir d'ici vivante.

– Qu'est-ce que tu as là ?

Il s'était glissé derrière elle d'un pas étonnamment léger. Elle déglutit et lui montra le flacon.

– Juste un petit remontant que m'a laissé un autre invité, dit-elle avec entrain. Intéressé ?

Il haussa un sourcil.

– Et à quoi sert ce remontant, exactement ?

– C'est un extrait de fleur rare poussant au sommet des montagnes, mentit Aster. Il paraît qu'il ouvre l'esprit et les sens et débloque notre potentiel le plus profond pour le plaisir.

– Vraiment ?

Elle hocha la tête.

– Rien qu'une goutte sous la langue. Plus on en prend, plus l'effet est fort. Mais certains hommes ne le supportent pas. La plupart ne peuvent en prendre qu'une dose ou deux. Mais un militaire comme vous...

– Passe-le-moi, dit-il brusquement.

Aster s'exécuta et le regarda, tendue, alors qu'il dévissait le bouchon et passait le flacon sous son nez. S'il reconnaissait l'odeur du Chardon sucré, il saurait qu'Aster essayait de le rouler. Mais il remplit le compte-gouttes jusqu'en haut, ouvrit la bouche et le vida sous sa langue.

– Tu vois ? Pas de problème, dit-il, l'élocution de plus en plus laborieuse, la magie du médicament commençant à opérer. Maintenant viens ici, et on pourra... on pourra...

Il s'assit lourdement sur le lit, marmonna un juron et tomba à la renverse. Aster se précipita vers lui. Ses yeux à moitié ouverts ne voyaient plus rien, ses paroles étaient faibles et incompréhensibles. S'il n'était pas encore endormi, il le serait bientôt.

Aster ne perdit pas de temps. Elle courut jusqu'à sa fenêtre.

La charrette était toujours là, Dieu merci. Et la mollesse qui s'était emparée de ses membres quelques instants plus tôt avait complètement disparu. Aster débordait d'énergie, peur et excitation à parts égales. Combien de fois avait-elle imaginé s'échapper ? Ça allait enfin arriver.

Mais seulement si elle se dépêchait. À chaque seconde perdue, les filles risquaient d'être découvertes dans l'écurie.

Elle passa une jambe puis l'autre par-dessus le rebord de la fenêtre, la barre d'appui en fer lui mordant les paumes. Si elle traînait ne serait-ce qu'une seconde, quelqu'un, quelque chose allait venir l'arrêter. Un instant plus tard, elle était assise sur le bord de la fenêtre, les jambes dans le vide. La distance entre ses pieds et la charrette à foin paraissait s'étirer maintenant que le moment de sauter était venu. *Vas-y,* se dit-elle. *Saute.*

Mais au lieu de ça, elle regarda par-dessus son épaule : la

chambre qui avait été sa prison pendant si longtemps, l'homme qui l'aurait utilisée comme de nombreux autres l'avaient déjà fait. Rien de moins que la mort d'un bluffeur lui avait donné cette opportunité de s'enfuir, et elle savait qu'une chance pareille ne se reproduirait pas.

Elle prit alors une décision. Même si cela devait lui coûter la vie, elle ne reviendrait jamais ici ou dans un endroit similaire.

Elle ne serait plus jamais une Fille de la chance.

CHAPITRE 5

Aster se repoussa du bord de la fenêtre et l'espace d'un instant, un instant seulement, elle eut l'impression de voler.

À l'âge de sept ans, elle avait sauté d'une branche d'un chêne à moitié mort, derrière leur maison délabrée dans le camp de mineurs. Elle pensait, si elle montait assez haut et sautait assez loin, que le vent la porterait et qu'elle s'élèverait au-dessus des montagnes, sortirait de la Balafre.

En réalité, elle s'était écrasée par terre et s'était tordu la cheville, qui avait gonflé jusqu'à atteindre la taille d'une pomme sauvage. Mais ça en avait valu la peine, pour ce moment d'envol fugace et la promesse de liberté.

Cette fois, elle savait que le vent ne l'emporterait nulle part, mais alors qu'elle tombait et que l'air nocturne chuchotait autour d'elle, tout lui sembla possible.

Ses pieds heurtèrent la charrette en premier et la douleur transperça ses tibias malgré le coussin de foin. Elle ne put réprimer un cri de surprise. Le craquement du bois lui parut aussi fort qu'un coup de feu. Elle s'ébroua pour se débarrasser autant que possible des brins qui la piquaient et descendit d'un côté, s'enfonçant dans la nuit en trébuchant avant qu'un des dévoreurs ne vienne voir ce qui se passait.

S'appuyant contre le bois blanc de la maison d'hospitalité, elle se frayait un chemin entre les petits buissons qui s'accrochaient à ses bas, se baissant chaque fois qu'elle passait devant la lueur d'une fenêtre. D'un côté, elle mourait d'envie de se mettre à courir, mais de l'autre, elle savait qu'elle devait rester prudente et silencieuse. Trop de gens flânaient sur la terrasse couverte. Les écuries étaient juste à côté, mais la distance lui semblait interminable.

Elle ne se rappelait même plus la dernière fois où elle était sortie après la tombée de la nuit. Mère Fleur chargeait les plus jeunes filles de s'occuper de l'extérieur de la maison, de laver les vitres et de balayer le porche, mais toujours dans la chaleur torride du jour. La nuit lui paraissait fraîche et vivifiante en comparaison, comme une compresse froide sur un front fiévreux. Elle prit une grande inspiration, ne pouvant s'empêcher, malgré son angoisse, de savourer la douceur de l'air, le goût des montagnes sur sa langue.

Finalement, elle atteignit le bout du bâtiment. Elle fit une pause, jeta un coup d'œil au coin de la maison pour s'assurer que personne ne rôdait dans la cour, puis elle la traversa en courant et se jeta dans l'écurie. L'odeur épaisse et herbeuse du crottin et du foin emplit ses narines.

Toujours pliée en deux, elle scruta l'obscurité à la recherche d'Augie, le valet d'écurie de nuit. Il était de notoriété publique que, par des soirs de semaine tranquilles comme celui-ci, on le trouvait habituellement chez Clooney, où il jouait ses maigres revenus dans l'espoir de pouvoir s'offrir la compagnie des filles. Il aimait dire en plaisantant que c'était son travail de s'occuper d'elles comme des chevaux. Cette habitude tombait bien : il n'était nulle part en vue.

Cependant, au moins un garçon d'écurie devait être resté là pour s'occuper des chevaux et nettoyer les box. Violette avait été chargée de le maîtriser discrètement. Il serait jeune et non armé, avait expliqué Aster pour la rassurer... mais c'était aussi le cas de Violette.

Aster s'enfonça plus profondément dans le bâtiment, à la recherche des autres. La plupart des chevaux dormaient debout, mais certains hennirent doucement lorsqu'elle regarda dans leur box, les yeux noirs et brillants comme de l'encre humide, leur odeur imprégnant l'air. L'écurie était ouverte des deux côtés et l'autre entrée donnait sur la rue principale, où déambulaient des groupes d'hommes allant de saloon en saloon, dont les silhouettes se découpaient dans la lumière des réverbères. Leurs rires crépitaient dans l'obscurité. Aster savait qu'ils seraient de plus en plus nombreux à mesure que la soirée avancerait.

Il fallait qu'elle trouve sa sœur tout de suite.

Elle approchait du bout de l'allée. La crainte la rongeait de l'intérieur. *Peut-être qu'elles sont déjà parties.*

Ou peut-être s'étaient-elles fait prendre.

Alors, elle entendit des murmures crispés non loin devant elle. Elle les suivit en articulant une prière.

Elles étaient là : Clémentine, Mauve, Tanaisie et Violette, blotties les unes contre les autres dans un coin sombre d'un box vide. Le garçon d'écurie hirsute était étendu à côté d'elle, ligoté et bâillonné à la va-vite.

Aster poussa une expiration tremblante. Un soulagement envahit son corps, si puissant qu'elle en eut le tournis. Elle posa la main sur le mur en bois pour se stabiliser. Puis elle se laissa glisser sur la terre dure.

– Tu as réussi, souffla Tanaisie d'une voix tout excitée.

Clémentine s'approcha à quatre pattes et la serra dans ses bras avec force.

– Qu'est-ce qui t'a pris aussi longtemps, bon sang? demanda Violette.

Aster soupira et relâcha Clémentine.

– Il y a eu un imprévu, répliqua-t-elle sèchement. Je m'en suis occupée, mais quelqu'un va rapidement remarquer cette charrette. Comment as-tu maîtrisé le garçon d'écurie?

– Je me suis fait passer pour un client et je lui ai donné un coup de fourche sur la tête dès qu'il m'a tourné le dos.

– Quoi? Je t'avais demandé de le maîtriser discrètement! La dernière chose dont on ait besoin, c'est d'un autre cadavre à cacher...

– Du calme, je ne l'ai pas frappé si fort que ça. Nous ne sommes pas toutes des meurtrières comme ta sœur.

Le visage d'Aster s'échauffa.

– Écoute...

Clem lui prit le poignet et secoua la tête en désignant l'entrée de l'écurie, où se tenaient deux hommes.

Augie. Il tenait sa lanterne bien haut et un pistolet pendait à sa hanche.

Le cœur d'Aster tambourinait douloureusement dans sa poitrine tandis qu'elle s'accroupissait plus bas dans le foin. Clem et elle se mirent à ramper le plus silencieusement possible pour rejoindre le coin où se cachaient les autres, le visage inquiet.

– Tu m'as déjà vu mentir, Rich? demanda Augie. Je le jure

devant les morts, Baxter McClennon était à la table avec moi, et je lui ai gagné vingt aigles.

– Comme si McClennon allait poser ses fesses de riche à une table où tu empestes.

– Hé, un homme qui ne pue pas à la fin de la journée n'est pas vraiment un homme.

Aster s'appuya contre le mur du box et retint son souffle. Les voix des hommes se rapprochaient. Elles se figèrent toutes. La lumière de la lanterne balaya le sol.

Clémentine agrippa le bras d'Aster et ses ongles s'enfoncèrent dans sa chair.

– Tu peux t'estimer heureux de ne pas avoir joué contre Derrick, reprit Rich. Tout le monde sait que c'est lui, le plus intelligent des deux frères. Il est parti dans un pensionnat chic à l'étranger...

Encore un peu plus proches... Peut-être à quatre pas d'elles, désormais. Trois, deux. Aster se tendit et serra le poing, prête à frapper.

– ... trop occupé par ses études pour te filer la raclée que tu mérites, conclut Rich, qui passa devant leur box sans s'arrêter.

Leurs voix s'éloignèrent. Rich trouva son cheval un instant plus tard et Augie le raccompagna dehors. Les filles virent le valet d'écurie se hâter de retourner chez Clooney.

Aster expira.

– On l'a échappé belle, murmura Clémentine.

– Et il pourrait revenir à tout instant, ajouta Aster. Il faut qu'on parte d'ici...

– Il faut qu'on fasse exactement ce que je vous dis, l'interrompit Violette. J'ai un plan.

Aster se tourna vers elle, réprimant son agacement.

– Quoi que tu aies en tête, je suis sûre que ça peut attendre qu'on ait laissé Green Creek derrière nous.

– Tu ne sais même pas dans quelle direction aller. Tu as failli ne pas réussir à quitter la maison. Mais si vous me suivez, on pourra se débarrasser de ces faveurs pour de bon.

– Qu'est-ce que tu racontes, bon sang ? demanda Aster, stupéfaite.

On ne pouvait pas cacher les faveurs et il était impossible de les retirer. Tout le monde le savait. Aster se tourna vers les autres et demanda de nouveau :

– Qu'est-ce qu'elle raconte, bon sang ?

– Elle nous a tout expliqué pendant qu'on t'attendait, répondit Clémentine. Je pense que ça vaut la peine que tu l'écoutes. Ça pourrait fonctionner.

– Tu vois ? cracha Violette. Je te l'avais bien dit. Je sais des choses.

Aster avait complètement oublié les folles promesses de Violette de leur divulguer des informations privilégiées. Elle avait cru qu'elle bluffait pour les convaincre de l'emmener.

De toute évidence, elle était complètement stupide. Mais Aster allait l'écouter, ne serait-ce que parce que Clémentine insistait. Elle serra les dents.

– Très bien, comment se débarrasse-t-on de nos faveurs, alors ?

– Nous allons trouver Lady Fantôme, répondit Violette. Je sais où elle vit.

Pendant un moment, personne ne dit rien. Aster sentait quelque chose pétiller en elle. Un éclat de rire. Il sortit de sa bouche, cassant et rauque.

– Lady Fantôme ? répéta-t-elle dans un murmure méprisant. C'est ça, ton idée géniale ?

Les autres filles étaient silencieuses.

– Elle existe vraiment, répliqua froidement Violette.

– C'est une histoire pour enfants. C'est des conneries.

Lady Fantôme n'était qu'une histoire à dormir debout que les plus jeunes Filles de la chance se racontaient, une mystérieuse responsable de maison ayant le pouvoir magique de faire disparaître les faveurs. Certaines disaient qu'on l'appelait « fantôme » parce qu'elle pouvait effacer les tatouages. D'autres que c'était parce qu'elle-même était insaisissable.

Aucune des filles de plus de douze ans ne croyait en elle. Aster n'y avait jamais cru.

– Ça ne coûte rien d'essayer, si ? demanda Tanaisie. Nous n'avons nulle part où aller. Si nous tentons de retrouver nos familles, nous les mettrons en danger elles aussi.

Tanaisie. Sans doute la plus intelligente d'elles quatre, et voilà qu'elle aussi gobait ce faux espoir.

Aster regarda Violette droit dans les yeux.

– Écoute, je comprends comment tu as pu croire que Lady Fantôme existait vraiment, dit-elle lentement. Tu as vécu toute ta vie dans ce monde. Mais nous sommes dans le monde réel, maintenant, alors tu vas devoir me faire confiance sur ce point, d'accord ? Elle n'existe pas.

Violette retroussa les lèvres.

– J'en ai assez de m'expliquer. Je te l'ai déjà dit : je sais des choses.

– Alors où est Lady Fantôme ? demanda Aster.

– Je ne suis pas née d'hier. Si je vous le dis, vous m'abandonnerez. Vous êtes obligées de rester avec moi parce que vous ne savez pas où vous allez, et je suis obligée de rester avec vous parce que je sais qu'il vaut mieux ne pas voyager seule à travers Arketta. Et pas la peine de me rabâcher que tu vas me couper la gorge. Si tu avais voulu me faire du mal, tu l'aurais déjà fait.

Aster se leva et se mit à faire les cent pas. Elle regrettait tellement que Violette les ait surprises. Mais discuter avec elle ne servait à rien pour l'instant, et elle ne voulait pas lui donner une raison de leur faire un sale coup plus tard. Et s'il y avait ne serait-ce qu'une minuscule chance... Non. Bien sûr que non.

Mais si c'était le cas ?

Aster se tourna vers les autres.

– Honnêtement, vous la croyez ? Vous croyez ce qu'elle dit ?

– C'est possible, non ? demanda Clémentine d'une voix suppliante.

Aster n'avait pas de réponse. Elle savait qu'elles avaient raison sur un point : elles n'avaient nulle part où aller. Elles ignoraient où vivaient leurs familles désormais ; les propriétaires terriens s'échangeaient les sang-de-poussière comme s'ils étaient des pièces de collection. Et leurs parents ne pouvaient certainement pas les protéger.

De toute manière, Aster n'avait pas l'intention de retourner auprès de ceux qui l'avaient abandonnée. Elle ne pouvait pas rentrer chez elle.

Violette sembla prendre le silence d'Aster pour une capitulation. Elle lui décocha un sourire suffisant.

– Bon, maintenant que c'est réglé, tout ce que vous avez besoin de savoir, c'est que nous nous dirigeons vers Killbank. Contentez-vous de suivre mes instructions.

Killbank. Une ville de bonne taille à une journée de voyage à cheval. Rien qu'à l'idée de traverser la Balafre, Aster avait la chair de poule. Personne n'allait bien loin sans engager un éclaireur. Non seulement à cause des créatures vivantes qui chassaient dans les bois, mais aussi des créatures mortes. Les prédateurs qu'on ne pouvait pas voir.

Les vengeants.

Nous n'avons pas le choix. Nous devons quitter Green Creek.

– À moins que tu n'aies une meilleure idée ? demanda Violette sur un ton de défi hautain.

Mauve et Tanaisie fixaient Aster.

– Il faut bien qu'on choisisse une direction, intervint Mauve. Pourquoi pas celle-là ?

Aster se tourna vers Clémentine. *D'accord ?* lui demanda-t-elle d'un regard.

Clémentine hocha la tête. Et sans la quitter des yeux, elle se pencha, passa la main sur sa faveur et murmura :

– Aster, je veux essayer.

Aster se tourna ensuite vers Tanaisie et Mauve. Elles s'aidaient déjà à se relever, vérifiaient que la voie était libre. Comme Aster, elles voulaient sans doute filer le plus vite possible.

C'était décidé.

Aster se tourna vers Violette.

– D'accord, dit-elle. Mais souviens-toi de ce que je t'ai dit, Violette. Tu n'auras pas de seconde chance.

– Je n'en aurai pas besoin, répondit-elle avec une expression de certitude inébranlable.

Elles ne perdirent pas plus de temps. Elles fouillèrent l'écurie à la recherche d'équipement : des couvertures, un peu de nourriture et un bidon d'eau, des vêtements masculins dans les appartements d'Augie. Elles enfilèrent rapidement chemises et pantalons, cachèrent leurs robes sous des bottes de foin, puis choisirent trois chevaux et les sellèrent : un bai pour Aster et Clémentine, un pie pour Tanaisie et Mauve, et une jument noire pour Violette. Cela faisait une éternité qu'Aster n'avait pas sellé un cheval, mais ses mains se souvenaient de la manœuvre, et ce rituel la rassura. Elle prit les rênes et Clémentine se glissa derrière elle, refermant les bras autour de sa taille. Et, dans un claquement de rênes, elles partirent.

Aster les conduisit vers le nord sur les routes en terre battue de Green Creek. Le cœur de la ville battait avec une énergie frénétique. Les hommes sortaient des saloons et s'interpellaient en criant de part et d'autre de la rue. À mesure qu'elles approchaient de la périphérie de la ville, la plupart des boutiques étaient sombres au rez-de-chaussée et de la lumière brillait à l'étage, où les commerçants s'étaient retirés. Elles passèrent devant la boutique de vêtements où toutes les filles de la maison d'hospitalité étaient emmenées, surveillées par des dévoreurs, afin qu'on prenne leurs mesures pour leur nouvelle garde-robe, quand elles deviendraient des filles du crépuscule. Aster posa les yeux sur les montagnes noires qui se dressaient contre le ciel nocturne. Une fille pouvait facilement se perdre dans ces montagnes. Mais ses poursuivants aussi.

Il fallait juste y parvenir.

Aucune d'elles ne parlait, mais la tension vrombissait dans l'air. Elles avaient enroulé des foulards à poussière autour de leurs visages pour dissimuler leurs faveurs. Cela ne suffirait pas à éveiller les soupçons, espérait Aster – de nombreux hommes couvraient leur visage dans la Balafre à cause de la poussière de mine dans l'air –, mais il ne faudrait que quelques minutes pour que leurs faveurs se mettent à luire et révèlent leur identité. Sans parler de la douleur.

Néanmoins, elles avançaient à une allure mesurée pour ne pas attirer l'attention. Aster tendait l'oreille, à l'affût de tout son, proche ou lointain, qui indiquerait que le corps du bluffeur avait été retrouvé, que l'alarme avait été donnée, ou que les dévoreurs de la maison d'hospitalité étaient à leurs trousses. Mais elle n'entendit que le son faiblissant des festivités qu'elles avaient laissées derrière elles. Elles parvinrent aux faubourgs délabrés de la ville. Aster ne s'était jamais autant éloignée de la maison d'hospitalité depuis qu'elle était une Fille de la chance.

Mais ce fut seulement quand elles eurent franchi le mur aveugle et plongé dans les bois que quelque chose se relâcha en elle, que son sang se mit à couler plus librement dans ses veines.

– Allez ! cria-t-elle aux autres, et elle se surprit elle-même en riant.

Elles retirèrent leurs foulards à poussière et Aster vit son sourire reflété sur tous leurs visages. Même le masque d'indifférence hautaine de Violette avait disparu. Aster se mit au galop, s'éloignant à toute vitesse de Green Creek en direction des contreforts. Elle ne s'était pas sentie aussi rapide depuis ses dix ans. La façon dont l'air filait sur ses joues, dont son cœur battait de joie, et non de peur... Il y avait quelque chose d'incroyablement bon dans le rythme des sabots du cheval, le craquement de la selle en cuir, l'odeur musquée, animale. Un autre rire lui échappa. Clémentine leva les mains au ciel.

Aster ignorait si Mère Fleur avait déjà trouvé le corps. Elle ignorait si Violette leur avait raconté des bobards. Elle ignorait où elles dormiraient ce soir, où elles trouveraient leur prochain repas, si le fer des chevaux suffirait à tenir les morts à distance.

Mais la maison d'hospitalité rapetissait au loin, sa lumière aussi petite qu'une flamme de bougie, et pour l'instant, c'était suffisant. Elle savourait cette sensation inhabituelle de liberté qui la remplissait jusqu'à ce que…

– Merci, Aster, dit Clémentine, derrière elle, avec un soulagement presque palpable. Merci de nous avoir sorties de là.

Alors le bonheur d'Aster se fissura, laissant entrer un ruissellement de peur face à ce qui les attendait. À la maison d'hospitalité, elle avait su à quels dangers s'attendre. Ici, elle pouvait seulement deviner. Et si elle avait sorti Clémentine d'un enfer simplement pour l'entraîner dans un autre ?

Rien ne pouvait être pire que ce qu'elles avaient laissé derrière elles, se dit-elle. Pourtant, alors qu'elle serrait la main de sa sœur pour la rassurer, elle n'avait qu'une chose en tête : *Ne me remercie pas encore.*

CHAPITRE 6

Il ne fallut pas beaucoup de temps pour que l'obscurité de la forêt les avale entièrement. Aster scrutait les ombres, les yeux plissés, guidant son cheval dans le sentier pentu et rocailleux creusé par les biches, baissant la tête quand ils passaient sous des branches. Clémentine et elle ouvraient la marche, suivies de Tanaisie et Mauve, puis de Violette. Cette dernière était légèrement à la traîne, ayant apparemment un peu de mal à contrôler sa jument, mais Aster n'aurait su dire si c'était parce que l'animal était aussi têtu qu'elle ou parce que le sentier était diablement traître.

Aster avait envisagé de leur faciliter la tâche en empruntant la route principale relativement plate qui traversait la Balafre. La route de l'Os, comme l'appelaient les gens, en référence aux nombreuses tombes anonymes qui se dressaient sur ses bords. La plupart des voyageurs mouraient de chaleur ou de froid. D'autres étaient tués par des bandits de grand chemin. D'autres avaient la malchance de réveiller un scorpion. Mais si dangereuse soit-elle, la route de l'Os n'en demeurait pas moins le moyen le plus sûr de voyager dans les montagnes. Elle était bordée de repousseurs en fer pour décourager les vengeants et elle grouillait de policiers pour décourager les criminels – dont elles faisaient désormais partie. Et donc, plutôt que risquer de se faire prendre, Aster avait conduit leur groupe entre les arbres. La police aurait du mal à les suivre à travers les bois, même si les dévoreurs de Mère Fleur n'avaient pas ce problème.

Et, bien entendu, les morts les accueilleraient à bras ouverts.

Il existait trois sortes d'esprits de ce côté du Voile : les séraphants, esprits bienveillants de vos ancêtres qui revenaient au pays des vivants pour vous guider ; les errants, esprits coincés au pays des vivants parce qu'ils n'étaient pas encore prêts à s'en aller ; et les vengeants, nés de la colère brute d'une âme torturée, enfin libérée par la mort.

Les séraphants étaient si rares qu'Aster n'était pas convaincue qu'ils existent vraiment. Les gens priaient les morts pour leur demander chance et sagesse, mais Aster savait que personne ne viendrait la sauver.

Les errants étaient plus communs. Ils pouvaient être effrayants, mais au fond, ils étaient inoffensifs, et un sanctifieur bien formé pouvait aider la plupart d'entre eux à trouver la paix.

Les vengeants, en revanche, s'en prenaient à tous ceux qui avaient le malheur de croiser leur chemin, et la Balafre en était infestée. À cet instant précis, leurs hurlements s'élevaient autour d'Aster et de Clémentine, des cris humains déformés en quelque chose d'animal. Les vengeants commençaient à se lamenter tous les soirs au coucher du soleil, en même temps que les grillons et les grenouilles-taureaux. Aster y était habituée.

Mais ils n'avaient jamais semblé aussi proches auparavant.

Si l'un d'eux attaquait, Aster et les autres n'auraient d'autre choix que de fuir. Elles n'avaient pas les armes pour se défendre. Mais comment échapper à des monstres qu'on ne voyait même pas ? Les vengeants n'étaient visibles qu'à la lumière directe de la lune, et sous les arbres, il faisait noir comme dans un four.

À mesure qu'elles avançaient, l'inquiétude d'Aster gagnait du terrain. Elle n'avait peut-être pas beaucoup de temps pour élaborer un plan, mais n'importe quoi vaudrait mieux que de se jeter ainsi tête baissée dans l'obscurité. Chaque coup de sabot lui faisait l'effet d'un clou s'enfonçant dans son cercueil.

– Clem ? Tu es toujours réveillée ? demanda-t-elle doucement.

Clem était silencieuse derrière elle, mais ses bras autour de la taille de sa sœur étaient aussi serrés que jamais. Elle remua.

– J'ai l'impression que je n'arriverai plus jamais à dormir, murmura-t-elle. Je n'arrête pas d'y penser.

De toute évidence, la flamme de la liberté allumée par leur fuite commençait à s'éteindre, et la vérité de ce que Clem avait fait s'imposait à elle. Aster déglutit, ne sachant quoi dire. Elle ne savait que trop bien ce que ça faisait d'être piégée dans un mauvais souvenir, d'en revivre chaque moment jusqu'à ce que vos entrailles se liquéfient et que votre poitrine soit prête à exploser. Mais s'il existait un moyen de se libérer de ces souvenirs, Aster ne l'avait pas encore découvert. Il fallait juste attendre que l'orage passe.

– Essaie de ne pas y penser, dit-elle finalement. Tu n'as rien fait de mal.

– Mais Aster, et si je me suis damnée ? Et si...

– Non ! Ça suffit. Ne parle pas comme ça.

– C'est dans le Livre Sanctifié : « Prendre la vie de votre congénère sur Terre, c'est perdre le paradis au-delà du Voile... »

– C'est pour les meurtres, Clémentine. Tout le monde le sait. Ce n'est pas un meurtre si tu te défends.

– Mais les gens appelleront ça un meurtre.

Aster ne pouvait pas le nier. Mais elle ne pouvait pas supporter que Clémentine, entre toutes, perde espoir. Aster garda le silence un instant, sa respiration formant un nuage devant elle. Il pouvait faire un froid mordant la nuit dans la Balafre et la fine chemise de travail d'Augie ne suffisait pas à la réchauffer. Le froid avait déjà commencé à se loger sous sa peau.

– Tu connais les morts mieux que personne, réessaya Aster.

Elle prit la main de Clémentine et tira doucement sur son bracelet au motif de serpent à sonnette. Depuis que Clémentine avait failli mourir, elle était sensible à la présence des fantômes. Elle pouvait voir les vengeants même sans la lumière de la lune, pouvait sentir les pensées des errants et parfois même communiquer avec eux.

– Tu dois croire qu'ils comprendront pourquoi tu as dû faire ça, et qu'ils te jugeront justement. En parlant de morts, ces vengeants ne se rapprochent pas trop de nous ?

– Je ne crois pas, répondit Clémentine en remuant sur la selle. Pourtant, je n'en avais jamais vu autant. Et ma peau me picote comme si on était au milieu d'un orage avec de la foudre. Mais je ne sais pas pourquoi, on dirait qu'ils nous évitent...

Alors, soudain, une créature rapide et sombre traversa à

toute vitesse le sentier devant elles, assez proche pour qu'Aster sente l'odeur de pourriture dans son sillage. La panique lui fit accélérer le cœur. Le hurlement du vengeant perça l'air un instant plus tard, rempli d'une douleur indicible. Clémentine hurla. Leur cheval se cabra, manquant de les jeter à terre.

– C'était quoi ça, bon sang ? s'écria Mauve, la voix crispée par la peur, tandis que Tanaisie poussait un rare juron.

– Un vengeant, mais il est déjà parti, répondit Aster rapidement, pour calmer tout le monde.

Mais en vérité, son propre cœur menaçait de bondir hors de sa poitrine. Elle scrutait en vain les fourrés. Rien d'autre que l'obscurité. Puis elle aperçut le vengeant alors qu'il traversait une flaque de clair de lune, argenté, squelettique et félin, fondant sur elles, aussi rapide que le vent. Ses yeux rouge-noir luisaient. Ses ailes de chauve-souris étaient écartées. Son crâne était hérissé d'une couronne de ramures et sa bouche de crocs de loup. Alors, il sortit du clair de lune et redevint invisible, les feuilles sifflant sous ses pieds alors qu'il se précipitait vers elles.

Une peur primale saisit Aster à la gorge. Elle éperonna le cheval bai.

– Allez, il faut qu'on bouge, il revient vers nous !

– Attendez, j'ai laissé tomber quelque chose ! lança Violette.

– Laisse-le, bon sang ! cria Aster.

Mais quand elle se retourna, elle vit que Violette avait déjà mis pied à terre. Cette fille ne comprenait rien à rien. Elle allait toutes les faire tuer.

– On n'attend pas !

– Accordez-moi juste une seconde !

Aster l'ignora et fit claquer les rênes, élançant son cheval plus vite que jamais. *Si elle veut sacrifier sa vie pour une boucle d'oreille perdue ou je ne sais quoi, ça me va,* pensa-t-elle.

Mais pas question qu'elle entraîne les autres avec elle.

Elles s'éloignèrent sans elle. Tanaisie dit à Mauve quelque chose qu'Aster ne put distinguer, mais elle devinait sans peine qu'elles se sentaient mal d'avoir abandonné Violette.

Pourtant, celle-ci n'avait eu aucun problème à les dénoncer quand cela l'avait arrangée à la maison d'hospitalité. Elle avait même semblé y prendre plaisir. Pourquoi risqueraient-elles leur peau pour elle aujourd'hui ?

C'est une adulte, se dit sévèrement Aster. *Elle s'en sortira.*

Pourtant, elle avait l'impression d'avoir avalé une pierre. L'indécision lui brûlait la poitrine. Elle agrippa les rênes, prête à faire demi-tour. Attendit, à l'agonie, d'entendre un cri de douleur. Cependant, un moment plus tard, Violette les rattrapa.

Aster ne dit rien, mais le soulagement détendit sa poitrine.

Ce fut seulement quand le ciel commença à s'éclaircir qu'Aster se rendit compte avec un choc sourd, écœurant, qu'elle n'avait pas été certaine de voir un autre lever de soleil. Elle se sentait trop nauséeuse et épuisée pour en éprouver du soulagement, mais elle se raccrocha à une sorte de fierté têtue.

Elles avaient survécu à leur première nuit à l'extérieur.

– C'est la lumière du jour ? croassa Clémentine, qui avait somnolé ces deux dernières heures.

– On dirait bien, répondit doucement Aster.

Les autres se redressaient sur leurs selles, l'air aussi fatigués qu'elle. Les morts avaient commencé à se calmer autour d'elles avec l'arrivée du matin ; c'était des vivants qu'elles devraient s'inquiéter aujourd'hui. Aster ne doutait pas que les dévoreurs de la maison d'hospitalité étaient à leurs trousses désormais.

Néanmoins, leur groupe avait mis plus de distance entre lui et Green Creek qu'elle n'avait osé l'espérer. Elles étaient au cœur de la forêt désormais, passant entre de vieux arbres à feuilles persistantes dont l'écorce rouge se détachait et dont les branches emmêlées coupaient le soleil en colonnes dorées. Le sol était toujours rocailleux et irrégulier, parsemé d'enchevêtrements d'herbes sèches, mais l'espace entre les arbres s'était considérablement ouvert. Violette plaça son cheval à gauche d'Aster, Tanaisie et Mauve à sa droite. Les chemises de travail mal coupées d'Augie et ses pantalons pendaient lâchement sur leurs corps, le tissu râpé déchiré par leur fuite à travers les sous-bois. Violette n'avait guère plus belle allure dans les vêtements qu'elle avait volés au bluffeur. Les genoux du pantalon élégant étaient tachés de boue après sa recherche désespérée de ce qu'elle avait laissé tomber la veille. Elles portaient leurs propres chaussures, de fines bottines leur arrivant aux chevilles qui n'étaient pas faites pour monter à cheval, et la plante des pieds d'Aster était déjà endolorie par des ampoules.

– Comment diable a-t-on survécu à cette nuit ? grogna Mauve.

Aster secoua la tête. C'était déjà extraordinaire qu'elles n'aient pas été rattrapées par les dévoreurs, mais avoir réussi à éviter les vengeants, c'était presque miraculeux. Seules quelques choses les tenaient à distance : le fer, si on en avait assez ; la plante *Melochia tomentosa*, quand on la brûlait ; et de la pure...

Théomite.

– La bague du bluffeur ! s'exclama soudain Tanaisie, qui avait manifestement suivi le même raisonnement. Elle doit avoir repoussé les vengeants.

– Je pense que tu as raison, acquiesça Aster en sortant l'anneau en or de sa poche, qu'elle fit tourner pour que la théomite reflète la lumière. Je parie que c'est même à ça qu'elle sert. Un homme riche comme lui n'aurait jamais voyagé seul dans la Balafre sans protection.

– Évidemment, dit Violette, le visage pâle et pincé, encore plus désagréable que d'habitude. Tous les riches font ça. Tu aurais pu nous prévenir qu'on avait un stock de théomite depuis le début.

– On te doit la vie, alors, Clem, intervint Mauve, ignorant Violette.

Aster jeta un coup d'œil à sa sœur, bien consciente que Clémentine ne s'était guère sentie héroïque la nuit dernière. Mais les louanges de Mauve réussirent à lui tirer un sourire.

La tension dans les épaules d'Aster se relâcha, juste un peu.

– Je crois entendre un ruisseau non loin, dit-elle. On va s'y arrêter un moment, donner à boire aux chevaux, reprendre notre souffle.

Ce serait certainement un soulagement de se reposer. Cela faisait désormais vingt-quatre heures qu'elles étaient réveillées et elles avaient été en cavale le dernier tiers de cette période. Aster avait si mal aux cuisses qu'elle n'arrivait presque plus à les serrer contre le cheval. Elle se demandait jusqu'où elles devraient aller avant d'être hors de portée des dévoreurs. Contrairement aux policiers, qui étaient des fonctionnaires, les dévoreurs étaient employés par des particuliers, et les poches de la maison d'hospitalité n'étaient pas sans fond. D'ailleurs, Mère Fleur ne voudrait pas envoyer trop de dévoreurs à leur recherche, sans quoi il n'y en aurait plus assez pour contrôler les autres filles. Elle se convainquit qu'ils ne les pourchasseraient pas plus loin que Killbank. Quant aux policiers, ils étaient attachés à leur ville.

Nous avons presque fait le plus dur.

Le ruisseau apparut quelques instants plus tard. Aster arrêta brusquement son cheval. Sa brève flambée d'assurance s'éteignit aussitôt.

Un jeune homme était accroupi au bord de l'eau et s'aspergeait le visage et la nuque. L'eau scintillait sur ses cheveux noirs cotonneux. Sa chemise séchait sur une branche, et les muscles saillaient sur son dos nu et brun. Il était mince et affûté comme un canif, et il risquait tout aussi sûrement de les couper.

– Qui est-ce ? chuchota Clémentine.

– Quelqu'un qui ne doit pas nous voir... siffla Aster en faisant faire demi-tour à leur cheval.

Mais c'était trop tard. Le garçon se retourna en entendant craquer une brindille. Il vit leurs visages.

Leurs faveurs.

Aster éperonna violemment son cheval, sans plus essayer de rester discrète.

– Venez ! cria-t-elle aux autres.

– Arrêtez ! ordonna le garçon.

Elle jeta un coup d'œil derrière elle. Il courait vers son cheval. Aster jura, une montée de sang lui faisant tourner la tête. Elles s'éloignèrent aussi vite que possible, suppliant les chevaux de piquer une dernière pointe de vitesse. Était-ce un dévoreur ? Aster n'avait pas vu ses yeux. Mais que ferait-il ici, sinon ? Qui d'autre voyagerait seul dans la Balafre ?

Il n'est probablement pas seul.

Il y en a probablement d'autres non loin.

Et maintenant, ils sont sur notre piste.

– Bon sang, jura Mauve.

Aster ne pouvait qu'être d'accord.

En fin d'après-midi, aucun signe n'indiquait que l'inconnu du ruisseau était sur leur piste. Cela dit, peut-être était-il simplement allé les dénoncer, auquel cas elles devaient se dépêcher pour conserver le peu d'avance dont elles disposaient. Mais après une journée entière de voyage, les chevaux étaient épuisés et les filles aussi. Épuisées, transpirantes, endolories et affamées. Elles devaient trouver un endroit où s'arrêter pour la nuit ou bien s'écrouler sur leurs selles.

Cependant, Killbank devait encore se trouver à au moins une heure. Aster était décidée à y parvenir.

– Aster, murmura Violette, si doucement qu'Aster faillit ne pas l'entendre.

Elle était restée inhabituellement silencieuse toute la journée. Aster supposait que, comme Clémentine et les autres, elle était tout simplement trop fatiguée ou angoissée pour faire la conversation. Mais elle s'aperçut avec inquiétude qu'elle était dangereusement pâle, que ses yeux bleus étaient injectés de sang et ses cheveux noirs et lustrés tout mous.

– Qu'est-ce qu'il y a ? demanda Aster, sans sa sécheresse habituelle.

La réponse de Violette était inintelligible.

Aster plissa le front et se pencha vers elle. Elles avançaient côte à côte désormais, à une allure plus lente.

– Quoi ?

– Elle a demandé si elle pouvait avoir une dose de Chardon sucré, dit doucement Clémentine.

– C'est ce que j'ai laissé échapper dans les bois hier soir, expliqua Violette d'une voix un peu plus forte. J'ai essayé de le retrouver, mais il faisait trop sombre, et j'avais peur de vous perdre.

– Oh, fit Aster, qui éprouva un accès de compassion surprenant. Je suis désolée, je n'en ai pas.

Violette la dévisagea, perplexe.

– Tu ne... Mais... mais tu dois bien en avoir pris depuis notre départ. Sinon, tu serais... (Elle s'humecta les lèvres.) S'il te plaît, il m'en faut juste un petit peu.

– Je n'en prends pas. Je n'en ai jamais pris. Je faisais semblant pour que Mère Fleur ne me punisse pas. (Le visage de Violette se décomposa.) Je suis désolée, Violette. Vraiment. Essaie juste de te détendre, d'accord ? On y est presque.

Violette reprit une expression lisse et indifférente, mais son visage demeurait cireux, terne. Elle se retira en elle-même.

– C'est peut-être une bonne chose qu'on n'ait pas de Chardon sucré, chuchota Clémentine. Maintenant, elle pourra s'en libérer.

– Peut-être, acquiesça Aster, bien qu'elle n'en fût pas sûre.

Pouvait-on arrêter de prendre cette substance sans de terribles conséquences ? À la maison d'hospitalité, personne n'arrêtait après avoir commencé. Elle avait entendu des filles du crépuscule parler de femmes qui quittaient la maison d'hospitalité après avoir passé l'âge et se retrouvaient à court de cette drogue, des rumeurs sur les actes désespérés que commettaient certaines d'entre elles pour quelques gouttes.

Le silence entre elles devint tendu. Toutes observaient attentivement Violette, mais aucune ne voulait laisser paraître son inquiétude. Et Violette, bien sûr, était trop fière pour dire un autre mot. Elle tint encore une demi-heure avant que ses paupières se mettent à papillonner, que sa tête roule en avant et qu'elle tombe par terre avec un bruit sourd.

– Violette ! s'écria Aster.

Clémentine et elle descendirent rapidement de leur monture, leurs jambes endolories manquant de céder alors qu'elles se précipitaient vers la jeune femme. Ce n'était pas un bon endroit où s'arrêter, juste à l'extérieur de Killbank. Elles étaient peut-être dans la zone de patrouille des policiers. Les autres descendirent aussi de cheval et formèrent un cercle autour de Violette, aux yeux ouverts, mais aveugles.

– Violette, est-ce que tu m'entends ?

Tanaisie s'agenouilla à côté d'elle et lui toucha le front.

– Elle a beaucoup de fièvre. Elle doit sans doute délirer. Vous savez si elle s'est blessée ? Une plaie qui se serait infectée ?

Violette frissonna violemment. Aster regarda Tanaisie, dont les paroles calmes semblaient venir de très loin.

– Blessée ? Non... elle... elle a besoin de Chardon sucré. Elle m'en a demandé il y a environ une demi-heure.

– Elle est en manque, dit Tanaisie d'un air sombre.

– Elle a eu une sale tête toute la journée mais je pensais qu'elle n'avait juste pas l'habitude de vivre à la dure comme nous, ajouta Mauve, qui se leva et regarda autour d'elles d'un air de plus en plus paniqué. Qu'est-ce qu'on fait, Aster? On ne peut pas s'arrêter là.

– Il faut qu'on lui trouve une autre dose ce soir, ou elle mourra, répondit Tanaisie. On ne peut pas arrêter le Chardon sucré d'un seul coup, il faut y aller doucement.

Aster secoua la tête.

– Mais aucune d'entre nous n'en a.

– Il y aura un apothicaire à Killbank, poursuivit Tanaisie de sa voix apaisante. On pourra se procurer du Chardon sucré là-bas.

– On ne peut pas entrer dans la boutique et en acheter, pointa Clémentine. Et d'ailleurs, je pensais qu'on allait contourner Killbank, pas la traverser.

– C'est ce qu'on va faire, dit Aster d'un ton ferme. La ville grouillera de policiers.

– S'il vous plaît, supplia Violette d'une voix faible. S'il vous plaît, aidez-moi. Je ferai tout ce que vous voudrez. Je vous dirai où est Lady Fantôme.

– Effectivement, elle délire, marmonna Mauve.

Mais toute affectation avait disparu chez Violette, et cela effrayait plus Aster que tout ce qui s'était passé depuis qu'elles avaient filé.

– S'il vous plaît... Je ne veux pas mourir avant d'arriver là-bas, continua Violette, soutenant maintenant le regard d'Aster.

Aster déglutit. Elle ne s'autorisait toujours pas à croire à Lady Fantôme – pas après toutes ces années où elle avait été persuadée que ce n'était qu'une légende –, mais si Violette, elle entre toutes, avait été prête à s'échapper de la maison d'hospitalité et à risquer sa vie pour ça, il y avait peut-être une once de vérité dans cette histoire. Quelque chose, quelqu'un, qui méritait d'être trouvé.

Aster pressa sa main. Lui dit ce qu'elle avait besoin d'entendre.

– On va te trouver du Chardon sucré, Violette. Je te le promets. On ne te laissera pas mourir avant d'arriver là-bas.

CHAPITRE 7

Aster et les autres trouvèrent une mine abandonnée juste à l'extérieur de Killbank où Violette pourrait se reposer pendant qu'elles élaboreraient un plan pour se procurer du Chardon sucré. On disait qu'on pouvait traverser toute la Balafre en empruntant son dédale de tunnels miniers, même si aucune personne saine d'esprit n'aurait osé essayer. On risquait de se perdre et de mourir de faim, d'être enseveli vivant par un effondrement ou empoisonné par l'air vicié. La terre elle-même avait absorbé la souffrance de générations de mineurs sang-de-poussière, et les mines abandonnées comme celles-ci étaient souvent bondées de vengeants. Il y avait un errant près de l'entrée, flou et brouillé : un petit garçon assis en boule, aux genoux osseux serrés contre sa poitrine. Sa terreur enfantine flottait dans l'air comme une odeur âcre.

Et pourtant, si Aster avait eu le choix entre rester dans cette mine et s'aventurer à Killbank où elle risquait une confrontation avec la police, elle aurait choisi la mine sans hésitation.

– Je veux bien admettre que ce nom n'inspire pas confiance, dit Mauve d'un ton oisif en attachant son cheval à l'une des poutres pourrissantes qui soutenaient le tunnel. Killbank, « la berge de la mise à mort ». Si je n'étais pas prévenue, je penserais qu'ils essaient de nous effrayer.

Elle plaisantait avec Tanaisie mais cette dernière était trop distraite pour répondre. Elle s'était portée volontaire pour accompagner Aster à Killbank, expliquant qu'elle reconnaîtrait peut-être d'autres produits dont elles pourraient avoir besoin chez l'apothicaire. C'était une opportunité trop précieuse pour la laisser passer. Mais Aster voyait bien que la jeune fille était anxieuse à l'idée d'une rencontre avec la police. Elle entortillait le bout de sa natte et scrutait l'obscurité grandissante, les sourcils froncés.

– Hé, dit Mauve en lui touchant le bras. Sérieusement, tu ne veux pas que je vienne avec vous ?

– Tu ne peux pas venir, répondit Aster à sa place, mais sans méchanceté. Si nous allons toutes les trois en ville, c'est comme si Clémentine restait seule, puisque Violette n'est pas en état de se battre.

– Et il faut que ce soit moi qui accompagne Aster, renchérit Tanaisie en se forçant à sourire, étant donné que je suis la seule à savoir faire la différence entre du serpentaire et des serpentins.

Mauve grommela des paroles inintelligibles, mais elle céda et se tourna vers Clémentine, accroupie à côté de Violette, qui frissonnait sous la couverture rugueuse dans laquelle elles l'avaient enveloppée.

– Et Son Altesse ? demanda Mauve. Comment doit-on s'occuper d'elle en votre absence ?

Le sourire de Tanaisie disparut.

– Essayez juste de maîtriser cette fièvre autant que possible. Vous ne pouvez pas faire grand-chose d'ici notre retour.

– On va se dépêcher, promit Aster.

Un instant plus tard, elles étaient prêtes à partir et montaient sur la jument de Violette. Tanaisie coinça sa natte sous son chapeau. Aster tendit la bague de théomite à Mauve.

– Vous feriez mieux de la prendre. Vous pouvez être certaines qu'il y a des vengeants ici.

– Il y en aura aussi dehors, intervint Clémentine en se levant, les bras croisés.

– C'est vrai, mais nous au moins, on sera en mouvement. Je n'aime pas vous imaginer piégées ici sans protection.

Mauve prit la bague, dont la pierre scintilla d'un éclat sombre dans la demi-lumière. Elle regarda Tanaisie.

– Sois prudente, dit-elle, toute trace d'humour disparue.

Tanaisie hocha une fois la tête.

– Je le suis toujours.

Aster se pencha pour embrasser le sommet de la tête de Clémentine, puis elles partirent, Aster dirigeant le cheval vers la route de l'Os. Les derniers rayons de soleil filtraient à travers les branches au-dessus d'elles, le vent soupirait entre les arbres qui se préparaient pour la nuit en poussant des grognements de vieillards. Une pluie d'épines de pin tombait sur les deux jeunes femmes et Aster secoua la tête pour les faire glisser de son chapeau.

Derrière elle, Tanaisie gardait le silence. Aster en profita pour passer une dernière fois leur plan en revue. Quand elles arriveraient à Killbank, l'apothicaire aurait sans doute fermé. Elles n'auraient qu'à casser une fenêtre et se glisser dans la boutique. Tant qu'elles étaient prudentes, rapides et silencieuses, elles ne devraient pas attirer l'attention.

Une vague sombre d'excitation traversa Aster alors qu'elle imaginait tout ça, lui donnant des papillons dans le ventre.

Sa liberté toute neuve vrombissait encore dans son sang. Ce serait dangereux, oui, mais pour une fois, ce serait un danger qu'elle avait choisi.

– Tu sais, en fait je ne suis jamais allée chez un apothicaire, dit Tanaisie au bout d'un moment.

Il y avait aussi de l'excitation nerveuse dans sa voix.

Aster lui jeta un coup d'œil, surprise.

– Comment sais-tu autant de choses sur la médecine, alors ? Tu parles comme un livre.

Tanaisie rit un peu, mais hésita avant de répondre. Aster se dit, trop tard, qu'elle n'aurait peut-être pas dû poser cette question. Il existait une règle tacite parmi les Filles de la chance selon laquelle elles ne devaient jamais mentionner leur vie d'avant, et Tanaisie était encore plus réservée que les autres.

– Ma mère était infirmière, répondit enfin la jeune fille. Un médecin venait voir les mineurs une fois par saison, mais tous les autres jours de l'année, c'était elle qui s'occupait d'eux.

– On confiait à une seule femme la responsabilité de la vie de dizaines d'hommes ?

– Elle avait de l'aide, admit Tanaisie. Il y avait d'autres infirmières dans le camp. Mais c'était elle qui avait le plus d'ancienneté. Les autres, pour la plupart, étaient des filles à peine plus âgées que nous. Elles l'admiraient. Moi aussi.

Aster attendit de voir si elle allait ajouter quelque chose, et au bout d'un moment, Tanaisie reprit la parole.

– Elle me laissait la suivre. La poussière dans les poumons était le mal le plus courant. Presque tout le monde dans la Balafre en souffre à un degré ou un autre, mais en général, ce n'est mortel que pour les très jeunes et les très vieux.

Ensuite, il y avait les os brisés, les muscles déchirés, les brûlures, les tympans éclatés... des blessures douloureuses, mais qui guérissaient avec le temps. Un homme a survécu à une explosion qui a fait fondre toute la peau de son dos. Ma mère ne m'épargnait rien. C'était comme ça qu'elle avait appris, et c'était comme ça que je prendrais sa place un jour.

– Par les morts, souffla Aster, nauséeuse.

– Je m'y suis habituée, répondit Tanaisie avec nonchalance. Ça me plaisait, même. J'aimais savoir que ma mère était fière de moi. Mais un soir, un imbécile lui a enfoncé le crâne avec un fer à marquer parce qu'elle refusait de danser avec lui. Ma famille m'a vendue à la maison d'hospitalité une semaine plus tard. Ils n'avaient pas les moyens de faire autrement.

Aster déglutit, à court de mots. C'était une histoire à la fois atrocement unique et par trop commune, quelque chose qui aurait pu arriver à n'importe qui ayant grandi dans la Balafre. Cette région était connue pour de telles violences aveugles.

– Je suis désolée, Tanaisie.

– Elle serait contente de voir ce qu'on fait pour Violette. Mais je tiens à préciser que je n'aime pas faire du mal aux autres, Aster. Ce que j'ai toujours voulu faire, c'est aider les gens. Alors, si on doit se battre...

– Ça n'arrivera pas, promit Aster, espérant qu'elle semblait plus convaincue qu'elle ne l'était vraiment. Si ça tourne mal, on s'enfuira, d'accord ?

Elle aussi voulait aider Violette, mais elle n'avait pas l'intention de mourir pour elle.

Un moment plus tard, elles atteignirent la route de l'Os qui serpentait jusqu'à la vallée où dormait Killbank, derrière son mur de pierre aveugle. Des repousseurs en fer se dressaient tous les quinze mètres sur les bords de la route, sculptés en forme d'enfants aux yeux tristes tenant des lampes qui illuminaient le chemin. Leur regard fixe donnait la chair de poule à Aster. Elle s'humecta les lèvres et se tourna vers Tanaisie.

– Tu es prête ?

Dès qu'elles s'engageraient sur la route, elles seraient à découvert et risqueraient de se faire prendre.

– Il le faut bien.

Aster hocha la tête et remonta le tissu noir de son foulard sur le bas de son visage, recouvrant l'encre ensorcelée qui révélait leur statut de Filles de la chance.

C'est toi qui as le contrôle désormais, se rappela-t-elle en essayant de calmer la panique qui s'agitait dans son ventre. *Ils ont peur de nous.*

– Je n'ai jamais tenu plus de vingt minutes, Aster, l'avertit Tanaisie en couvrant son visage.

Aster baissa le bord de son chapeau. Vingt minutes – c'était la moyenne. Toutes les Filles de la chance, quand elles étaient petites, tentaient de voir combien de temps elles pouvaient supporter de garder leur faveur cachée avant que la douleur ne devienne insupportable. Le record d'Aster était de vingt-quatre minutes. Le record de Green Creek, d'après la légende, était de trente-trois minutes.

Aster sentait déjà un picotement désagréable sous sa peau.

– On aura fini dans quinze minutes, promit-elle.

Elles pénétrèrent dans la ville.

Killbank ressemblait beaucoup à Green Creek : une oasis animée pour les Arkettiens bien nantis vivant ou voyageant dans la Balafre. Aster chercha l'échoppe d'apothicaire parmi les boutiques soignées qui côtoyaient les saloons bruyants. La rue était remplie d'hommes en gilets de costume à motifs et chapeaux melon inclinés qui s'interpellaient par-dessus leurs bouteilles de bière. Il devait y avoir très peu de sang-de-poussière ici, en dehors des Filles de la chance de la maison d'hospitalité, et beaucoup de policiers avec des revolvers à la ceinture pour veiller à ce que cela reste ainsi. Aster retint son souffle lorsqu'elles passèrent devant deux agents montant la garde devant la banque, qui les observaient par-dessous leurs chapeaux à bord plat. La nouvelle de leur évasion s'était-elle déjà propagée hors de Green Creek ?

L'un des policiers plissa les yeux et porta la main à son arme. Aster se tendit et serra les rênes, prête à filer.

Pan ! Aster avait le cœur au bord des lèvres. Le policier avait sorti son arme et tiré. Mais pas sur elles : sur un rat qui détalait devant les sabots de leur cheval. Celui-ci décampa nerveusement. La vision d'Aster se brouilla alors qu'elle s'efforçait de réprimer la terreur qui s'était emparée d'elle.

– Bâtard, marmonna-t-elle. Ça va, Tanaisie ?

– Je crois, chuchota-t-elle, bien qu'elle tremblât.

La rue principale devenait plus tranquille à mesure qu'elles se rapprochaient du bout de la route, réservé aux commerces plus modestes qui avaient fermé à la tombée du jour. Aster gratta sa faveur. S'il n'y avait pas d'apothicaire à Killbank...

Mais alors, enfin, elles aperçurent la vitrine sombre de la pharmacie. L'inscription ÉCHOPPE D'APOTHICAIRE LISTON s'affichait en énormes lettres rouge et or. Aster se laissa glisser de selle et se hâta d'aller attacher la jument, regardant autour d'elle pour s'assurer qu'il n'y avait personne dans les parages.

Quelques personnes traînaient devant une auberge non loin, mais à part ça, elles étaient seules.

Sa faveur commençait à la brûler, telles des fourmis de feu sous sa peau.

– On entre et on ressort, assura-t-elle à Tanaisie, qui la regardait avec de grands yeux brillants. Montre-moi juste ce dont on a besoin, et je le prendrai. Et n'oublie pas que notre priorité est le Chardon sucré.

La jeune fille hocha la tête et descendit à son tour. Aster tenta d'ouvrir la porte principale, mais, sans surprise, elle était verrouillée. La vitrine était trop grande pour qu'elle la brise sans vacarme. Elle jura dans sa barbe. Il fallait trouver un autre moyen.

Jetant un dernier coup d'œil pour s'assurer que personne ne venait dans leur direction, elle ramassa une pierre et frappa sur la poignée de porte jusqu'à ce qu'elle cède, avant d'ouvrir la porte d'un coup de pied.

Et elle se retrouva nez à nez avec un vieil homme qui pointait son fusil sur elles.

– N'allez pas plus loin ! lança-t-il d'une voix rauque. Reculez ou je tire, je vous le jure !

Aster avait l'impression d'avoir reçu un coup de poing dans le ventre. Elle jaugea l'homme en une demi-seconde : cheveux gris sortant de sous un bonnet de nuit fané ; pyjama élimé pendant lâchement sur un corps osseux ; petites lunettes reflétant la lueur d'une bougie sur la table derrière lui. Liston lui-même ? Le bruit de leur intrusion avait dû le sortir du lit.

– J'ai dit re...

Aster ne s'accorda pas le temps de la réflexion. Elle se jeta sur lui et poussa le canon du fusil vers le haut avec son avant-bras gauche. Elle frappa Liston à la poitrine avec le bas de la main droite pour lui couper le souffle avant qu'il puisse appeler à l'aide.

Le vieil homme recula en trébuchant, haletant. Il perdit l'équilibre et tomba. Aster lui arracha son fusil et le pointa sur lui. Elle ne savait pas comment s'en servir, mais ça, Liston l'ignorait.

Il toussa et cracha, la regardant d'un air mauvais, et plissa les yeux quand il s'aperçut qu'il n'y avait pas d'ombres à leurs pieds.

– Maudits sang-de-poussière. Que voulez-vous de moi ?

– Pas un mot de plus, l'avertit Aster d'une voix basse.

Elle pressa le canon du fusil contre le creux de sa gorge contractée. La peur qui s'alluma dans les yeux du vieil homme lui donna la nausée. D'abord Violette, maintenant lui. Qui était-elle en train de devenir ?

Celle que je dois être pour assurer notre survie, pensa-t-elle avec une détermination renouvelée.

– Du Chardon sucré, ordonna-t-elle. Et ce que mon amie voudra d'autre.

Elle tendit à Tanaisie une sacoche qu'elles avaient volée dans l'écurie. Tanaisie l'accepta, le visage rouge sous une couche de sueur – Aster n'aurait su dire si c'était à cause de la peur ou de la douleur grandissante de sa faveur.

C'est presque fini, lui communiqua Aster d'un regard. Elle se retourna vers Liston et indiqua de la tête le comptoir devant les étagères à médicaments.

– Allez, dit-elle en baissant le fusil. Et fais vite.

Liston hésita. Aster n'aimait pas l'expression sur le visage du commerçant, comme s'il venait de comprendre quelque chose.

– Du Chardon sucré ? répéta-t-il.

– Tout de suite, rugit Aster.

Il se releva lentement, toujours tremblant, puis se précipita vers les étagères. Tanaisie le suivit, tenant la sacoche ouverte.

– Bardane… laudanum… calamine… « neige sur la montagne », marmonna-t-elle d'une voix douce, comme si elle s'excusait.

Aster les surveillait, méfiante, tout en se grattant le cou. La douleur commençait à la faire transpirer, elle aussi, et bientôt, sa faveur rougeoierait tant que Liston la remarquerait. Elle serra plus fort le canon du fusil et se retourna pour s'assurer que personne ne s'approchait de l'échoppe. Pour l'instant, rien. Mais alors qu'elle balayait la pièce du regard, elle posa les yeux sur plusieurs affiches collées sur les murs, chacune portant le même message en majuscules noires.

RECHERCHÉE

Aster déglutit tandis qu'un frisson descendait le long de sa nuque. Elle s'approcha et pria les morts pour ne pas reconnaître les visages sur les affiches.

Mais elle aurait reconnu n'importe où le visage de sa sœur. Il y avait cinq affiches côte à côte, une pour chacune d'entre elles, avec leurs visages dessinés d'une main experte. Leurs faveurs, en particulier, avaient été rendues avec une précision stupéfiante, identiques à celles qui brûlaient si fort désormais qu'Aster arrivait à peine à se concentrer sur les mots en face d'elle.

… des Filles de la chance de Green Creek…

… le meurtre cruel de Baxter McClennon…

… biens volés… bague en théomite… trois chevaux…

… récompense de 50 000 aigles…

... *VOULUES VIVANTES...*

Baxter McClennon.

Clémentine avait tué Baxter McClennon.

L'héritier de l'empire minier McClennon. Le fils du propriétaire terrien le plus puissant de la Balafre. Ces prises de conscience frappèrent Aster les unes après les autres. La famille du jeune homme ratisserait les montagnes pour les retrouver. Elle enverrait tous les dévoreurs d'Arketta à leurs trousses.

Aster eut un haut-le-cœur.

– C'est plutôt ressemblant, dit soudain Liston.

Aster ne put retenir un sanglot désespéré alors qu'elle faisait volte-face en relevant son arme. Mais l'apothicaire leva les mains en signe de reddition. Tanaisie se tenait derrière lui, occupée à refermer la sacoche. Ses mains ralentirent lorsqu'elle vit l'affiche la concernant.

– Si le Chardon sucré ne vous avait pas trahies, votre façon de fixer ces affiches s'en serait chargée, poursuivit-il avec un sourire narquois.

Aster jeta un coup d'œil à Tanaisie. Elles n'avaient pas le choix. Elle enfonça le canon du fusil dans la poitrine du vieil homme, le forçant à reculer jusqu'à ce que son coccyx heurte le comptoir dans un bruit de verre. Elle posa le doigt sur la gâchette.

– Va chercher la corde dehors pour le ligoter. Tout de suite ! ajouta-t-elle en voyant Tanaisie hésiter.

La jeune fille décampa. Une nouvelle vague de douleur transperça la faveur d'Aster. Elle s'efforçait de tenir fermement le fusil entre ses mains glissantes de sueur. Elle foudroya Liston d'un regard menaçant, priant les morts pour qu'il ne se rende pas compte qu'elle bluffait. Le coin de ses lèvres tressauta, mais il n'osa pas parler.

Tanaisie revint avec la corde.

– Attache-le, ordonna Aster sans baisser les yeux.

Pas d'hésitation cette fois-ci. Tanaisie attacha les poignets et les chevilles de Liston, sa faveur commençant à luire sous son foulard. Dès qu'elle eut fini, Aster baissa son arme, soulagée de ne pas avoir eu à s'en servir.

– Sales Chanceuses ! cria Liston, libéré de la menace du canon. Vous ne savez pas la chance que vous aviez dans cette maison ! J'ai hâte de voir ce que les McClennon vont vous faire...

Envahie par la rage, Aster se retourna. Elle se précipita vers lui et le bâillonna avec son bonnet de nuit, sa colère brûlante l'encourageant à faire pire.

– Aster, dépêche-toi, s'il te plaît, la supplia Tanaisie.

Sa faveur était rouge orangé désormais, à quelques minutes seulement de la chaleur blanche.

Aster déglutit et hocha la tête.

– On a terminé. Allons-y.

Elle se dirigea vers la porte et Tanaisie la suivit. Dehors, elles montèrent à cheval, les paroles de l'apothicaire résonnant encore dans les oreilles d'Aster alors qu'elles laissaient l'échoppe derrière elles.

Quand elles arrivèrent à la mine, Violette s'était évanouie. Tanaisie sauta de son cheval et s'approcha d'elle. Aster la suivit plus lentement, encore secouée par ce qu'elles avaient découvert. Clémentine courut vers elle et la prit dans ses bras.

– Vous avez réussi, dit Mauve, dont tout le corps se détendit sous l'effet du soulagement. Grâce aux morts.

– On a rencontré quelques difficultés, admit Tanaisie.

C'était un euphémisme. La douleur de la faveur d'Aster commençait tout juste à s'atténuer.

– Vous avez eu des problèmes ici ? demanda-t-elle.

Clémentine la relâcha et secoua la tête.

– Comme tu peux l'entendre, les vengeants se sont réveillés. Heureusement qu'on avait la bague.

La bague.

La bague de Baxter McClennon.

Tanaisie déposa une goutte de Chardon sucré sous la langue de Violette et se leva en expirant.

– Bonne nouvelle : Violette devrait revenir à elle dans quelques heures, dit-elle avant de regarder Aster droit dans les yeux. Tu veux leur annoncer la mauvaise nouvelle ?

Attendre n'arrangerait rien. Aster se lécha les lèvres et se tourna vers Clémentine.

– On a vu des avis de recherche à Killbank. Un pour chacune d'entre nous. Le bluffeur que tu as tué... c'était Baxter McClennon.

Pendant un moment, Clémentine ne dit rien, son expression passant de la surprise à la peur.

– McClennon ? répéta-t-elle dans un murmure. Tu es sûre ?

– Regarde par toi-même, répondit Aster d'un air sombre en sortant les affiches de sa poche.

– Attendez, attendez, quelqu'un peut me dire ce que je suis en train de regarder ? les interrompit Mauve alors que Clémentine dépliait lentement les affiches. Qui est Baxter McClennon, et pourquoi ça devrait me faire quelque chose qu'il soit mort ?

– McClennon, tu sais, comme dans le mont McClennon, répondit Tanaisie. Son père Henry possède la moitié de la Balafre et son oncle Jerrod se présente au poste de gouverneur. J'ai grandi dans un de leurs camps pour familles de mineurs.

Mauve écarquilla les yeux.

– Oh. *Oh*.

– Exactement, acquiesça Aster. Je pensais qu'on n'aurait à s'inquiéter que des dévoreurs de la maison d'hospitalité, mais les McClennon peuvent en engager assez pour nous pourchasser jusqu'au bout de la carte.

– Et ils auront la police dans la poche, les prévint Tanaisie. Tous les flics d'Arketta seront à nos trousses, si ce n'est pas déjà le cas.

– Alors il faut qu'on reparte, dit Clémentine, retrouvant enfin sa voix. Il n'y a pas de temps à perdre. L'une de nous peut soutenir Violette sur notre cheval. Quand on aura trouvé Lady Fantôme...

– Nous n'avons aucune idée de l'endroit où se trouve Lady Fantôme, lui rappela Aster. On ne peut aller nulle part tant que Violette ne sera pas réveillée et ne nous aura pas dit par où aller.

Elle n'ajouta pas ce qu'elle pensait vraiment : que Lady Fantôme n'était sûrement même pas réelle, et que si elles n'arrivaient pas à se débarrasser de leurs faveurs, elles étaient mortes. N'importe quel criminel pouvait changer d'apparence, s'enfuir, faire profil bas et espérer disparaître dans une nouvelle vie. Mais avec ces faveurs qui les désignaient non seulement comme des Filles de la chance, mais comme les meurtrières de Baxter McClennon...

– Pour autant qu'on le sache, Lady Fantôme pourrait vivre

quelque part par ici, ajouta Tanaisie avec espoir en jetant un coup d'œil à Violette. On n'aura peut-être pas besoin d'aller où que ce soit.

Aster voyait bien que Clémentine n'aimait pas l'idée de rester ici, mais elles n'avaient pas le choix.

– Repose-toi un peu pour l'instant, lui conseilla Aster. On va trouver une solution. Je te le promets.

Tanaisie et Mauve se mirent d'accord pour prendre le premier tour de garde. Aster s'allongea sur la bande de sol dur près des rails rouges et rouillés pour les wagonnets de la mine, et enroula ses cheveux dans son foulard. La couverture dans laquelle elle s'était enveloppée ne suffisait pas à la protéger du froid qui se dégageait des pierres. Clémentine s'installa à côté d'elle et, sans un mot, elles se blottirent l'une contre l'autre, comme quand elles étaient petites. Avant Green Creek. Avant tout ça.

Pendant un moment, elles restèrent étendues là à écouter les cris mélancoliques des vengeants qui résonnaient dans le noir. Ce n'étaient jamais des mots appartenant à un langage vivant, juste des voyelles âpres qui se fondaient les unes dans les autres, incessamment, désespérément. Et pourtant, Aster avait toujours l'impression d'être à deux doigts de les comprendre, comme si elle avait pu leur répondre, si elle l'avait décidé. Et c'était ce qu'il y avait de plus effrayant chez eux.

Clémentine semblait crépiter de tension, comme si elle aussi réprimait un cri.

– Je sais ce que tu penses, finit par chuchoter Aster. Ne le sois pas.

– Ne sois pas quoi ?

– Désolée.

– Vous allez toutes mourir à cause de moi. Au moins, à

la maison d'hospitalité, vous étiez en sécurité. Mais les McClennon...

– Nous n'étions pas en sécurité. Nous n'avons jamais été en sécurité là-bas.

– Violette a failli être écartelée par ces vengeants. Et Tanaisie et toi avez failli vous faire arrêter à Killbank. Et ce dévoreur près du ruisseau...

– Et rien de tout ça n'était ta faute. Écoute-moi, si les McClennon nous tuent, alors ce seront eux les coupables. C'est aussi simple que ça. À Green Creek, nous n'avions pas la moindre chance face à ceux qui voulaient nous faire du mal. Maintenant, si. Grâce à toi. Tu n'as pas à t'excuser.

Clémentine garda le silence.

– Promets-moi que tu comprends, Grace.

Le véritable prénom de Clémentine, celui auquel elle avait répondu avant la maison d'hospitalité, celui qu'on l'avait forcée à oublier. C'était même plus facile comme ça, pour certaines. Plus facile de faire comme si c'était une inconnue qui souffrait, pas vraiment vous.

Mais peut-être n'auraient-elles plus besoin d'être ces personnes-là.

– Je le promets, répondit finalement Clémentine.

Alors, enfin, Aster s'autorisa à s'endormir.

Le lendemain matin, Violette fut la dernière à se réveiller. Pendant qu'Aster et les autres sellaient leurs chevaux, la jeune fille restait blottie sous sa couverture, les mains posées délicatement sous sa tête, comme un oreiller. La pâleur maladive qui s'était emparée d'elle la veille avait disparu, et sa respiration avait repris un rythme lent et régulier. Ses cheveux étaient encore trempés de sueur, à cause de la fièvre, et son visage était crasseux, mais même ainsi, elle semblait plus paisible que jamais.

Mauve lui enfonça un bâton dans les côtes.

– Mauve ! la gronda Tanaisie.

– Quoi ? Il faut qu'elle se lève.

– Il faut qu'elle se repose, après ce qu'elle a subi.

– Comme nous toutes. Elle m'a l'air d'aller très bien.

– Accorde-lui encore quinze minutes, intervint Aster en mordant dans une carotte à moitié pourrie, reste de la nourriture qu'elles avaient volée dans l'écurie.

Elle partageait l'impatience de Mauve, et elle ne voulait pas gâcher une seule minute de cette journée, mais si c'était pour que Violette s'écroule de nouveau, il était inutile de partir. Heureusement, celle-ci se réveilla toute seule un instant plus tard. Peut-être ses oreilles avaient-elles sifflé.

À en juger par son expression, Violette avait oublié qu'elle n'était plus à la maison d'hospitalité. Dans ce cas, elle allait avoir une sacrée surprise.

– Que se passe-t-il, bon sang ? demanda-t-elle en s'asseyant et en regardant autour d'elle d'un air méfiant, jusqu'à ce que la situation lui revienne. Oh, mince.

– Bienvenue à Killbank, lança Aster avec ironie. Ou du moins, bienvenue dans cette mine maudite à quelques kilomètres de Killbank. Nous nous sommes arrêtées pour te trouver du Chardon sucré... tu te souviens ?

– Assez bien, marmonna Violette.

Elle jura de nouveau quand elle tenta de se lever et retomba par terre.

– Doucement, dit Clémentine.

– Je vais bien, insista-t-elle. Il me faut juste un peu d'eau.

– Je vais aller t'en chercher, dit Aster, mais d'abord, j'ai quelque chose à te dire, et quelque chose à te demander.

Violette lui décocha un regard hautain. C'était le signe qu'elle commençait vraiment à retrouver son état normal.

– Eh bien vas-y, alors.

Mieux vaut que tu restes assise, pensa Aster. Puis elle lui parla des avis de recherche qu'elles avaient découverts la veille. Violette garda un visage impassible.

– Les McClennon n'ont pas l'air de beaucoup t'inquiéter, fit observer Clémentine.

– À quoi bon s'inquiéter ? Ce qui est fait est fait, dit-elle avant de passer la langue sur ses lèvres. Je veux bien un peu d'eau, maintenant.

– Dans une minute, promit Aster. On a encore quelque chose à te demander : tu as dit que si on te procurait du Chardon sucré, tu nous dirais où trouver Lady Fantôme, tu te rappelles ? Alors où est-elle ?

Le regard de Violette se durcit.

– Tu me jures que vous m'emmènerez quand même ?

– Oui, pour l'amour des morts, dis-nous juste où on va ! lança Aster, exaspérée.

– C'est vrai que vous m'avez sauvé la vie, admit Violette. Je vous remercierais bien, mais c'est votre faute, vu que vous m'avez abandonnée quand j'ai laissé tomber le Chardon sucré. Alors je suppose qu'on est quittes, désormais.

– Très bien, tu sais quoi...

– Northrock, lâcha finalement Violette. C'est là que je trouverai... c'est là qu'*on* trouvera Lady Fantôme.

Pendant un moment, ce fut le silence. Une vague de colère grandissait dans la poitrine d'Aster, comme si elle avait été trahie. Northrock se trouvait près de la frontière de Ferron, à au moins un mois de voyage à dos de cheval. À l'extérieur de la Balafre. Violette aurait aussi bien pu leur dire que Lady Fantôme vivait sur la Lune.

– Northrock ? répéta Clémentine, avant qu'Aster ait eu le temps de maîtriser suffisamment sa colère pour pouvoir parler.

– Mais... mais je pensais que tu avais dit qu'il fallait juste aller à Killbank, bredouilla Tanaisie.

– J'ai dit qu'on devait aller en direction de Killbank, la corrigea Violette. Mais on a encore beaucoup de chemin à faire.

– Qu'est-ce que tu nous caches d'autre ? demanda Mauve. Est-ce que sa « magie » va fonctionner ? Est-ce que ses services ont un coût ? Je ne vais pas traverser la moitié du pays pour me faire renvoyer à sa porte.

Violette hésita.

– Il paraît qu'il faut mille aigles par tête pour faire enlever une faveur.

– Attends, dit Aster, dont la langue s'était enfin déliée. Alors il faut qu'on aille jusqu'à Northrock et qu'on trouve cinq mille aigles en chemin ?

La plupart des mineurs s'estimeraient heureux de voir mille aigles en un an.

– Et qu'est-ce que ça veut dire, « il paraît que ça coûte mille aigles » ? Selon qui ?

– Je vous ai dit que je vous indiquerais où elle est, pas comment je le sais, répondit Violette.

– Si on doit baser tous nos foutus plans sur tes prétendues informations, je crois qu'on a le droit d'en connaître la source, répliqua Aster, les bras croisés.

– Très bien, siffla Violette. Si vous ne me croyez pas, ne

vous souciez pas du lustre. Présentez-vous là-bas et tentez votre chance.

À en juger par les regards inquiets que les filles adressaient à Aster, il était évident qu'elles croyaient Violette. Tant au sujet de Lady Fantôme que de cette somme. Malgré sa colère, Aster devait bien admettre que d'une certaine manière, ces mille aigles rendaient Lady Fantôme un petit peu plus réelle : non plus une sauveuse mythique, mais une femme faisant payer ses services. Cependant, il n'en restait pas moins le problème de savoir comment se les procurer. Ou comment rejoindre Northrock.

– On a la bague, commença Tanaisie, ayant manifestement senti le changement d'état d'esprit d'Aster. On pourrait la vendre...

– À qui ? l'interrompit Aster. La bague figure sur les avis de recherche. Quiconque la reconnaîtra nous dénoncera.

– Peut-être pas Lady Fantôme. Peut-être qu'elle l'acceptera en guise de paiement, suggéra Clémentine.

Peut-être. Aster sentait un début d'hystérie s'insinuer en elle. Elles n'arriveraient jamais à Northrock. Ce serait un suicide d'essayer. Mais elles n'avaient aucune chance de survivre non plus si elles restaient ici, avec les McClennon à leurs trousses. Poursuivre les fantasmes de Violette était leur seule option.

Sales Chanceuses ! Vous ne savez pas la chance que vous aviez dans cette maison ! Les mots de l'apothicaire résonnaient dans l'esprit d'Aster.

– J'ai besoin d'une minute, marmonna-t-elle en se levant.

– Attends, Aster, aucune d'entre nous ne devrait sortir seule... s'inquiéta Tanaisie.

– Je n'en ai que pour une minute, répondit fermement

Aster. Je vais aller remplir le bidon. Je reviens tout de suite. (Elle croisa le regard de Clémentine.) Promis.

Elle passa la bandoulière du bidon sur son épaule et sortit, clignant des yeux à la lumière du soleil. C'était une forêt complètement différente de celle qu'elles avaient bravée la veille. Des oiseaux chanteurs s'interpellaient dans les arbres. Un petit lézard prenait un bain de soleil sur un rocher.

Elle sentait qu'elle commençait à reprendre ses esprits. Tout n'était pas si terrible, après tout.

Après une courte marche, elle parvint au ruisseau. Même après leur rencontre avec l'inconnu, elles n'avaient pas osé trop s'en éloigner. Il pouvait être difficile de trouver de l'eau fraîche dans la Balafre. Elle se dirigea avec précaution vers la rive boueuse. S'agenouilla pour remplir le bidon.

Un bruissement lui fit brusquement relever les yeux sur les branches au-dessus d'elle. Un hurlement d'homme perça l'air. Aster porta la main à son couteau.

Avant qu'elle ne puisse s'en saisir, on la poussa au sol.

CHAPITRE 8

La poitrine d'Aster explosa de douleur alors que le choc lui coupait le souffle. Ses muscles se crispèrent sous l'effet de la peur familière d'être à la merci d'un homme. Elle roula sur elle-même, se releva, prit son couteau et tenta d'en donner un coup à son agresseur en poussant un cri désespéré. Il esquiva la lame et la jeta de nouveau à terre.

– Reste tranquille ! siffla-t-il. Je ne peux pas vous combattre tous les deux en même temps.

Tous les deux ?

Il avait fait tomber son couteau. Quand, après avoir balayé le sol du regard, elle s'en saisit à nouveau, le jeune homme était déjà à plusieurs mètres d'elle et lui tournait le dos, son propre couteau tendu devant lui.

En direction du puma rugissant qui les attaquait.

Aster retint son souffle. Elle n'avait jamais vu un puma de près, bien qu'elle en eût parfois entendu hurler au loin. Celui-ci était encore plus gros que ce qu'elle avait imaginé, de deux fois la taille d'un homme, ses épaules musclées roulant sous son pelage brun sable alors qu'il s'approchait, tous crocs dehors.

Son poitrail saignait. Une longue entaille superficielle. Le jeune homme avait déjà réussi à le toucher.

Il m'a sauvée, pensa Aster. Son cœur tambourinait lorsqu'elle se releva une fois de plus. Le puma avait dû la traquer et l'inconnu l'avait poussée juste à temps. Il saignait lui aussi à l'endroit où le félin lui avait ratissé le bras.

Ça n'en fait pas ton allié pour autant, la prévint une voix au fond de son esprit. Seuls les morts savaient ce qu'il voulait d'elle.

Mais si elle ne l'aidait pas, le puma les tuerait tous les deux.

Elle s'humecta les lèvres et serra plus fort son couteau. L'inconnu esquiva l'animal. Dès que ce dernier plongea sur lui, Aster s'élança et lui entailla le flanc. Il poussa un hurlement strident. Elle bondit rapidement en arrière alors qu'il se tournait vers elle. Alors, l'inconnu l'attaqua de nouveau et lui érafla l'arrière-train. Le félin fit volte-face. Donna un lourd coup de patte, qui aurait écrasé les côtes du jeune homme s'il ne s'était baissé à temps. Il roula sur le côté. Le puma retroussa ses babines noires et se tapit dans une posture prédatrice, se préparant à lui sauter dessus avant qu'il ne puisse se reprendre.

Aster ne réfléchit pas. Son corps se mit en mouvement avant que son esprit ne puisse l'arrêter. Elle sprinta en direction du puma, leva son couteau et l'abattit avec force entre les omoplates de la bête. Celle-ci poussa un glapissement presque humain, se tortillant de douleur. La terreur foudroya Aster. Elle retira le couteau et recula rapidement, s'attendant à ce que l'animal se retourne vers elle avec une fureur renouvelée. Mais il en avait eu assez. Il leur gronda dessus et battit en retraite, puis disparut dans les sous-bois aussi soudainement qu'il était apparu.

La forêt se fit silencieuse. Aster respirait lourdement, les mains tremblantes, les entrailles liquides. Elle prit son courage à deux mains. Il fallait maintenant s'occuper de l'inconnu. Elle ne s'était pas retrouvée seule avec un homme depuis Green Creek, mais les choses se passeraient différemment cette fois-ci. Elle aurait encore préféré mourir sous les griffes du puma que de le laisser faire ce qu'il voulait avec elle. Elle le tailladerait aussi, s'il le fallait. Elle brandit de nouveau son couteau et s'approcha de lui par-derrière ; il restait planté là à fixer l'endroit où le puma avait disparu.

– On n'est pas censé montrer qu'on a peur face à ces pumas, dit-il, mais tu sais quoi, j'ai bien failli pisser dans mon froc.

Il poussa un rire détendu, rangea son couteau dans son étui et se tourna vers elle.

Aster tressaillit, surprise.

L'inconnu du ruisseau.

Elle était assez proche désormais pour voir que ce n'était pas un dévoreur. Ses yeux marron clair étaient ceux d'un homme mortel et il ne dégageait pas cette énergie redoutable, épuisante. Il n'avait pas d'ombre à ses pieds, non plus, ce qui signifiait qu'il était lui aussi un sang-de-poussière, ce qui, d'ordinaire, était bon signe. En fait, Aster avait l'impression d'avoir déjà vu son visage quelque part. Pour autant...

– Tu nous as suivies, rugit-elle en pressant la pointe de sa lame contre sa poitrine.

Il leva les mains en l'air. Son visage reflétait sa propre inquiétude.

– Hé, doucement...

– Qui es-tu ? Que veux-tu ?

– Doucement, j'ai dit. Tu ferais mieux de baisser ce couteau. Je m'appelle Zee. Je suis un éclaireur. Je peux vous aider.

Un éclaireur – un guide de la Balafre. De ce qu'Aster savait d'eux, il avait la tête de l'emploi. Il portait un long cache-poussière par-dessus un simple gilet de travail. Un jean noir, sans trace d'urine, comme annoncé. Des bottes d'équitation. Un chapeau à bord large. Et, bien sûr, il semblait voyager seul à travers la Balafre. C'était ce que faisaient les éclaireurs : ils apprivoisaient la nature, exploraient l'inconnu, aidaient et secouraient les faibles et les sans défense face à tous les dangers des montagnes.

N'empêche que n'importe quel abruti pouvait mettre un chapeau de héros et partir à cheval dans les collines. Tout ça n'était-il qu'un numéro pour les attirer jusqu'aux McClennon ? Cela lui paraissait plus que probable.

– On s'en sortira très bien, dit-elle avec dureté.

– C'est difficile de bien s'en sortir par ici, même pour quelqu'un comme moi, répliqua Zee. Il y a pire que les pumas, dans ces bois.

Il posa de nouveau les yeux sur le couteau, d'un air suppliant, mais Aster refusa de le baisser.

– De toute façon, on n'a pas le lustre pour te payer, ajouta-t-elle.

Et elles n'avaient pas l'intention de le payer d'une autre manière, si c'était ce qu'il espérait d'une bande de Filles de la chance. Elle lui trancherait la gorge d'abord.

– Je ne veux pas de votre lustre. Je veux la bague de McClennon.

Il sortit lentement de sa poche intérieure l'un des avis

de recherche de Clémentine, gardant son autre main en l'air dans un geste pacifique.

– Il est écrit ici que vous l'avez volée. Une bague pareille n'a pas de prix pour un homme de ma profession.

Le visage d'Aster brûlait de rage.

– Alors tu nous fais du chantage, c'est ça ? Donnez-moi la bague en théomite ou je vous dénonce ?

– Non ! Bon sang...

Avant qu'Aster puisse répondre, les buissons bruissèrent derrière elle. Elle fit volte-face, craignant que le puma ne soit revenu. Mais ce n'était que le reste de son groupe. Aster rengaina son couteau, soulagée. À cinq, elles parviendraient certainement à maîtriser ce garçon, s'il le fallait.

– Aster ! s'écria Clémentine. On a cru entendre un puma...

Elles se figèrent.

– T'es qui, toi ? demanda Violette.

– C'est l'inconnu qu'on a vu hier. Il prétend être un éclaireur et veut nous aider à atteindre notre destination, expliqua Aster, d'une voix lourde de scepticisme. Il nous a pistées.

– *C'est* un éclaireur et il s'appelle Zee, dit-il en agrippant son bras encore sanguinolent. Écoutez, j'aimerais bien m'occuper rapidement de cette blessure. Que faut-il que je fasse pour vous convaincre ? Je vous suis depuis Green Creek, j'ai eu largement le temps de vous dénoncer. Et je ne sais pas ce qui s'est passé entre vous et McClennon, mais ça ne m'intéresse pas vraiment. Je serai toujours du côté des Filles de la chance contre ces bâtards de propriétaires terriens. Toujours.

Aster serra les mâchoires.

– Ah oui ?

Elle regardait Zee droit dans les yeux. Le temps passé à la

maison d'hospitalité lui avait appris les différentes façons dont mentent les hommes. Aux autres et à eux-mêmes. Pour se sentir plus puissants ou pour cacher quelque chose de honteux. Elle connaissait bien ceux qui promettaient qu'on pouvait leur faire confiance et montraient une demi-seconde plus tard qu'il ne valait mieux pas. Ils avaient un air mielleux et fuyant qu'elle repérait toujours. Et elle devait bien admettre qu'elle ne voyait rien de tout ça chez ce garçon, mais elle n'était pas sûre de pouvoir se fier à son jugement à cet instant précis, épuisée et désespérée comme elle l'était.

– Je te fais confiance pour rester tranquille pendant qu'on en discute, alors.

Elle fit signe aux autres de la suivre un peu plus loin – assez près pour pouvoir garder un œil sur lui, mais pas trop, de manière qu'il ne puisse pas les entendre. Lorsqu'elles furent regroupées en cercle, Aster leur raconta tout ce qu'elles avaient manqué. Zee l'avait sauvée du puma, certes, mais il demandait un paiement en échange de son aide. Il voulait la bague, qu'elles devaient garder pour Lady Fantôme.

– Peut-être qu'on trouvera le lustre pour Lady Fantôme en chemin, suggéra Tanaisie. On va avoir besoin d'aide pour traverser la Balafre, Aster. On s'en est tirées de peu quand on est allées chercher le médicament hier soir, et on n'a presque plus rien à manger.

– Oui, et s'il avait voulu nous dénoncer, il l'aurait fait hier. Il savait où nous campions, fit remarquer Clémentine.

– Et nous sommes suffisamment nombreuses pour le maîtriser, ajouta Mauve, en écho aux pensées d'Aster. S'il veut nous faire un sale coup, il va avoir du mal.

– Et il t'a sauvée du puma, poursuivit Clémentine.

– Parce que je vaux plus vivante que morte, répliqua Aster, exaspérée. Nous valons toutes...

– Écoute, l'interrompit Violette, je n'ai aucune idée de ce qu'il manigance et je ne vais pas prétendre le contraire. Mais Northrock se situe à des centaines de kilomètres d'ici. Il va bien nous falloir de l'aide pour y arriver entières. Et à cet instant précis, je crois qu'il représente notre meilleure option. Pardonne-moi si je ne me fie pas à toi pour cette mission.

– Tu ne trouves pas que ça tombe étonnamment bien que, juste au moment où on décide d'aller à Northrock, un éclaireur se pointe et nous propose de nous y escorter ? demanda Aster en croisant les bras. Je suis désolée, mais toute cette histoire ne m'inspire rien de bon.

Les autres restèrent silencieuses un moment.

– J'ai juste... un bon pressentiment à son sujet, dit finalement Clémentine, sans regarder Aster dans les yeux.

Oh, super, Clémentine a un bon pressentiment, alors je suppose que c'est réglé, pensa Aster, agacée. Cependant, elle savait que les pressentiments de sa sœur se révélaient souvent justes, et les autres avaient également avancé des arguments convaincants. Et, comme elle passait leur cercle en revue, elle ne put s'empêcher de se demander si elles n'avaient pas raison. Elle prenait soudain conscience de leur piteux état : Violette encore tremblante après son malaise, Tanaisie frottant un mauvais coup de soleil sur sa nuque, toutes sales, déshydratées et épuisées. Et elle aussi serait morte si Zee n'avait pas été là... Même si Violette l'avait contrariée, elle avait raison : elles avaient besoin de lui.

– D'accord, finit-elle par concéder. On le laisse voyager avec nous aujourd'hui. On verra comment ça se passe.

Comment on le sent. Pour l'instant, ramenons-le au camp pour le recoudre.

S'il leur jouait un mauvais tour, elle n'hésiterait pas à le rouvrir sur-le-champ.

Quelles que soient les intentions de Zee, il s'avéra dès les premières heures qu'il était au moins un véritable éclaireur. Il montait une belle jument palomino du nom de Nugget dont les sacoches étaient remplies d'équipement pour survivre sur la route. De la pierre à feu et des allumettes. Des fruits secs et de la viande salée. Un compas et un kit de cuisine. Un fusil et une carabine.

– Pourquoi as-tu besoin d'un fusil *et* d'une carabine ? demanda Mauve alors qu'ils avançaient en file indienne sur un sentier tracé par du gibier.

La journée était particulièrement venteuse et de la poussière rouge tourbillonnait dans les airs, formant un brouillard qui faisait pleurer Aster et lui grattait la gorge. De temps à autre, l'une d'elles était prise d'une quinte de toux et Tanaisie lui donnait une pastille au miel apaisante prélevée dans son sac de fournitures médicales volées. Aster en suçait une en ce moment même.

– Le fusil, c'est juste pour chasser, expliqua Zee. Mais la carabine, c'est pour les vengeants.

– Ça les tue ? demanda Violette depuis l'arrière.

– Bien sûr que non, répondit Aster à la place de Zee.

Elle était toujours ébahie par l'ignorance de Violette en matière de connaissances basiques que tout enfant sang-de-poussière devait avoir apprises dès l'âge de cinq ans. Les fantômes étaient comme des taches qui s'estompaient lentement avec le temps. Certains étaient plus persistants que d'autres. Les vengeants l'étaient extrêmement. Le mieux qu'on puisse faire, c'était les affaiblir.

– Excuse-moi, Aster, est-ce que je t'ai parlé ? lança sèchement Violette.

– La carabine, c'est juste dissuasif, intervint un peu hâtivement Zee, qui ouvrait la marche. J'utilise des balles en fer plutôt qu'en plomb. Ça fait fuir les morts.

– Comme les repousseurs en fer qu'on avait devant notre maison quand on était petites, dit Tanaisie.

– Exactement, acquiesça Zee. La plupart des gens gardent un petit morceau de fer sur eux pour se protéger, mais un fer à cheval n'effraiera pas plus un vengeant qu'une allumette enflammée ne fera fuir un loup affamé. Il faut beaucoup de fer, ce qui n'est pas pratique à transporter. C'est pour ça que je préfère la carabine. Un peu de fer peut avoir beaucoup d'effet quand il frappe un vengeant de plein fouet. Ça les fait fuir avant même qu'ils aient pu s'approcher.

Il ralentit jusqu'à ce qu'elles soient à son niveau et tendit la carabine à Clémentine pour qu'elle l'inspecte. C'était une belle pièce, même Aster devait l'admettre, avec une crosse en merisier poli et d'élégantes incrustations en or.

– Tu t'es déjà servi d'une arme comme celle-ci ? demanda Zee.

– Oh, bien sûr, avant la maison d'hospitalité, répondit Clémentine.

Ce n'était pas tout à fait exact, Aster le savait : elle avait tiré une fois avec un six-coups, sur un pari. Dans la Balafre, les garçons commençaient à manier les armes dès qu'ils savaient marcher, mais les filles étaient jugées trop délicates.

– Vraiment ? demanda Zee, impressionné. Et moi qui

espérais avoir l'honneur de t'apprendre un ou deux trucs. Mais je vois que ça ne sera pas nécessaire.

– Je n'avais pas d'éclaireur pour m'aider la dernière fois, alors tu pourras sans doute m'apprendre un truc. Mais peut-être pas deux.

– Bon, rends-le-lui, Clem, ce n'est pas un jouet, intervint Aster, tendue.

Zee leur expliqua ensuite qu'il avait aussi un stock d'urgence de *Melochia tomentosa* à brûler, car les vengeants ne supportaient pas son odeur. C'était l'herbe dont se servaient les sanctifieurs lorsqu'ils bénissaient les lieux sacrés. Mais la théomite restait la meilleure protection, dit-il. Elle était constituée d'os noircis des grandes créatures qui existaient quand le monde était encore jeune et le Voile fin, et elle palpitait encore de leur énergie ancestrale, repoussant les esprits malveillants comme les aimants se repoussent entre eux.

– Aucun vengeant ne va s'approcher à distance d'un jet de pierre avec une bague en théomite comme la vôtre, conclut Zee. Pas étonnant que les gens perdent la tête à essayer d'en trouver dans les mines.

En tout cas, il aime s'entendre parler, pensa Aster. Mais au moins, ça distrayait tout le monde.

Vers midi, Zee insista pour qu'ils s'arrêtent. Aster se hérissa quand il mit pied à terre.

– On devrait continuer jusqu'à la nuit, dit-elle. Hier, on a voyagé toute la journée sans s'arrêter du tout.

– On ne gagnera rien à épuiser les chevaux, répondit patiemment Zee. Ils ne seront plus capables de courir quand on en aura vraiment besoin. Laisse-les se reposer et paître une minute. Je te jure qu'on est en sécurité ici.

Aster n'avait pas l'intention de recevoir des ordres d'un imbécile qu'elles venaient juste de rencontrer. Cette zone boisée ne lui paraissait pas plus sûre qu'une autre. Mais alors, Zee désigna les alentours d'un grand geste.

– Nous sommes en hauteur, expliqua-t-il – et en effet, une falaise se dressait dans leur dos, tandis que la forêt descendait en pente douce dans le lointain. Et les arbres sont moins denses par ici, si bien qu'on peut voir arriver quelqu'un dans toutes les directions.

Il avait déjà effectué plusieurs ajustements pour que les dévoreurs aient plus de mal à les suivre : il avait enveloppé les sabots des chevaux dans du tissu pour dissimuler leurs traces et voyagé dans le sens du vent pour masquer leur odeur. Ils étaient restés sur des sentiers durs quand ils le pouvaient, et sinon, ils avaient laissé de fausses traces avant de revenir sur leurs pas. Leur allure avait beaucoup trop ralenti au goût d'Aster, surtout comparée à leur vitesse effrénée quand elles avaient quitté Green Creek. Et maintenant, il voulait qu'ils s'arrêtent ? Non, cela ne lui plaisait pas, qu'ils soient en hauteur ou non.

Mais s'il a raison ? Si c'est le seul moyen de garder de l'avance sur ceux qui nous poursuivent ?

Elle serra les dents. Elle détestait en savoir si peu, se sentir aussi vulnérable. Pour ce qu'elles en savaient, Zee allait peut-être les conduire au massacre.

– Tu penses qu'on a déjà semé les dévoreurs ? demanda Tanaisie en retirant son chapeau pour essuyer la bande de sueur sur son front.

Zee secoua la tête d'un air sombre.

– On ne peut pas espérer semer complètement un poursuivant, surtout lorsqu'il s'agit d'un dévoreur. On peut juste essayer de le ralentir du mieux possible. J'ai vu des signes d'au moins deux groupes à vos trousses depuis Green Creek. J'ai fait de mon mieux pour couvrir vos traces, mais il faut partir du principe qu'ils les retrouveront.

Aster faillit s'étrangler avec sa pastille. Bien sûr, elle se doutait que quelqu'un se lancerait à leur poursuite, mais tout de même...

– Deux? Est-ce que tu sais avec qui ils étaient? demanda-t-elle en s'efforçant de ne pas laisser paraître son inquiétude.

– L'un d'entre eux était un groupe de dévoreurs de la maison d'hospitalité. Je suppose que les autres travaillent pour les McClennon.

Et on peut être sûrs qu'ils ne vont pas faire de pauses, eux, pensa Aster en regardant, incrédule, les autres descendre de cheval et boire de grandes gorgées au bidon. De toute évidence, elles étaient contentes de suivre le conseil de Zee. Il en profita pour leur montrer comment tirer de l'eau fraîche d'un tronc d'arbre avec un chalumeau, quelles plantes de la région étaient comestibles et lesquelles étaient toxiques, et comment repérer les traces d'animaux dangereux. D'après lui, il ne fallait pas seulement se méfier des coyotes et des pumas. Il y avait des tarentules de la taille d'une roue de chariot et des chauves-souris assez grosses pour enlever un chevreau. Des serpents à sonnette. Des vipères cuivrées. Des scinques à crochets noirs.

– Clémentine a survécu à une morsure de serpent à sonnette, lança Mauve.

Aster lui décocha un regard mauvais.

– Vraiment? répéta Zee. Ce n'était peut-être pas un serpent à sonnette, tu sais. En réalité, la plupart des serpents sont inoffensifs...

– Tu me traites de menteuse ? demanda Clémentine, un petit sourire aux lèvres, en jouant avec le bracelet qu'Aster lui avait fabriqué.

– Bien sûr que non ! répliqua-t-il aussitôt.

– D'idiote, alors.

Il semblait troublé.

– Jamais je ne...

– Clem, gronda Aster. J'ai un mot à te dire.

Elle entraîna sa sœur à l'écart, à l'ombre des arbres. Clémentine était encore rouge et souriante.

– Il faut que tu arrêtes, marmonna Aster dans sa barbe.

– Que j'arrête quoi ?

– De plaisanter comme ça avec lui. Ce n'est pas notre ami.

Une ligne se forma entre les sourcils de la jeune fille.

– Pas encore, dit-elle. Justement. J'essaie d'en faire un ami. Nous avons besoin d'aide, Aster.

– Eh bien tu dois te montrer plus prudente. Tout ce que tu lui diras pourra lui servir contre toi plus tard.

– Mais je ne lui ai quasiment rien dit !

Peut-être pas avec des mots. Mais il y avait des choses qu'un homme pouvait lire sur votre visage, dans votre voix. Dans votre façon de le regarder, ou de ne pas le regarder. Clémentine n'avait pas encore appris à se contrôler, pas comme il le fallait pour survivre.

– Tu dois juste... garder tes distances pour l'instant, d'accord ? insista Aster. Zee n'a pas encore gagné notre confiance, loin de là. S'il a l'air gentil, c'est parce qu'il veut quelque chose.

Clémentine garda le silence un moment. Elle croisa les bras et leva la tête vers le ciel, les yeux plissés. Après deux jours sur la route, sa peau brune avait pris une teinte plus foncée qu'Aster n'avait plus vue depuis leur enfance, quand elles s'allongeaient à plat ventre dans la terre pour regarder les fourmis escalader une vieille souche. Un puissant instinct de protection monta en elle.

– Très bien, acquiesça finalement Clémentine, et Aster expira lentement.

Ils repartirent.

Ce ne fut qu'en fin d'après-midi que le nœud d'anxiété dans le ventre d'Aster finit par se défaire très légèrement. Ils étaient à un peu moins d'un kilomètre de la grande ville la plus proche, Drywell. Ils avaient bien avancé, malgré les précautions de Zee, et tout s'était passé sans incident majeur. On ne pouvait nier que leur première journée avec Zee avait été un succès.

Celui-ci trouva un petit coin où ils pourraient passer la nuit, un carré de terre surplombé par un affleurement rocheux. Pendant que tout le monde marchait jusqu'à un ruisseau non loin pour donner à boire aux chevaux et se laver, Aster resta avec Zee pour l'aider à monter le camp. Quelqu'un devait le garder à l'œil.

Ils se mirent à défaire les sacoches. Zee l'observait du coin de l'œil.

– Tu t'es bien débrouillée aujourd'hui, dit-il au bout d'un moment. Je comprends pourquoi les autres te suivent.

Elle grogna d'un air évasif.

– Je ne suis pas là pour t'enlever ça, tu sais, insista Zee. J'ai cherché toute la journée un moyen de te le dire... Je ne cherche pas à devenir votre nouveau leader. Vous n'en avez pas besoin et je n'en ai pas envie. Je veux juste vous aider.

– Tu l'as déjà dit une fois ou deux.

– Par les morts, c'est comme de s'adresser à un mur de brique !

– Je parie que tu as déjà essayé.

Zee marmonna un juron et la laissa tranquille. Ils travaillèrent en silence quelques instants de plus. Aster se mit ensuite à dégager un peu les broussailles pour qu'elles aient de la place pour dormir. Les muscles de ses jambes et de son dos étaient tendus après cette journée à cheval, et le simple fait de se pencher pour ramasser des branches et des pierres semblait faire redoubler sa douleur. La sueur traversait le film de poussière sur son visage. Sa bouche avait un goût de terre. Elle grimaça en tendant la main vers la dernière pierre...

... et réprima un cri en comprenant de quoi il s'agissait.

Son estomac se retourna. Elle laissa tomber le tas de branches qu'elle avait dans les mains.

– Que se passe-t-il ? demanda Zee en se précipitant vers elle.

Aster pointa le doigt sur le crâne humain, la casquette grise fendue couverte de terre, les yeux vides et les dents cassées. Elle pensa à l'emblème de la maison d'hospitalité, tatoué sur le dos de la main de tous les bluffeurs. Un crâne et des roses.

On aurait dit que sa bouche ne fonctionnait plus.

Zee se voûta et soupira.

– Oh. Pauvre diable, dit-il en ramassant le crâne et en l'époussetant. J'aimerais dire que ça me surprend, mais ce genre de choses est commun par ici. Des tas de gens essaient de quitter la Balafre et certains imbéciles désespérés pensent même pouvoir arriver jusqu'à Ferron, où il n'y a pas de dettes pour les sang-de-poussière. Mais les montagnes sont en elles-mêmes une condamnation à mort. Enfin, c'est peut-être mieux de partir comme ça que de se faire tuer à la frontière.

Aster savait tout ça, mais de voir les os...

– Pourquoi les éclaireurs ne les aident-ils pas plus ?

– D'une, c'est illégal d'aider quelqu'un à fuir le Règlement des comptes. Et de deux, la plupart d'entre eux n'ont pas les moyens de se payer nos services. Ce sont surtout des sang-pur qui nous engagent.

Aster regarda Zee, qui posa soigneusement le crâne sur l'affleurement rocheux, en lieu sûr.

– Est-ce que tu nous aiderais si on n'avait pas ce gros bout de théomite pour te payer ?

Il plissa le front.

– Aster, je ne fais pas ça que pour le lustre. Je...

Mais avant qu'il puisse finir sa phrase, les autres revinrent. Zee laissa tomber la conversation avec un soulagement évident et partit à leur rencontre. Aster l'observa avec un regard d'aigle.

Quand ils eurent fini d'installer le camp, ils s'assirent pour prendre leur dîner : des biscuits et des haricots. Zee leur montra comment creuser un trou pour faire un feu sans fumée qui leur fournirait un peu de chaleur, et ils s'enveloppèrent dans leurs couvertures pour se protéger du vent.

Pour une fois, Zee était silencieux. Pendant que tout le monde parlait en mangeant, il fixait le feu, muet. Peut-être était-il encore contrarié qu'Aster ait remis son intégrité en question. Peut-être qu'un danger dont il ne leur avait pas encore parlé les attendait ? Ou peut-être était-il simplement fatigué, comme elles toutes. Aster n'était pas suffisamment patiente pour tenter de déchiffrer les humeurs de ce garçon.

Pourtant, ne pas savoir pourquoi il était aussi soucieux l'empêchait de se détendre.

Finalement, il se leva et épousseta l'arrière de son jean.

– Si tout va bien pour vous, je vais faire un saut en ville. On va avoir besoin de beaucoup plus de provisions que ce que je transporte habituellement. Des bidons, du fourrage pour les chevaux, des vêtements à votre taille... Je vais en avoir pour un moment et je veux être de retour avant la nuit.

– Tu as du lustre pour tout ça? demanda Violette en le regardant de haut en bas, l'air d'en douter sincèrement.

– Mon père était un joueur, il m'a laissé un peu d'or quand il est mort. Je le gardais en cas d'urgence, ajouta-t-il en leur adressant un sourire gêné. Je pense qu'il serait d'accord pour dire que ceci en est une.

On en a de la chance, pensa Aster avec ironie. Cela semblait bien trop beau pour être vrai.

– On ne peut pas accepter ta charité, Zee, répondit Clémentine.

– Ce n'est pas de la charité. La bague de théomite remboursera largement ces dépenses. Toute mission demande du matériel. C'est inclus dans le tarif. (Il sourit de nouveau.) Alors détendez-vous jusqu'à mon retour, d'accord? Vous l'avez mérité.

Aster l'observait attentivement alors qu'il préparait son cheval. Et même si ses paroles lui semblaient honnêtes, quelque chose dans son attitude fuyante lui soufflait qu'il mentait. Elle le sentait tout au fond d'elle. Mais à propos de quoi?

Peut-être qu'il va en ville pour nous dénoncer, pensa-t-elle. Elle balaya leur cercle du regard. Il fallait qu'elle en parle à quelqu'un. Clémentine le défendrait. Mauve pourrait faire quelque chose d'imprudent. Tanaisie réfléchirait trop. Mais Violette...

Aster attendit que Zee soit parti. Elle transpirait alors même que l'air frais lui donnait la chair de poule. Dès que le bruit des sabots se fut estompé, elle se précipita vers Violette, occupée à se brosser les cheveux avec la brosse en poil de sanglier de Zee.

– Violette.

– Quoi encore, par les morts ?

– Il faut que je te parle.

Elle l'entraîna sur le côté malgré ses protestations et lui fit part de ses soupçons au sujet de Zee. Violette fronça les sourcils.

– Je ne sais pas, Aster. Pourquoi aurait-il attendu jusqu'à maintenant ?

Aster brûlait de frustration.

– Qu'est-ce que j'en sais, moi ? Je crois que je vais le suivre. Il faut que je sache. S'il s'avère que j'ai raison, je reviendrai et on pourra partir avec de l'avance. Et si je ne reviens pas, je veux que tu les emmènes loin d'ici. Mais en attendant, dis-leur juste que je suis allée rejoindre Zee parce que... parce que j'ai pensé à un autre truc dont on avait besoin. Je ne veux pas qu'elles se fassent du souci pour rien.

– Elles diront que tu es folle de partir toute seule, soupira Violette. Et elles auront raison.

– Peut-être.

Mais si elle ne faisait rien et que Zee leur amenait la police, elle ne se le pardonnerait jamais.

– Veille sur elles.

Violette finit par céder et tandis qu'elle retournait au camp, Aster fila. Elle détacha son cheval, le monta et suivit les traces de Zee. Elle avait attendu suffisamment longtemps pour qu'il ne s'aperçoive pas qu'elle le suivait, mais elle était terrifiée à l'idée de se faire distancer. Chaque seconde comptait.

Elle s'arrêta tout de même pour attacher le foulard à poussière autour de son visage à proximité de la route de l'Os, les mains tremblantes. Tout le monde devait être à sa recherche désormais. Même des gens qui auraient en temps normal eu de la sympathie pour elle verraient la promesse de récompense de McClennon et y réfléchiraient à deux fois.

Soudain, le doute la saisit. Peut-être valait-il mieux retourner au camp et dire aux filles qu'il fallait fuir...

Mais non, elles demanderaient des preuves. Si elle voulait leur faire abandonner la première personne à leur offrir de l'espoir, elles en exigeraient.

Elle se rendit alors compte, non sans surprise, qu'elle aussi s'était autorisée à espérer. Ce n'était pas grand-chose, mais c'était là. Comme de trouver une pièce dans sa poche.

S'il te plaît, Zee, pensa-t-elle. *Pourvu que je me trompe sur ton compte.*

Elle fit repartir son cheval d'un claquement de langue et ils s'engagèrent sur la route de l'Os. De la sueur dégoulinait le long de sa colonne vertébrale. Elle passa un virage et aperçut deux policiers montant la garde à l'entrée de la ville. Ce n'était pas inhabituel, se dit-elle. Les bandits étaient monnaie courante, par ici. Ces flics étaient simplement là pour ouvrir l'œil.

Alors pourquoi avaient-ils arrêté les deux hommes à cheval devant elle ?

Elle se tendit, agrippa les rênes. Mais c'était trop tard. L'un des hommes l'avait vue et lui faisait signe d'avancer. Son partenaire fit entrer les deux hommes dans Drywell.

La faveur d'Aster la démangeait. Elle inspira profondément et avança au trot. Elle portait toujours les vêtements amples d'Augie et, avec ses cheveux cachés dans son chapeau et son visage couvert, elle pourrait passer pour un jeune homme dans la lumière déclinante. Mais même ainsi, les sang-de-poussière étaient souvent refoulés des villes closes s'ils ne pouvaient présenter des documents rédigés par leur propriétaire terrien et indiquant la raison de leur visite.

Et Aster ne pourrait certainement pas passer pour un sang-pur.

– Bonsoir, monsieur, dit le premier agent alors qu'elle s'arrêtait à l'ombre d'un arbre.

Sa bouche formait une ligne dure sous sa moustache blonde hérissée. Il brandit un grand avis de recherche avec le visage de Clémentine.

– Avez-vous vu cette fille ?

Aster secoua lentement la tête, n'osant pas parler, priant pour qu'ils ne lui demandent pas de s'avancer dans la lumière.

– Et celles-ci ?

Il lui montra les autres affiches une par une. Elle secoua de nouveau la tête. Ses entrailles bouillonnaient. Lorsqu'il lui montra son propre visage, une pique de terreur la poignarda et de la sueur se mit à couler sous son foulard.

– Bon, restez attentif, d'accord ? lança l'autre policier, aux yeux noirs comme du charbon. Elles ont tué un homme. Elles sont dangereuses. Et nous avons des raisons de croire qu'elles sont dans la région.

Aster toucha le bord de son chapeau et ils la laissèrent

passer les portes. Elle n'osa pas expirer avant qu'ils soient hors de vue. Si sa faveur avait rougeoyé sous son foulard... si l'ombre de l'arbre n'avait pas dissimulé sa propre absence d'ombre... si l'un des policiers lui avait demandé la raison de sa visite...

N'y pense plus. Contente-toi de trouver Zee et de ficher le camp d'ici.

Aster fit avancer son cheval à vive allure dans la rue principale, essayant de calmer son rythme cardiaque. La ville de Drywell semblait plus calme que Killbank. La plupart des boutiques étaient encore ouvertes. Devant le bazar, quelques femmes sang-pur comméraient. Deux hommes sang-de-poussière donnaient des coups de marteau sur le toit de l'auberge, torse nu et transpirant sous le soleil du soir.

Il n'y avait aucun signe de Zee. S'il avait voulu les dénoncer, il l'aurait sûrement fait quand les policiers l'avaient arrêté. Leur avait-il dit la vérité, tout compte fait ? Elle ne l'avait vu dans aucune boutique, mais elle n'avait pas bien regardé non plus.

Finalement, elle parvint au bureau du chef de police, mais la jument de Zee, Nugget, n'était pas attachée au piquet devant le bâtiment. Il n'était pas là.

Elle hésita. Sa faveur la brûlait et la faisait vraiment souffrir désormais, au point de lui faire tourner la tête. Elle apparaîtrait bientôt à travers son foulard. Il fallait qu'elle s'en aille. Même sans preuve que Zee leur voulait du mal.

Mais alors qu'elle faisait demi-tour pour s'en aller, elle vit la maison d'hospitalité de Drywell.

Elle tressaillit comme si on l'avait giflée. L'imposante demeure dominait les autres bâtiments, avec ses briques sombres et ses immenses pignons. Un dévoreur était appuyé avec décontraction contre l'embrasure de la porte. Toutes les cellules de son corps lui hurlaient de fuir, mais elle n'arrivait plus à faire fonctionner ses membres. Quand elle s'était échappée de Green Creek, elle avait voulu laisser tous ses souvenirs derrière elle. Et voilà qu'ils revenaient s'abattre sur elle, qu'ils l'étouffaient, la noyaient.

Elle allait mourir ici. Ces hommes allaient la tuer, comme ils avaient été programmés pour le faire. Le dévoreur posa ses yeux couleur rouille sur elle. Elle déglutit, et cela la coupa comme un poignard.

Et alors, enfin, elle vit Zee. Son chapeau d'éclaireur ; son visage fin, rusé ; sa démarche légère, décontractée alors qu'il allait détacher son cheval. Le choc suffit à dissiper sa terreur, à la transformer en rage.

Il sortait de la maison d'hospitalité.

CHAPITRE 9

La colère d'Aster était aussi brûlante que sa faveur cachée. Elle savait que Zee manigançait quelque chose, mais elle n'aurait jamais imaginé ça. Sa main se posa sur le manche de son couteau. Elle l'éventrerait comme un cochon.

Mais non, ce serait du suicide. Elle fit faire demi-tour à son cheval avant que Zee ne puisse la voir. Il fallait qu'elle rentre au camp et qu'elle prévienne les autres.

Elle fila sans se retourner.

La douleur qui irradiait de sa faveur la faisait transpirer à grosses gouttes alors qu'elle remontait la rue principale. Elle avait l'impression qu'un fer incandescent avait été pressé sur sa peau. Elle serrait les dents pour contenir le hurlement qui grandissait dans sa gorge. Elle avait attendu trop longtemps. Elle n'arriverait jamais à dépasser le poste de contrôle aux portes de la ville. Elle remonta le col de son manteau, espérant gagner quelques minutes supplémentaires, et tourna brusquement sur la droite, en direction de la bordure de la ville. Elle s'approcha du mur aveugle, la tête basse, le cœur tambourinant, les yeux rivés sur les policiers devant elle.

S'il vous plaît, ne m'arrêtez pas, s'il vous plaît, ne m'arrêtez pas...

Et soit quelqu'un veillait sur elle au-delà du Voile, soit c'était de la chance, mais Aster passa devant eux sans se faire arrêter.

Elle reprit son souffle. Le ciel commençait à s'assombrir, bleu-violet comme un hématome, quand elle finit par atteindre les bois. Elle arracha son foulard en poussant un cri de douleur et elle mit son cheval au galop. Elle devait arriver au camp avant que la tombée de la nuit ne fasse sortir les vengeants. Le vent fouettait sa peau alors qu'elle galopait vers l'affleurement rocheux.

Toutes les filles parurent surprises par son retour soudain, sauf Violette, dont le visage, à la lueur de la lanterne, était crispé par l'attente. Aster se laissa glisser de sa selle.

– Ramassez vos affaires, dit-elle en réponse à la question silencieuse dans les yeux de Violette. Il faut qu'on fiche le camp d'ici.

– Pourquoi ? demanda Clémentine, alarmée.

Les autres se levèrent d'un bond et se mirent au travail.

– Zee, répondit Aster, comme si ce prénom était un juron. Quand je suis allée en ville, je l'ai vu à la maison d'hospitalité.

– Attends, tu es sûre? demanda Mauve, les yeux flamboyants de colère.

– Oui. C'était bien lui. Il en sortait. Il n'avait sûrement pas les moyens de rester longtemps.

Aster avait la nausée. Zee ne valait pas mieux que le lieutenant Carney ou que n'importe lequel d'entre eux. Il croyait sans doute faire partie des gentils parce qu'il ne se montrait pas ouvertement cruel comme les hommes tels que Baxter McClennon.

Mais un bon bluffeur, ça n'existait pas. Ils savaient tous

que les filles pour lesquelles ils payaient étaient des prisonnières.

Et le fait que Zee leur ait promis en souriant qu'il les aiderait à s'échapper avant d'aller faire subir à une autre fille les horreurs qu'elles fuyaient toutes...

– C'est franchement tordu, dit Violette d'un air sombre.

– Bon sang, ce sont tous les mêmes, jura Mauve.

– Mais c'est un sang-de-poussière, intervint Tanaisie. L'un des nôtres. Je pensais que ça voulait dire...

– Ça ne veut rien dire du tout, cracha Aster.

Elle aussi avait autrefois été assez innocente pour croire le contraire. Mais en réalité, certains des clients les plus mauvais d'Aster avaient été des sang-de-poussière : des hommes brisés, amers, que leur propriétaire terrien avait récompensés avec une visite à la maison d'hospitalité. C'était le genre de privilège qu'on pouvait obtenir en prévenant son superviseur d'une grève ou d'une tentative de fuite.

On ne pouvait faire confiance à personne.

– Allons-y, les pressa Aster en s'agenouillant pour rouler une couverture. Il faut qu'on soit parties avant son retour.

– Attendez, dit Clémentine, s'exprimant pour la première fois depuis qu'elle avait appris la nouvelle.

Elle était toujours assise par terre en tailleur. Elle s'efforçait de garder une voix calme, mais Aster sentait qu'elle était blessée.

– Je... je veux l'attendre. On mérite une chance de s'expliquer avec ce traître.

L'espace d'un instant, Aster vit sa honte et sa colère brûlantes sur le visage de sa sœur, et si Zee avait été là avec elles, elle se serait fait un plaisir de lui briser la mâchoire à coups de poing. Elle ne connaissait que trop bien ce besoin d'affronter ceux qui vous avaient fait du mal, et elle savait que la souffrance était deux fois pire quand on n'avait pas cette chance. Les non-dits se transformaient en poison dans vos veines.

Mais ce poison causerait une mort plus lente que celle qu'elles connaîtraient aux mains d'hommes dangereux, et Zee était dangereux. Cela ne faisait plus aucun doute.

Aster s'apprêtait à le lui expliquer mais Mauve la devança.

– À vrai dire, Clem pourrait bien avoir raison. Si on attend le retour de Zee, on pourra lui voler tout ce qu'il possède. De toute évidence, il a du lustre, s'il peut se permettre d'aller à la maison d'hospitalité.

– Ensuite, on pourra le ligoter pour s'assurer qu'il ne nous suivra pas, ajouta Violette. Honnêtement, on devrait faire ça quoi qu'il en soit.

Elles gardèrent toutes le silence un moment, réfléchissant à la question. Les cris des vengeants s'élevaient autour d'elles, se mêlant aux gémissements du vent dans les arbres.

– On a besoin de lustre, dit finalement Aster. Il nous en faudra pour acheter des provisions à la prochaine ville. Sinon, on n'arrivera jamais jusqu'à Northrock. Là-dessus au moins, Zee disait la vérité.

– Et je préfère largement voler du lustre à un bluffeur comme lui que des provisions à un commerçant innocent, renchérit Tanaisie.

– Et Zee ? demanda Clémentine. Que va-t-on faire de lui ?

Aster hésita.

– On ne va pas lui faire de mal. On lui doit au moins d'être arrivées jusqu'à Drywell. Mais on le ligotera avant de partir, comme l'a proposé Violette. Et que les morts lui viennent en aide s'il décide de se lancer de nouveau à notre poursuite.

Mauve hocha la tête et retroussa ses manches.

– Il vaut mieux lui tendre une embuscade sur la route. Il ne s'y attendra pas.

– D'accord, acquiesça Aster, mais pas trop près de la ville. Il y a des policiers autour du mur d'enceinte.

Elles se hâtèrent de rejoindre la route de l'Os, à pied, afin de se déplacer plus rapidement dans les épais sous-bois. Des aiguilles de pin sèches et brunes craquaient doucement sous leurs pieds ; les étoiles paraient le ciel. Aster ouvrait la marche, la bague de théomite attachée à une ficelle autour de son cou. L'atmosphère s'était rafraîchie, et pas seulement à cause de la tombée de la nuit : les morts se réveillaient, et eux aussi allaient se mettre en chasse.

Arrivées au bord de la route, juste avant le virage, elles s'accroupirent toutes derrière les buissons, se cachant du mieux possible. Elles avaient choisi un emplacement dans l'obscurité, entre deux repousseurs en fer dont la lumière éclairait la route. Quelqu'un ne tarda pas à passer, mais ce n'était pas Zee.

Il y eut d'abord un groupe bruyant de joueurs élégamment vêtus dans une grande voiture ouverte. Ils ne devaient pas avoir plus de trente ans. Sans doute venaient-ils du manoir d'un propriétaire terrien dans les collines. Aster ne doutait pas qu'au moins un d'entre eux, voire tous, se rendrait à la maison d'hospitalité, et ses ongles creusèrent des sillons dans la terre alors que sa fureur grandissait. Mais elle et les filles n'avaient aucune chance face à un groupe aussi grand.

Vinrent ensuite deux policiers en patrouille à cheval. Aster compta ses battements de cœur jusqu'à ce qu'ils les aient dépassées.

Puis un homme d'âge moyen qui voyageait seul dans une

voiture ouverte roulant lentement. Il scrutait les bois obscurs avec nervosité et il but une rapide gorgée à sa flasque pour se donner du courage lorsqu'un vengeant gémit quelque part non loin.

– Je le reconnais, chuchota Violette d'une voix rauque. C'est un politicien qui s'arrête tous les ans à la maison d'hospitalité pour faire campagne devant les autres clients. Et prendre un peu de bon temps aussi, bien sûr.

– Il va sans doute à la maison d'hospitalité, dit Clémentine. Un homme qui travaille dur mérite un peu de repos. N'est-ce pas ce qu'ils disent ? Aster... (Elle serra les dents et sa mâchoire tressauta.) Aster, on doit l'arrêter.

– Zee, lui rappela Aster.

– Qu'il aille au diable ! gronda Mauve. Qu'ils aillent tous au diable. Voilà notre chance d'étriper l'un de ces salopards. Je ne vais pas la laisser passer.

Elle se levait déjà, les poings serrés.

– Attends, ordonna Aster en lui prenant le poignet.

Elle comprenait ce que ressentaient les autres. Elle ressentait la même chose. Elle réfléchit rapidement. Le politicien n'était plus qu'à quelques mètres d'elles.

– Zee n'est peut-être pas le seul bluffeur qu'on peut dépouiller... Regardez, rien que son chapeau vaut deux cents aigles. Il doit avoir plus de lustre sur lui qu'un éclaireur.

Elles pourraient toujours s'occuper de Zee ensuite, mais Mauve avait raison : elles ne pouvaient pas laisser passer cette occasion.

– Mais comment va-t-on faire ? demanda Tanaisie.

– Je connais les types dans son genre, murmura Violette. Je vais l'amener à vous discrètement. Il ne faut pas qu'on attire l'attention sur nous.

Elle se glissa sous les buissons et sortit sur la route avant que quiconque puisse la contredire. Aster jura, tentée de la suivre. Violette n'était même pas armée. Mais c'était déjà trop tard. La voiture était juste devant elles, et Violette s'avança en trébuchant sur son chemin. Elle portait toujours les vêtements de Baxter McClennon, mais elle avait retiré son chapeau et laissé tomber ses cheveux. Elle agita désespérément les bras au-dessus de sa tête.

– Oh, grâce aux morts ! s'exclama-t-elle dans un demi-sanglot étranglé, alors que le conducteur arrêtait la voiture.

Elle courut vers lui et s'agrippa à la portière. Le politicien la regardait, stupéfait.

– Du calme, mademoiselle, dit-il. Que faites-vous ici toute seule ? Et habillée comme un voyou ?

Il plissa les yeux quand il remarqua sa faveur. Son ton devint considérablement plus froid.

– Êtes-vous en fuite ? Sachez que vous ne trouverez pas d'aide auprès de moi. Je suis un homme de loi, vous entendez ? Je vous dénoncerai dès que nous entrerons dans la ville.

– Oui, s'il vous plaît, emmenez-moi... le supplia Violette. Je viens de la maison d'hospitalité de Drywell. J'ai été kidnappée. Le bluffeur avec qui j'étais, lui et ses amis ne voulaient pas payer, alors ils ont attaqué le dévoreur à la porte et se sont enfuis avec moi.

– *Quoi ?*

– Oui ! Et ils m'ont forcée à mettre ces vêtements pour me faire sortir de la ville en douce. Je viens de réussir à leur échapper, mais ils ont encore une fille avec eux, au camp. S'il vous plaît, monsieur, il faut que vous fassiez quelque chose. Nous voulons seulement rentrer à la maison.

Le bluffeur gardait le silence. Aster l'observait attentivement, accroupie, penchée en avant, prête à bondir. S'il avait déjà vu les avis de recherche, il allait reconnaître Violette d'un moment à l'autre. Elles devraient se battre contre lui et son chauffeur.

Mais il se contenta de s'éponger le front avec son foulard en soie, le visage empreint de détresse plutôt que d'incrédulité.

– Je suis désolé, dit-il finalement. Je dois assister à une soirée caritative. Mais je peux vous déposer au bureau du chef de police et il pourra se charger de ça...

– Nous n'avons pas le temps ! Ces hommes, ils tueront mon amie quand ils en auront fini avec elle. Ils l'ont dit, je les ai entendus. Mais ce sont des lâches, je le sais. Ils fuiront comme des cafards quand ils vous verront, vous.

– Eh bien...

– La maison d'hospitalité vous sera éternellement redevable si vous nous aidez, monsieur, insista Violette en s'approchant pour poser sa main sur son poignet. Et moi aussi.

Cela sembla le décider. Il soupira.

– Est-ce loin ?

– Pas du tout, suivez-moi...

Malgré elle, Aster ne put s'empêcher d'éprouver du respect en assistant à cette scène. La facilité avec laquelle Violette se glissait dans la peau du personnage qu'elle devait incarner, avec laquelle elle se détachait d'elle-même. Aster lui avait toujours envié ça : sa capacité à s'échapper. Dès que la jeune fille eut tourné le dos au bluffeur, son visage se détendit et reprit son expression de froide indifférence, un très léger sourire dédaigneux affleurant à ses lèvres.

Mais il était bien trop tôt pour crier victoire. Aster sortit son couteau et fit signe aux autres de se préparer. Violette prit le bluffeur par la main et l'entraîna dans les bois.

– Bon, à mon signal, chuchota Aster en s'accroupissant un peu plus encore.

Les sons de la nuit devinrent extrêmement forts autour d'elle. Elle sentait le moindre caillou dans la terre sèche sous la semelle de ses chaussures. Violette et le bluffeur traversèrent les fourrés.

– Maintenant ! ordonna Aster.

Elles se jetèrent toutes sur lui pour le plaquer. Il écarquilla les yeux, paniqué, mais n'eut pas le temps de pousser plus qu'un couinement étranglé avant que Mauve lui décoche un coup de poing dans le nez. Le craquement de l'os, un flot de sang. Il bascula en arrière, ses genoux cédèrent, et Aster le poussa par terre. Tomba sur lui. La sensation de ses mains frappant de la chair lui donna un haut-le-cœur. Elle avait déjà été frappée. Elle connaissait les parties les plus vulnérables d'un corps. La gorge. Le bas-ventre. Le centre de la poitrine, où le cœur bat juste sous la surface. Elle le frappait comme si cela allait faire fuir ses propres cauchemars. Jusqu'à ce que ses propres doigts soient en sang.

Les autres l'aidèrent. Leur colère était une créature vivante, stupide et affamée. Ce n'était pas lui qui leur avait fait du mal, mais il ferait l'affaire. Clémentine lui donna un coup de pied dans les côtes. Tanaisie le bâillonna avec son foulard. Quand le chauffeur courut dans les buissons en entendant ce chahut, Mauve lui balança son poing dans la mâchoire et il s'écroula au sol, étourdi et gémissant. Finalement, Aster pressa son couteau contre la gorge du bluffeur, le mettant au défi de bouger. Il la regarda avec de la haine dans les yeux.

– Je ne suis pas étonnée que vous n'ayez pas reconnu mon amie, lui dit-elle d'une voix d'un calme mortel. Je sais qu'à vos yeux, nous sommes toutes les mêmes. Mais elle vous a reconnu, monsieur le politicien. Apparemment, vous êtes venu souvent dans notre maison d'hospitalité. Nous sommes là pour récupérer notre dû. Ensuite, on s'en ira.

Tanaisie avait trouvé sa lourde bourse dans son manteau. Elle chuchota d'un ton affolé dans l'oreille d'Aster :

– La corde, Aster, nous n'avons pas pris de corde pour le ligoter.

Aster flancha, ces paroles transperçant le brouillard de fureur qui l'entourait.

– A-t-il de la corde sur lui ? Regardez dans sa voiture.

– Rien, dit Violette quand elle revint en courant. J'y suis allée pour la fouiller au cas où il y aurait des objets de valeur, mais il n'y a rien dont on pourrait se servir.

Une perle de sueur coula sur le front d'Aster. Ses mains tremblaient comme celles d'une vieille dame.

– Alors il faut que quelqu'un retourne en chercher au camp, dit-elle finalement.

– Laissez-moi y aller, proposa Clémentine en regardant sa sœur d'un air entendu. Je suis la seule qui peut y arriver sans la bague. Au moins, je vois les morts venir.

Et pourtant, l'idée de Clémentine courant seule dans les bois, dans le noir, avec des vengeants sur les talons, était absolument inacceptable.

– Prends quand même la bague, répondit Aster en la retirant de son cou de sa main libre. Nous sommes juste à côté de la route de l'Os. Ça va aller.

Violette se racla la gorge.

– Écoute ta sœur, Aster. On a besoin de la bague ici. Ce n'est pas pour rien que la route s'appelle la route de l'Os.

Aster se détourna du bluffeur pour foudroyer Violette du regard. Pourquoi fallait-il toujours qu'elle choisisse le pire moment pour faire des difficultés ?

– Je ne me rappelle pas t'avoir demandé ton avis, rugit-elle.

Mais à peine s'était-elle tournée que le bluffeur arrachait son bâillon et s'éloignait en titubant vers la route.

– Bon sang !

– Attrapez-le !

Mauve le plaqua juste au moment où il atteignait le bord de la route. Elles le traînèrent de nouveau dans l'obscurité. Il les maudit d'une voix fêlée.

– Vous êtes mortes ! Chacune d'entre vous. Je faisais campagne avec Jerrod McClennon lui-même à Green Creek, et je sais de source sûre qu'il vous a fait suivre jusqu'ici par ses meilleurs dévoreurs. Ils vont venir vous chercher, les Chanceuses. Vous allez voir...

– Par le Voile, faites-le taire, ordonna Aster.

Elle se sentait au bord de l'hystérie. Sa gorge la brûlait, mais elle ignorait si c'étaient des larmes ou des rires. Clémentine réussit à le bâillonner de nouveau. Son chauffeur les regardait avec de grands yeux, silencieux, n'ayant pas bougé de l'endroit où Mauve l'avait mis à terre.

Toutes les filles haletaient désormais, les yeux luisants de panique. Aster déglutit.

– Va chercher de la corde, Clem, dit-elle. Prends la bague. Dépêche-toi.

Personne ne discuta. Les autres prirent chacune un membre du bluffeur pour empêcher une nouvelle tentative d'évasion. Elles attendirent en silence le retour de Clémentine. Deux autres groupes passèrent sur la route, mais heureusement, aucun n'entendit les bruits étouffés du bluffeur qui se débattait. Mais d'ici peu, quelqu'un finirait par s'arrêter pour jeter un coup d'œil à la voiture vide, et se rendrait compte que quelque chose ne tournait pas rond.

Clémentine émergea de l'obscurité. Elle semblait secouée, mais indemne.

– Tu vas bien ? demanda Aster, qui n'osait plus tourner le dos au bluffeur.

Clémentine hocha la tête.

– Voici la corde, dit-elle.

– Que les morts soient loués, marmonna Violette.

Elles se mirent au travail. Elles attachèrent le bluffeur contre un arbre, puis son chauffeur, à côté de lui. Le bluffeur s'était résigné à son sort, semblait-il, mais il continuait de foudroyer Aster de ses yeux noirs et perçants qui brillaient comme ceux d'un insecte. Son dégoût était palpable.

Eh bien, c'était réciproque. Aster pressa la pointe de son couteau contre la partie tendre de son menton. De l'autre main, elle arracha la broche en or du revers de sa veste. Il s'agissait du sceau d'Arketta.

– *Gloire au Règlement des comptes*, lut-elle doucement.

Combien de fois avait-elle vu ces mots ? Sur le drapeau qui avait dominé le camp des mineurs. Sur les manches des policiers. Sur toutes les pièces qui avaient été échangées pour l'acheter. Un rappel qu'à Arketta, la liberté se payait.

Comme si elle n'avait pas été son dû depuis son premier souffle.

Elle inspira entre ses dents et mit le bijou dans sa poche.

– Je parie que vous serez trop honteux pour dire à quiconque que c'est une bande de filles qui vous a fait ça, n'est-ce pas, monsieur le politicien ? Un fonctionnaire respecté tel que vous ne peut se permettre de voir circuler une pareille rumeur sur son compte. Vous passeriez pour un homme faible.

Il hésita, puis hocha une fois la tête.

– Mieux vaut nous en tenir là, ou on reviendra finir le travail, le prévint Aster.

Elle fit un signe de tête aux autres et elles battirent en retraite, laissant le bluffeur suer dans le noir en attendant que quelqu'un le trouve. Il n'était plus question de tendre une embuscade à Zee désormais. Il fallait qu'elles fichent le camp de Drywell le plus vite possible.

– Vous pensez qu'il va nous dénoncer ? demanda Clémentine alors qu'elles retournaient à tâtons jusqu'au camp.

Aster secoua la tête.

– Même s'il le fait, ça n'a pas d'importance. Les McClennon veulent déjà notre peau.

Elles gardèrent le silence pendant quelques pas. Puis Tanaisie prit la parole, d'un ton hésitant :

– Jamais un homme n'avait eu peur de moi comme ça. Avant, c'était toujours moi qui avais peur d'eux.

– C'est agréable, dit Mauve en hochant la tête.

Personne n'ajouta rien, mais Aster sentait que les autres étaient d'accord. Et pourtant, aucune d'elles n'arrivait à soutenir le regard des autres. Aster ne se sentait pas du tout coupable de ce qu'elles avaient fait.

Mais elle se demandait si elle aurait dû se sentir coupable.

Non. Cette ordure l'avait bien cherché, se dit-elle avec fermeté. *Pour une fois, c'est lui qui a été à notre merci.*

Mais il avait failli s'en tirer. Et s'il avait réussi...

– On fera plus attention la prochaine fois, dit Mauve, comme si elle avait lu dans ses pensées. Il y aura une prochaine fois, n'est-ce pas ?

Elles n'avaient pas encore compté le lustre, mais Aster pensait qu'il y en avait assez pour justifier les risques qu'elles avaient pris.

– Il y aura une prochaine fois, promit-elle.

Une part d'elle attendait ça avec impatience.

Quand elles revinrent au camp, Zee les attendait en faisant les cent pas comme le puma qu'il avait fait fuir. Aster se doutait qu'il serait rentré avant elles, mais à sa vue, une onde de choc et de nausée la traversa. Elle n'avait pas envie de se battre encore ce soir, mais s'il le fallait, elle le ferait. Les autres s'arrêtèrent brusquement derrière elle ; leur peur était palpable. Bien que ses mains fussent endolories et couvertes de sang séché, Aster serra les poings et s'avança dans la lumière de la lanterne. Un vent amer secouait sa veste alors que le chant des grillons montait et descendait.

Quand il les vit, les épaules de Zee s'affaissèrent sous l'effet du soulagement.

– Que les morts soient loués ! Je craignais que vous n'ayez été capturées. Où étiez-vous passées, bon sang ?

– Où on était passées ? répéta lentement Aster. Et où étais-tu passé, toi ? Parce que la dernière fois que je t'ai vu, tu sortais de la maison d'hospitalité.

Il faisait trop sombre pour qu'elle puisse déchiffrer l'expression de Zee, mais elle sentit la culpabilité dans son silence, aigre comme du lait tourné.

– Ce n'est pas ce que vous croyez, commença-t-il.

– On ne veut plus rien avoir à faire avec toi, intervint Clémentine. Si tu as ne serait-ce qu'une once de respect pour nous, tu vas nous laisser partir de notre côté et oublier que nos chemins se sont un jour croisés.

Il s'avança vers elles, les mains en l'air.

– S'il vous plaît, laissez-moi m'expliquer...

– Ne fais pas un pas de plus, si tu ne veux pas que la situation s'envenime, le prévint Mauve.

– J'essayais de trouver mes sœurs ! cria Zee.

Il jura et se détourna. Prit un moment pour se reprendre. Se tourna de nouveau vers elles. Quand il reprit la parole, sa voix était plus douce, mais brute, vulnérable.

– J'ai trois petites sœurs : Elizabeth, Elena et Emily. Je veille sur elles depuis la mort de nos parents, il y a deux ans. C'est pour ça que j'ai commencé à travailler en tant qu'éclaireur : pour pouvoir subvenir à leurs besoins, comme le faisait mon père. Mais il y a huit mois, alors que j'étais parti en mission, elles ont disparu. Il n'y avait aucune trace d'elles quand je suis rentré à la maison, aucun signe de l'endroit où elles avaient pu aller, non plus. Elles ont été kidnappées, j'en suis sûr. Vendues. Depuis, je les cherche dans toutes les maisons d'hospitalité. C'est pour ça que j'étais à Green Creek le soir où vous vous êtes enfuies.

Voilà pourquoi il me semblait familier, pensa Aster, un frisson courant le long de ses bras.

Elle avait vu Zee dans la salle de réception. Le jeune bluffeur au bar.

Zee pointa un doigt accusateur sur sa propre poitrine.

– C'était ma responsabilité de veiller sur mes sœurs. C'est ma faute si c'est arrivé. Alors j'essaie juste d'arranger les choses, vous comprenez ? Ne m'accusez plus jamais d'être comme les hommes qui leur font du mal.

Il poussa un long soupir, joignit les doigts au-dessus de sa tête, froissant son chapeau.

– Voilà que je m'emporte comme un sanctifieur. J'ai dû réveiller la moitié de cette maudite Balafre. Que les morts soient loués, qu'ils nous bénissent de leur sagesse.

Sa voix avait pris une intonation sarcastique mais Aster n'était pas dupe. Elle reconnaissait sa douleur aussi bien que la sienne.

– Zee, dit doucement Clémentine. Pourquoi ne nous avais-tu pas parlé de tes sœurs ?

Il haussa les épaules et soupira.

– Je me suis dit que vous aviez déjà bien assez de soucis comme ça.

Il n'avait pas tort. Aster lui adressa un hochement de tête pour lui montrer qu'elle comprenait. Il lui répondit par un petit sourire.

– Bon, je vous ai dit où j'étais passé, reprit-il. Maintenant, où diable étiez-vous ?

Aster jeta un coup d'œil à Violette et se dirigea vers les chevaux.

– Il vaut mieux qu'on te raconte ça en route.

CHAPITRE 10

Ils ne s'arrêtèrent pas avant midi le lendemain, quand Zee leur fit prendre du repos sous un arbre mort, frappé par la foudre. Aster en profita pour compter le lustre qu'elles avaient volé, les mains maladroites à cause des bandages en tissu que Tanaisie avait enroulés autour de la jointure de ses phalanges. La somme totale dépassait de peu les cent aigles.

Elle devait bien admettre qu'elle s'était attendue à un peu plus pour leur peine.

– Alors ? On a combien ? demanda Clémentine avec impatience en regardant par-dessus l'épaule d'Aster.

– Cent deux aigles et un peu de petite monnaie, marmonna-t-elle.

Clémentine, Tanaisie et Mauve poussèrent des cris de joie et trinquèrent avec leurs gourdes comme si c'étaient des coupes de champagne. Aster plissa le front. Certes, ça représentait plus de lustre qu'elles n'en avaient jamais vu, mais cette somme n'était pas suffisante pour faire retirer une seule faveur, si les informations de Violette étaient justes. Il était bien trop tôt pour se réjouir.

Mais les autres avaient été de bonne humeur toute la

matinée. Zee leur avait rapporté les provisions fraîches qu'il leur avait promises et avait prouvé sa loyauté, du moins à leurs yeux. Elles avaient réussi à quitter Drywell sans se faire prendre, et elles étaient plus riches qu'elles ne l'avaient jamais été. Elles semblaient prêtes à tout dans leur nouvelle tenue impeccable d'éclaireur. Et pour l'instant, elles étaient libres. Le sourire enthousiaste de Zee se reflétait sur tous leurs visages.

Aster mordillait l'intérieur de sa joue tout en refermant la bourse. C'était peut-être elle qui avait un problème, car elle ne pouvait regarder Zee sans que les soupçons lui tordent le ventre.

Ou alors, elle avait raison, et Zee leur cachait encore quelque chose.

Une fois de plus, elle était tentée de se confier à Violette, la seule qui ne se hâterait pas de prendre sa défense. Celle-ci ne semblait pas partager les soupçons d'Aster au sujet du jeune homme, mais elle ne semblait pas non plus vouloir avoir affaire avec lui. À cet instant, elle était assise contre un arbre, silencieuse et renfrognée, comme si tout le monde l'agaçait.

Aster s'approcha quand même et s'assit à côté d'elle.

– On a beau temps aujourd'hui, commença-t-elle, s'efforçant de prendre un ton aimable.

Violette entrouvrit les yeux et lui décocha un regard mauvais. Tanaisie les avait prévenues que le sevrage de Violette, qui diminuait ses doses de Chardon sucré, la rendrait sensible à la lumière. Et la ferait transpirer, lui donnerait la nausée, la rendrait encore plus irritable que d'ordinaire. Aujourd'hui semblait être une journée particulièrement difficile.

Si lui parler la distrait un peu de son envie de Chardon sucré, tant mieux.

– Tu es sûre qu'il faut mille aigles par tête pour que Lady Fantôme nous aide? demanda-t-elle en se laissant aller contre l'écorce noircie.

Violette but une gorgée à sa gourde, les mains tremblantes.

– Si tu ne me crois pas, je ne peux pas te le prouver, répondit-elle sèchement.

– Non, ce n'est pas ça. C'est juste... Ça ne va pas être facile. Si on décide de rester avec Zee, il faudra le payer avec la bague de théomite à la fin, ce qui veut dire qu'on ne pourra pas s'en servir pour payer Lady Fantôme. Ce qu'on a fait hier soir, ça nous a aidées... mais ce n'est pas assez.

Aster se rendit compte qu'elle évoquait Lady Fantôme comme si cette femme était réelle. Sans doute était-elle obligée d'y croire, puisqu'elles risquaient toutes leur vie sur la promesse de son existence. C'était plus facile que de constamment combattre les doutes qui se cachaient tout au fond d'elle, prêts à jaillir si elle les laissait faire.

– Alors on recommencera, dit Violette. Arketta ne manque pas de bluffeurs à dépouiller. Ils sont partout.

– Tu ne penses pas qu'on devrait faire profil bas?

Ça avait paru une bonne idée sur le moment, hier soir... mais maintenant, à la lumière du jour...

– Écoute, si tu cherches quelqu'un pour te dissuader de faire ça, ça ne sera pas moi. De mon point de vue, ces bâtards nous doivent du lustre. Ça fait des années qu'ils volent les filles comme nous.

Aster ne pouvait qu'être d'accord. N'empêche que c'était étrange d'entendre Violette plaider pour quelque chose d'illégal. Son sang n'était pas souillé par l'instinct criminel, comme elle l'avait toujours répété à qui voulait bien l'entendre. Aster faillit le lui faire remarquer, mais elle jeta un coup d'œil au visage tendu, cireux de la jeune fille et se ravisa.

– D'accord, mais il va falloir qu'on frappe dans toutes les villes entre ici et Northrock si on veut avoir le lustre à temps.

– Hmm, fit Violette avant de refermer les yeux.

De toute évidence, elle voulait qu'Aster lui fiche la paix, mais celle-ci n'avait pas terminé. Elle regarda Zee. Lui et les autres préparaient les chevaux pour repartir en riant.

Aster se lécha les lèvres et baissa la voix.

– Écoute, Violette, je ne veux pas t'embêter...

– Trop tard.

– ... mais je me demandais si je pouvais monter avec toi cet après-midi. Il y a quelque chose dont je voudrais te parler.

Violette croisa enfin son regard.

– Et par parler, tu es sûre que tu ne veux pas dire critiquer, réprimander ou harceler ? Parce que je ne suis pas d'humeur à me prendre la tête avec toi aujourd'hui.

C'est une bonne nouvelle, pensa Aster avec amertume, étant donné que c'était toujours Violette qui cherchait la dispute. Mais elle ravala aussi cette remarque.

– Non, je veux juste te parler de Zee. Je n'arrive pas à savoir ce que je pense de lui, et je ne crois pas que les autres comprendraient.

– Ne me dis pas que tu en pinces pour lui, répliqua Violette avec un dégoût évident.

Aster leva les yeux au ciel.

– Non, à vrai dire, c'est plutôt le contraire. Je ne lui fais pas confiance. Et je ne sais pas si c'est parce qu'il y a vraiment quelque chose de mauvais chez lui ou si c'est juste... que je ne peux pas m'empêcher de voir le mal chez tous les hommes désormais. Tout ça me rend malade. (Elle expira brusquement entre ses dents.) Eh zut. Laisse tomber. Oublie ce que j'ai dit...

– Attends, soupira Violette. Tu peux monter avec moi un moment. Mais je n'hésiterai pas à te rendre à ta sœur dès que tu commenceras à m'embêter.

Aster leva les yeux au ciel, mais intérieurement, elle était soulagée. Elle rejoignit Clémentine en courant pour lui dire qu'elle resterait avec Violette la fin de la journée, puis elle retourna aider celle-ci à ranger ses affaires. Le groupe partit quelques instants plus tard, Zee et Clémentine ouvrant la marche, côte à côte, Tanaisie et Mauve ensemble au milieu, et Violette et Aster à l'arrière.

Pendant un moment, elles ne dirent rien, suivant le rythme imprimé par Zee. Aster n'était pas pressée de combler le silence entre elles. En vérité, elle faisait à peine plus confiance à Violette qu'à Zee. Violette avait dénoncé des filles à Mère Fleur pour des infractions même mineures. Elle avait grondé des filles parce qu'elles pleuraient, les avait raillées parce qu'elles commettaient des erreurs, s'était moquée de leurs petites humiliations. Parfois, Aster l'avait détestée autant que les bluffeurs.

Mais Violette n'a aucun pouvoir ici, se rappela-t-elle.

– Je n'ai jamais rencontré d'homme qui ne soit pas pourri, dit finalement Violette, interrompant les pensées d'Aster.

Aster releva les yeux, surprise.

– Je suis née dans la maison d'hospitalité, lui rappela

Violette. Les seuls hommes que j'ai connus étaient des bluffeurs et des dévoreurs.

– Doc Barrow était plutôt gentil, dit Aster en pensant à Tanaisie.

Le médecin de la maison d'hospitalité l'avait toujours laissée le suivre comme un petit caneton égaré.

Violette poussa un rire creux.

– Assez gentil pour nous découper de l'intérieur afin qu'on ne puisse jamais avoir d'enfants ? Assez gentil pour nous donner du Chardon sucré afin qu'on soit trop engourdies pour se défendre ? Cet homme collecte son lustre auprès des gens qui nous maintenaient prisonnières. Il peut prendre le prochain train pour l'enfer.

Aster tressaillit. Elle n'avait jamais vu les choses comme ça. Pourtant, Doc Barrow avait en effet été le premier homme de Green Creek à leur faire du mal. Toutes les filles devaient être « traitées » avant d'aller vivre dans une maison d'hospitalité. Des enfants comme Violette, née d'une Fille de la chance, étaient extrêmement rares, et presque toujours le résultat d'une procédure ratée.

Aster ravala de la bile.

– Alors Zee aussi doit être pourri, c'est ce que tu essaies de me dire ? demanda-t-elle.

– S'il ne l'est pas encore, il le sera un jour. Le monde entier est pourri, Aster. On doit l'être pour survivre. Je l'ai appris il y a longtemps.

– Alors c'est ça, ton excuse, pour nous avoir pourri la vie pendant tout ce temps ? marmonna Aster.

Elle avait promis de bien se tenir, elle le savait, mais ces mots lui avaient échappé. Toutefois, cela ne toucha pas Violette.

– Quoi ? Tu crois que je ne sais pas que vous me détestiez toutes ? Tu crois que j'en avais quelque chose à foutre ? Je prenais juste soin de moi. Si tu avais eu un peu de jugeote, tu aurais fait la même chose.

Ces mots restèrent suspendus dans l'air, comme un défi. Elles parlaient trop bas pour que les autres puissent les entendre, et Aster se mordit la langue jusqu'à être sûre de pouvoir parler sans que la colère lui fasse élever la voix.

– Je ne pouvais me permettre ce luxe, répondit-elle finalement. J'étais trop occupée à veiller sur Clémentine.

– Et on peut dire que tu as réussi. Elle serait morte si elle n'avait pas tué McClennon, ce qui prouve bien mon propos. Si tu n'es pas prête à faire de sales coups, tu es perdue.

Aster retroussa les lèvres, presque prête à étrangler Violette, mais soudain, toute son agressivité s'évapora.

Parce que Violette avait raison.

Violette comprenait.

C'était stupide de faire confiance à qui que ce soit. D'espérer le meilleur. De vouloir être bienveillant dans un monde injuste. Les autres se sentaient peut-être prêtes à accorder leur confiance à Zee, mais Aster n'était pas encore disposée à l'accorder à qui que ce soit. Et de toute évidence, elle avait raison.

Aster aurait dû se sentir confortée par la réponse de Violette, mais au lieu de ça, elle se sentait vidée. Épuisée au-delà des mots.

Violette sembla s'adoucir, comme si elle avait perçu le changement d'humeur d'Aster. Elle la regarda par-dessus son épaule.

– Pour ce que ça vaut, je pense que Zee dit la vérité à propos de ses sœurs, dit-elle doucement.

– Moi aussi, admit Aster, mais seulement parce qu'elle l'avait déjà vu mentir et savait à quoi ça ressemblait.

– Et il a aussi dépensé le lustre de son père pour nous acheter du matériel, poursuivit Violette, pragmatique. Ce n'est pas rien, je suppose.

– Mais il sait qu'il va le récupérer au centuple quand on le paiera.

– Peu importe. Ce que je veux dire, c'est que tu n'es pas obligée de faire confiance à Zee ni à qui que ce soit, d'ailleurs, mais tu dois au moins reconnaître qu'il nous est utile. Parce qu'il sait comment nous faire arriver à Northrock en une seule pièce. Et on lui est utiles aussi, puisque manifestement, il éprouve un sentiment de culpabilité sans fond parce qu'il ne peut pas aider ses sœurs, et nous aider est la meilleure chose qu'il puisse faire. Notre ami veut pouvoir dormir la nuit. Ça me va.

Ce résumé insensible de la situation décontenança d'abord Aster, lui rappelant brusquement que Violette considérait les émotions comme quelque chose qu'il fallait exploiter. Mais ensuite, elle se sentit réconfortée par cette logique limpide. L'honneur, la justice, la décence humaine de base : ce n'était pas là-dessus qu'il fallait miser sa vie. En revanche, le besoin réciproque représentait une base plus solide.

– Merci, Violette, dit Aster en se redressant sur la selle. Je me sens mieux... je crois.

– Laisse-toi un peu de temps, ça va passer.

Ils poursuivirent leur chemin. Le soleil tapait sur la nuque d'Aster. Les arbres ployaient sous le poids de la chaleur immobile, sans la moindre brise. Le ciel était du marbre bleu vif veiné de blanc. Aster et Violette se mirent à parler de leur prochain vol. Aster avait bien conscience que c'était l'esprit vif de Violette qui leur avait permis de réussir le dernier. Mais même ainsi, il avait failli tourner au désastre. Le prochain bluffeur pourrait être mieux préparé. Il fallait qu'elles le soient, elles aussi.

– On a eu raison d'entraîner le premier bluffeur dans les bois, dit Aster. C'est juste pour le ligoter qu'on a été mauvaises. Mais ce n'est pas facile d'attacher un homme qui ne cesse de se débattre.

Violette hocha la tête.

– Peut-être qu'on devrait braquer une arme sur lui la prochaine fois. Zee a son fusil de chasse.

– Je suis incapable de tirer, marmonna Aster en repensant au cambriolage de la boutique d'apothicaire.

Elle n'avait pas su quoi faire avec le fusil dans ses mains. Et ce n'était qu'une partie du problème. Quand bien même elle aurait su ce qu'elle faisait, elle n'était pas sûre d'être prête à franchir cette ligne. C'était déjà bien assez grave de menacer un homme d'un couteau.

Ils n'ont jamais eu le moindre problème à franchir les lignes quand tu étais à leur merci, chuchota une petite voix au fond de son esprit. Aster se força à l'ignorer.

– Tu es peut-être sur une bonne piste, cela dit, reprit-elle. On pourrait demander de l'aide à Zee. Le rendre... utile. Il doit connaître un truc ou deux sur la chasse... on pourrait peut-être attirer un bluffeur dans un piège...

Mais Aster craignait d'avoir du mal à le convaincre. Il avait semblé contrarié quand elles lui avaient dit qu'elles avaient dépouillé le politicien. Quelques aigles ne valaient pas un tel risque, avait-il répondu. Mais cet air de culpabilité ne l'avait pas quitté, et il n'avait pas débattu très longtemps. Peut-être se reprochait-il leurs actes désespérés.

Peu importait, tant qu'il était là pour elles quand il le fallait.

Elles continuèrent de parler de leurs plans, mais à mesure que les heures passaient, Aster ne pouvait s'empêcher d'être distraite par les vifs éclats de rire de Clémentine à l'avant. Aster était trop loin pour entendre ce que disait Zee, mais il ne faisait aucun doute qu'il était responsable de la bonne humeur de sa sœur. Un instant plus tard, il lui donna une guimbarde dont elle tenta de jouer.

– Et dire que tu as réussi à me faire croire que tu jouais du piano ! s'écria Zee, indigné, assez fort pour que tout le monde l'entende.

– C'est le cas. Ce n'est pas du tout la même chose.

– C'est le même principe de base.

– Et qu'est-ce que tu en sais ?

– Ce n'est pas censé sonner comme un chat à l'agonie, ça au moins, je le sais.

– Ils feraient mieux de la mettre en sourdine avant de tous nous faire tuer, dit Violette à Aster, d'un ton ennuyé.

Aster ne répondit pas. Elle était trop occupée à maîtriser sa colère : envers Clémentine pour avoir baissé sa garde, envers Zee pour avoir entamé la conversation.

Même si Zee était aussi gentil qu'elles semblaient toutes le croire, ça n'empêchait pas que plus Clémentine se rapprocherait d'un homme, plus celui-ci aurait le pouvoir de lui faire du mal. La moitié des filles de la maison d'hospitalité se faisaient des films dans lesquels elles tombaient amoureuses d'un homme qui les arrachait pour de bon à la maison. Mais en réalité, les hommes se servaient simplement de votre faiblesse pour vous manipuler. C'était aussi vrai ici qu'à l'intérieur. Quand bien même elle n'en aurait pas été convaincue avant de parler à Violette, elle l'était désormais.

Aster n'avait pas sorti Clémentine de prison pour la regarder entrer dans une autre.

Calme-toi. Ils s'amusent, c'est tout. Ça ne veut rien dire.

Il ne valait mieux pas.

Ils s'arrêtèrent en fin d'après-midi. Zee les conduisit dans un étroit ravin au milieu duquel coulait un petit ruisseau qui permettrait de dissimuler leurs traces et leur odeur. Aster se glissa à côté de lui pendant que les autres s'agenouillaient avec gratitude pour boire et se laver le visage.

– Je peux te parler une minute ? demanda-t-elle en se raclant la gorge.

Il se tourna vers elle, son sourire détendu s'attardant sur son visage, ses yeux marron brillant comme du cuivre à la lueur du soleil. Aster comprenait pourquoi il plaisait à sa sœur. Mais ça ne changeait rien à la situation.

Zee frotta ses mains.

– Bien sûr.

Ils gravirent un côté du ravin. Zee aida Aster sur les parties les plus escarpées, et elle ne put s'empêcher d'avoir un mouvement de recul quand il la toucha. Tout contact lui donnait la chair de poule.

– Alors, qu'est-ce qui te préoccupe ? demanda-t-il, les mains dans les poches, en s'appuyant contre un tronc d'arbre.

Aster hésita. Quelque chose dans la douceur de sa voix faillit la convaincre de lui dire la vérité. *Je ne peux pas m'empêcher d'avoir peur de toi, Zee. Je ne peux pas m'empêcher d'avoir peur pour ma sœur. Mais on a besoin de toi pour l'instant, et je ne sais pas quoi faire.*

Mais au lieu de ça, elle dit :

– Violette et moi avons discuté de notre prochain vol. On aura besoin de ton aide pour le réussir.

Le visage de Zee se décomposa.

– Un autre vol ? Pourquoi ?

– On a besoin de lustre pour Lady Fantôme. Sinon, on aura fait tout ce voyage pour rien.

– On n'arrivera même pas jusqu'à Lady Fantôme si la police nous arrête. C'est déjà suffisamment dur de l'éviter sans annoncer en plus notre présence comme ça.

Aster croisa les bras.

– Et que veux-tu qu'on fasse, alors ?

– Que vous ne vous fassiez pas tuer, pour commencer, répondit-il d'un ton las. Je ne sais pas. Je suppose que tu as raison. Mais il n'y a pas que la police, Aster. Ce sont les dévoreurs qui m'inquiètent le plus. Tu ne mesures pas à quel point ils peuvent être dangereux.

– Tu crois ça ? répliqua Aster, irritée par son arrogance. Ce n'est pas toi qui as passé ton enfance à être torturé par eux, que je sache.

L'expression de Zee s'assombrit. Aster recula d'un pas, la peur saturant son sang. Elle ne connaissait que trop bien la façon dont la colère pouvait déformer le visage d'un homme. Son crâne vrombissait comme s'il abritait un nid de frelons. Sa gorge se serra comme un poing.

– Tu ne sais absolument rien sur mon enfance, répliqua Zee en haussant la voix et en s'avançant encore. Je connais les dévoreurs mieux qu'ils ne se connaissent.

Aster recula encore, prise de panique. Elle trébucha. Faillit tomber. L'expression de Zee s'adoucit immédiatement, et il fit un pas en arrière.

– Je suis désolé. Je ne voulais pas t'effrayer.

– Je n'ai pas peur de toi.

La voix d'Aster était tendue, son cœur tambourinait. *Je n'ai peur d'aucun d'entre vous. Je vous tuerai. Je vous frapperai à mort.*

– Tant mieux. J'ai promis de vous aider de toutes les façons possibles, et je compte bien le faire, dit-il en expirant. Quel éclaireur serais-je si je revenais sur ma parole ?

– Un éclaireur merdique, je dirais.

– Exactement, acquiesça Zee en baissant lentement les mains. Alors... comment puis-je vous être utile ?

Les larmes brûlaient les yeux d'Aster. Elle battit furieusement des paupières pour les chasser. Elle détestait quand cela lui arrivait.

– Aster, par les morts, je suis désolé, franchement. Parlons-en...

– Suis-moi, marmonna-t-elle en repartant vers le ravin. Il faut que les autres entendent le plan aussi.

Installer un piège n'était pas aussi facile que ça en avait l'air.

Le genre de collet qu'on utilisait pour attraper un écureuil n'était pas du tout assez solide pour piéger un homme adulte, leur avait expliqué Zee. Mais ils pouvaient improviser en se servant des mêmes principes de base : concevoir un collet de type lasso avec de la corde, le jeter par-dessus une robuste branche d'arbre, attendre que le bluffeur marche dans le piège, puis resserrer le nœud et le hisser par les chevilles.

– Un véritable collet doit faire tout le travail pour vous, dit Zee alors qu'ils étaient réunis sous l'arbre en question, à passer leur plan en revue. On revient plus tard récupérer le gibier. Mais puisque vous n'allez nulle part, vous pouvez travailler un peu.

– Et récupérer immédiatement la proie, ajouta Mauve.

– C'est ça, dit-il en souriant.

Les filles attendraient juste à l'extérieur de la ville de Whitethorn tandis que Zee partirait à la recherche de ses sœurs dans la maison d'hospitalité. S'il ne les y trouvait pas, il serait alors chargé de rôder devant la maison et d'intercepter un homme sur le point d'y entrer.

– Dis au bluffeur que tu as des filles à ton camp et qu'elles prennent moitié moins cher, lui dit Aster. Puis ramène-le ici.

Zee fronça les sourcils.

– Il ne va pas trouver ça louche ?

– S'il pose des questions, dis-lui simplement que nous sommes de mauvaises filles qui nous sommes fait renvoyer de la maison d'hospitalité. Ils aiment ce genre de choses.

– Je ne sais pas si je peux mentir de façon aussi convaincante, Aster.

– Pourquoi pas ? Tu n'as eu aucun mal à nous mentir, à nous.

Aster se sentait toujours nerveuse après leur échange. Clémentine lui lança un regard mauvais, mais Zee céda.

– D'accord. Mais la police ? Ils auront un poste de contrôle à l'entrée de la ville, comme à Drywell.

– Marche juste d'un pas déterminé. Ils n'auront aucune raison d'arrêter deux hommes qui sortent de la ville, dit Violette.

– Je suis un sang-de-poussière, répondit-il en lui adressant un regard entendu. Les gens présument que je suis un criminel dès qu'ils voient que je n'ai pas d'ombre. Ce ne serait pas la première fois que la police m'arrêterait sans raison.

– Oh, pauvre chéri, dit-elle d'un air méprisant.

– Violette, lança Aster en la foudroyant du regard, avant de se tourner vers Zee. Le bluffeur que tu choisiras sera un sang-pur. Je doute que la police vous cause des problèmes tant que vous serez ensemble.

Zee avait les mains sur les hanches. Il regardait le sol, le visage obscurci par le bord de son chapeau.

– C'est juste que j'ai passé ma vie à combattre l'idée que les sang-de-poussière sont des criminels, expliqua-t-il finalement. J'ai passé toute ma vie à essayer de prouver que je suis un homme bien.

– Tu es un homme bien. Tu fais quelque chose de bien en nous aidant, répondit Aster.

Dis-lui ce qu'il a besoin d'entendre.

Il hocha la tête. Une première fois, lentement, puis avec plus d'assurance.

– D'accord. D'accord. Quel genre de bluffeur dois-je chercher ?

Aster et Violette lui expliquèrent comment reconnaître les bluffeurs les plus riches. Ce n'était pas toujours évident, puisque la plupart des maisons d'hospitalité avaient un code vestimentaire que même les hommes les plus pauvres respectaient. Mais il y avait des signes subtils. On pouvait regarder les mains d'un homme pour voir si elles étaient marquées par le travail, observer sa façon de marcher pour voir s'il s'attendait à ce que les gens s'écartent de son chemin. Les hommes riches aimaient parler des hommes politiques qu'ils avaient rencontrés ou des marchés qu'ils avaient conclus. Ils avaient de bonnes dents, aussi, et ils sentaient toujours bon – un parfum trop sucré, écœurant, comme un fruit trop mûr.

Violette ayant répété avec insistance qu'elle était trop délicate pour les aider à tirer la corde, elles lui firent jouer le rôle du bluffeur. Le couinement peu digne qu'elle poussa quand elles parvinrent enfin à faire fonctionner le piège compensa presque son attitude insupportable.

Elles refirent plusieurs essais avant d'être sûres d'être au point. Violette alla s'asseoir d'un pas raide sur une souche, « pour monter la garde », tandis qu'Aster, Clémentine et Mauve tenaient la corde, prêtes à tirer dessus dès que le bluffeur passerait. Tanaisie fit quelques derniers ajustements pour que le collet soit bien caché sous les feuilles et que rien ne puisse l'entraver.

Aster tenta de calmer sa respiration pendant qu'elles attendaient. Ce flot d'adrénaline dans son sang, le même que celui qu'elle avait éprouvé quand elle avait sauté de la fenêtre de la maison d'hospitalité, quand elle était entrée en douce à Killbank, quand elle avait dérobé le lustre du bluffeur et s'en était tirée. Des points de couleur dansaient sur les bords de son champ de vision alors qu'elle fixait l'obscurité. Les cris des vengeants se fondaient dans ses oreilles en un seul vrombissement haut perché. À tout moment maintenant...

– Je crois que j'entends venir quelqu'un ! siffla Mauve.

Aster s'humecta les lèvres et resserra ses mains moites autour de la corde.

– Souvenez-vous, si ça tourne mal, vous filez d'ici pendant que Zee et moi retenons le bluffeur, murmura-t-elle à Clémentine, le cœur battant la chamade.

– Je ne te laisserai pas, répliqua Clémentine.

Avant qu'Aster puisse répondre, la voix de Zee s'éleva au loin.

– Attention à votre tête, il y a une branche basse, ici.

Et une voix d'homme nasillarde qu'Aster ne reconnut pas.

– Que les morts vous attrapent, vous aviez dit qu'elles n'étaient pas loin...

– On ne peut pas rester sous le nez des dévoreurs, si ? Juste un peu plus loin.

– J'ai abîmé mes plus belles chaussures. Ces Chanceuses ont intérêt à valoir le coup.

– Tenez-vous prêtes, chuchota Aster.

Même dans le noir, elle reconnut la démarche décontractée de Zee. L'ombre dégingandée à côté de lui se déplaçait beaucoup moins gracieusement et jurait tous les deux pas. Combien pouvait peser un bluffeur aussi grand ? Assez pour faire rompre la corde ? *Bon sang, Zee, tu aurais pu trouver un poids plume !*

Il était trop tard pour y faire quoi que ce soit. Ils n'étaient plus qu'à quelques mètres. Aster écarta ses jambes. Planta ses talons dans le sol. Zee ralentit. Leva sa lanterne.

– Quelle nuit parfaite, non ? demanda-t-il.

C'était le signal. Aster et les autres tirèrent de toutes leurs forces. La corde se tendit. Se resserra autour des chevilles du bluffeur. Il poussa un cri perçant alors que ses jambes cédaient. Les filles agirent rapidement, tirant une main après l'autre, le hissant de plus en plus haut, jusqu'à ce que même ses longs bras ne puissent plus toucher le sol. Il pendait tête en bas comme une pièce de bœuf.

– Par tous les enfers ! hurla-t-il. Au secours ! À l'aide !

Aster regarda les autres pour s'assurer qu'elles pouvaient le tenir sans elle. Clémentine hocha la tête. Aster dégaina son couteau et s'approcha du bluffeur, avec des mouvements rapides mais assurés. Elle pointa son couteau sur le cœur du bluffeur.

– Il va falloir que tu fasses moins de bruit, dit-elle d'un ton calme.

Le bluffeur cessa d'appeler à l'aide. Le blanc de ses yeux luisait.

– Qui êtes-vous, bon sang ? demanda-t-il alors que son regard déviait sur Zee, qui se tenait en retrait, les bras croisés. Vous êtes avec elle ?

– Ne le regarde pas. Regarde-moi, ordonna Aster.

L'homme ne dit rien, mais son visage s'éclaira quand il posa les yeux sur sa faveur.

– Par les morts, tu es une de ces filles qui...

– En effet, le coupa Aster, incapable de réprimer un demi-sourire. Et si on a liquidé Baxter McClennon, on n'hésitera pas à te liquider aussi. Alors tu vas rester tranquille pendant que mon partenaire te vide les poches, et tout se passera bien pour toi.

Elle adressa un signe de tête à Zee, qui se mit au travail. Certaines des affaires du bluffeur étaient tombées par terre, mais sa bourse était encore attachée à sa ceinture. Zee prit aussi sa montre à gousset et son revolver. Le bluffeur gardait les yeux rivés sur Aster, comme elle le lui avait demandé. Ils débordaient de haine.

– Vous allez le payer, promit-il. McClennon y veillera.

– Qu'est-ce que je t'ai dit ? rugit Aster.

Il se tut, une moue naissant sous sa moustache. Contrairement au politicien, Aster ne l'avait jamais vu. Mais elle avait rencontré une centaine de bluffeurs comme lui. Sans doute un petit propriétaire terrien avec une seule mine à son nom où travaillaient des dizaines de familles de sang-de-poussière. Pas de théomite, sinon il aurait eu une bague comme celle de Baxter, mais de l'or, peut-être, ou du lustre. Il possédait le genre de fortune qui venait de la terre. C'était le genre de bluffeur qui pouvait se permettre de se rendre dans les maisons d'hospitalité aussi souvent qu'il le souhaitait, mais qui devait se battre pour détourner l'attention des hommes plus puissants qui les fréquentaient aussi. Et ensuite, il déversait sa colère sur les femmes, les laissant brisées au matin.

Sans doute s'était-il réjoui d'avoir trouvé un moyen de contourner le système pour une nuit. Les riches étaient toujours les plus radins. Zee l'avait bien choisi.

– On a terminé, dit Zee en fourrant le reste du butin dans un sac.

– Bien, répondit Aster en soutenant le regard du bluffeur.

– On a fini ici aussi, lança Clémentine.

Elle et les autres sortirent de leur cachette, ayant attaché le bout de la corde à un tronc d'arbre. Elle finirait par céder, ou le bluffeur trouverait un moyen de se libérer, mais elles seraient loin alors.

Un sentiment de triomphe monta à la tête d'Aster. Elle rengaina son couteau et se redressa.

– Si tu appelles à l'aide, je te garantis que les vengeants viendront en courant bien avant les gens de la ville, l'avertit Zee en mettant le sac sur son épaule. Le mieux, c'est de rester tranquille jusqu'au matin. Tout ira bien.

Le bluffeur posa son regard funeste sur Zee.

– McClennon s'occupera de toi aussi ! De vous tous ! Sales dégénérés. Issus d'assassins et de voleurs. Le sang ne ment pas. Le sang ne ment jamais...

Aster lui balança un coup de pied dans la mâchoire, le

cœur tambourinant. Il gémit doucement mais n'ajouta rien. S'il avait continué de parler, elle aurait pu faire pire. Elle expira brusquement, regarda les autres. Zee, qui prenait soin de conserver une expression neutre. Tanaisie, qui grimaçait instinctivement. Mais Mauve, Clémentine et Violette hochaient la tête. Aster sourit.

– Gloire au Règlement des comptes, dit-elle en inclinant son chapeau, et elle et les autres disparurent dans l'obscurité pleine de cris.

CHAPITRE 11

Les jours passaient, chacun se fondant dans le suivant comme le sable fin du désert. Les condors s'élevaient dans le ciel bleu et vide et se regroupaient dans les arbres dénudés par le vent. Les lézards détalaient dans l'herbe et prenaient le soleil sur les rochers. Et tous les matins, un soleil ensanglanté se levait au-dessus des montagnes, et Aster se réveillait un peu plus forte. Elle avait dépassé la douleur de monter à cheval et de marcher pendant des heures interminables, et elle avait également dépassé une partie de la peur propre à la vie de fugitive. Vivre à la maison d'hospitalité avait aussi été dangereux et imprévisible, d'une autre manière. Un bluffeur pouvait devenir violent en un clin d'œil. Un dévoreur pouvait décider de jouer avec vous simplement parce qu'il s'ennuyait. Zee semblait surpris de les voir s'adapter aussi vite à cette vie à la dure, mais pas Aster. Elles étaient toutes habituées à pire.

L'exception, bien sûr, était Violette, comme toujours. Son sevrage la faisait souffrir, même si elle ne l'aurait jamais admis, et elle ne manquait pas une occasion de se plaindre à tout propos. Aster montait encore avec Clémentine la plupart du temps, mais parfois, elle se surprenait à désirer la compagnie de Violette, si susceptible fût-elle. Avec tous les autres, y compris avec Clem – surtout avec Clem –, elle se sentait obligée d'être forte. Mais Violette n'avait pas de tolérance pour les faux-semblants, et de toute façon, elle ne s'y laissait pas prendre. Avec elle, Aster pouvait laisser respirer ses blessures à l'air libre.

Un après-midi, elles s'entraînaient au tir toutes les deux. Zee leur avait proposé de s'arrêter plus tôt ce jour-là quand ils avaient atteint la cascade d'Annagold. Ils étaient désormais environ à la moitié de la Balafre et avaient parcouru un quart du chemin jusqu'à Northrock. Ils avaient voyagé deux semaines et il leur restait peut-être encore une semaine avant de sortir de la Balafre, d'après Zee ; alors, ils pourraient prendre le train jusqu'à Northrock.

D'ici là, cette cascade serait la dernière source d'eau fraîche avant plusieurs kilomètres. Clémentine, Zee, Tanaisie et Mauve se baignaient dans le lac immense. L'eau scintillante portait leurs cris de joie et leurs rires. Violette et Aster avaient décidé de mettre à profit leur temps libre pour installer un champ de tir de fortune sur la rive opposée au camp. Elles avaient chacune un revolver volé à des bluffeurs en chemin. Elles avaient dépouillé trois autres bluffeurs depuis Drywell, et elles savaient désormais que sortir un six-coups était le moyen le plus sûr de faire coopérer un homme. Aster ne voulait pas perdre cette rare opportunité de s'entraîner au tir : le rugissement de la cascade couvrirait sans peine le son des coups de feu.

Ce qui était une bonne chose, car Aster semblait incapable de toucher sa cible, quand bien même sa vie en aurait dépendu.

– Comment se fait-il que je sois meilleure que toi ? demanda Violette.

Elle n'était pourtant pas très douée non plus : ses tirs passaient largement à côté de la pile de pierres qu'elles visaient toutes les deux.

– Je te laisse juste gagner, comme avec Clémentine quand on était petites. Elle était mauvaise perdante, à l'époque. Tu l'es toujours.

– N'importe quoi. Je veux bien croire que tu n'essaies pas vraiment, mais ce n'est sûrement pas à cause de moi.

Une détonation, et l'instant d'après, la pile de pierres fut pulvérisée. Violette baissa son arme, un sourire suffisant aux lèvres. Les pétales de sa faveur remuaient dans le vent.

– Sois gentille et va me les remettre, tu veux bien ?

Aster marmonna quelques mots bien choisis, mais elle s'exécuta. En réalité, Violette avait raison : Aster se retenait, mais elle se fichait bien de ménager Violette. Elle détestait le choc soudain et bruyant de la détonation, la façon dont le revolver sautait dans sa main telle une créature vivante qui pourrait la mordre. Puis au bout de quelques minutes, elle se sentait nauséeuse, de la sueur froide coulait dans son cou et ses mains devenaient glissantes. Sa vision se brouillait et son esprit déraillait, comme une roue sortie d'une ornière. Quand elle était comme ça, elle ne se sentait pas capable de tirer droit. Elle se sentait à peine capable de respirer.

Peu importe le nombre de fois où elle tenait une arme à feu, elle préférait toujours le couteau, solide dans sa main.

Elle empila les pierres, soupira et retourna à côté de Violette. Celle-ci pencha la tête sur le côté et la regarda d'un air curieux, son sourire satisfait s'évanouissant.

– Quoi ? demanda Aster, méfiante.

– Tu as la phobie des détonations ? C'est ça, le problème ?

Aster fit les gros yeux.

– Je n'ai la phobie de rien du tout, Violette.

– Non, je voulais juste dire... Certaines personnes sont particulièrement nerveuses parce qu'elles ont de bonnes raisons de l'être, parce qu'elles ont vu trop de choses horribles dans leur vie. Ce n'est pas forcément lié aux armes à feu, même si ça peut l'être, apparemment.

– Qu'est-ce que tu racontes, bon sang ?

– Écoute, je dis juste que ça m'arrive aussi, parfois. Les coups de feu ne me dérangent pas vraiment, mais je ne supporte pas l'odeur de la fumée de cigare, parce que ça me rappelle les bluffeurs. Je ne supporte pas que Zee me touche, même si c'est seulement pour m'aider à descendre de cheval.

Le cœur d'Aster se mit à battre la chamade, comme un animal sauvage piégé dans sa poitrine. Elle fit semblant d'être occupée à recharger son revolver. Violette s'était ouverte ces derniers temps, le brouillard de Chardon sucré qui l'avait toujours enveloppée commençant à se dissiper à mesure qu'elle se sevrait. Aster savait que cette clarté d'esprit était une bonne chose, mais elle n'appréciait pas toujours que cela permette à Violette de les voir plus clairement, elles aussi.

– Les dévoreurs avaient toujours des armes à feu sur eux, poursuivit Violette. Peut-être que tu ne peux pas t'empêcher de penser à eux quand tu en vois une. À moins qu'il ne se soit passé quelque chose avec un bluffeur ? Il t'a menacée, ou quelque chose comme ça ?

Non, il avait chargé son arme avec une seule balle, fourré le canon dans la bouche d'Aster, fait tourner la chambre et tiré. Un jeu tordu auquel certains bluffeurs aimaient apparemment jouer. Aster n'avait pas osé se débattre. À l'époque, pas une seule soirée ne passait sans qu'elle se sente impuissante, mais ça... elle se souvenait encore du goût du métal sur sa langue, du cliquetis de la roue qui tournait et tournait. Tout son corps crispé face à la menace de la mort, sa vie courte et brutale défilant dans son esprit. Des mots durs, des mains brusques, de la colère et de la peur et de la colère et de la honte et de la colère...

– Par le Voile ! finit-elle par s'emporter, cessant de faire semblant de recharger son arme, qu'elle rangea rageusement dans son étui. Écoute, je suis plus à l'aise avec le couteau, c'est tout. On peut en rester là ?

– D'accord, d'accord. Retournons au camp. Je commence à avoir un petit creux.

Aster déglutit, soulagée, même si elle ne voulait pas le montrer.

– On va encore manger des biscuits et des haricots ce soir. Tu ne trouves plus que tu es trop bien pour ça ?

– Bien sûr que si, mais je n'ai pas le choix.

Elles marchèrent en silence pendant un moment, leurs bottes produisant un bruit de succion dans la boue alors qu'elles longeaient la rive. L'air du lac avait une odeur propre, terreuse, et la fraîche humidité qu'il laissait sur le cou d'Aster lui faisait du bien. Elle fixait son reflet sur la surface vitreuse de l'eau. Ça aurait pu être celui d'une inconnue. Ses cheveux, autrefois soigneusement coiffés chaque semaine, étaient désormais tirés en arrière dans un chignon bas effiloché et coincés sous un chapeau de bandit. Son visage avait perdu sa douceur, ses pommettes saillaient, tout comme son menton. Mais ses yeux... ses yeux étaient aussi sombres et désespérés que toujours. Des yeux de vieille femme. *Qui ont vu trop de choses horribles dans leur vie.*

– Comment fais-tu pour les cacher aussi bien ? demanda-t-elle doucement à Violette.

– Quoi donc ? répondit celle-ci d'une voix fatiguée, son ombre s'étirant derrière elle.

– Tu as dit que des petites choses te troublaient, mais tu dois bien les cacher, parce que je n'ai jamais rien remarqué. Même à Green Creek, tu n'avais jamais l'air perturbée par quoi que ce soit. Je sais que le Chardon sucré devait t'aider, mais... À certains moments, tu avais même l'air de t'amuser.

Violette haussa légèrement les épaules.

– C'était peut-être le cas. Et alors ? Tu penses qu'il aurait mieux valu que je sois en colère contre le monde entier et tous ses habitants ? Est-ce que ça t'a réussi, à toi ?

Le visage d'Aster s'échauffa, sa mauvaise humeur se réveillant, mais évidemment, ça ne faisait que prouver que Violette avait vu juste.

– Ça me fait peur, admit alors Aster. Ma colère, je veux dire. J'ai peur qu'elle ait déjà consumé tout ce qu'il y avait de bon en moi. J'ai peur qu'elle brûle quiconque s'approchera trop de moi. Et j'ai peur...

Et puis quoi ? Elle en avait déjà trop dit.

– J'ai peur que ce soit tout ce qui restera de moi quand je serai partie.

– Comme les vengeants ?

Aster hocha la tête. Les sanctifieurs n'étaient pas tous d'accord sur le sujet. Certains pensaient que les vengeants étaient la forme que revêtait l'âme après la mort, d'autres que c'était juste quelque chose dont l'âme se débarrassait quand elle traversait le Voile. C'était cette dernière possibilité qui effrayait le plus Aster : de rester perdue dans sa colère pendant une éternité, sans souvenir de celle qu'elle avait été ni de ce qu'on lui avait fait. Les vengeants n'étaient pas des esprits conscients qui s'en prenaient seulement à ceux qui leur avaient fait du mal. Ils étaient de la rage aveugle. Ils attaquaient tout le monde.

– Au moins, tu t'autorises à ressentir ta colère, répondit Violette. Moi, j'ai l'impression de ne plus rien ressentir. (Elle donna un coup de pied dans le sol, sans plus regarder Aster.) C'était plus facile à la maison d'hospitalité. En tant que chef des autres filles, j'avais toujours de quoi m'occuper. J'étais douée pour ce travail. Je ne suis pas douée pour... ça. (Elle désignait toute la vallée.) Je n'ai pas l'habitude d'avoir autant de temps pour réfléchir. Tout ce... ce vide et ce silence. Je ne sers à rien, ici. Je déteste ça.

– Green Creek te manque ?

– Parfois un peu. Parfois beaucoup.

Un sentiment de nausée se nicha dans le ventre d'Aster. Elle tenta de se rappeler que la maison d'hospitalité était le seul foyer que Violette avait jamais connu, et Mère Fleur sa seule famille. Il lui avait peut-être fallu plus de courage pour partir qu'Aster ne l'avait cru.

– Pourquoi es-tu venue avec nous, Violette ? demanda Aster, et elle prit conscience, pour la première fois, que Violette était son seul prénom – elle n'avait pas un vrai prénom reçu dans sa vie d'avant, une identité secrète dans laquelle se retrancher à la fin de la soirée. Sois honnête : que fais-tu ici ?

Elles avaient désormais rejoint l'autre côté du lac et s'approchaient du camp. Violette redressa ses épaules et remit son masque de détachement froid.

– Je te l'ai déjà dit. Je cherche Lady Fantôme.

Comme elles s'y attendaient, le dîner se composait de haricots et de biscuits. Mais ce soir, il y avait une surprise en plus : de la truite fraîchement pêchée dans le lac. Zee la pela et la fit cuire sur le feu de camp. Debout derrière lui, Clémentine lui massait les épaules, ses doigts rendus agiles par le piano jouant sur lui avec une aisance naturelle. C'était le genre de talents d'« hospitalité » qu'elles avaient dû apprendre durant les années menant à leur Nuit de chance. Aster se hérissa, mais elle ne dit rien.

– Où sont Tanaisie et Mauve ? demanda Violette, assise élégamment sur une couverture de selle, en train de se peigner les cheveux, ignorant complètement Aster. Je ne les ai pas vues quand je suis allée me laver. Elles se sont noyées ou quoi ?

Zee scruta le lac. Aucune trace d'elles.

– Elles sont sans doute en train de se sécher et de s'habiller.

– En tout cas, elles prennent leur temps.

– On ne peut pas le leur reprocher, intervint Clémentine. C'est la première fois qu'on peut vraiment se laver depuis Green Creek. Je commençais à me sentir franchement répugnante.

Zee ricana.

– Je t'en prie ! Vous étiez peut-être un peu crasseuses, c'est tout. Il faut plus de deux semaines pour que la vraie saleté s'installe.

– Incroyable. Est-ce que tu prends au moins la peine de te laver quand tu n'es pas entouré de jolies filles ? demanda Clémentine.

– Parfois même pas dans ce cas-là. Tout dépend de ce qu'on fait ensemble.

Aster lui décocha un regard assassin. Elle risquait de s'améliorer plus vite que prévu au tir. Clémentine dut soudain se souvenir de sa présence, car elle arracha ses mains de la nuque de Zee et s'assit.

– Il fait presque noir, lança Aster d'un ton pincé, ramenant la conversation sur Tanaisie et Mauve. Je n'aime pas les savoir toutes seules dans la nature.

– Elles savent qu'elles ne doivent pas trop s'éloigner, dit Clémentine, mais Aster décela une note d'inquiétude dans sa voix.

Pas plus tard que la veille, ils étaient tombés sur une meute de coyotes en train de fouiner dans les restes d'un camp élaboré, tandis qu'un essaim de mouches entourait un corps à moitié dévoré : quelque aventurier sang-pur entretenant une vision romantique de la conquête de la Balafre qui avait trouvé plus qu'il n'en avait demandé.

– Vous voulez que j'aille les chercher ? proposa Zee.

Mais avant qu'Aster puisse répondre, Tanaisie et Mauve sortirent en trébuchant de derrière des buissons. Elles avaient les joues rouges et se tenaient par la main. Elles se lâchèrent rapidement en pénétrant dans la lumière du feu.

– C'est gentil de vous joindre à nous, lança Violette.

– Vous ne nous attendiez pas, si ? demanda Tanaisie, dont les joues s'empourprèrent un peu plus.

Une lueur de joie espiègle éclaira le regard de Clémentine.

– Violette était morte d'inquiétude.

– Mince, on aurait dû dire quelque chose, marmonna Mauve. On était juste... distraites, et on a perdu la notion du temps.

– Ça, je veux bien le croire, dit Clémentine.

Aster eut un déclic. Elle avait remarqué la façon dont Tanaisie et Mauve se regardaient à Green Creek. Des caresses secrètes, des conversations muettes. À la maison d'hospitalité, elles avaient dû enfouir ce qu'il y avait entre elles. Ici, leurs sentiments avaient pu s'épanouir.

Aster sourit faiblement.

– Ce n'est pas grave. Asseyez-vous, votre dîner va refroidir.

Elles s'installèrent toutes pour savourer leur repas, regardant les derniers rayons du soleil se déverser sur les falaises de roche rouge. Zee leur raconta l'histoire d'Annagold, la jeune femme dont la cascade portait le nom. On disait qu'elle était tombée amoureuse d'un garçon d'écurie sang-de-poussière et que, quand son père les avait surpris et avait vendu le jeune homme aux mines, elle s'était jetée du haut de la cascade, éperdue de chagrin. On voyait encore son errant par les soirées claires, un visage dans la brume qui s'élevait de l'eau.

Tout le monde se mit alors à raconter ses histoires de fantômes préférées. Violette leur parla d'un errant qui avait hanté la suite de Mère Fleur, une vieille dame amère responsable de la maison avant elle. Tanaisie évoqua les victimes de vengeants qu'elle avait aidé à soigner avec sa mère – certaines n'avaient eu besoin que de quelques points de suture, d'autres avaient perdu des membres, mais on les jugeait tous chanceuses d'avoir survécu. Et Aster et Clémentine parlèrent de leur grand-mère, qui avait hanté leur maison pendant deux semaines après sa mort. Cela aurait dû apaiser leur chagrin, d'avoir son errant auprès d'elles, mais en réalité, cela avait seulement souligné tout ce qu'elles avaient perdu, et finalement, elles avaient été soulagées quand elle avait trouvé la paix et était partie.

Le flot d'histoires grandit, puis retomba. Quand ils se turent, la lune était haut dans le ciel et les morts hurlaient sur les étoiles. Tout le monde rejoignit son coin pour dormir, Mauve et Tanaisie entrelaçant leurs petits doigts alors qu'elles s'éloignaient ensemble.

Clémentine les regardait avec une expression mi-heureuse, mi-mélancolique. Aster observait attentivement sa sœur. De toute évidence, Clémentine voulait ce qu'elles avaient, et elle le voulait avec Zee.

Elle enveloppa ses cheveux pour la nuit et se glissa sur son tapis de sol à côté d'Aster.

– Tu sais, ce n'est pas si mal, Dawn, dit-elle, et Aster se figea au son de son vrai prénom. Peut-être qu'on n'aura même pas besoin de trouver Lady Fantôme. On pourrait juste trouver une petite vallée tranquille et vivre de la terre.

Ce n'étaient que des vœux pieux, mais Aster ne pouvait pas lui en vouloir. Cependant, à la minute où elles cesseraient de fuir, les dévoreurs les attraperaient.

– On ne sera jamais en sécurité tant qu'on sera marquées. Il faut qu'on se débarrasse de ces faveurs, répondit-elle, bien consciente qu'il s'agissait peut-être aussi d'un vœu pieux.

Parfois, elle n'arrivait pas à combattre la crainte que ce soit trop beau pour être vrai. Pourtant, même dans les moments de doute, elle ne remettait plus leur voyage en question. Ici, elles vivaient enfin comme elles l'entendaient. Elles faisaient ce qu'elles voulaient, allaient là où cela leur plaisait. C'était déjà quelque chose, quoi qu'il arrive à la fin.

Clémentine toucha le côté de sa joue.

– Zee les trouve jolies. Je lui disais que ça me mettait en rage de ne pas pouvoir couvrir la mienne, mais il a répondu que je ne devrais pas en avoir honte.

– C'est facile à dire, pour lui. Ce n'est pas lui qui doit vivre avec, fit remarquer Aster d'un ton entendu.

– Ce n'est pas ce qu'il voulait dire ! Il voulait juste dire qu'il ne m'estime pas moins, qu'il ne nous estime pas moins à cause d'elles, contrairement à la plupart des gens.

– Et c'est important pour toi, ce que pense Zee ?

Clémentine hésita.

– Tant qu'on est obligés de voyager ensemble, autant être en bons termes, tu ne crois pas ?

– Je crois qu'on ne le connaît pas encore très bien, et qu'on doit rester prudentes.

– Peut-être que tu ne le connais pas encore très bien, mais moi j'ai eu beaucoup de temps pour parler avec lui, maintenant que Violette et toi êtes de mèche.

– Nous ne sommes pas de mèche, Clem. On est juste... on s'entraide. Mais de toute évidence, tu recherches plus que ça avec Zee.

– Et qu'y a-t-il de mal à cela ? demanda Clémentine en se tournant vers elle. Je vois bien que tu es heureuse pour Mauve et Tanaisie. Pourquoi ne peux-tu pas être heureuse pour moi ?

– Parce que, contrairement à Zee, je les connais depuis des années, et je tiens à elles, et je leur fais confiance.

– Tu ne fais confiance à personne. Tu ne me fais même pas assez confiance pour me laisser me faire mon propre avis. Tu voudrais que je sois comme toi, que j'aie peur du monde au point de ne plus vivre du tout.

Ces mots frappèrent Aster comme une gifle. Elle déglutit difficilement.

– Ce n'est pas vrai, dit-elle d'une voix basse.

Clémentine avait l'air de vouloir retirer ce qu'elle avait dit, mais elle s'arma de courage et continua :

– Si. Je mourais d'envie de te parler de Zee, mais je ne l'ai pas fait, car je savais que tu réagirais comme ça. C'est comme ça que tu réagis à tout.

– Je ne veux pas que tu souffres.

– Tout le monde souffre. J'ai déjà souffert.

Non, pas encore. Pas comme moi.

Aster prit une inspiration frémissante.

– Eh bien c'est mon travail d'essayer d'éviter que tu souffres encore. Je n'avais personne pour veiller sur moi. Et je le regrette tous les jours. C'est pour ça que je fais tant d'efforts pour veiller sur toi. Je t'aime trop pour te laisser tranquille.

Mais elle repensa à ce qu'elle avait avoué à Violette plus tôt, à sa peur que sa colère brûle quiconque s'approcherait trop d'elle. Et si sa colère envers Zee éloignait sa propre sœur ?

– Malgré tout, poursuivit-elle, je suis désolée si je t'ai donné l'impression que tu ne pouvais pas te confier à moi. Ce n'est pas ce que je voulais. Tu devrais pouvoir me parler de n'importe quoi.

– Je sais, répondit doucement Clémentine. Ce n'est pas grave.

Elle tirait sur un brin d'herbe, fuyant le regard d'Aster.

– Je te promets que je ne fais pas exprès d'être aussi dure. Parfois, j'ai l'impression que c'est plus fort que moi. Mais je vais essayer de m'améliorer, d'accord ?

Clémentine soupira.

– Ce doit être épuisant, de n'arriver à voir que le pire en toutes choses.

– Ça l'est.

La voix d'Aster se fêla, et elle toussa pour le dissimuler. Clémentine tendit le bras vers elle. Aster lui prit la main. Ce n'était pas normal, que Clémentine doive la réconforter. Ça aurait dû être l'inverse.

Mais Aster en avait besoin. Violette était peut-être la seule à comprendre ce qu'elle avait traversé, mais Clémentine était la seule à s'en soucier.

– Tu n'as plus besoin de supporter ça toute seule, dit Clem. Je suis là pour veiller sur toi maintenant. Et il y a aussi Mauve et Tanaisie et peut-être même Violette. Et Zee. C'est quelqu'un de bien, Dawn. (Elle lui serra la main.) Je le promets. Aie confiance.

Aster hocha la tête. Elle retira sa main pour s'essuyer les yeux avant que ses larmes puissent couler.

– Tu dis ça seulement parce que tu le trouves beau, dit-elle en riant doucement.

Clémentine sourit.

– Il *est* beau. Tu ne trouves pas ?

– Il n'est pas mal, je suppose.

– Il est deux tiers chiot, un tiers loup.

– C'est un vieux chien errant tout maigre dont on n'arrive pas à se débarrasser.

Clémentine semblait palpiter de bonheur. Aster poussa un long soupir et se sentit plus propre, plus légère.

– Viens ici, dit-elle.

Clémentine se rapprocha et Aster referma les bras autour d'elle. Elles restèrent allongées ainsi en silence, écoutant la berceuse des grenouilles-taureaux dans le lac. Quelques instants plus tard, elles dormaient.

Aster fut subitement réveillée par une main qui lui secouait violemment l'épaule. Elle se redressa aussi vite que si on l'avait frappée avec un aiguillon et repoussa son agresseur. Dans l'obscurité, il lui fallut un moment pour se rendre compte que ce n'était que Zee. Elle n'éprouva aucun soulagement à sa vue : rien que de la colère, et une peur diffuse, tenace.

– Ne me touche pas, bon sang, rugit-elle. Qu'est-ce que tu veux ?

Ce fut alors seulement qu'elle vit que ses yeux étaient écarquillés par une terreur qu'elle n'avait encore jamais vue en eux.

– Aster, il faut qu'on parte tout de suite. Il y a un groupe de dévoreurs à moins d'un kilomètre et demi d'ici.

Il se détourna pour aller prévenir les autres avant qu'elle puisse lui poser des questions.

– Allez, Clémentine, il faut qu'on s'en aille.

Aster commença automatiquement à ranger son tapis de sol. Elle avait l'impression de patauger dans un cauchemar. Les lamentations des vengeants résonnaient à ses oreilles.

– Quelle heure est-il ? Que se passe-t-il ? demanda Clémentine, dans un brouillard de sommeil.

– Des dévoreurs dans la vallée.

Cela la réveilla complètement. Elle bondit sur ses pieds et aida Aster à rassembler leurs affaires.

– Je montais la garde au sommet de la colline quand je les ai vus, expliqua Zee en sellant son cheval. On peut les semer, mais on doit se dépêcher.

– Mais comment ils nous ont trouvés, d'abord ? demanda Violette. Ce n'était pas ton travail de...

– Je n'en sais rien ! Peut-être que le trou pour le feu n'était pas assez profond. Peut-être qu'on n'est pas assez revenus sur nos pas hier. Il suffit d'une erreur.

– Estimons-nous heureux que tu les aies vus à temps, les interrompit Aster en montant en selle.

Il ne fallait surtout pas que Zee perde ses moyens, pas maintenant. Cette panique ne lui ressemblait pas, et Aster ne voulait pas qu'elle se communique aux autres.

Et alors, Aster l'entendit : le fracas des sabots, puis le cri perçant et surnaturel des étalons des dévoreurs.

– Dépêchez-vous ! les supplia Zee.

Ils n'avaient pas le temps de dissimuler les traces de leur campement, pas le temps de planifier une retraite stratégique. Ils devaient simplement s'enfuir.

Dès que tout le monde fut monté à cheval, ils partirent au galop, guidés par le jaune de la lune. Zee suivait la rive du lac. La boue jaillissait sous les sabots des chevaux, et le brouillard était épais. Aster l'essuyait de ses yeux, s'efforçant de voir dans le noir. Ils approchaient des falaises.

– Il y a un pont au sommet ! cria Zee par-dessus le rugissement de la cascade. Si on arrive à le traverser et à le couper derrière nous, ils ne pourront pas nous suivre par-dessus la gorge. Mais il faut qu'on fasse vite.

Aster jura dans sa barbe. Tellement de choses pouvaient mal tourner. Si le pont n'était plus en état, si les dévoreurs les rattrapaient avant qu'ils ne l'atteignent, s'ils tombaient de la falaise en essayant de rejoindre le sommet...

Ils s'engagèrent en file indienne dans l'étroit sentier pentu découpé sur le flanc de la corniche. Une face rocheuse abrupte d'un côté, une chute vertigineuse de l'autre. Bientôt, ils durent ralentir pour ne pas risquer de glisser dans le vide. Aster jeta un coup d'œil derrière elle, l'angoisse perçant un trou dans son ventre alors que leur allure diminuait. Elle distingua vaguement la silhouette de quatre dévoreurs à cheval qui encerclaient le camp. Et bien qu'ils fussent trop éloignés pour qu'elle ressente leur influence, une série de frissons se mit à courir sur ses bras.

Si on avait attendu ne serait-ce qu'une minute de plus...

Son cuir chevelu la démangeait au souvenir de la dernière fois qu'elle avait été à la merci d'un dévoreur. Son sang se transformant en glace dans ses veines. Ses os vibrant de douleur...

Non. Concentre-toi.

Elle se tourna de nouveau vers l'avant. Se concentra sur le claquement des sabots sur le schiste. Garda les yeux rivés sur le dos de Violette devant elle. Zee leur fit prendre un virage en épingle à cheveux, le premier de nombreux zigzags. Ils étaient presque aussi haut que le sommet des arbres désormais. L'air était de plus en plus frais et rare, et le vent tirait sur les membres d'Aster. Ils prirent un autre virage à une allure d'escargot.

– On ne peut pas aller plus vite ? supplia Mauve.

– Seulement si tu veux dégringoler jusqu'en bas, répondit sèchement Zee. Mais les dévoreurs aussi devront ralentir. On va y arriver, c'est promis.

Le hurlement soudain des chevaux de l'enfer perça la nuit.

Les dévoreurs avaient commencé l'ascension de la falaise.

– JE LES VOIS ! cria une voix rocailleuse. ILS SE DIRIGENT VERS LE HAUT DE LA CASCADE.

– Zee ! lança Aster.

– Suivez-moi !

Ils tournèrent une fois de plus. Les sabots produisaient un son de tonnerre. Aster regarda par-dessus le bord de la corniche, et la hauteur vertigineuse lui fit tourner la tête.

Les dévoreurs gagnaient du terrain.

– Par le Voile, ils sont trop rapides pour nous, jura Clémentine.

En effet, les chevaux de l'enfer étaient moitié plus gros que les chevaux ordinaires, transformés par la magie des dévoreurs afin de pouvoir traquer inlassablement leurs proies. Ils étaient aussi cruels que leurs maîtres.

Et ils ne ralentissaient pas du tout.

Les bêtes poussèrent un autre hurlement assourdissant, assez perçant pour couvrir les lamentations des vengeants. Aster avait du mal à garder le contrôle de sa monture, effrayée par ce son. Quand ils franchirent le dernier virage, les dévoreurs n'étaient plus qu'à quelques centaines de mètres d'eux.

– Allez, accélérez, on y est presque ! cria Zee, qui partit au galop quand ils atteignirent le sommet de la falaise, une vaste étendue d'herbe sèche et de poussière balayée par un vent froid et sifflant.

Le sol descendait vers une fissure dans la terre forgée par la rivière qui nourrissait la cascade. L'estomac d'Aster se retourna quand son cheval se précipita à une allure folle vers le ravin.

– Tu vois le pont ? lui demanda Clémentine, le vent emportant ses mots.

Aster ouvrait la bouche pour répondre quand un coup de feu retentit, faisant exploser la nuit.

Elle tourna brusquement la tête. Les dévoreurs sortaient de l'obscurité, ayant eux aussi atteint le sommet de la falaise. Ils étaient encore trop loin pour que leurs tirs puissent les toucher, mais plus pour très longtemps.

Que les morts nous protègent, pria désespérément Aster en faisant volte-face. Finalement, le pont apparut, suspendu au-dessus de l'air par deux longueurs de corde. Résisterait-il seulement sous leur poids ?

Ils n'avaient plus le temps de s'en inquiéter.

Zee ralentit encore une fois alors qu'il s'engageait sur le pont, les planches en bois émettant un son creux sous les sabots de son cheval. Mauve et Tanaisie le suivirent, puis Violette, et enfin Aster et Clémentine. Il se balança et gémit sous leur poids. Aster commit l'erreur de regarder par-dessus bord. Le pont ne faisait qu'environ quinze mètres de long, mais il devait être à au moins trois fois cette hauteur de la rivière scintillante en contrebas.

– Merde, merde, merde, merde, merde, répétait Violette pour elle-même.

– Ne regarde pas en bas, la prévint Aster.

Elle sentait son cheval de plus en plus nerveux à mesure qu'ils avançaient, et elle lui murmura des mots apaisants, espérant qu'il ne sentirait pas la peur dans sa voix.

Ils étaient environ à la moitié du pont quand son sabot arrière transperça une planche de bois.

Aster s'agrippa à sa crinière alors que l'arrière-train du cheval s'enfonçait encore. Le vertige lui monta brusquement à la tête, la terreur traversa son ventre. Clémentine poussa un cri aigu et serra si fort la taille d'Aster qu'elle lui fit mal.

– Clem ! cria Zee.

Les dents serrées, Aster se pencha en avant pour aider le cheval à retrouver son équilibre. Il réussit à se rétablir et rattrapa les autres.

– Que s'est-il passé? demanda Tanaisie d'une voix haut perchée.

– Ça va aller, avance, lança Aster, haletante.

Les dévoreurs allaient atteindre le pont d'une seconde à l'autre.

D'autres coups de feu retentirent derrière eux. Aster fit encore accélérer son cheval. Toucha de nouveau la terre ferme.

– Aster... commença Zee.

– Je sais.

Elle sauta à terre, sortit son couteau et entreprit de scier la corde. Elle tremblait encore après cette quasi-chute. De la sueur coulait dans son cou.

– ARRÊTEZ-VOUS ! rugit l'un des dévoreurs.

Aster releva les yeux. Ils n'étaient plus qu'à quelques pas du pont désormais. La lame coupa la première corde. S'attaqua à la seconde.

– Zee, emmène-les loin d'ici, ordonna-t-elle.

– On n'ira nulle part, protesta Clémentine.

Un coup de feu retentit et une douleur soudaine brûla la joue d'Aster. Elle poussa un cri. Faillit lâcher son couteau.

– Zee...

Alors, la seconde corde lâcha, et le pont tomba. Les dévoreurs s'arrêtèrent en dérapant de l'autre côté de la gorge, leurs armes brandies. Aster se leva, haletante, une main en coupe sur le côté ensanglanté de sa tête. Elle avait peur de bouger. Zee fit demi-tour et s'arrêta près d'elle, son arme à la main. Mauve et Violette l'imitèrent.

Pendant un moment, les deux groupes restèrent face à face dans un silence tendu. Puis l'un des dévoreurs leva une lanterne, ce qui signifiait, comprit Aster, qu'il n'était en fait pas un dévoreur. Les dévoreurs voyaient parfaitement dans le noir. L'homme les dévisageait, bien bâti, avec une peau blanche comme du papier, un nez droit et une épaisse moustache rousse.

Quelque chose chez lui... lui semblait familier.

Aster sentit un goût de bile.

– Aide-moi à monter, dit-elle à Clémentine.

Lentement, sans tourner le dos à cet homme et aux dévoreurs, Aster grimpa en selle derrière sa sœur. La douleur lui faisait tourner la tête. Elle avait la nausée.

L'homme sourit légèrement et fit un signe aux dévoreurs derrière lui, qui baissèrent leurs armes.

– Ne vous en faites pas, les Chanceuses. Ce n'est pas ici que vous allez mourir, lança-t-il, ses mots résonnant dans la gorge. Nous avons encore beaucoup de choses à nous dire, vous et moi. Ma famille a besoin de réponses. Le peuple a besoin de réponses. Nous nous reverrons, je vous le garantis. Et quand votre heure sera venue, vous le saurez.

La vérité frappa Aster comme une autre balle.

McClennon.

C'est Jerrod McClennon.

Le politicien avait dit qu'il était après nous, et le voilà.

– A-allons-y, bredouilla-t-elle à l'intention de Clémentine, avant de jeter un regard paniqué aux autres. Partons !

Elles se tournèrent et galopèrent jusqu'à ce que le tonnerre de la cascade s'évanouisse derrière elles.

– Tu es sûre que c'était Jerrod McClennon ? demanda Zee le lendemain matin.

Ils avaient voyagé toute la nuit pour être sûrs de semer leurs poursuivants et maintenant, enfin, ils s'étaient arrêtés et avaient attaché leurs montures sous les arbres pour reprendre leur souffle.

Aster s'efforçait de ne pas grimacer alors que Tanaisie nettoyait sa joue déchirée avec de l'alcool et la recousait. Le fil qui se tendait envoyait des décharges douloureuses dans tout son visage.

– C'était lui, dit-elle, les dents serrées.

Le souvenir du visage sans vie de Baxter demeurait si net et vif dans son esprit qu'il lui avait été impossible de ne pas remarquer leur ressemblance.

– Il a dit que sa famille voulait des réponses. Ce doit être un McClennon. Et cet homme a dit que c'était Jerrod qui nous suivait depuis Green Creek.

Mauve se frotta les yeux avec le revers de ses mains.

– C'est lequel déjà ? Le bâtard qui possède tous les camps de mineurs ou le bâtard qui se présente au poste de gouverneur ?

– Celui qui veut devenir gouverneur. L'oncle de Baxter.

– Et mince.

– S'il voulait nous tuer, il l'aurait fait, intervint Violette d'un air sombre.

Elle serrait les poings et les relâchait, encore et encore, en nage comme quand elle était en manque de Chardon sucré.

– Ils vont nous prendre vivantes.

– Ils ne vont pas nous prendre, gronda Aster.

– On regrettera de ne pas être mortes.

– Ça suffit.

Ils gardèrent le silence un moment. Aster regardait Clémentine, recroquevillée, les genoux contre la poitrine. Son sourire têtu avait disparu. Elle n'avait presque rien dit depuis des heures.

– Clem, dit Aster, plus doucement. Ce n'est pas ta faute.

– Bien sûr que si !

– C'est ma faute, intervint Zee en secouant la tête. Je n'aurais jamais dû leur permettre de se rapprocher autant.

– Écoutez, c'est la faute de McClennon et de personne d'autre, soupira Aster.

La veille, ils avaient passé une magnifique journée dans un endroit magnifique, et ils avaient tous baissé la garde. Nager dans un lac limpide, échanger des baisers volés dans la forêt, des histoires au coin du feu... comme le paradis au-delà du Voile, le paradis qu'ils méritaient.

Et puis McClennon et ses dévoreurs avaient tenté de les ramener de force en enfer.

J'espère pour lui que nos chemins ne se recroiseront plus, pensa-t-elle.

La prochaine fois, ce serait à lui de se faire recoudre. Elle y veillerait.

CHAPITRE 12

Trois jours plus tard, ils atteignirent la ville de Scarcliff.

Désormais, leur technique de braquage était bien perfectionnée. Cinq armes à feu pointées sur le visage d'un homme suffisaient d'ordinaire largement à le rendre coopératif, et le bluffeur qu'elles avaient attaqué la veille s'était rendu dès qu'il avait vu qu'il était encerclé. Cependant, alors qu'elles comptaient le lustre qu'elles lui avaient volé le lendemain matin, assises dans leur camp, Aster ne put s'empêcher de sentir le ver de la frustration se frayer un chemin en elle.

Elle se rendait déjà compte que cela ne suffirait pas.

– Tu dis que c'était le gérant d'une banque ? demanda-t-elle à Zee.

C'était une journée caniculaire, suffocante, et sa chemise collait à sa peau trempée de sueur. L'ombre des pins de montagne n'offrait qu'un faible répit.

Zee hocha la tête.

– Il m'a dit qu'il avait été nommé à l'agence de Scarcliff il y a deux semaines. J'ai parlé à tous les hommes dans la salle de réception. Il aurait dû être le plus riche.

Avant ce dernier vol, elles ne disposaient que d'environ sept cent cinquante aigles en récompense de tous leurs efforts. Elles avaient parcouru plus de la moitié de la Balafre, mais elles étaient encore loin du but. À ce rythme, elles n'arriveraient jamais à rassembler cinq mille aigles avant d'atteindre Northrock.

Et donc, comme ils approchaient de Scarcliff, Aster avait demandé à Zee de trouver l'homme le plus riche dans la maison d'hospitalité plutôt que de se contenter du premier qu'il pourrait convaincre. Elle avait pris un risque, elle le savait, en lui demandant de passer autant de temps dans la maison d'hospitalité, où il pourrait être vu par tout le monde. Mais leur situation devenait désespérée. Elle ne pouvait plus fermer les yeux sans voir le sourire pincé de McClennon.

Et tant qu'elles auraient ces faveurs, elles ne pourraient lui échapper.

– Trente-deux aigles, en tout, annonça Mauve en relevant les yeux du tas de pièces d'un air dégoûté.

Aster jura et se gratta la joue à l'endroit où Tanaisie avait recousu sa blessure. Où étaient tous les bluffeurs qui se vantaient de transporter des centaines d'aigles sur eux ? Ce n'étaient que des paroles en l'air ?

– Et sa montre, alors ? On pourrait la vendre, suggéra Clémentine avec espoir.

– C'est de la merde, cracha Violette en jetant la montre à gousset sur la pile de pièces. Une imitation or. De mauvaise qualité. Je ne sais pas pourquoi il y tenait autant.

En plus de sa bourse, le seul objet de valeur qu'elles avaient trouvé sur le bluffeur était sa montre. Il les avait suppliées de ne pas la voler, prétendant qu'il s'agissait d'un objet de famille. Il avait plaidé pour cette montre plus désespérément que pour sa propre vie.

Aster l'avait prise quand même, juste pour le principe.

– Écoutez, manifestement, ça ne suffira pas de continuer à dépouiller des bluffeurs, même s'ils sont gérants de banque, lança Mauve avec impatience en remettant les pièces dans la bourse. La prochaine fois, il faudrait qu'on braque carrément la banque.

Tanaisie réprima un rire.

– Arrête de raconter n'importe quoi, la gronda Violette.

– Non, attends, elle n'a peut-être pas tort, intervint Clémentine, dont le regard s'illumina. Réfléchissez : on pourrait avoir le reste du lustre, et même plus.

– Les banques sont gardées par des policiers, et le lustre enfermé dans un coffre, dit Zee d'un ton prudent.

Mais l'esprit d'Aster tournait devant toutes ces possibilités. Si elles arrivaient à maîtriser les policiers, à ouvrir le coffre... elles n'auraient plus jamais à dépouiller un autre bluffeur. Elles pourraient filer directement jusqu'à Lady Fantôme en moitié moins de temps qu'il ne leur en faudrait autrement.

Et une sacrée quantité de propriétaires terriens perdraient leur lustre.

Cela effacerait certainement le sourire de ce bâtard de McClennon.

– On devrait au moins en parler, dit-elle. On n'a plus beaucoup de temps, et peu d'options. As-tu bien vu la banque de Scarcliff, Zee ?

– On se calme, d'accord ? Je ne pense pas que ce soit une bonne idée. Je pense...

C'était peut-être la chaleur qui cognait sur la nuque

d'Aster, ou la douleur qui transperçait sa joue et lui donnait la nausée, ou encore la frustration se figeant dans son ventre en terreur d'animal pris au piège, mais elle n'avait pas la patience d'écouter Zee lui dire ce qu'elles devaient faire. Sa vie à lui ne dépendait pas de ce lustre.

– Je ne t'ai pas demandé ton avis, Zee. Je t'ai demandé comment était la banque de Scarcliff, le rembarra-t-elle.

Du rouge apparut sous le brun de ses joues. Violette ricana, mais Clem décocha un regard mauvais à Aster.

– Qu'est-ce que tu allais dire ? demanda Clémentine au jeune homme.

– Je pense juste qu'on doit se montrer plus prudents que jamais, marmonna-t-il. Oui, j'ai bien observé la banque de Scarcliff, mais essayer de la cambrioler... il y a tellement de facteurs qu'on ne peut pas contrôler, tellement de choses qui peuvent mal tourner.

– À moins que tu n'aies une meilleure idée pour trouver plus de quatre mille aigles la semaine prochaine, on n'a pas le choix, répliqua Aster.

– Je parie que la banque ne sera pas gardée aussi lourdement la nuit, intervint Tanaisie, essayant peut-être de ramener la paix. Y entrer après le coucher du soleil serait sûrement moins risqué que de l'attaquer en pleine journée, non ?

– Oui, mais le lustre sera quand même enfermé dans un coffre, répondit Zee. Et nous n'avons pas les outils pour le défoncer ou l'emporter. C'est une impasse, Aster.

– Pas forcément, insista-t-elle. Écoute, c'est vrai que si on prend ce risque, on pourrait se faire capturer. Mais si on ne fait rien, on le sera à coup sûr. On a besoin de ce lustre pour disparaître.

Zee serra les dents.

– C'est trop dangereux.

Une bouffée de colère remonta dans la gorge d'Aster. Elle se leva.

– J'ai besoin de te dire deux mots, siffla-t-elle.

– Laisse-le tranquille, Aster, lança sèchement Clémentine. Il n'est pas obligé de participer s'il n'en a pas envie.

– Tout de suite.

Zee et Clémentine échangèrent un regard, une conversation muette passa entre eux. La colère d'Aster s'embrasa encore plus. Mais alors, Zee se leva et la suivit hors du camp. Des petits grillons marron bondissaient sur leur passage alors qu'ils traversaient les buissons. Une fine couleuvre noire s'écarta de leur chemin.

Quand ils furent hors de portée d'oreilles, Aster s'arrêta et se tourna vers lui en croisant les bras.

– Je sais que tu veux bien faire, Zee, commença-t-elle en s'efforçant de maîtriser sa voix, mais quand tu me défies, tu ne fais qu'empirer les choses. Je n'ai pas le temps de te convaincre de nous aider. Tu dois juste le faire.

Il soupira et retira son chapeau, s'essuya le front avec sa manche. Sa peau était luisante de sueur.

– Je sais, et je suis désolé, mais je ne peux pas te laisser nous entraîner dans quelque chose dont on ne ressortira pas.

– Il n'y a pas de « nous », Zee, rugit-elle en s'avançant d'un pas. Ta tête n'est pas mise à prix. Tu n'as pas une faveur sur ton cou. Tu peux arrêter tout ça. Pas nous. Il s'agit juste d'un travail, pour toi. Mais pour nous, c'est une question de vie ou de mort. Alors tu n'as pas ton mot à dire, compris ?

– Tu parles comme si je n'avais rien à perdre, répliqua-t-il, exaspéré.

Son énergie leur avait paru infinie quand elles l'avaient rencontré, mais il commençait à montrer des signes d'épuisement.

– Moi aussi, j'ai des gens sur qui je dois veiller, tu sais. Comment suis-je censé retrouver mes sœurs si je suis pris en train de cambrioler une banque ? Comment suis-je censé subvenir à leurs besoins si je suis recherché ? Tu dis que ce n'est qu'un travail pour moi, et que je peux tout arrêter, mais ce n'est pas le cas. Ce travail est ma meilleure chance de sauver ma famille.

Aster se sentit faiblir alors qu'il faisait les cent pas.

– Si c'est ce que tu penses vraiment, pourquoi nous as-tu aidées à dépouiller les bluffeurs ? demanda-t-elle, sur la défensive.

– Je te rappelle que ça ne m'enchantait pas beaucoup, mais ça me semblait être la bonne chose à faire, finalement. Mais cambrioler une banque... c'est aller trop loin. Tu n'as aucune idée des efforts que j'ai dû fournir pour éviter une vie criminelle. Mon père a tout sacrifié pour faire enfin sortir notre famille de sa dette de sang-de-poussière. Je ne peux pas me permettre de nous y replonger.

– Ça n'arrivera que si on se fait prendre, Zee. Et ça ne sera pas le cas. Car on ne peut pas se le permettre.

Il s'arrêta. La regarda en face. Aster soupira, se radoucit.

– On va retourner à Scarcliff pour cambrioler cette banque, dit-elle. Mais si ça te met aussi mal à l'aise, tu n'es pas obligé de venir avec nous. Tu pourras attendre dehors avec les chevaux pour qu'on puisse s'enfuir rapidement. De toute manière, il vaut mieux que tu ne retournes pas en ville. Les gens pourraient te reconnaître.

Il hésita.

– Tu le penses vraiment, ou tu es simplement gentille avec moi parce que Clémentine te l'a demandé ?

Sa mauvaise humeur se ralluma à la mention de sa sœur.

– Je le pense vraiment. Mais puisqu'on en parle, je te signale que je n'apprécie pas que tu te serves de Clémentine contre moi.

– Je ne me sers pas d'elle, jamais je ne...

Une expression de compréhension soudaine apparut sur le visage de Zee, et se transforma en compassion.

– C'est pour ça que tu es aussi contrariée, Aster ? Tu as encore peur de moi ? Peur pour ta sœur ? Parce que je te promets que je ne ferais jamais de mal à Clémentine. Tu es la seule à pouvoir comprendre à quel point je tiens à elle.

Aster serra les mâchoires. *Ne t'avise pas de nous comparer. Ça ne fait que deux semaines que tu la connais. Je l'aime depuis le jour de sa naissance.*

Mais non. Il était inutile de discuter sur ce point. Elle ravala le reste de sa colère.

– Je veux juste le meilleur pour Clem, comme tu veux le meilleur pour tes sœurs, dit-elle doucement. Écoute, Zee... je sais que tu risques tout pour nous aider, et je suis désolée si je donne parfois l'impression de ne pas t'en être reconnaissante. Je le suis, plus que je ne saurais le dire. On n'aurait jamais pu arriver aussi loin sans toi. Mais j'ai besoin que tu me fasses confiance sur ce coup, d'accord ?

Zee garda le silence un moment. Il remit son chapeau.

– Attendre dehors avec les chevaux ? dit-il avec une ébauche de sourire. Je suppose que je peux y arriver.

Les épaules d'Aster s'abaissèrent sous l'effet du soulagement.

– Merci, Zee. Vraiment. Allons retrouver les autres et commencer à planifier tout ça...

Mauve émergea bruyamment des buissons, un grand sourire aux lèvres.

– Désolée de vous interrompre, mais il faut que vous veniez voir ça, dit-elle, tout excitée. On a compris pourquoi ce bluffeur tenait autant à sa montre : il y a un bout de papier à l'intérieur, avec une série de nombres dessus.

Aster plissa le front, perplexe.

– Pourquoi, d'après vous, un gérant de banque fraîchement nommé aurait besoin d'une série de numéros ? Et pourquoi aurait-il si peur que quelqu'un d'autre les trouve ?

Aster et Zee échangèrent un regard. Il sembla comprendre au même moment qu'elle, et son sourire s'élargit.

– Exactement, dit Mauve. On pense que c'est le code du coffre.

Ils passèrent le reste de la journée à se préparer et partirent pour Scarcliff peu après minuit. Ils se tenaient désormais au pied du mur aveugle de la ville, traversés par un courant d'excitation nerveuse. Plutôt que de tenter leur chance au point de contrôle, les filles avaient décidé d'escalader le mur. De l'autre côté des pierres abîmées, les bruits de la vie nocturne s'élevaient comme des bulles dans une coupe de champagne. De ce côté, les vengeants criaient, réclamant du sang, retenus seulement par la poudre de théomite scintillante dans le mortier. Zee était accroupi au-dessus de son grappin en fer et vérifiait une fois de plus le nœud de la corde qu'il y avait attachée. Mauve n'arrêtait pas d'ouvrir et de refermer la chambre de son six-coups. Appuyée contre le mur, Violette regardait les étoiles. Elle venait de prendre sa dose de Chardon sucré et était la plus calme de toutes.

– Voilà, je pense que ça devrait faire l'affaire, marmonna Zee.

Il se leva et fit tourner plusieurs fois le grappin pour le tester.

– Attention ! Tu vas arracher l'œil de quelqu'un, siffla Tanaisie.

– Désolé.

Il s'écarta un peu et fit tourner le grappin jusqu'à ce qu'il prenne suffisamment de vitesse, puis il le relâcha. Il s'accrocha au sommet du mur dans un bruit de piolet frappant de la roche. Zee tira plusieurs fois sur la corde.

– Bon, qui veut passer en premier ? demanda-t-il en haussant un sourcil.

Le mur faisait environ cinq mètres de haut.

– Violette, vas-y, ordonna Aster.

– Pourquoi moi ?

– Parce que c'est comme ça. Et n'oublie pas de rouler sur toi-même quand tu atterris.

En vérité, c'était parce que c'était elle qui pouvait supporter de garder sa faveur couverte le plus longtemps, grâce au Chardon sucré. Ce soir, chaque seconde comptait.

Violette jura et enveloppa son visage dans un foulard à poussière avant d'escalader le mur de façon peu gracieuse. Elle balança ses jambes par-dessus le sommet et sauta de l'autre côté, atterrissant dans un bruit sourd. Tanaisie et Mauve la suivirent, puis Clémentine. Enfin, ce fut le tour d'Aster.

– Tu seras là avec les chevaux ? demanda-t-elle à Zee en lui tendant la bague de théomite.

Il hocha la tête.

– Je serai là.

Aster agrippa la corde. Elle était rugueuse sous ses mains, et la pierre, granuleuse sous ses pieds. La sensation d'être parallèle au sol lui retourna l'estomac. Elle ne put s'empêcher d'hésiter un instant avant de sauter de l'autre côté. C'était une chute plus courte que celle de la fenêtre de la maison d'hospitalité jusqu'au chariot à foin, mais l'atterrissage serait plus dur. Elle remonta la corde et lança le grappin d'abord, de façon à pouvoir s'en servir de nouveau pour s'échapper. Puis elle inspira et se repoussa du mur.

Par tous les enfers ! pensa-t-elle quand elle atterrit. Elle s'était baissée et avait roulé en touchant le sol, mais le choc fit quand même tressauter tous les os de son corps.

– Est-ce que ça va ? demanda Tanaisie.

– Je vais bien, répondit-elle en se levant et en combattant une sensation de vertige.

Il n'y avait pas de bâtiments près du mur et pour l'instant, elles étaient bien cachées dans l'obscurité, mais elles ne disposaient que de vingt minutes, au maximum, pour mener leur mission à bien avant que leurs faveurs ne brûlent à travers le tissu et ne révèlent leur identité.

– Souvenez-vous, une fois en ville, comportez-vous naturellement, dit Aster. Si vous faites trop d'efforts pour passer inaperçues, vous finirez par attirer l'attention sur vous.

– Personne ne va nous prêter attention, répliqua Violette en agitant la main. Ils supposeront que tous les étrangers circulant dans Scarcliff ont été contrôlés à l'entrée de la ville.

– Espérons-le, marmonna Tanaisie.

Elles partirent à la recherche de la banque.

– Où Zee a-t-il dit qu'elle était, déjà ? demanda Clémentine dans un murmure.

Elles couraient, rapides et courbées, dans les faubourgs de Scarcliff. La forge, l'atelier de réparation de voitures, la maison sainte et son cimetière – tous les bâtiments avaient fermé leurs volets pour la nuit.

– Du côté nord de la rue principale, près du bureau du chef de police, répondit Aster.

Cette proximité était probablement voulue. La police pourrait réagir immédiatement à un cambriolage.

Malgré ça, son humeur commença à s'alléger sous l'effet de l'excitation qu'elle éprouvait chaque fois qu'elles attaquaient un bluffeur. Ses oreilles percevaient le moindre son subtil dans l'obscurité, sa peau fourmillait d'impatience, son cœur battait comme un tambour de guerre. Dans ces moments-là, elle ne revoyait pas dans son esprit les visages de ceux qui lui avaient fait du mal, elle n'éprouvait rien qu'une concentration intense sur sa mission. Tout le contraire du détachement mortel qui s'emparait d'elle quand elle était piégée dans la maison d'hospitalité.

Qu'ils viennent, pensa-t-elle.

Elle était prête.

Finalement, elles parvinrent dans la rue principale bondée, où elles cessèrent de courir et se mirent à marcher d'un bon pas. Deux rangées de boutiques se faisaient face le long d'une route de terre remplie d'hommes bien habillés qui entraient et sortaient des saloons, des salles de jeu et de la maison d'hospitalité.

Aster baissa le bord de son chapeau.

Mauve grattait sa faveur sous son foulard.

– C'est par où, le nord ? demanda-t-elle d'un ton urgent, son regard filant de droite à gauche.

– Sur notre droite, murmura Aster, qui eut le souffle coupé quand elle repéra le drapeau d'Arketta suspendu devant le bureau de la police. Là-bas.

Elles se frayaient un chemin dans la foule, et le ventre d'Aster se soulevait chaque fois qu'un corps d'homme effleurait le sien. Elle mourait d'envie de s'enfuir. Elle se força à ne pas y penser. *Concentre-toi.*

Sous son foulard, sa faveur commençait à la démanger.

Elles passèrent devant le bureau du chef de police. Aster ouvrait la marche, la tête droite, et elle ne ralentit pas, mais elle jeta un regard au bâtiment du coin de l'œil. Un seul agent montait la garde et chassait les papillons de nuit qui tournaient autour de sa lanterne. Il devait y avoir d'autres policiers à l'intérieur, cependant, pour s'occuper des ivrognes ou des petits délinquants enfermés pour la nuit, et d'autres encore devaient patrouiller dans la ville. Les villes de la Balafre étaient toujours lourdement gardées – il le fallait bien, pensaient les gens, dans un endroit peuplé par les enfants des pires criminels du monde.

Eh bien, ce soir, ils ont raison de se faire du souci.

Aster ne ralentit pas non plus quand elles passèrent devant la banque : elles avaient un autre arrêt à faire avant. Mais elle l'observa également. Il s'agissait d'un immeuble ordinaire, avec un simple panneau en pierre :

BANQUE RED ROCK
AGENCE DE SCARCLIFF

Une grande fenêtre donnait sur la salle d'attente et, derrière la cabine du guichetier, Aster distingua vaguement la forme sombre du coffre dans un coin. Puisqu'elles ne pourraient pas franchir la cabine, leur plan était de pénétrer dans la banque par-derrière. Le vacarme ferait sans doute accourir les policiers.

Voilà pourquoi elles devaient d'abord trouver des bluffeurs à prendre en otages : elles avaient besoin de ce moyen de pression.

L'intérieur du saloon était étouffant, avec son parquet en merisier éraflé par des centaines de chaussures et ses lustres à gaz à demi allumés pendus au plafond carrelé. L'odeur d'alcool, de fumée et de sueur heurta Aster comme un mur quand elle entra. Le volume des voix des hommes était décuplé. Ils parlaient, riaient, plaisantaient, juraient. Les mains s'abattaient sur les tables. Les verres tintaient les uns contre les autres. Elle ne s'était pas trouvée dans une pièce comme celle-ci, complètement encerclée, depuis Green Creek. Elle s'arrêta brusquement dans l'embrasure de la porte, la panique grandissant dans son ventre, emplissant ses poumons jusqu'à ce que sa poitrine menace d'exploser. Sa vision se dédoubla jusqu'à ce que toute la pièce se transforme en un brouillard doux de lueur jaune et d'ombres brunes. Ses pensées se diluaient comme de l'encre sous la pluie.

– Aster, dit une voix qui semblait venir de milliers de kilomètres, et qu'elle ne reconnut même pas. *Aster.*

Ses yeux refirent le point. C'était Violette, debout devant elle, qui lui tapait doucement la joue.

– Reprends-toi, bon sang, Chanceuse, siffla-t-elle.

Ces mots durs transpercèrent le brouillard. Aster retroussa les lèvres.

– Je vais bien, rugit-elle en repoussant les mains de Violette.

Elle se raccrocha à ce bref éclair de colère, mais un seul

regard à Violette lui confirma que la jeune femme avait fait exprès de la provoquer pour la ramener à la vie. Aster déglutit.

– Vous voyez des bluffeurs ici, ou quoi ? demanda-t-elle d'une voix tremblante.

Violette fit un signe de tête.

– Il y a une table d'hommes par là-bas qui semblent avoir le bon profil, dit-elle en détachant ses cheveux et en déboutonnant le haut de sa chemise. Je vais flirter un peu avec eux, vérifier que ce sont des bluffeurs, et les attirer dehors si c'est le cas. Sortez par-derrière et attendez-moi.

Aster hocha la tête avec reconnaissance et guida les autres vers la porte de derrière en zigzaguant entre les tables. Violette était la seule à pouvoir réussir un coup pareil, non seulement parce qu'elle jouait la comédie de façon plus convaincante, mais aussi parce qu'elle était la seule sang-pur. Les bluffeurs croiraient plus facilement les mensonges qu'elle leur raconterait.

Et dire qu'on a failli la laisser à Green Creek, pensa Aster. Le picotement de sa faveur s'était transformé en brûlure continue, et bientôt, elle commencerait à rougeoyer.

Elles sortirent en file indienne, leurs bottes claquant sur les planches de la terrasse de derrière. Il n'y avait qu'une autre personne là, un homme en train de fumer un cigare, appuyé contre le mur. Il tira une longue bouffée et souffla un ruban de fumée. Il ne leur prêtait aucune attention... pour l'instant.

Aster inspira une grande bouffée d'air frais pour se calmer.

– Bon, préparez vos armes, murmura-t-elle.

Mauve, Tanaisie et Clémentine sortirent leur revolver.

Mauve était la seule à avoir appris à tirer enfant, mais les autres s'étaient entraînées dès que possible ces dernières semaines.

Aster sortit son couteau. Elle n'avait pas l'intention de rester paralysée une autre fois ce soir.

Deux minutes plus tard, la porte grinça et s'ouvrit. Violette apparut, suivie de trois jeunes hommes élégamment vêtus de gilets à carreaux sur des chemises aux manches agrémentées de bracelets en argent. Des chapeaux melon inclinés en arrière, des chaînes de montres à gousset reluisant sur leurs hanches. Le plus grand arborait un visage de bébé et un sourire sûr de lui. Aster connaissait les hommes dans son genre, elle en avait vu trop souvent. Sa colère flamboya de plus belle.

Concentre-toi, se répéta-t-elle.

– J'avais bien dit à mes amies qu'il y aurait des hommes décents dans cette ville, leur disait Violette d'une voix aiguë. J'ai hâte que vous fassiez leur connaissance...

Clic clic clic.

Mauve, Tanaisie et Clémentine braquèrent leurs armes sur la tête des bluffeurs et retirèrent le cran de sécurité. Les hommes reculèrent en trébuchant et jurèrent à voix basse.

– Qu'est-ce que...

– C'est une mauvaise blague ou...

– Taisez-vous, ordonna Aster. Taisez-vous tous.

L'homme qui fumait laissa échapper son cigare et ouvrit la bouche pour appeler à l'aide.

– Pas si vite, dit calmement Violette en pointant son revolver sur lui. Si tu souffles un seul mot à qui que ce soit...

Il referma brusquement la bouche et rentra à toute vitesse

dans le saloon avant qu'elle puisse finir d'exprimer sa menace.

Si elles n'étaient pas pressées avant, elles l'étaient désormais.

Pendant qu'Aster et Violette montaient la garde, Clémentine, Mauve et Tanaisie attachèrent les mains des bluffeurs dans leur dos, puis pressèrent le canon de leurs armes contre leur colonne vertébrale. Aster les précéda dans la rue, marchant aussi vite que possible sans se mettre à courir.

– Tu es une foutue sang-de-poussière, observa l'un des bluffeurs, d'une voix dégoulinante de venin, alors qu'ils traversaient une flaque de lumière qui révéla sa propre ombre. Mon père est avocat. Quand il apprendra ça...

Aster fit volte-face et lui décocha un coup de poing dans la mâchoire. Pendant un instant terrifiant, enthousiasmant, elle s'imagina enchaîner avec un coup de couteau.

– Plus un mot, d'aucun d'entre vous, ordonna-t-elle. Sinon, que les morts me viennent en aide, je vais vous castrer avec ce couteau sale.

Ils se turent tous et marchèrent en silence. Une sensation de puissance faisait tourner la tête d'Aster. Elle vit des éclairs de doute dans les yeux des autres alors qu'elles échangeaient des regards. Elles ne seraient pas capables de tirer si la situation s'envenimait. Elle en eut soudain la certitude.

En revanche, Aster était de plus en plus sûre d'elle. Que ces hommes sachent ce que ça faisait de se sentir complètement impuissant. Qu'ils grimacent de honte et quémandent leur clémence. S'il fallait choisir entre la vie de ses amies et celle des bluffeurs, elle n'hésiterait pas une seconde.

Ils atteignirent la porte de derrière de la banque. Désormais, Aster avait l'impression que sa faveur lui trouait la peau.

– Vas-y, dit-elle à Violette.

Violette s'approcha de la porte, visa la serrure et tira. Le vacarme fut assourdissant, mais la porte ne s'ouvrit pas quand elle la poussa avec son épaule.

– Merde, jura-t-elle.

Des cris s'élevèrent dans la rue principale. Violette tira encore plusieurs fois sur la serrure, jusqu'à ce que son arme soit vide.

– Attention, gronda Aster.

Elle donna un grand coup de pied dans la porte, qui s'ouvrit enfin. Elle s'humecta les lèvres alors qu'elle faisait signe aux autres d'entrer. La douleur de sa faveur commençait à lui donner le tournis.

– Vous êtes mortes, lança le bluffeur de Mauve avec délectation. La police va vous arrêter à coup sûr, désormais.

– Elle ne t'a pas demandé de te taire ? répliqua Mauve en lui donnant un coup de pistolet sur la tête.

Mais Aster avait entendu la peur dans sa voix. Ses mains, d'ordinaire toujours fermes, tremblaient.

L'intérieur de la banque, sombre et étouffant, sentait la poussière. Elles se tenaient dans la cabine du guichetier, derrière la grille qui donnait sur la salle d'attente. Une rangée bien ordonnée de bureaux équipés de caisses bordait le mur s'élevant à mi-hauteur. Aster tourna sur sa gauche et repéra le coffre. Il était plus grand qu'elle et trois fois plus large.

Elle courut jusqu'à lui et s'agenouilla pour l'ouvrir. Elle entendait désormais plusieurs policiers devant la banque qui essayaient de défoncer la porte.

34, 8, 27, 46, 52.

La roue cliqueta alors qu'elle la faisait tourner. Elle avait dû aller trop vite, cependant, car le coffre ne s'ouvrit pas.

Elle recommença avec des gestes plus mesurés.

– On n'a plus beaucoup de temps, lança Clémentine d'un ton pressant. Il faut qu'on sorte d'ici avant qu'ils ne fassent le tour et nous encerclent.

– Ça va aller, répondit sèchement Aster.

– Elle a raison, intervint Mauve. Abandonnons ces trois idiots et filons.

– Laissez-moi me concentrer, ordonna Aster.

34, 8, 27, 46, 52.

34, 8, 27, 46, 52.

Le coffre ne s'ouvrait pas.

Les policiers entrèrent par-devant.

– Les mains en l'air ! rugit l'un d'entre eux.

– On a des otages ! cria Aster. N'approchez pas !

34, 8, 27, 46, 52.

Rien.

À en juger par le bruit, il y avait aussi des policiers devant la porte de derrière désormais, en train d'attendre les ordres. Violette croisa le regard d'Aster et secoua rapidement la tête. La gorge d'Aster se serra.

– Pourquoi est-ce que ça ne marche pas, bon sang ? se demanda Aster en donnant un coup de pied dans le coffre en métal.

Ce n'était pas juste. Ça n'avait jamais été juste. C'était son lustre. Ils le lui devaient. Tous les gens de ces montagnes deux fois maudites le lui devaient.

Mais si ce n'était pas du tout le code du coffre ? Si cette série de nombres n'avait rien à voir avec ça ? Elles avaient tellement voulu que ce soit le code, en avaient eu si désespérément besoin... La tête d'Aster tambourinait ; sa faveur la brûlait.

– Attends une seconde, dit alors Tanaisie, calmement, en regardant par-dessus son épaule. Regarde ce 7. Je crois que c'est un 1.

L'esprit d'Aster se calma. Elle examina les nombres plus attentivement.

Bon sang.

Elle réessaya : *34, 8, 21, 46, 52.*

Le coffre s'ouvrit dans un cliquetis.

Le soulagement fit flageoler ses genoux. Elle détacha rapidement le sac à sa taille et commença à le remplir de lingots d'or et d'argent.

– Quels sont les ordres ? cria l'un des policiers.

Il y avait désormais au moins une demi-douzaine d'agents de l'autre côté de la cabine, les armes levées, et trois autres montant la garde derrière.

– Attendez ! répondit le chef de police, qui se trouvait devant, avant de s'adresser à Aster. Braquer une banque est un crime capital ! Mais si vous laissez partir ces trois garçons, on s'arrangera.

– Aster, si leur ligne de mire est dégagée, ils vont nous tuer, murmura Violette.

– Ne t'inquiète pas, ils ne vont...

Avant qu'elle puisse finir sa phrase, sa faveur émit une décharge de douleur qui la fit se plier en deux, et les pièces de monnaie lui tombèrent des mains. Elle allait s'évanouir si elle la gardait couverte. Resserrant sa prise sur le sac, elle se détourna du coffre. La douleur s'affichait aussi sur le visage des autres, qui s'efforçaient de tenir debout, leur peau luisant derrière le tissu de leurs foulards...

– Par le Voile, ce sont des Chanceuses... hurla le bluffeur de Clémentine.

Aster fit volte-face et lui donna un coup de poing, mais c'était trop tard. Elles étaient démasquées.

– Ce sont les filles de Green Creek ! confirma l'un des policiers.

– Ne les laissez pas s'échapper ! C'est compris ? Il nous les faut vivantes !

Aster jura et arracha son foulard. Le soulagement fut instantané, même s'il faudrait un moment pour que la douleur et le rougeoiement disparaissent complètement.

– On ne veut pas faire de mal à ces messieurs, cria Aster à l'intention du chef de police. Laissez-nous passer, et on les relâchera.

– Tu sais qu'on ne peut pas faire ça, répondit-il.

– Alors vous aurez leur mort sur la conscience.

– Eh bien, nous sommes arrivés à une impasse, vous et moi, reprit froidement le chef de la police. Mais ne vous en faites pas, j'ai envoyé chercher les dévoreurs de la maison d'hospitalité. Ils régleront ça.

Le sang d'Aster devint aussi glacial que sa faveur était brûlante. La police était une chose, mais si les dévoreurs s'en mêlaient, c'était terminé. Ils leur détruiraient l'esprit, les emmèneraient.

Elle jeta un coup d'œil à Tanaisie, Mauve, Violette... et Clémentine. Les mots n'étaient pas nécessaires. D'un seul regard, elles surent toutes quoi faire.

Bang ! Mauve tira au-dessus de la tête des trois policiers devant la porte de derrière. Les hommes se baissèrent pour se mettre à l'abri. *Bang !* Un autre tir d'avertissement et la fumée et la panique se mirent à tourbillonner dans l'air.

– Écartez-vous de notre chemin ! cria Aster.

Une par une, les filles sortirent, abandonnant les otages, et Aster fila en dernier, tenant fermement le sac contenant leur butin dans son poing. Leurs bottes frappaient le sol, la poussière s'élevait autour d'elles. Mauve tira encore deux coups d'avertissement derrière elle.

Les policiers les avaient prises en chasse et se mirent à tirer eux aussi.

Une balle frôla la jambe d'Aster. Une autre toucha le sol entre ses pieds. La police essayait de les blesser, pas de les tuer. Leur seul avantage, c'était qu'on leur avait ordonné de les attraper vivantes.

– Mauve... débarrasse-nous-en, haleta Aster.

– Tu veux dire... ?

– Non, arrête-les, c'est tout.

Mauve grimaça, mais elle s'arrêta, se retourna, et tira ses trois derniers coups pendant que les autres continuaient de courir. Aster jeta un coup d'œil par-dessus son épaule. Deux policiers s'écroulèrent en se tenant les jambes. Mais Mauve avait raté son troisième tir et le dernier policier était encore à leurs trousses.

– Mince, murmura-t-elle en rattrapant les autres.

Elle avait l'air malade.

– Donne-lui ton arme, Tanaisie, ordonna Aster alors qu'elles traversaient les faubourgs de la ville.

– Aster, je ne pense pas... commença Tanaisie.

– Donne-la-lui. À moins que tu ne veuilles tirer toi-même.

– Allez, donne-la-moi, dit doucement Mauve.

Elle prit le revolver de Tanaisie, se tourna, et toucha le dernier policier. Mais Aster entendait la clameur des sabots non loin derrière : le chef de police et les autres agents étaient montés à cheval pour les poursuivre.

Et les dévoreurs seraient avec eux.

Elles étaient presque arrivées au mur. Elles filaient à travers le cimetière. À chaque inspiration, Aster avait l'impression d'avaler du feu. Ses muscles se transformaient en confiture, et le sac plein de lustre cognait contre sa jambe. Elle aurait juré sentir son cerveau rebondir dans son crâne. La douleur de sa faveur l'avait affaiblie, les avait toutes affaiblies. Elles ne pouvaient pas continuer ainsi. Si elles ne retrouvaient pas leurs chevaux, elles seraient capturées.

– Je les vois ! Elles sont à la bordure du cimetière ! cria l'un des policiers.

Le grappin était là. Zee les attendrait de l'autre côté.

Que les morts soient loués.

Aster se hâta de lancer le grappin. Il rebondit contre le mur et retomba lourdement par terre.

– Aster...

Elle déglutit, réessaya. Cette fois, il s'accrocha.

– Allez, tout le monde monte, dit Aster.

Tanaisie l'escalada la première, et ce fut seulement à ce moment-là qu'Aster vit ses joues trempées de larmes. Violette la suivit en jurant. Ce fut ensuite Clémentine, qui supplia Aster d'être prudente. Puis Mauve, et Aster se retrouva seule.

Elle balança leur butin sur son dos. *Tu vas devoir le laisser,* lui souffla une petite voix. *Tu n'arriveras jamais à escalader le mur avec ça, ils t'attraperont avant.*

Des coups de feu retentirent. Les policiers à cheval étaient presque là.

Mais il n'était pas question que tous leurs efforts aient été vains.

Elle referma les dents sur le sac. Escalada le mur. Atteignit le sommet. Jeta le grappin de l'autre côté pour que les policiers ne puissent pas la suivre. Puis elle lança le sac et tomba à son tour, atterrissant lourdement. Les autres l'aidèrent à se relever, le visage décomposé par une panique nouvelle.

– Quoi ? demanda Aster en ravalant de la bile. Que se passe-t-il ?

Personne ne répondit. Ce n'était pas la peine. Elle le voyait bien elle-même.

Zee et les chevaux n'étaient nulle part en vue.

CHAPITRE 13

– Où est-il, bon sang ? demanda Aster en courant jusqu'à l'orée de la forêt.

Désormais, la lune était haut dans le ciel et peignait les arbres en argenté. Elles ne pouvaient pas attendre Zee ici ; les dévoreurs de Scarcliff allaient arriver d'une minute à l'autre.

– Je ne sais pas, répondit Clémentine, d'une voix fêlée, à vif. Il ne nous aurait pas abandonnées à moins que ce ne soit une urgence. Je le sais.

Aster échangea un coup d'œil avec Violette. Et s'il les avait abandonnées ? S'il avait finalement décidé qu'elles ne valaient pas tous les ennuis qu'elles lui attiraient, et les avait abandonnées ici à une mort certaine ?

Et si Clémentine avait raison, s'il avait des ennuis ?

De l'autre côté du mur, le grondement des sabots de cheval gagnait en puissance. Les policiers étaient arrivés.

– On va retourner au camp, voir s'il est là-bas, décida Aster.

– Mais on a déjà défait le camp... commença Tanaisie.

– Que veux-tu qu'on fasse d'autre ? répliqua brusquement Aster. Les policiers sont au pied du mur et leurs amis dévoreurs n'auront aucun mal à l'escalader. On ne peut pas rester ici. Ce vieux camp est le seul endroit où Zee saura nous retrouver. On verra s'il est là, et ensuite on trouvera une solution.

– D'accord, mais on n'a pas la bague de théomite, Aster, intervint Violette.

Mince.

Cette prise de conscience eut raison de la combativité d'Aster. Elle fut soudain extrêmement consciente des cris des vengeants qui s'élevaient et descendaient derrière les arbres. On s'habituait à ce bruit quand on grandissait dans la Balafre. On apprenait à l'ignorer comme on apprenait à ignorer le vrombissement de son propre sang dans ses oreilles. Mais faire comme si les vengeants n'existaient pas ne les faisait pas disparaître.

Si Aster les emmenait dans cette forêt sans protection, elles se feraient mettre en pièces.

– Qu'ils aillent au diable ! jura Mauve qui s'élança entre les arbres avant qu'Aster puisse l'arrêter. Je préfère me faire tuer par les morts que par ces bâtards. Le camp est à moins d'un kilomètre, on peut y arriver.

– Attends ! cria Tanaisie en se précipitant derrière elle.

Clémentine regarda sa sœur, sous le choc.

– Aster, je... je dois aller avec elles, bredouilla-t-elle. Elles ne pourront pas voir les vengeants. Et Zee...

Aster hocha la tête. Elle fit signe à Violette de les suivre.

– Allez !

Violette hésita, comme si elle soupesait ses options. Mais de toute évidence, il n'y en avait pas d'autre.

Elles plongèrent entre les dents noires de la forêt.

Il était beaucoup plus difficile de courir dans les bois que dans Scarcliff. Le sol rocailleux et irrégulier menaçait de leur faire perdre l'équilibre à chaque pas, et les branches épineuses des buissons bas leur griffaient les jambes. La lueur de la lune leur permettait à peine de voir où elles allaient. Aster s'efforçait de ne pas se laisser distancer, mais son atterrissage brutal l'avait secouée. Elles étaient encore assez proches du mur pour ne pas être assaillies par les vengeants, mais d'un moment à l'autre...

Et soudain, ils étaient là. Ils entouraient Aster de leur attention froide et avide. Elle la sentait ramper sous sa peau, tel un courant voltrique. La température chuta.

Quelque part devant elle, Tanaisie hurla.

– Sophia ! cria Mauve.

Le vrai prénom de Tanaisie. Clémentine redoubla de vitesse et disparut dans l'obscurité.

– Bon sang, Aster, tu n'aurais pas pu te contenter d'un braquage normal... siffla Violette entre ses dents.

– La ferme !

Aster et Violette rattrapèrent les autres. Tanaisie était recroquevillée sur le sol, roulée en boule, les mains autour de sa tête pour se protéger. Mauve était accroupie à côté d'elle et la suppliait de se relever. Clémentine regardait autour d'elle avec le regard affolé d'un lapin pris au piège.

– Elle est blessée ? demanda Aster.

– Non, elle est juste... Elle a juste paniqué, expliqua Mauve. Je ne l'avais jamais vue comme ça.

Mauve n'avait jamais paru aussi jeune qu'à cet instant précis. Un vent surnaturel s'était levé autour d'elles et tirait sur leurs vêtements.

– Il faut qu'elle se calme ! lança Clémentine d'un ton strident. Ils sont attirés par la peur, ils arrivent !

– Combien y en a-t-il ? demanda Aster.

– J'en compte sept. Ils nous encerclent comme des vautours. D'autres vont arriver. Ils... Violette, baisse-toi.

Violette hurla et se jeta à terre. Un instant plus tard, des serres invisibles griffèrent le tronc de l'arbre sous lequel elle s'était tenue. Le bois craqua et s'effrita dans une explosion sonore. Le vengeant poussa un cri perçant d'enfant orphelin, puis s'envola avec de grands battements d'ailes qui firent trembler l'air.

– Ayez pitié, ayez pitié, ayez pitié, priait Violette.

Aster courut vers elle, l'empoigna et la força à se relever.

– Allez, il faut qu'on reparte ! C'est notre seule chance !

– On n'y arrivera jamais, répondit Violette d'une voix éteinte.

L'atmosphère était de plus en plus froide. La sueur d'Aster se figeait au creux de ses reins. Tanaisie hurlait, Mauve la suppliait. Violette perdait la foi. Aster perdait la tête. Clémentine reculait en regardant les vengeants tournoyer de plus en plus vite, créant une tempête qui arrachait les aiguilles des pins. Ils étaient si bruyants désormais, si proches, qu'Aster s'entendait à peine penser.

Violette a raison, comprit-elle alors, et elle poussa un petit rire faible.

On ne va pas y arriver.

Mauve prit la main de Tanaisie et l'aida à se relever, tremblante. Les filles formèrent un cercle, dos à dos. Aster tira son couteau pour la dernière fois, même s'il ne lui servirait à rien.

Soudain, Clémentine s'éloigna, esquivant les serres des vengeants.

– Clem, qu'est-ce que tu fais ? s'écria Aster. Clem !

– De la *Melochia tomentosa* ! Elle pousse au pied des pins.

Aster dut faire un effort pour comprendre tant elle était détachée de la réalité. Il lui fallut mobiliser toute sa volonté simplement pour faire fonctionner sa bouche.

– De la *Melochia tomentosa* ? répéta-t-elle.

– Elle a raison, on peut en faire brûler pour tenir les vengeants à distance, renchérit Mauve.

Elle regarda Tanaisie et sembla prendre une décision et s'armer de courage. Elle suivit Clémentine.

– Ces bâtards vont regretter de s'en être pris à nous, lança-t-elle.

Aster comprit enfin de quoi elles parlaient. Une lueur d'espoir s'alluma en elle.

– Je vais les aider, dit Violette. Reste avec Tanaisie et fais partir un feu.

Aster hocha la tête et se tourna vers Tanaisie.

– Je suis désolée, Aster, gémit celle-ci en tombant à genoux pour chercher du petit bois. Je suis vraiment désolée. J'ai vu ce que les vengeants faisaient aux gens, et j'ai juste... je suis restée paralysée.

Aster sortit un paquet d'allumettes de la poche de son manteau.

– Ce n'est rien, Tanaisie, dit-elle doucement. Moi aussi je suis restée paralysée dans le saloon. Et j'ai failli recommencer, là, tout de suite. Ça nous arrive à toutes.

Tanaisie empila les brindilles qu'elle avait trouvées. Aster frotta une allumette, les mains tremblantes. Elle fouilla dans ses souvenirs pour se rappeler les conseils de Zee pour allumer un feu. Quel bois émettait une flamme vive, quel bois une flamme chaude, lequel brûlait le plus longtemps ou produisait le plus de fumée. Tout ça n'avait aucune importance désormais. Tout ce qui comptait, c'était de brûler suffisamment de *Melochia tomentosa* pour repousser les vengeants.

– Les dévoreurs savaient que c'était ce qui m'effrayait le plus, reprit Tanaisie. Ils me faisaient voir...

– Ne pense plus à eux. Ne pense plus à rien. Juste à une chanson, Tanaisie, d'accord ? Je te promets qu'on va s'en sortir.

Clémentine les rejoignit en courant et jeta une poignée de plantes dans le feu. L'odeur de la fumée s'adoucit aussitôt.

– Il y en a d'autre par là-bas, dit-elle avant de repartir dans le noir.

Violette revint ensuite. Puis Mauve. Aster s'occupait du feu, accroupie, pour qu'il brûle le plus longtemps possible. Les vengeants semblaient battre en retraite. Leurs hurlements infernaux se teintaient de frustration.

Par le Voile, on va peut-être s'en sortir, tout compte fait...

– Attention ! cria Clémentine.

Un éclair de mouvement dans le clair de lune. Le sifflement des feuilles dans une rafale. Mauve poussa un hurlement aussi atroce que celui des vengeants. Aster en eut la chair de poule. Jamais, au cours de toutes ces années à la maison d'hospitalité, elle n'avait entendu un son aussi désespéré. Elle se leva d'un bond.

– MAUVE ! s'écria Tanaisie.

Elle et Aster coururent vers l'endroit d'où s'était élevé ce cri. Un vengeant avait attrapé Mauve par les épaules avec ses serres invisibles et la hissait dans les airs, comme un aigle sa proie. Tanaisie agrippa désespérément les chevilles de Mauve, qui se débattait pour échapper à la prise cruelle de la créature. Elle hurla de nouveau. Des traces de morsures apparurent sur son ventre alors qu'un deuxième vengeant l'attaquait. Le sang sombre luisait à la lueur du feu.

– À l'aide ! suppliait Mauve. S'il vous plaît !

Tanaisie fut repoussée d'un coup impatient qui l'envoya valser à plusieurs mètres de là. Le vengeant tirait Mauve de plus en plus haut.

Aster sprinta derrière eux, ignorant sa propre douleur. Pendant un bref instant, le vengeant passa à travers un rayon de lune et Aster le vit dans toute sa beauté terrible : le crâne souriant, couronné de bois, ses ailes faites de fumée, les doigts trop longs terminés par des serres trop longues. Le visage de Mauve était un masque de terreur.

Un coup de feu fit trembler la nuit. Aster trébucha, sous le choc, et tomba lourdement au sol. Elle se releva. Mais c'était trop tard. Mauve n'était nulle part en vue.

Un deuxième coup de feu, puis un troisième.

Que se passe-t-il, bon sang ?

Clémentine, Tanaisie et Violette la rattrapèrent. Pourquoi avaient-elles quitté la sécurité du feu ? Maintenant, elles allaient toutes mourir.

– Dawn... commença Clémentine, d'une voix aussi morne et distante que si Aster était sous l'eau, avant de lui secouer l'épaule. Dawn, reviens, on a la bague...

Un quatrième coup de feu. Zee apparut un instant plus tard et se fraya brusquement un chemin entre elles, la carabine sur l'épaule, les yeux froids de concentration. Il baissa son arme et aida Aster à se relever.

– Tout le monde est là ? demanda-t-il.

– Non, Mauve est toujours par là-bas, répondit Clémentine.

Tanaisie tremblait, le visage trempé de larmes.

Zee se tourna vers Aster.

– Dans quelle direction l'ont-ils emmenée ?

Les lèvres d'Aster tremblaient. Elle n'arrivait plus à les faire fonctionner.

– Aster, répéta-t-il d'une voix douce mais ferme. Dans quelle direction ?

Elle pointa le doigt. Zee partit en courant sans hésitation, brandissant de nouveau sa carabine. Il disparut dans l'obscurité.

Aster cligna des yeux et refit lentement le point. Elle était submergée par une envie soudaine de pleurer. Elle la ravala difficilement.

– Que s'est-il passé ? leur demanda-t-elle.

– La fumée du feu, expliqua Violette avec une expression effrayée qu'Aster ne lui connaissait pas. Zee nous a pistées. On a la bague maintenant, on est en sécurité.

– C'est sympa de sa part de s'être finalement joint à nous, rugit Aster.

Mais elle savait que sa colère n'était qu'un baume pour apaiser sa peur.

Deux autres coups de feu détonèrent.

– Mauve ? demanda Tanaisie.

Aster secoua la tête, nauséeuse.

– Je ne sais pas.

– Zee va la ramener, murmura Clémentine. Il le faut.

– Où était-il passé, bon sang ?

– Il n'a pas eu le temps de s'expliquer, répondit Violette. Mais il nous a dit de monter en selle. On ne peut pas rester ici. Les dévoreurs auront vu la fumée, eux aussi.

La respiration d'Aster ralentit.

– Très bien. On ferait mieux d'y aller, alors. Tout le monde va y arriver ?

Violette et Clémentine étaient indemnes, mais Tanaisie boitait après avoir été projetée en arrière par le vengeant. Elle s'appuya sur Clémentine. Aster s'était ouvert le genou et écorché les paumes. Elle ignora les élancements sourds de ses blessures et se força à rester dans le présent. Elles retournèrent jusqu'au feu, où les attendaient les chevaux.

Au bout d'un moment qui leur parut durer une éternité, mais qui ne fut sans doute que de quelques minutes, Zee les rejoignit, portant Mauve sur ses épaules. Tanaisie courut à leur rencontre d'un pas mal assuré.

– Elle est vivante ? demanda-t-elle d'une voix étranglée, en larmes.

– Pour l'instant, répondit Zee d'un air sombre en la posant par terre, le visage tiré. Mais elle perd beaucoup de sang, Tanaisie.

Ensemble, ils réussirent à l'installer sur la selle tandis que les lamentations des morts s'élevaient au loin.

– Il y avait une patrouille le long du mur extérieur, expliqua Zee. J'ai dû m'enfuir pour leur échapper.

Il s'appuya contre le mur de la grotte peu profonde dans laquelle ils s'étaient réfugiés, le visage marqué par le remords. Aster, Clémentine et Violette étaient assises en cercle autour de lui tandis que Tanaisie commençait à bander les blessures de Mauve à la lueur d'une lanterne. Elle leur avait demandé de lui laisser de la place pour travailler, mais elles ne pouvaient s'empêcher de jeter des regards inquiets par-dessus son épaule pendant que Zee leur racontait son histoire. Mauve ne s'était toujours pas réveillée.

– Est-ce que la patrouille t'a vu ? demanda Clémentine en se mordillant la lèvre.

Zee hocha la tête.

– Difficile de ne pas se faire remarquer quand on essaie de déplacer quatre chevaux effrayés dans les bois. Heureusement, les deux policiers ne m'ont pas suivi très longtemps – ils n'étaient pas équipés contre les vengeants –, mais ils m'ont tenu à distance suffisamment longtemps pour que je vous manque.

Il déglutit et se pencha en avant pour prendre la main de Clémentine.

– Je suis tellement désolé, Clem, tellement désolé de ne pas avoir été là...

– Je suis simplement contente que tu ailles bien, répondit-elle en posant sa main sur la sienne.

Elle semblait bouleversée par cette histoire, mais Aster était soulagée qu'il ne se soit agi que de ça.

– On pensait que tu avais été blessé, poursuivit Clémentine.

Ou que tu nous avais abandonnées.

– Ça aurait pu être pire, c'est certain. On va devoir faire plus attention, à partir de maintenant, dit-il en se rasseyant et en ramenant ses genoux contre lui, grimaçant. En fait, ce serait dangereux de rester ici plus longtemps. Les dévoreurs n'auront pas de mal à nous pister jusqu'ici depuis le feu.

Aster se tendit, sur la défensive.

– On ne savait pas quoi faire d'autre. La *Melochia tomentosa*, c'était tout ce qu'on avait.

– Non, non, vous avez bien fait, la rassura Zee. Je n'aurais pas pu faire mieux. Il faut juste qu'on reparte. (Il jeta un coup d'œil à Tanaisie.) Est-elle en état de voyager ?

Tanaisie les regarda, les yeux rouges et gonflés. Mauve était immobile à côté d'elle. Une teinte jaune verdâtre maladive apparaissait sous sa peau brune, et sa poitrine se soulevait et s'abaissait avec une lenteur laborieuse. Chaque centimètre de sa peau était couvert d'éraflures et de bleus causés par son vol dans la forêt et sa chute. Des coupures plus profondes laissées par les serres des vengeants entaillaient affreusement les muscles de ses épaules. Elles avaient été recousues avec du fil noir épais et enveloppées dans un tissu blanc et propre.

Mais le pire était la terrible morsure sur son flanc. Tanaisie avait retiré sa chemise et l'avait bandée du mieux possible, mais le tissu était déjà imprégné de sang. Le ventre d'Aster se tordit de compassion. Ses blessures semblaient si minuscules comparées à celles de Mauve.

– Je... je ne sais pas, bredouilla Tanaisie. C'était déjà risqué de l'emmener jusqu'ici. J'ai réussi à nettoyer et à bander ses épaules, mais cette blessure au flanc... (Sa voix se brisa.) Nous n'avons que du matériel de base ici. Elle a besoin d'un hôpital.

– Hé, doucement, dit Clémentine en rampant jusqu'à elle pour la réconforter.

– Tout est ma faute. J'ai perdu mes moyens quand on a essayé de s'échapper.

Non, pensa Aster. *C'est ma faute, car je nous ai toutes embarquées dans ce bazar. J'ai été trop imprudente. J'ai failli toutes nous faire tuer. Violette. Ma sœur. Et Mauve... c'est moi qui lui ai fait ça...*

– Les vengeants auraient fini par nous rattraper dans tous les cas, répondit Clémentine en décochant un regard entendu à Aster. Pas vrai ?

– Absolument, approuva Aster en se forçant à repousser

ces pensées accablantes. Ce n'est pas ta faute si Mauve a été blessée. Au contraire, ce sera grâce à toi si elle s'en sort.

– Si ?

– Non, ce n'est pas ce que je voulais dire...

– Oh non, je ne peux pas la perdre, gémit Tanaisie en serrant la main de Mauve. Je n'y arriverai pas sans elle. Elle a été là pour moi depuis le début. Lors de ma première nuit à la maison d'hospitalité, je n'arrêtais pas de pleurer, et elle est restée avec moi jusqu'à ce que je m'endorme.

– Je m'en souviens, dit Violette qui, pour une fois, gardait ses pensées critiques pour elle.

– Alors je dois rester avec elle jusqu'à ce qu'elle se réveille, reprit Tanaisie, d'une voix plus ferme. De combien de temps dispose-t-on avant l'arrivée des dévoreurs ?

Zee poussa un long soupir.

– Ils n'ont aucun mal à se déplacer dans le noir, et on n'a pas pris le temps de dissimuler nos traces. Je nous donnerais une demi-heure, au mieux.

Tanaisie se mit à mélanger des ingrédients dans son mortier.

– Alors je vais me dépêcher.

– Qu'est-ce que tu prépares ? demanda Zee.

– Un stimulant. Plus vite elle se réveillera, plus vite on pourra évaluer la gravité de ses blessures. Ce n'est pas sûr que ça marche, mais je dois essayer.

Elle versa le mélange dans une tasse métallique et y ajouta un peu d'eau de sa gourde. Puis elle la porta délicatement aux lèvres de Mauve et la força à boire. La jeune fille toussa, mais ne se réveilla pas.

– Laisse-lui une minute, souffla Clémentine dans le silence tendu.

Tanaisie secoua la tête. Elle aussi avait l'air malade désormais.

– Vous allez devoir nous laisser.

Alors, Mauve entrouvrit les yeux et parla, d'une voix faible, mais claire.

– La prochaine fois que tu as envie de me déshabiller, Tanaisie, ne te sens pas obligée d'attendre que je me fasse traîner presque jusqu'aux enfers.

– Mauve ? demanda Tanaisie en la regardant, sous le choc, avant qu'un sourire fragile n'éclose sur son visage. Mauve !

Elle se pencha pour mitrailler son front de baisers. Clémentine et Aster se regardèrent, soulagées. Zee sourit d'un air fatigué et Violette se détendit visiblement.

– Doucement, je suis encore fragile, dit Mauve en riant.

Mais son rire se transforma en une toux déchirante qui déposa des taches de sang sur ses lèvres.

– Attention ! Tiens, bois un peu d'eau. Comment te sens-tu ? demanda Tanaisie en repoussant la frange sur le front de Mauve avant de verser délicatement un peu d'eau dans sa bouche.

– J'ai l'impression... d'avoir été écrasée par un foutu train...

Elle essaya de se redresser sur ses coudes et l'effort la fit grimacer. Clémentine l'aida.

– Bon sang. Il y a quelque chose de cassé.

– Tes côtes, dit Tanaisie. Tu as de la chance que ton poumon n'ait pas été perforé. Je ne suis toujours pas sûre qu'il ne l'a pas été. Tu n'es pas en état de monter à cheval.

– Tant qu'on peut la déplacer sans risque, je peux attacher ses jambes à la selle pour l'aider à se tenir droite, dit Zee, qui déjà se levait. Mais quelqu'un devra l'aider.

– Laisse-moi monter avec elle, demanda Aster à Tanaisie,

le cœur toujours rongé par la culpabilité. Tu en as déjà beaucoup fait et tu as besoin de repos. Je m'assurerai qu'elle reste réveillée.

Tanaisie hocha la tête avec gratitude, sans quitter une seule fois des yeux le visage de Mauve. Elle mouilla un torchon et l'appuya contre le front de son amie. Épongea sa sueur.

– Où va-t-on ? demanda Mauve.

Aster éprouva une bouffée d'admiration. Elle voyait l'épuisement sur le visage de Mauve, ainsi que sa détermination à l'ignorer. Toutes deux se raccrochaient à leur force, et pour Mauve, il s'était toujours agi de force physique. Quand elle était réveillée par des cauchemars, à la maison d'hospitalité, elle faisait des tractions sur les poutres du toit jusqu'à ce que la fatigue l'emporte de nouveau. Quand elle était trop submergée par la colère pour en plaisanter, elle boxait dans le vide jusqu'à ce que son visage soit dégoulinant de sueur. De toute évidence, sa vulnérabilité l'effrayait désormais, même si elle refusait de le montrer.

Mais Tanaisie avait raison. *Elle a besoin d'aller à l'hôpital.*

– Je connais des gens qui pourraient nous aider, dit Zee. Ça va nous faire faire un détour, et ce ne sont pas... de vrais médecins, je vous préviens, mais je leur confierais ma vie. Et ils ne nous dénonceront pas.

– Comment tu le sais ? demanda Aster.

– Parce que la police les recherche, eux aussi.

Zee courut dehors pour se mettre au travail. Violette retroussa les lèvres.

– Il va nous conduire à une bande de criminels ?

Mais Aster était convaincue. Elle haussa les épaules.

– Ne t'en fais pas, Violette. Tu seras pile à ta place.

Les étoiles tournaient au-dessus d'eux alors qu'ils s'éloignaient de Scarcliff et se frayaient un chemin dans la poche d'obscurité de la vallée en contrebas. Aster montait avec Mauve, qu'elle tenait délicatement par la taille. Elles devaient aller doucement, mais au moins, elles étaient en mouvement. Mauve sombrait dans le sommeil de temps à autre, et Aster la réveillait chaque fois. D'après Tanaisie, il pouvait être dangereux qu'elle s'endorme dans son état.

– Aster, pour l'amour des morts, arrête de me tapoter du doigt comme si j'étais une maudite grenouille, jura Mauve d'une voix pâteuse.

– Désolée. Ce sont les ordres du médecin.

– Il a bon dos, le médecin.

Aster sourit faiblement.

– Tu attrapais des grenouilles quand tu étais petite, alors ?

Tout était bon pour la faire parler.

– Des insectes, oui. Des lézards, certainement. Mais jamais de grenouilles. Du côté paternel, ma famille descend des Neuf. L'une des croyances de notre nation, c'est que les grenouilles portent bonheur parce qu'elles sont signe de pluie dans le désert.

Les Neuf : c'était ainsi que les gens appelaient la confédération des neuf nations qui avaient vécu sur ces terres avant que l'Empire ne s'en empare et ne les baptise Arketta. Ceux qui avaient résisté avaient été emprisonnés et envoyés travailler dans la Balafre : les premiers sang-de-poussière. Même après la chute de l'Empire, ils n'avaient pas été libérés de leurs dettes.

– Mon frère croassait même comme une grenouille quand

on était petits, poursuivit Mauve. Comme s'il pouvait faire croire au ciel qu'il était temps de se déchaîner.

Elle rit un peu à ce souvenir.

Comme la plupart des Filles de la chance, Mauve n'avait jamais beaucoup parlé de sa famille. Néanmoins, Aster était étonnée de ne pas avoir su que Mauve avait un frère. Cela lui faisait mal au cœur de penser à quel point il devait lui manquer.

– Un frère, répéta-t-elle. Plus jeune ou plus âgé ?

– Jumeau.

Par le Voile.

– On disait pour plaisanter que nos âmes avaient été échangées à la naissance : j'aurais dû être le garçon et lui la fille. Il avait si bon cœur. Un jour, il m'a dit qu'il voulait être un oiseau chanteur quand il serait grand parce que leur seul travail consistait à rendre le monde plus beau. Les autres enfants lui menaient la vie dure et il fallait toujours que je le défende. (Elle eut une quinte de toux humide.) Il s'appelait Koda. Il est sûrement mort, maintenant. Les mines ne sont pas tendres avec les garçons comme lui.

Ces mots frappèrent Aster comme un coup de poing dans le ventre.

– Mauve... Je suis désolée. Je ne savais pas.

La jeune fille haussa les épaules.

– On a toutes perdu des proches.

Mais Aster sentait que la jeune fille essayait de cacher sa peine. Il valait mieux éviter un gouffre aussi profond.

– Pourtant, je me dis que s'il était vraiment parti, je l'aurais senti, tu sais ? Tout comme il sent peut-être que je souffre en ce moment. Il doit se demander dans quel pétrin je me suis fichue cette fois-ci.

Elle articulait de plus en plus mal et sa tête dodelinait. Aster la poussa doucement.

– Je pense qu'il serait fier de toi, dit-elle.

– Ouais, c'est ce que j'aime me dire aussi, soupira Mauve. Tu as de la chance d'avoir Clémentine avec toi.

Aster repensa à ce que sa sœur lui avait dit près du lac. Qu'elles devaient veiller l'une sur l'autre désormais.

– Tu es de notre famille aussi, Mauve.

La jeune fille ne répondit pas, et l'espace d'un instant, Aster craignit qu'elle ne se soit endormie. Mais quand elle reprit la parole, elle semblait plus consciente que jamais.

– Kaya. Comme ça, tu le sais. Kaya. C'est mon prénom.

Aster sourit.

– Dawn, répondit-elle.

Les bois avaient commencé à s'éclaircir, et Zee leur fit signe qu'ils étaient presque arrivés.

Que les morts soient loués, pensa Aster. C'était bientôt le petit matin. Mauve n'était pas la seule à avoir besoin de repos. Un instant plus tard, Aster repéra le contour caractéristique d'une ville de bonne taille, mais sans lumière, bizarrement. Ni bruits de vie.

– Une ville fantôme, dit Mauve, répondant à sa question silencieuse.

– Que va-t-on bien pouvoir trouver dans une ville fantôme ? répliqua impatiemment Aster.

Certaines villes mouraient dès que les mines dont elles vivaient se vidaient, ne laissant derrière elles que des bâtiments abandonnés et les errants égarés qui y vivaient toujours. Elles ne trouveraient certainement pas de cabinet médical ouvert par ici.

– Peut-être que les gens qu'il connaît squattent ici ? suggéra Mauve.

Dans ce cas, c'étaient des imbéciles. Les villes fantômes avaient mauvaise réputation. Les gens y disparaissaient, devenaient fous, mouraient mystérieusement et devenaient eux-mêmes des fantômes.

– Ça ne me plaît pas, marmonna Aster.

Ils entrèrent dans la ville, dépassant son mur aveugle effondré, le claquement des sabots résonnant dans les rues en brique vides. Des touffes d'herbes sèches poussaient à travers le mortier qui s'effritait. Le fil d'un mât claquait doucement dans le vent. Une dizaine de tempêtes de poussière avaient laissé une couche de crasse épaisse comme de la neige sur chaque surface, et tous les bâtiments devant lesquels ils passaient avaient les vitres brisées, ou le toit effondré, ou la porte enfoncée comme une dent déchaussée par un coup de poing.

Personne ne disait rien, comme s'ils redoutaient de rompre le silence. Ils laissèrent derrière eux la partie sang-pur de la ville et pénétrèrent dans le camp de mineurs en périphérie, où les sang-de-poussière avaient vécu dans des baraques pratiquement empilées les unes sur les autres. Une sorte de brouillard se figeait autour d'eux.

Des errants. Aster distinguait leurs silhouettes humaines du coin de l'œil. Une vieille femme qui balayait son porche. Un enfant qui courait après une balle, encore et encore. Aster avait la chair de poule. Beaucoup de gens étaient morts insatisfaits ici. Ils étaient sans doute tout autant à être morts en colère.

Ce qui signifiait qu'il devait aussi y avoir des vengeants.

Comme si elles avaient besoin d'une nouvelle confrontation avec eux.

Ça suffit, pensa-t-elle. Elle éperonna son cheval et rejoignit Zee, qui s'était arrêté pour regarder quelque chose gravé sur un arbre : une sorte de symbole, qui ressemblait à un scorpion.

Il sourit, mais ne dit rien.

– Zee, qu'est-ce qu'on fiche ici ? demanda-t-elle sèchement.

– Et est-ce que c'est encore loin ? intervint Tanaisie. Mauve a vraiment besoin de repos.

– J'espère qu'on a encore un peu de route, lança Violette, parce que si vous pensez que je vais passer la nuit ici, vous vous mettez le doigt dans l'œil.

– Pas ici, dit Zee en leur souriant, avant de pointer le doigt vers un petit sentier de terre sinueux menant à la gueule noire comme un four d'une mine abandonnée. Là.

CHAPITRE 14

– Tu as perdu la tête ou quoi ? siffla Violette.

– Quoi, vous n'avez pas passé votre première nuit de fuite dans une vieille mine ?

– Pas vraiment, répondit Aster. On n'est pas allées beaucoup plus loin que l'entrée.

La seule chose pire que passer la nuit dans la ville fantôme serait de la passer sous terre.

– Faites-moi confiance, dit Zee en guidant son cheval dans le sentier en direction de la mine, ne leur laissant pas d'autre choix que de le suivre.

– Je vais le tuer, marmonna Aster à l'intention de Mauve.

– Je le tiens et tu le frappes, proposa-t-elle d'une voix lasse.

Zee s'arrêta à l'entrée de la mine. Le même symbole était gravé dans le bois. Il mit pied à terre.

– Bon, on continue à pied, les amies. Laissez les chevaux. Nos hôtes enverront quelqu'un les chercher.

Il alluma une lanterne et la leva. Les filles se hâtèrent de descendre de cheval, Clémentine et Tanaisie aidant Mauve de leur mieux.

Zee s'engagea dans le tunnel d'une démarche rendue

maladroite par la pente raide. Des pierres aussi grosses que des crânes d'ours jonchaient le sol. Un passage de fortune composé de planches posées bout à bout traversait les débris, mais après des années sans entretien, le bois était déformé et pourrissant. Quelque part devant eux, Aster entendait un bruit d'eau et de terre qui tombait. Ces sons lui donnaient la chair de poule. L'air était froid et oppressant, comme l'haleine douce et humide d'un mort-vivant.

– Comment te sens-tu ? chuchota Tanaisie à Mauve.

Mauve s'humecta les lèvres.

– Prête à m'écrouler.

– Je dois vous prévenir que ce puits fait environ huit cents mètres de profondeur, commença Zee, alors...

– Quoi ?

– Bon sang, Zee.

– Par le diable !

– Crétin.

Il choisit de ne pas aller au bout de sa pensée. Les filles aussi se turent, chacune semblant se retirer dans un lieu de concentration silencieuse. Aster se focalisa sur sa respiration, lente et régulière, le nez plissé par l'odeur de tombe. Elle n'était que trop consciente du poids écrasant de la terre au-dessus d'eux. Désormais, l'entrée de la mine n'était plus qu'une tête d'épingle de clair de lune s'amenuisant à chaque pas. Sa seule consolation, c'était qu'il ne semblait pas y avoir de morts par ici. Étrange, pour une mine aussi vieille.

Enfin, elles parvinrent au fond du puits, et le sol s'aplanit dans une sorte de chambre centrale qui se divisait en multiples tunnels. Zee tenait sa lanterne bien haut...

– RETOURNEZ-VOUS, ÉTRANGERS, beugla une voix d'homme sortie de l'obscurité.

Une constellation de lampes frontales flottait dans le noir devant elles, mais Aster ne parvenait pas à distinguer les visages en dessous.

– VOUS VOUS TENEZ SUR SIX BARILS DE POUDRE. UN PAS DE PLUS ET VOUS FILEREZ TOUT DROIT EN ENFER.

Aster regarda ses pieds, inquiète. En effet, le sol avait été fraîchement retourné, comme pour y enterrer quelque chose. Un cordeau détonant sortait du sol et s'éloignait en serpentant dans l'obscurité. Elle recula instinctivement d'un pas, puis s'interrompit, la panique remuant dans son ventre. Elle foudroya Zee du regard.

Dans quel pétrin nous as-tu entraînées, bon sang ?

Zee leva les mains en l'air en signe de reddition.

– Doucement, dit-il d'une voix claire et calme. Je m'appelle Ezekiel Greene, Zee. Je suis un ami de Sam Daniels. J'aidais ce groupe en fuite à rejoindre Northrock quand nous avons été attaqués par des vengeants. L'une de nous est gravement blessée et a besoin de soins médicaux d'urgence.

– QUELLE EST NOTRE DEVISE ?

Zee fronça les sourcils.

– Depuis quand avez-vous une devise ?

– DEPUIS QUE N'IMPORTE QUEL BÂTARD VIENT QUÉMANDER NOTRE AIDE. VOUS AVEZ CINQ SECONDES POUR DÉGAGER...

– Attendez une seconde ! s'écria Zee. S'agit-il oui ou non d'un camp de base des Scorpions ? Et êtes-vous oui ou non un refuge pour ceux qui fuient le Règlement des comptes ? Je connais votre code. J'étais là le jour où Sam a juré de le respecter. Vous ne trouverez personne méritant plus votre hospitalité que ces femmes.

Les Scorpions ? Aster n'avait jamais entendu parler d'eux, pas plus que de quiconque ayant résisté à la loi des propriétaires et survécu. Qui étaient ces gens ? Où étaient-ils le jour où Clem et elle avaient été enlevées ? Elle passa d'un pied sur l'autre, s'efforçant de distinguer le visage de ces inconnus.

Un bref silence. Puis :

– JE SUIS DÉSOLÉ, MAIS NOUS NE POUVONS PAS ACCEPTER QUELQU'UN QUI NE NOUS EST PAS AMENÉ PAR L'UN DES NÔTRES.

– Si vous nous renvoyez, vous laisserez mourir une innocente.

– DES INNOCENTS MEURENT TOUS LES JOURS.

– Pas aujourd'hui ! cria Aster.

Mauve perdait connaissance, affalée contre Clémentine, et ses points de suture venaient de céder. Elle perdait beaucoup de sang.

– Arrêtez de vous cacher dans le noir ! Montrez vos visages ! Venez regarder mon amie dans les yeux avant de la renvoyer.

Encore du silence. Une des lampes frontales commença à s'avancer et les autres suivirent. Des bruits de pas à la précision militaire retentirent. Aster déglutit et jeta un coup d'œil à Clémentine, qui lui rendit son regard, les yeux écarquillés par la peur. La bouche de Zee était une ligne droite.

Les inconnus pénétrèrent dans le cercle de lumière de la lanterne.

Une demi-douzaine de jeunes hommes dépenaillés, tous de l'âge d'Aster ou un peu plus âgés. Comme les filles de la maison d'hospitalité, il s'agissait de sang-de-poussière d'origines diverses dont les familles avaient été emmenées à Arketta depuis le monde entier, mais ils partageaient tous un air fatigué qui ne tenait pas qu'à leurs vêtements usés. Ils tenaient des piolets et des pistolets, des carabines et des couteaux. Les garçons à l'arrière avaient graissé leurs visages pour mieux se fondre dans le noir, mais celui de leur leader était à nu : une moitié à la peau brun-roux, l'autre couverte d'une cicatrice de brûlure rouge et tannée.

Il tenait un fusil à canon long.

– Je ne voudrais pas avoir à m'en servir, les prévint-il.

Soudain, l'un de ses compagnons lui donna un coup de coude.

– Ce sont les Filles de la chance des affiches, Cutter, murmura-t-il. Celles qui ont tué McClennon. Tu vois leurs faveurs ?

Cutter les reconnut lui aussi. Aster se raidit, prête au pire. Un long moment tendu s'écoula. Mais alors, Cutter sourit lentement et baissa son arme, puis fit signe aux autres de l'imiter.

– Mesdames, monsieur, mes plus sincères excuses, dit-il en inclinant la tête. De la part des Scorpions, je vous souhaite la bienvenue au camp de la Pince-Rouge. Nous sommes honorés de vous avoir parmi nous.

Un wagonnet aménagé pour transporter des passagers parcourait toute la longueur du tunnel. Comme il ne pouvait pas toutes les accueillir, Tanaisie et Mauve montèrent les premières pour être conduites rapidement dans le service médical. Puis Cutter revint chercher les autres. Il saisit la manette qui activait le wagonnet et pompa plusieurs fois, les faisant avancer lentement sur les rails. L'afflux d'air releva les manches d'Aster alors qu'ils prenaient de la vitesse. Son estomac se soulevait à chaque bosse. Et malgré leur difficulté à parvenir jusqu'ici, elle ne pouvait qu'admettre son soulagement de confier à quelqu'un d'autre la responsabilité de leur bien-être pendant une nuit.

– Je m'excuse encore pour ce malentendu, cria Cutter par-dessus le vacarme des roues.

Ses cheveux noirs emmêlés tombaient sur ses épaules, et maintenant qu'il avait baissé la garde, ses yeux marron brillaient comme s'il était toujours sur le point de rire de bon cœur.

– On ne se sert plus jamais de cette entrée, alors dès qu'on entend quelqu'un, on sait qu'il s'agit d'un intrus. Avant, c'étaient juste des curieux, du genre qui viennent fouiner dans les villes fantômes plutôt que de les fuir comme le leur ont appris leurs mères. Mais ces derniers temps, on a aussi eu des dévoreurs, et dans le Nord, des espions ont essayé de se faire passer pour des pieds-lestes. Il n'y a pas plus de deux semaines de ça, le camp Blueback a été attaqué de l'intérieur.

– Des pieds-lestes ? demanda Violette, qui semblait plus que troublée par la tournure des événements.

Cutter pencha la tête sur le côté. Ce n'était pas le genre de question qu'aurait posée une sang-de-poussière. Mais bien sûr, Violette n'en était pas une.

– Oui, tu sais, des fuyards. Des gens qui essaient d'échapper au Règlement des comptes et vivent cachés. Ils se rassemblent dans des camps comme celui-ci, dissimulés, dans toute la Balafre. Ils ne restent pas toujours secrets, bien sûr : le mois dernier, un camp à l'ouest de Briarford a été découvert et toutes les âmes qui l'habitaient ont été tuées. Mais c'est le mieux qu'on puisse faire jusqu'à ce que...

Les yeux de Cutter étincelèrent.

– Jusqu'à ce que quoi ? demanda Violette.

Zee et Cutter échangèrent un regard. Zee hocha la tête.

– Tu peux leur faire confiance.

– Jusqu'à ce qu'on finisse de connecter les mines pour pouvoir faire sortir les gens d'Arketta et les conduire jusqu'à Ferron, où les dettes de sang-de-poussière n'existent pas, termina Cutter. C'est impossible de passer la frontière, elle est trop lourdement gardée, alors on va passer par-dessous.

Aster dévisageait Cutter pour s'assurer qu'il ne plaisantait pas. Enfants, elles avaient entendu des histoires racontant qu'il était possible de traverser la Balafre par ses mines si on connaissait le chemin...

Ce n'étaient peut-être pas que des histoires, tout compte fait.

Comme Lady Fantôme ? se demanda-t-elle.

Mais non, c'était différent. Rien dans ces camps souterrains ne nécessitait un pouvoir surnaturel. Défaire un enchantement tel qu'une faveur, en revanche...

Non, ceci était différent.

– Alors les pieds-lestes sont les fuyards, et les Scorpions ceux qui leur donnent refuge ? demanda Violette en secouant la tête. Et votre but est de les aider un jour à quitter clandestinement le pays pour qu'ils n'aient pas à répondre de leurs actes devant la loi ?

Soit Cutter n'avait pas entendu la désapprobation dans sa voix, soit il s'en fichait.

– Exactement ! répondit-il avec un sourire tranchant comme un couteau. Ce qui signifie qu'on est aussi recherchés par les autorités, évidemment. C'est pour ça qu'on s'appelle les Scorpions : on doit vivre sous terre et ne sortir que la nuit. Mais on n'en est pas moins dangereux pour quiconque serait assez fou pour nous contrarier.

Le wagonnet ralentit alors qu'ils approchaient de la fin du

tunnel, où brillait une lumière jaune chaleureuse. Cutter freina et sauta par-dessus bord, puis tendit la main pour aider Aster et les autres à descendre. À ce contact, l'estomac d'Aster se retourna, bien qu'elle sût qu'il ne pensait pas à mal.

– J'ai envoyé quelqu'un informer le capitaine Daniels que la situation est sous contrôle, poursuivit-il. Il voudra vous parler à la première heure demain matin, mais pour l'instant, on va juste vous conduire à vos lits. Je sais que la soirée a été longue.

Que les morts soient loués. Elles étaient toutes épuisées. Aster ne désirait rien autant que de laisser cette soirée interminable derrière elle.

Mais alors, ils sortirent du tunnel, et le choc la réveilla.

Elle s'était attendue à ce que le camp ne soit guère plus qu'un assortiment de lits de camp entassés dans une ou deux vieilles réserves. Pour ce qu'elle savait des mines, elles étaient terriblement exiguës. Jusque-là, leur trajet le lui avait confirmé.

Mais voilà qu'ils venaient de pénétrer dans une ville souterraine.

Une caverne immense s'étirait devant eux, d'environ trois cents mètres de large et trente mètres de haut. Bien que le toit fût hérissé de stalactites, certaines assez grosses pour transpercer un cheval de l'enfer, le sol avait été raclé et lissé pour obtenir une surface plane. Des baraques en bois délabrées étaient éparpillées sur tout le périmètre, tandis qu'un grand bâtiment dominait au centre : la salle de rassemblement, leur expliqua Cutter, où tout le monde prenait ses repas et se faisait attribuer ses tâches. Il leur montra aussi les écuries, où leurs chevaux seraient emmenés, le service médical, où Mauve était soignée, et le lac souterrain, où tout le monde puisait son eau. Des lampes de mineurs étaient suspendues sur et entre les bâtiments, chassant les ombres. Et au milieu de la place centrale, sculpté par une main experte : un scorpion à pinces rouges en pierre striée de théomite.

Voilà comment ils gardent les vengeants à distance.

Comme les simples repousseurs en fer que les gens plaçaient devant leurs maisons, mais bien plus beau et puissant.

– Par le Voile, vous pourriez être riches comme des rois si vous vendiez ça ! murmura Clémentine, les yeux écarquillés.

– Ah, mais on serait des rois morts, car c'est la seule chose qui nous protège des esprits, ici, ricana Cutter en les précédant dans d'étroites allées. La plupart d'entre nous étaient des mineurs, si bien qu'on sait comment trouver des traces de théomite, même dans des mines abandonnées. Il n'y en a jamais assez, cela dit.

– Tous les camps des Scorpions sont aussi grands que ça ? demanda Aster.

Il secoua la tête.

– Celui-ci est le plus grand. Il abrite une cinquantaine d'âmes. On a eu de la chance de trouver ce système de grottes aussi proche des tunnels abandonnés. La plupart des autres camps sont bien plus petits et ne peuvent accueillir qu'une ou deux familles à la fois.

Cutter s'arrêta devant une maison avec un trou dans le toit, tourna la poignée et les fit entrer. Elle était chichement meublée : six lits superposés et une table avec une lampe. Leurs sacoches de selle et leur matériel étaient déjà là.

– La famille qui vivait ici a été transférée au camp Œil-Blanc la semaine dernière. Désolé pour le toit. Je voulais le faire réparer.

Après deux semaines à dormir à la dure, ce logement paraissait presque luxueux.

– C'est parfait, dit Aster, rattrapée par l'épuisement.

– Merci, mon frère, ajouta Zee.

Cutter sourit.

– Si vous avez besoin de quoi que ce soit, je suis juste à côté, dit-il en désignant une maison sur la façade de laquelle était suspendu un drapeau : un cercle noir avec neuf rayons sur du tissu bleu, la bannière des Neuf. À l'extérieur, rien que ce drapeau aurait suffi à le faire exécuter.

Les choses étaient vraiment différentes, ici.

– On se voit demain, lança-t-il avant de les laisser.

Aster expira, et Clémentine la prit dans ses bras, éprouvant un soulagement apparemment trop profond pour être exprimé par des mots. Puis elle s'écarta.

– Tu penses qu'ils pourront aider Mauve ? demanda-t-elle.

– Je suis sûre qu'ils feront mieux que n'importe qui d'autre, répondit prudemment Aster.

Elle partageait l'inquiétude de sa sœur, mais ne voulait pas le montrer.

– Mauve est coriace, elle va s'en sortir, promit Zee en retirant son chapeau pour la nuit. Et ils ont vu pire ici, croyez-moi.

Aster croisa les bras.

– Bon, vas-y, alors. Tu peux le dire.

– Quoi ? demanda-t-il innocemment.

– Que tu avais raison de nous emmener ici. Il est évident que j'avais des doutes.

– J'en ai toujours, moi, intervint Violette, qui était déjà montée sur l'un des lits du haut et s'était assise dans le coin, les genoux contre la poitrine, son ombre flottant, protectrice, au-dessus de ses épaules. On n'a pas eu d'autre choix que d'enfreindre la loi. Ces gens... ils en ont fait leur métier.

– Ces gens viennent de t'accueillir chez eux, lui rappela Aster.

– Ils ont failli nous faire exploser.

– Et alors, ce ne seront pas les seuls à nous avoir voulues mortes ! Je trouve qu'ils ont fait preuve d'une retenue admirable.

Violette grommela et s'allongea en leur tournant le dos. Aster et Zee échangèrent un sourire moqueur.

– Bref, en tout cas, merci, Zee, sincèrement, reprit Aster. Tu nous as sauvé la vie. Encore une fois.

Ils choisirent leur lit et se couchèrent. Ça faisait si longtemps qu'Aster n'avait pas dormi dans un lit qu'autant de moelleux la choqua presque, même si le matelas garni de paille était bosselé et piquant. Contrairement aux bois, il régnait ici un calme profond. Pas de grillons ni de grenouilles-taureaux, pas de vent dans les arbres. Les cris des vengeants avaient été réduits à un murmure distant. L'obscurité était dénuée d'étoiles, et regarder à travers le trou dans le toit, c'était comme regarder le Voile.

C'est peut-être ce que ça fait d'être morte et enterrée, songea-t-elle.

Cette pensée aurait dû l'emplir de crainte, mais au contraire, elle éprouva un sentiment de paix aussi soudain que puissant : elle était hors de portée des vivants. Ils ne pouvaient pas lui faire de mal, ici. Elle sombra dans un sommeil plus profond qu'elle n'en avait connu depuis des années.

CHAPITRE 15

Le matin arriva trop vite. Il n'y avait pas de lever de soleil pour les réveiller, mais le son de la cloche du petit déjeuner qui retentit dans tout le camp fit sursauter Aster. Elle s'assit brusquement, les yeux plissés à la lumière de la lampe. Les lits de Mauve et de Tanaisie étaient encore vides : elles devaient avoir passé la nuit dans le service médical. La panique lui serra le ventre.

Zee était déjà debout et enfilait ses bottes.

– Cutter est passé. Il a dit que Sam nous attendait dans la salle de rassemblement, ainsi que Mauve et Tanaisie. Mieux vaut ne pas les faire attendre.

Oh, que les morts soient loués. Mauve s'en était sortie. Sa mort aurait pesé sur la conscience d'Aster ; elle le ressentait avec une certitude qui lui donnait la nausée. Ce n'était certes pas sa faute si Zee avait été découvert, mais l'affreuse vérité n'en demeurait pas moins qu'elle s'était montrée imprudente. Elle avait perdu de vue ce qui comptait le plus : la sécurité de sa sœur et des autres.

Elle déglutit.

– D'accord, on ferait mieux de se dépêcher, alors.

Le camp était beaucoup plus animé maintenant que lorsqu'elles étaient arrivées. La plupart des pieds-lestes semblaient être des jeunes hommes comme Cutter, mais il y avait aussi quelques familles dont les enfants se poursuivaient dans les allées étroites ou tiraient sur les mains de leur mère. Un vieil homme était assis sur un petit tabouret devant sa maison et raccommodait un trou dans son chapeau. Trois jeunes filles jouaient avec une vieille corde à sauter élimée. Cela rappelait à Aster le camp de mineurs délabré dans lequel elle avait grandi, mais il y avait quelque chose de subtilement différent ici, comme si un nuage s'était retiré de devant le soleil. Tout le monde se tenait plus droit, riait plus fort, soutenait le regard des gens qu'ils croisaient.

Ils n'ont pas peur, pensa d'abord Aster, mais elle se rendit compte ensuite que ce n'était pas tout à fait ça. Ils avaient encore de nombreuses raisons d'avoir peur, comme l'avait souligné Cutter la veille. Mais ils n'avaient pas honte. Personne ici ne les méprisait, ils n'avaient à prouver leur valeur à personne. Soudain, elle fut persuadée que les sang-de-poussière avaient été comme ça avant qu'on leur arrache leur ombre, avant qu'on leur donne ce nom-là.

Zee tripotait ses manches alors qu'ils approchaient de la salle de rassemblement, les retroussant puis les déroulant.

– Qu'est-ce qui ne va pas ? demanda Clem.

– Je suis nerveux, c'est tout. Ça fait une éternité que je n'ai pas vu Sam. Et si on ne se reconnaît plus ?

– Comment vous êtes-vous rencontrés ? demanda Aster.

– J'ai croisé son chemin pour la première fois il y a cinq ans, près de Black Valley. Il retournait dans l'un des camps après une expédition de chasse, mais il avait glissé en escaladant une paroi rocheuse et s'était cassé la jambe. Je ne sais toujours pas comment il a pu survivre à une telle chute… et peut-être n'aurait-il pas survécu si on ne l'avait pas secouru, qui sait ? Mais depuis, il a la réputation d'être trop têtu pour mourir.

Aster se fichait bien de la façon dont Sam avait survécu à cette chute. Ce qui l'intéressait, c'était la chronologie de cette histoire.

Il y a cinq ans ?

Zee avait dit qu'il ne travaillait en tant qu'éclaireur que depuis deux ans. Il disait avoir commencé à la mort de ses parents, pour subvenir aux besoins de ses sœurs.

– Que faisais-tu à Black Valley ? demanda-t-elle en s'efforçant de garder un ton neutre, malgré l'agitation qui la parcourait.

Il ne devait avoir que douze ou treize ans à l'époque. Avait-il voyagé seul ? Son père l'avait-il accompagné ? Qu'est-ce qu'un joueur pouvait bien faire au milieu des bois avec son fils ?

Mais avant qu'il puisse répondre, Sam Daniels lui-même franchit les portes de la salle de rassemblement.

Aster sut aussitôt que c'était lui, même s'ils n'avaient pas encore été présentés. Il marchait du pas assuré d'une personne qui assume facilement son autorité. Il était grand, avec la peau foncée et, contrairement aux autres Scorpions, il portait des vêtements élégants : un gilet noir sur une chemise noire et un chapeau de joueur noir sur la tête ; la seule touche de couleur était sa cravate rouge. Son nez semblait avoir été brisé plus d'une fois et son sourire était lui aussi de travers. Un pistolet plaqué or pendait sur sa hanche. Il ne pouvait pas avoir plus de dix-neuf ou vingt ans, mais il avait les yeux d'un homme de trois fois son âge.

Puis il sourit en voyant Zee et redevint un jeune homme.

– Bon sang, ce que je suis content de voir ta sale tronche ! lança-t-il.

Zee lui rendit son sourire, et ils s'étreignirent en se donnant des claques dans le dos.

– Ça faisait trop longtemps, mon frère, répondit Zee.

– Il va falloir tout me raconter, dit Sam. Mais d'abord, on mange. Venez avec moi.

Il se détourna et leur fit signe de le suivre.

La salle de rassemblement était remplie de longues tables et de jeunes hommes penchés sur des assiettes de biscuits et de haricots. Pendant un instant, Aster fut saisie par la même panique paralysante que celle qui s'était emparée d'elle à Scarcliff. La bouche sèche et les paumes moites, la tête légère et le ventre lourd. Elle était en infériorité numérique, ici, encerclée, exposée. Mais contrairement à l'autre fois, elle réussit à se rassurer. Ces hommes n'étaient pas des bluffeurs, des dévoreurs ou des policiers. Ils étaient des alliés. Ils l'avaient acceptée parmi eux.

Elle se reprit alors qu'ils se dirigeaient vers une table de service à l'autre bout de la pièce. Derrière elle se tenait un jeune homme robuste, à la mâchoire serrée, qui semblait pouvoir être le frère de Sam. Tandis que Sam avait les cheveux courts, ce garçon était chauve comme une poignée de porte, et la lumière des lampes se reflétait sur son crâne lisse et brun. C'était le premier Scorpion qu'elle voyait qui semblait vraiment malheureux... en colère, même. *C'est quoi, son problème ?* se demanda-t-elle. Il regardait d'un air renfrogné la courte file de personnes qui attendaient qu'il empile de la nourriture sur leur assiette.

Et au bout de cette file...

– Mauve ! s'écria Clémentine.

Elle courut l'embrasser, et Mauve lui adressa un sourire fatigué et la prit dans ses bras. Ses mouvements étaient raides et laborieux, mais à part ça, elle semblait aller beaucoup mieux. Tanaisie aussi. Elle ne quittait pas Mauve des yeux, comme pour l'empêcher de disparaître, et régulièrement, elle se mettait à sourire sans raison.

– Merci, dit Aster à Sam, sa poitrine se détendant.

Sam haussa les épaules.

– Ce travail est une récompense en lui-même, dit-il. Je nous ai réservé une table là-bas. Servez-vous et venez me rejoindre quand vous serez prêts.

Aster, Violette et Zee rejoignirent les autres dans la queue. La faim tenaillait Aster. Elle tendit son assiette en fer-blanc au garçon renfrogné qui y déposa sans un mot une cuillerée de haricots. En revanche, son regard s'illumina quand il vit Zee.

– C'est bon de te revoir, Greene, dit-il d'une voix étonnamment douce. On te croyait tous mort.

– On ne se débarrasse pas de moi aussi facilement, répondit Zee en rougissant légèrement.

Sans doute n'était-il pas habitué à autant d'attention, se dit Aster.

– Qu'est-ce qui t'amène ici ?

– J'aide juste ces filles à rejoindre Northrock, répondit Zee. Mesdames, voici le frère de Sam, Elijah.

– Eli, le corrigea-t-il, le visage de nouveau fermé, mais la voix douce. Vous pouvez m'appeler Eli.

Le groupe s'installa avec Sam, occupé à écrire quelque chose dans son journal. Il le referma et ouvrit les bras en signe de bienvenue. Il lui manquait les deux derniers doigts de la main gauche.

– Tu ne prends pas d'assiette ? demanda Zee.

– Je ne prends pas de petit déjeuner. Un verre d'eau froide me suffit. Ça me permet de garder les idées claires.

– J'avais oublié à quel point tu étais difficile en matière de nourriture.

Sam poussa un rire choqué.

– Tu m'insultes sous mon propre toit ? Tu oublies que je connais plein d'histoires accablantes sur toi aussi, Greene.

Même s'il ne faisait aucun doute que Sam le taquinait, un éclair de peur réelle traversa le visage de Zee. Clémentine haussa un sourcil, souriante.

– Quel genre d'histoires ?

Mais Sam était déjà passé à autre chose. Il semblait perpétuellement agité, comme un lézard détalant sur du sable chaud.

– Alors, mon frère, le chasseur est-il réellement devenu la proie ? Raconte-moi comment tu en es venu à travailler pour les criminelles les plus recherchées d'Arketta depuis un demi-siècle.

Zee, un chasseur ? se demanda Aster, les sourcils froncés. *De quoi ?*

Zee ne répondit pas et se lança plutôt dans l'histoire de leur rencontre. Aster gardait le silence, laissant les autres se charger de la conversation. Elle s'efforçait de contenir la panique qui commençait à la ronger de l'intérieur tel un essaim de sauterelles. Elle se sentait cernée, en minorité. Zee se sentait peut-être en sécurité avec tous ces jeunes hommes, mais ce n'était pas son cas. Violette aussi demeurait complètement silencieuse et jouait avec sa nourriture. Elle semblait encore plus renfermée que la veille.

– Eh bien, je suis ravi que tu aies trouvé le temps de nous rendre visite, dit Sam quand Zee eut terminé son récit. Je regrette seulement que ce ne soit pas dans de meilleures circonstances.

– Oh, tu sais que je serais venu vous saluer dans tous les cas, répondit Zee, apparemment plus à l'aise désormais.

Aster ouvrit la bouche pour parler. Elle espérait que Sam allait leur raconter sa propre histoire à son tour. Mais il se leva et ramassa son journal.

– Il y a eu un éboulis dans l'un des tunnels au sud et il faut le dégager, alors je crains de devoir vous quitter maintenant. Mais j'insiste pour qu'on fête ça ce soir. Je vais demander à mon frère de sortir les meilleurs alcools. D'ici là, reposez-vous, lavez-vous, faites comme chez vous.

Il s'éloigna. Dès qu'il eut disparu, Clémentine donna un coup de coude à Zee.

– Je ne vois pas pourquoi tu étais aussi nerveux. De toute évidence, ils t'adorent, ici.

– Oui, tu ne nous as jamais dit que tu avais des amis, renchérit Mauve en ricanant. Je pensais honnêtement qu'on était les premières.

Elle fut prise d'une quinte de toux, et Tanaisie lui prit aussitôt la main.

– Doucement, Mauve. Il faut que tu retournes au lit.

– Seulement si tu viens avec moi.

Violette leva les yeux au ciel.

– Calmez-vous, ce sont des lits superposés. Mais je vais retourner à la maison aussi, si vous voulez me suivre.

Aster n'était pas étonnée que Violette veuille se terrer à la maison jusqu'au dîner, mais finalement, tout le monde décida de rentrer, à part Aster. Elle ne pouvait pas le leur reprocher – seuls les morts savaient quand ils auraient de nouveau l'occasion de se reposer ainsi –, mais elle n'était pas encore prête à se joindre à eux. Les mots de Violette près de la cascade résonnaient dans son esprit. *Je n'ai pas l'habitude d'avoir autant de temps pour réfléchir.*

Il ne fallait jamais s'arrêter de fuir, c'était ça le truc. Sinon, vos problèmes vous rattrapaient.

Peut-être pouvait-elle profiter de ce temps pour compter leur lustre. Elle était impatiente de savoir à combien s'élevait leur prise à la banque. Mais une partie d'elle ne voulait pas risquer que les Scorpions découvrent qu'elles avaient du lustre sur elles. Sam semblait honnête, mais elle ne connaissait pas ces gens. Pas vraiment, pas encore.

Je vais trouver quelqu'un qui pourra m'en dire plus sur ce lieu, décida-t-elle.

Et s'ils pouvaient aussi lui en dire plus sur Zee, alors tant mieux.

Tandis que les autres quittaient la pièce, Aster posa les yeux sur Eli, le frère de Sam, occupé à débarrasser les tables maintenant que le petit déjeuner était terminé. Un chiffon sale était posé sur son épaule robuste, et il frottait le bois éraflé chaque fois qu'il voyait une tache. Il ne lui avait pas semblé très bavard quand on les avait présentés, mais qui en saurait plus sur les Scorpions que le frère du capitaine ?

Elle se dirigea vers lui.

– Tu as besoin d'aide ? demanda-t-elle en se raclant la gorge, mal à l'aise.

Il releva la tête. Plissa les yeux.

– Non.

– Sam dit que tu vas préparer un festin pour ce soir, alors j'ai un peu de mal à le croire.

– Tu peux bien croire ce qui te chante.

Il empila les assiettes sur un chariot et le poussa en direction de la cuisine. Ses mots blessèrent Aster. Puis la mirent en colère. Alors qu'elle commençait tout juste à croire que cet endroit était réellement un refuge, voilà que ce crétin la traitait comme de la boue sur ses chaussures.

Elle lui barra le passage et croisa les bras.

– Tu as un problème avec moi ?

– Non... je...

Il semblait sincèrement surpris.

– Je n'ai pas fait tout ce chemin pour être jugée par quelqu'un comme toi.

Il leva les mains en signe d'apaisement. Les lignes sur ses paumes étaient profondes.

– Je ne juge personne. Je suis désolé si... je ne suis pas comme mon frère, je ne suis pas doué pour faire la conversation. C'est pour ça que c'est lui qui accueille les nouveaux arrivants et que je me contente de préparer à manger.

Aster s'adoucit et le laissa passer. Elle le suivit dans la cuisine. Il ne protesta pas.

– Je ne suis pas très douée pour la conversation non plus, marmonna-t-elle en rougissant. J'étais juste... curieuse, je suppose. J'ai toujours entendu parler de cachettes pour pieds-lestes, quand j'étais petite, mais je ne pensais pas en voir une un jour. Mais si tu n'as pas envie de parler...

– Je n'ai jamais dit ça. Écoute, si tu veux vraiment rester ici, je ne vais pas t'en empêcher. Tu veux faire la vaisselle ? Parce que je peux t'assurer que moi, non. Tiens.

Il lui lança son torchon et désigna une bassine. Aster

regretta presque son propre entêtement, mais vu tout ce que les Scorpions faisaient pour elles, elle pouvait bien laver quelques assiettes.

Pendant quelques minutes, ils travaillèrent ensemble en silence, elle lavant et lui séchant, mais c'était un silence agréable, et une tâche apaisante. Eli ne la regardait pas. Il ne la touchait pas. Il ne semblait rien attendre d'elle. C'était un soulagement indicible.

– Depuis combien de temps vivez-vous ici, Sam et toi ? demanda-t-elle finalement.

Elle avait l'habitude de bavarder avec des hommes, mais Eli ne se comportait pas du tout comme les bluffeurs à la maison d'hospitalité. Ceux-ci adoraient s'entendre parler. De toute évidence, elle allait devoir lui tirer les vers du nez.

Eli fronça les sourcils.

– On vit à Pince-Rouge depuis environ un an. Mais ça fait bien plus longtemps qu'on est avec les Scorpions. Ils nous ont accueillis alors qu'on n'était que deux gamins pieds-lestes. Sam est tombé amoureux de cette bande, a décidé de les rejoindre. Il n'a pas mis longtemps à gravir les échelons jusqu'au rang de capitaine.

– Et qui est au-dessus de lui ?

– Ça ne marche pas comme ça. Les Scorpions n'ont pas un seul leader. Chaque camp a son propre capitaine, ses propres règles, sa façon de faire les choses. On travaille ensemble du mieux possible.

– Ça a l'air... compliqué.

– Ça l'est, dit-il sèchement.

Aster ne se laissa pas décourager.

– Alors si Sam est le capitaine de ce camp, tu es le commandant en second, c'est ça ?

– C'est Cutter, son second. Moi, je travaille juste ici.

Ils avaient fini la vaisselle, et Eli lui fit signe de le suivre dans le garde-manger. La pièce était bordée d'étagères chargées de nourriture : des aliments séchés et des viandes salées, des sacs de haricots et des tonneaux de vin.

– C'est comme vivre dans une cave à légumes géante, ici, expliqua Eli. Il fait toujours frais et humide. Ça conserve les aliments. Je pense qu'on va préparer un ragoût au piment, pour ce soir. Ça veut dire qu'il va falloir émincer beaucoup de légumes.

– Ça me va.

En réalité, Aster salivait déjà à cette idée. Elles n'avaient pas mangé un vrai repas depuis qu'elles avaient fui la maison d'hospitalité. Eli lui donna un filet pour retenir ses cheveux. Elle l'enfila du mieux possible, se sentant ridicule. Eli sourit faiblement.

– Tu devrais te raser la tête, comme moi.

– On ne peut pas tous ressembler à une boule de billard.

Il lui tendit un sac et ils commencèrent à rassembler des légumes : des poivrons, des oignons, des tomates, de l'ail et des patates douces.

– Où avez-vous trouvé tout ça ? C'est vous qui les cultivez ? demanda Aster en plissant le nez, submergée par l'odeur piquante des oignons.

Il secoua la tête.

– On doit régulièrement aller se fournir auprès de vendeurs amis, et on fait aussi du troc avec les autres camps. C'est impossible de faire pousser autre chose que des champignons et du moisi, dans ces grottes.

– Tu aimes ça, vivre comme ça ? Vivre ici ?

Eli resta silencieux si longtemps qu'elle crut qu'il ne l'avait pas entendue. Il souleva un lourd sac de haricots avec une facilité trompeuse.

– On se sent obligé de répondre oui à une question pareille, dit-il finalement. Des tas de gens meurent d'envie d'être acceptés par les Scorpions. Mais je ne suis pas fait pour vivre sous terre. Personne n'est fait pour ça. Le soleil me manque. Le climat me manque. Le vent et la pluie. L'odeur des arbres. Tout.

– On a l'impression d'être déjà mort et enterré, acquiesça Aster en repensant à la sensation étrange qui l'avait envahie la nuit dernière.

Eli la regarda en face pour la première fois.

– Exactement. Je déteste le fait qu'ils nous aient forcés à nous cacher ici. Que ce soit le mieux qu'on soit censés pouvoir espérer.

Comme à Green Creek, pensa soudain Aster. Les femmes étaient censées s'estimer heureuses de vivre dans une maison d'hospitalité. Les hommes étaient censés s'estimer heureux s'ils échappaient à un trou dans le sol.

– Est-ce que tu essaieras de partir à Ferron quand le moment viendra ? demanda-t-elle. Quand les tunnels seront terminés, je veux dire ?

Eli secoua la tête.

– Je ne pense pas. Mon frère dit qu'on doit à notre peuple de rester ici pour combattre les propriétaires terriens. C'est une chance de pouvoir le faire. Tout le monde n'a pas cette possibilité. (Il soupira.) Et je sais qu'il a raison. Mais parfois, j'aimerais qu'on ne soit pas obligés de se battre. J'ai l'impression de me battre depuis le jour de ma naissance. J'aurais préféré grandir lentement, comme les enfants sont censés le faire.

On aurait dit qu'il venait de sortir cette pensée de la tête d'Aster, une pensée qu'elle n'avait même pas eu conscience d'avoir en elle. Mais si elle reconnaissait le poids de tout ce qu'elle avait perdu, cela l'écraserait.

– On aimerait pouvoir recommencer sa vie depuis le début, dit-elle, presque pour elle-même.

Il hocha la tête.

– Avec un corps tout neuf qu'ils n'auraient jamais brisé et un esprit sans mauvais souvenirs. Ouais... (Il rit doucement.) J'y pense souvent.

Troublée, Aster le suivit dans la cuisine. Ils se mirent à hacher les oignons et firent tremper les haricots. Elle avait l'impression d'être redevenue une fille de l'aube, nettoyant et épluchant jusqu'à ce que sa peau soit à vif. Sauf qu'évidemment, il n'y avait pas de dévoreurs pour la forcer à travailler plus vite et la remplir de terreur. Et elle pourrait ensuite savourer la nourriture qu'elle préparait.

– Et toi ? demanda finalement Eli. Quels sont tes projets ?

Aster hésita.

– Trouver Lady Fantôme, répondit-elle en s'attaquant aux poivrons. C'est une femme qui peut nous débarrasser de nos faveurs.

Ces mots lui parurent ridicules et elle reprit la parole avant qu'Eli ne puisse se moquer d'elle, sur la défensive.

– L'une des filles avec nous, Violette... Elle a ses entrées avec elle.

Il haussa un sourcil.

– Ah oui ?

Ce n'était pas tout à fait exact, mais ce n'était pas non plus un mensonge éhonté.

– Tu sais quelque chose sur Lady Fantôme? demanda-t-elle.

– Rien de plus que l'histoire basique. En grandissant, j'ai rencontré des femmes qui avaient quitté leur maison d'hospitalité après avoir passé l'âge et essayaient de retirer leurs faveurs – en les brûlant, la plupart du temps, ou en les découpant –, mais en vain. Elles se retrouvaient avec des cicatrices sur le visage et des faveurs encore plus douloureuses qu'avant. Mais ça ne veut pas dire qu'il t'arrivera la même chose, ajouta-t-il rapidement en lui jetant un coup d'œil. Je suis sûr que Lady Fantôme sait ce qu'elle fait.

– Ouais, marmonna Aster, qui regrettait d'avoir posé la question.

Elle se reprochait d'avoir placé autant d'espoir en une femme dont elles savaient si peu. Une femme qui n'existait peut-être même pas.

Eli ajouta des épices aux haricots.

– En tout cas, Zee est la personne idéale pour vous aider à rejoindre Northrock, ajouta-t-il, essayant apparemment d'alléger l'atmosphère.

– Oui… tu le connais bien? demanda-t-elle d'une voix qu'elle espérait neutre.

Il ne valait mieux pas qu'Eli sache qu'elle se posait des questions sur le passé de Zee… ni qu'elle était certaine qu'il leur mentait à ce sujet.

Il secoua la tête.

– Pas autant que mon frère. J'ai tendance à rester dans mon coin.

Zut.

– Mais j'ai beaucoup de respect pour lui, poursuivit Eli. Le fait qu'il vous conduise jusqu'à Lady Fantôme me rappelle un peu ce que nous espérons faire un jour, aider les pieds-lestes à passer la frontière.

À ces mots, une idée transperça la brève déception d'Aster.

– Eli, et si on travaillait ensemble ? demanda-t-elle lentement.

– Comment ça ?

– Les Scorpions se battent pour aider les sang-de-poussière, non ? Cela inclut la majorité des Filles de la chance. Vous devriez les aider aussi. Et on pourrait vous donner un coup de main. Les propriétaires terriens fréquentent les maisons d'hospitalité et nous les connaissons mieux qu'ils ne se connaissent eux-mêmes. Nous sommes au courant de leurs allées et venues, de leurs projets. Imagine...

Mais Eli secouait la tête.

– Quoi ? demanda-t-elle.

– Rien, désolé, c'est juste que... eh bien, tes amies et toi êtes spéciales, car vous vous êtes débarrassées du jeune McClennon et que vous menez la vie dure à la police. Vous êtes des légendes, par ici. Mais tu aurais du mal à convaincre certains des gars de travailler avec d'autres Filles de la chance.

Aster se hérissa.

– Qu'est-ce que tu sous-entends ?

Il dut voir l'expression de son visage, car il fit marche arrière.

– Oublie ce que j'ai dit.

– Tout ce que je peux imaginer est pire que la vérité.

Il ne dit rien, les sourcils joints alors qu'il hachait de l'ail.

Une crainte soudaine remonta le long de la nuque d'Aster et lui donna la chair de poule.

– Eli… est-ce que je suis en sécurité ici ? demanda-t-elle prudemment. Mes amies, ma sœur… sommes-nous en sécurité ?

Il lui fallut un moment pour comprendre ce qu'elle voulait dire, mais alors, il s'empressa de la rassurer.

– Bien sûr, dit-il en posant son couteau avant de se tourner vers elle. Toujours, Aster. Mon frère ne laisserait personne vous faire du mal. Moi non plus, d'ailleurs. Ça ne se passe pas comme ça, ici. Vous serez toujours en sécurité chez nous.

Elle poussa un soupir mi-soulagé, mi-exaspéré.

– Alors qu'est-ce que tu racontes, bon sang ? Pourquoi les Scorpions n'aideraient-ils pas les filles comme nous ?

Eli soupira et reprit son couteau.

– Certains hommes éprouvent un certain… un certain ressentiment à l'égard des Filles de la chance. L'un de mes camarades de chambre, par exemple, Ian, quand il a appris que vous étiez là, il s'est mis à parler des filles qu'il avait connues et qui se sont retrouvées à la maison d'hospitalité. Et ce qu'il disait d'elles… n'était pas très gentil.

– Ah oui ? Qu'a-t-il dit ?

– Je préfère ne pas le répéter.

– Eli, j'ai entendu des choses qui te feraient dresser les cheveux sur la tête, même à toi. Ne me traite pas comme une enfant. Répète-moi ce qu'a dit ton ami.

Eli regarda les grosses pattes d'ours qui lui servaient de mains. Les jointures de ses doigts arboraient des cicatrices blanches.

– Ce n'est pas mon ami, la corrigea-t-il, les lèvres pincées. Et il a dit : « On se cassait le dos dans les mines, mais au moins, c'était un travail honorable. Les Filles de la chance vendent leur âme en couchant avec les propriétaires terriens pour pouvoir vivre dans leurs manoirs et boire leur vin. Ce sont des traîtresses qui méritent ce qui leur arrive. »

Aster serra les mâchoires. Elle inspira calmement entre ses dents.

– Et qu'as-tu répondu ?

Il haussa les épaules.

– Je lui ai dit que s'il comptait se conduire comme un crétin, il pouvait passer la nuit à l'écurie. À ce que j'en sais, il y est toujours.

Aster expira.

– Combien sont-ils à penser comme lui ? demanda-t-elle d'une voix basse.

– Pas tout le monde, répondit-il rapidement. Pas même la majorité d'entre nous. Mais un certain nombre. C'est ce que je déteste le plus dans le Règlement des comptes, je crois. La façon dont ce système pousse les gens désespérés à se retourner les uns contre les autres. Tu as raison, on doit s'entraider. C'est la seule solution.

Eh bien c'est dommage, parce que je n'ai plus envie d'aider ces idiots.

– Mais le problème, ce ne sont pas seulement les hommes comme Ian, continua Eli. Il y a des raisons pratiques pour lesquelles nous n'avons pas pu aider les Filles de la chance. (Il hésita.) C'est déjà difficile d'aider des mineurs à fuir leurs camps, mais aider des filles à s'échapper des maisons d'hospitalité... ces endroits sont de vraies forteresses. C'est presque impossible d'y entrer, alors ne parlons pas d'en sortir.

– Oui, je sais.

Ils gardèrent le silence un long moment et pelèrent les

pommes de terre en écoutant bouillir l'eau dans la marmite. C'était ce qu'éprouvait Aster : elle bouillait de colère. Sa faveur la brûlait. Comment quiconque osait-il la considérer comme une traîtresse ? Elle n'avait jamais voulu tout ça. Ils ne savaient pas de quoi ils parlaient. C'étaient eux les traîtres qui abandonnaient celles qui avaient le plus besoin de leur aide, sans même avoir essayé.

– Tu as raison d'être en colère, dit enfin Eli, qui s'était mis à couper des tomates.

Aster lui jeta un regard en biais.

– Je ne pensais pas avoir besoin de ta permission.

– Ce n'est pas ce que je voulais dire. C'est juste que je t'admire. Tout le monde nous répète qu'on devrait s'estimer heureux. C'est dur de s'autoriser à être en colère.

Aster jeta ses pelures de pomme de terre dans la poubelle à compost, se demandant si elle devait répondre honnêtement. Mais il avait été si franc avec elle qu'elle pouvait bien lui rendre la pareille.

– Pourtant ça me fait peur, Eli, d'être autant en colère, tout le temps. Il y a deux jours à peine, on a braqué une banque à Scarcliff. Et je me suis tellement laissée dévorer par ma rage – à l'égard des bluffeurs qui nous maudissaient, des propriétaires terriens dont nous volions le lustre, et des policiers qui tentaient de nous capturer – que je n'avais plus les idées claires. Je voulais tellement leur faire du mal que ça m'était égal qu'ils me fassent du mal, eux aussi. Et à cause de mon imprudence, mon amie a failli mourir. C'est comme ça qu'on s'est retrouvées ici. (Elle secoua la tête, prise de nausée.) Je ne pense pas qu'elles m'en veuillent, mais moi je m'en veux. Parfois, je me dis que j'irais mieux si je me fichais de tout. (Elle pensait à Violette et à son froid détachement.) Je serais peut-être plus heureuse, au moins.

– Je ne sais pas, répondit-il d'un air pensif. On ne peut pas s'empêcher d'accorder de l'importance à certaines choses, et prétendre le contraire ne résout jamais le problème. Mais la colère... la colère pousse à l'action. Parfois, du moins. Il faut juste être sûr que c'est toi qui l'utilises, et non l'inverse. Sinon, on devient imprudent, et on finit par se blesser soi-même, et ceux à qui l'on tient. Mais la colère en elle-même ne fait pas de toi quelqu'un de mauvais, à mon avis. Ça montre que tu es humaine, c'est tout. (Il la regarda alors avec une étincelle malicieuse.) Alors vous avez braqué une banque ? Il va falloir me raconter ça.

Elle ne put retenir un sourire. Elle se détendit, rien qu'un peu.

– Commençons par le commencement...

Le soir tomba sur le camp, et Aster sonna la cloche pour prévenir tout le monde que le dîner était prêt. En tout, ils avaient préparé trois bacs de ragoût au piment avec du pain de maïs et du soda froid aux plantes. Les gens entrèrent dans la salle de rassemblement par groupes de deux ou de trois : les Scorpions, les pieds-lestes et, enfin, le groupe d'Aster. Ils semblaient tous bien reposés, même Mauve.

Aster courut à leur rencontre.

– Aster ! Tu as vraiment préparé le dîner toute la journée ? Tu dois être sur le point de t'écrouler, non ? demanda Tanaisie, dont les yeux s'illuminèrent à la vue de toute la nourriture disposée sur la table de service.

Aster regarda Eli, qui avait déjà pris son poste derrière la table, tel un pianiste s'apprêtant à jouer sa mélodie préférée. Elle sourit.

– J'ai eu de l'aide.

Le matin, l'atmosphère dans la salle avait été tranquille, tout le monde essayant encore de s'extirper du sommeil ou se concentrant sur la journée à venir, mais désormais, les bavardages et les rires résonnaient dans toute la pièce. À une table, quelqu'un jouait une mélodie entêtante à la guitare, tandis qu'à une autre, un groupe chantait une chanson à boire.

« Un verre pour devenir riche, un verre pour se marier, un verre pour les vivants, et deux pour les morts ! »

Presque tout le monde était déjà assis quand Sam Daniels arriva, et il salua par leur prénom tous ceux à côté de qui il passait. Il rejoignit Aster et les autres à leur table, avec Cutter et d'autres jeunes Scorpions. Quand tout le monde fut servi, Eli s'installa également avec eux. Après avoir passé toute la journée en cuisine, Aster pensait qu'elle aurait perdu l'appétit, mais dès la première bouchée, sa faim revint. Le ragoût rouge et savoureux et le pain de maïs tout frais lui mettaient l'eau à la bouche.

Lorsqu'ils eurent fini de manger, un certain Lewis sortit un jeu de cartes. Il avait une peau lisse et dorée et de longs cheveux noirs attachés en queue-de-cheval. Il commença à distribuer avec un sourire en coin.

– Allons, Lewis, on ne peut pas jouer aux cartes en présence des dames, lança Cutter.

– On dirait que quelqu'un a peur de perdre face à des filles, le taquina Clémentine.

Cutter croisa les bras.

– Sam, dis-lui que j'ai raison.

Sam organisait déjà ses cartes dans sa main.

– C'est le perdant qui fait la vaisselle ce soir.

– On joue à quoi ? demanda Tanaisie, tout excitée.

Elles avaient toutes vu jouer les hommes dans la salle de jeu de la maison d'hospitalité, mais aucune n'avait jamais eu le droit de participer, évidemment.

Lewis commença à leur expliquer les règles. Aster était trop fatiguée pour le suivre – sa longue journée la rattrapait enfin –, mais elle accepta de veiller un peu et de regarder par-dessus l'épaule de Clémentine.

– Je n'ai rien compris, se plaignit Zee quand Lewis eut terminé. Il va falloir que tu recommences et que tu m'expliques ça comme si j'avais cinq ans.

– Attends, ton père n'était-il pas un grand joueur ? demanda Clem. Comment se fait-il que tu sois aussi nul ?

Zee ouvrit et ferma la bouche, trop pris de court pour formuler une réponse. Sam le regarda en haussant un sourcil, mais ne dit rien.

– Il... je n'ai jamais... bredouilla Zee.

– Tu comprendras en jouant, lança Mauve, impatiente. Je veux juste savoir ce qu'on met en jeu. Parce qu'on ne va pas risquer notre lustre, ça, c'est sûr.

– Non, bien sûr que non, répondit Lewis. Disons qu'on va jouer... des secrets. Le gagnant de chaque tour peut poser une question à l'un d'entre nous.

Aster et Violette échangèrent un regard. Aster n'aimait pas cette idée. Elle pouvait très bien imaginer quel genre de questions une bande d'hommes jeunes pourrait poser à des Filles de la chance.

Cependant, elle ne protesta pas et, à mesure que le jeu progressait, elle fut soulagée de se rendre compte que ces jeunes hommes-là étaient surtout intéressés par leur cavale. Apparemment, ils en avaient déjà entendu parler par des voyageurs et dans les journaux, et l'histoire avait manifestement été déformée à chaque récit.

– Comment avez-vous braqué la diligence ? demanda l'un des garçons à Violette.

– En fait, ce n'était qu'une voiture privée...

– Vous avez vraiment pendu un bluffeur qui vous avait contrariées ? demanda un autre à Mauve.

– Eh bien, oui, mais par les pieds.

– Est-ce vrai qu'on t'appelle le Couteau ? demanda un autre à Aster.

Elle s'autorisa un faible sourire.

– Si c'est vrai, tu viens de me l'apprendre.

Sans doute devrait-elle avoir un peu plus confiance dans les amis d'Eli.

Les garçons acceptèrent aussi de bon cœur de répondre aux questions des filles au sujet de la vie souterraine des Scorpions et des dangers qu'ils affrontaient ici. Aster avait déjà appris beaucoup de la bouche d'Eli, mais c'était intéressant d'entendre les autres en parler. Tout le monde ne partageait pas sa nostalgie pour la vie au-dessus du sol. Certains avaient trouvé le bonheur ici.

Cependant, à mesure que la soirée avançait et qu'ils se sentaient plus à l'aise les uns avec les autres, les questions se tournèrent vers la maison d'hospitalité.

– Bon, cette question est pour... Tanaisie. Tu es restée silencieuse. Comment t'es-tu retrouvée à Green Creek ? demanda finalement l'un des garçons.

Sam et Aster lui décochèrent un regard d'avertissement, mais Tanaisie intervint.

– Non, ce n'est rien. C'est une question que je me suis posée aussi, répondit-elle calmement. Nous n'avions pas le choix. Ma mère est morte subitement, et on avait besoin de lustre.

Mauve hocha la tête, la main posée sur celle de Tanaisie.

– Moi, mes parents m'ont juste dit que je devais assumer mes responsabilités et participer aussi. Il n'était pas question que je refuse quand les dénicheurs sont venus frapper à notre porte. Nous pensions avoir de la chance d'avoir été choisis.

Aster et Clémentine se regardèrent. Elles n'avaient pas encore raconté leur histoire aux autres. Elles en parlaient à peine entre elles : les deux sœurs ne partageaient pas le même point de vue sur leur famille, et aucune ne souhaitait rouvrir de vieilles blessures en essayant de convaincre l'autre de voir les choses à sa manière.

– Notre famille pensait honnêtement que nous serions plus heureuses ainsi, commença prudemment Clémentine. Les dénicheurs de la maison d'hospitalité... ce sont de bons vendeurs. Ils ont promis qu'on n'aurait jamais faim, qu'on recevrait toujours les meilleurs soins médicaux du pays. Et ils ont promis qu'Aster et moi ne serions jamais séparées. Ça paraissait trop beau pour être vrai.

– Parce que ça l'était, marmonna Aster.

Elle savait que Clémentine se languissait désespérément de leur famille. Pour elle, les propriétaires terriens étaient responsables de leurs souffrances.

Aster, en revanche, rejetait cette responsabilité sur ses parents. Ils auraient dû être plus éclairés. Ils auraient dû trop les aimer pour les vendre. Elle n'aurait jamais vendu ses propres filles à une maison d'hospitalité, si désespérée que soit la situation. Elle aurait préféré avoir faim chez elle que de vivre la vie à laquelle ils l'avaient livrée.

Tu es trop dure avec eux, disait toujours Clémentine. *Ce n'est pas leur faute s'il n'y avait pas de meilleure option.*

Pas de meilleure option, comme Eli l'avait dit. Peut-être ses parents avaient-ils affronté des difficultés dont elle n'avait pas eu conscience. Peut-être la maison d'hospitalité leur était-elle réellement apparue comme un moindre mal. Cette pensée avait toujours pesé péniblement sur elle.

Mais c'était tout de même un mal. Ils auraient au moins dû le reconnaître.

Ils firent une autre manche et cette fois, Eli l'emporta. Il regarda Aster, et il sembla voir la question qui lui tiraillait le cœur.

– Penses-tu parfois à retrouver ta famille, maintenant que tu es dehors ? demanda-t-il de sa voix douce.

Sur ce point au moins, Aster et Clémentine étaient d'accord.

– À quoi bon ? Nous sommes recherchées par le pays entier. On risquerait juste de les faire tuer.

Malgré ce qu'elle éprouvait à leur égard, elle ne souhaitait pas ça.

– Quand nos faveurs seront retirées et qu'on aura fait profil bas pendant longtemps, ajouta Clémentine, peut-être qu'on pourrait essayer de les retrouver, mais pour l'instant...

Elle secoua la tête.

Lewis croisa les bras.

– Et toi, princesse ? demanda-t-il.

Violette releva les yeux de ses cartes, surprise.

– Qui, moi ?

– Qui d'autre ? Les propriétaires terriens travaillent dur

pour s'assurer qu'il n'y ait que des sang-de-poussière qui se fassent aspirer dans le système des maisons d'hospitalité. Alors comment t'es-tu retrouvée là-bas ?

– Ignore cet idiot, Violette, ce n'est même pas son tour, intervint Sam.

Aster le remercia silencieusement. Elle soupçonnait Violette d'être aussi mal à l'aise qu'elle quand il s'agissait d'évoquer son passé. Mais à sa grande surprise, Violette répondit, avec un air de défi.

– Tu penses que je n'ai pas souffert ? répliqua-t-elle d'une voix cinglante.

– Je n'ai jamais dit ça, répondit calmement Lewis.

– Aucun de mes parents n'était un sang-de-poussière. Sur ce point, tu as raison. Parfois, une famille de sang-pur a un coup dur et doit vendre sa fille. C'est comme ça que ma mère s'est retrouvée dans la maison d'hospitalité.

– Attends, ta mère aussi était une Fille de la chance ? demanda Cutter. Mais les docteurs ne...

– L'opération n'a pas fonctionné, dit Violette sans le laisser finir.

– Ou peut-être ne voulaient-ils pas mutiler une sang-pur, fit remarquer Lewis.

Violette retroussa les lèvres et semblait sur le point de protester, mais elle flancha.

– Je... je me suis posé la question, moi aussi. Si c'était un accident. Si j'étais un accident. Peut-être pensaient-ils lui faire une fleur. Je doute qu'elle ait été de cet avis, cela dit.

– Alors ton père était un bluffeur ? demanda Sam, assemblant les pièces du puzzle.

Elle hocha la tête.

– Un magnat de l'acier, Tom Wells. Quand il a appris qu'il

avait mis ma mère enceinte, il a promis de l'acheter pour la faire sortir de la maison d'hospitalité, et pas seulement pour la garder pour lui, comme le font d'autres bluffeurs, mais pour l'épouser. L'emmener vivre dans son manoir doré sur la plus haute colline de Northrock. C'est le genre de choses dont rêvent les Filles de la chance. Ça semblait trop beau pour être vrai, dit-elle en regardant Aster, avant de répéter ses mots. Parce que ça l'était.

Aster plissa le front. Elle avait toujours su que le père de Violette était un bluffeur, mais sans connaître les détails.

– Ma mère l'a attendu pendant six ans, poursuivit Violette. Pendant six ans, elle a été amoureuse de cet homme. Mais il n'est jamais revenu à la maison d'hospitalité, et quand elle a compris qu'il ne reviendrait jamais, elle s'est suicidée. Elle ne m'a rien laissé en souvenir à part l'histoire qu'elle me racontait le soir pour m'endormir et sa lettre d'adieu.

Elle haussa les épaules et but une gorgée de soda aux plantes. Mais Aster vit sa mâchoire se serrer quand elle déglutit.

– Je comprends à quel point ça a dû être dévastateur pour elle, dit doucement Cutter. Avoir cru qu'elle aurait une vraie vie, la liberté...

– La liberté ? lança Aster en se tournant vers lui. Elle aurait toujours été marquée par une faveur. Elle aurait été la propriété d'un homme jusqu'à la fin de ses jours. On lui aurait donné de beaux papiers qu'elle aurait dû montrer à chaque policier croisé dans la rue. Ne crois pas qu'une Fille de la chance puisse trouver la moindre liberté à Arketta.

Cutter regarda ses mains.

Aster se tourna vers Violette, qui remua sur son siège, mal à l'aise.

– Et ton père n'est jamais venu te chercher non plus ? demanda Lewis, rompant le silence. Tu ne l'as jamais vu ?

Une étrange obscurité envahit le visage de Violette. Une expression qu'Aster ne lui avait encore jamais vue.

– Pas encore. Mais un jour.

L'expression de Sam s'adoucit.

– Toutes mes condoléances, dit-il.

Des murmures compatissants s'élevèrent autour de la table. Ils avaient tous perdu quelque chose. Voilà pourquoi ils étaient ici.

Tellement de souffrances dans la Balafre, pensa Aster en buvant une gorgée de soda, dont elle savoura la douceur.

Il était temps qu'elles laissent ces montagnes derrière elles pour de bon.

CHAPITRE 16

Elles quittèrent le camp de la Pince-Rouge de bonne heure le lendemain matin.

Elle avait beau vouloir laisser la Balafre derrière elle, Aster n'avait pas très envie de remonter à l'air libre. Voyager dans les mines pouvait être dangereux, certes, mais voyager dans les bois était encore pire. Pourtant, elles n'avaient pas le choix : les Scorpions n'avaient pas encore fini de creuser leurs tunnels à travers la Balafre, et n'auraient pas pu les conduire beaucoup plus loin vers le nord.

– Ce n'est pas très différent, ton travail et celui des Scorpions, fit remarquer Clémentine à Zee alors qu'ils progressaient dans un autre puits, tenant leurs chevaux par la bride.

L'entrée de la mine était encore une étincelle de jour distante, et Eli les escortait, le visage dissimulé sous un chapeau à bord mou.

– Comment ça ? demanda Zee.

– Vous aidez tous les gens à traverser la Balafre. La seule différence, c'est que les Scorpions aident des hors-la-loi.

Les yeux d'Aster et d'Eli se croisèrent. Peut-être se rappelait-il également leur conversation.

– À vrai dire, c'est pour ça que nous travaillons ensemble, tu sais, dit doucement Eli. Les éclaireurs et les Scorpions. La plupart des éclaireurs sont des sang-de-poussière, si bien qu'ils essaient de nous aider quand ils le peuvent. Mais Zee est l'un des meilleurs que j'aie rencontrés.

– Pas le meilleur ? s'indigna Zee.

Eli sourit.

– Tes talents de joueur de cartes laissent encore un peu à désirer.

Zee et Eli marchaient devant, suivis de Clem, Tanaisie et Mauve, tandis qu'Aster et Violette fermaient la marche. Tout le monde semblait plus reposé que jamais – même Mauve ne boitait pas trop –, mais les yeux de Violette étaient creusés, son visage était tiré. On aurait dit que ses confessions d'hier l'avaient vidée.

– Ça va ? murmura Aster.

– Ça ira mieux quand on sera sorties de cette maudite mine, répondit Violette sans la regarder. Ramper dans la boue n'est pas vraiment l'idée que je me fais d'un bon moment.

C'était toujours mieux que de se faire écarteler par des vengeants. Elle aurait au moins pu faire preuve d'un peu de gratitude pour l'hospitalité qu'on leur avait offerte, pensa Aster, agacée. Mais en même temps, elle la connaissait trop bien désormais pour ne pas comprendre qu'elle se cachait ainsi derrière son aigreur.

– Ta mère... commença Aster. Comment était-elle ?

– C'est évident, non ? répliqua sèchement Violette. C'était une idiote puisqu'elle est tombée amoureuse d'un bluffeur, et plus encore parce qu'elle a laissé sa fille sans rien d'autre qu'une faveur ensorcelée sur sa peau.

Malgré la dureté de ses mots, Aster entendait l'amour dans sa voix.

– L'histoire qu'elle te racontait... le mot qu'elle t'a laissé... insista doucement Aster.

– Je n'ai pas envie d'en parler, la coupa Violette.

Aster en resta là. Elle non plus n'avait pas envie d'en parler. Mais après avoir passé la journée avec Eli, elle pensait comprendre pourquoi ça aurait pu être une bonne idée. Parler... ça aidait.

La pente devint plus raide, et la conversation se tarit alors que tout le monde grimpait. Malgré la fraîcheur de l'air, de la sueur coulait déjà entre les omoplates d'Aster. Une fois qu'ils seraient dehors dans la chaleur, nul doute que tout son corps en serait couvert.

Retour à la réalité, pensa-t-elle gravement.

Ils parvinrent enfin à l'entrée de la mine. Elle se trouvait dans les bois, à l'opposé de la colline par laquelle ils étaient entrés. Eli passa le premier, vérifiant qu'il n'y avait pas de dévoreur avant de faire signe aux autres de sortir. Les chevaux hennirent, tout excités, quand ils émergèrent de l'obscurité.

– Voilà, je ne vais pas plus loin, dit Eli.

– Je ne pourrai jamais vous remercier assez, dit Zee. Tu transmettras toute ma reconnaissance à ton frère pour son aide, d'accord ?

– C'est nous qui devrions nous sentir reconnaissants. Vous avez apporté beaucoup de joie chez nous, et vous nous avez laissé en garder un peu.

Zee sourit et toucha le bord de son chapeau, puis il monta à cheval. Mauve et Tanaisie l'imitèrent. Violette clignait des yeux à la lumière du soleil, son ombre s'étirant derrière elle comme un étendard. Puis, après avoir bu une gorgée à sa gourde afin de se donner du courage pour la journée à venir, elle monta aussi en selle.

Aster et Clémentine furent les dernières. Aster s'attarda un peu ; elle voulait remercier Eli, mais comme toujours, les mots ne lui venaient pas facilement. Il ne semblait pas pressé de retourner au camp : il avait retiré son chapeau et fermé les yeux pour laisser le soleil baigner son visage. Pour la première fois depuis qu'Aster l'avait rencontré, il semblait en paix.

– Eli, dit-elle finalement, ne voulant pas gâcher ce moment.

Il ouvrit les yeux, et elle s'éclaircit la gorge.

– Remercie ton frère pour moi aussi, d'accord ? Ce n'est pas souvent qu'on rencontre des hommes honnêtes comme vous deux. Votre compagnie nous manquera.

– La vôtre aussi. Bonne fortune, Aster.

Il inclina la tête, et Aster monta en selle derrière Clémentine, regardant droit devant elle alors qu'elles s'engageaient dans les fourrés.

Aster faisait des tas de dix avec les pièces de lustre qu'elle comptait, et ses lèvres remuaient silencieusement. *Quatre-vingt-onze, quatre-vingt-douze, quatre-vingt-treize, quatre-vingt-quatorze...*

Clémentine comptait elle aussi, vérifiant ses calculs. C'était la fin d'après-midi, et elles se reposaient sous les branches basses d'un vieil arbre. Aster avait redouté ce moment tout en l'attendant avec impatience : celui où elles sauraient si elles avaient dérobé assez de lustre pour Lady Fantôme.

– Nous n'aurions pas dû dépenser autant pour acheter des aliments frais aux Scorpions, dit Tanaisie en les observant avec angoisse.

– On en avait besoin, répliqua Zee. Et Sam nous a fait un bon prix.

– Taisez-vous et laissez-moi me concentrer, marmonna Aster.

Elles avaient presque terminé, et elle n'avait pas la patience de recommencer.

Cent onze, cent douze, cent treize...

Elle posa la dernière pièce sur le dernier tas.

Cinq mille cent quatorze aigles.

– Cinq mille cent quatorze ? demanda Clémentine d'une voix hésitante.

Un sourire soulagé s'épanouit sur le visage d'Aster qui hocha la tête, confirmant ce chiffre.

C'était officiel, à supposer que l'information de Violette soit correcte : elles avaient assez de lustre pour se faire enlever leurs faveurs.

– Alors on n'aura plus besoin de braquer qui que ce soit ? demanda Violette.

Elle semblait détachée malgré la bonne nouvelle, et faisait tourner un fossile de coquillage dans sa main.

– Pas tant qu'on gardera notre lustre, répondit Aster en remettant les pièces dans la bourse.

– On pourrait quand même voler un autre bluffeur, suggéra Mauve en souriant. Vous savez, rien que pour le plaisir...

– Mauve, non, dit Tanaisie. Tu as failli mourir la dernière fois.

– Failli. Je suis toujours là, non ?

Aster secoua la tête.

– La banque était une erreur. Je n'aurais pas dû insister. On ne prendra plus de gros risques comme ça.

– Une erreur ? répliqua Mauve. Pourquoi ? On a le lustre dont on avait besoin.

– Mais on a failli se faire prendre, fit remarquer Violette sèchement.

Cette fois-ci, Aster ne pouvait même pas la contredire. Elle ferma la bourse et regarda les autres, laissant son enthousiasme la réchauffer et lui donner du courage.

– Écoutez, j'ai réfléchi... Je voulais... Je vous dois des excuses, parvint-elle finalement à lâcher.

Voilà. C'est dit.

– Je me suis montrée imprudente à Scarcliff et vous en avez toutes payé le prix.

Tanaisie plissa le front.

– Tu crois qu'on te fait des reproches ? C'est grâce à toi qu'on s'en est sorties.

– Oui, on était prêtes à abandonner, mais toi, tu es restée forte, acquiesça Mauve.

– Il y a une différence entre la force et l'entêtement, rétorqua Aster.

– Aster, intervint Clémentine en secouant la tête. Sans toi, je serais morte. On serait toutes mortes des dizaines de fois.

Aster jeta un coup d'œil à sa sœur.

– On a toutes commis des erreurs, poursuivit celle-ci, mais on sait aussi qu'on veut toutes le meilleur pour les autres. C'est ce qui compte. Ce n'est pas comme à la maison d'hospitalité, quand Mère Fleur essayait toujours de nous monter les unes contre les autres. Ici, il y a de la confiance.

– Oui, et tu peux compter sur nous pour ne pas trop te

laisser te ridiculiser, ajouta Mauve. Alors ne te fais pas trop de souci.

Même Violette hochait la tête désormais, et la chaleur dans la poitrine d'Aster s'intensifia un peu.

– Merci, marmonna-t-elle, un peu gênée.

La nuit tomba. Bien que la sécurité relative du camp des Scorpions lui manquât déjà, Aster trouvait un certain réconfort à la familiarité de leur routine. Les biscuits imbibés de graisse de bacon. Les couvertures rêches mais chaudes. Les morts qui hurlaient mais gardaient leurs distances. Les étoiles qui scintillaient comme des larmes.

Le lendemain, ils partirent en direction de Clearwater, la dernière ville de taille conséquente de la Balafre. Cela faisait trois semaines qu'elles avaient quitté Green Creek. Trois semaines à filer à travers la Balafre, dont elles n'étaient jamais sorties de leur vie, et désormais, elles en étaient presque au bout. Au-delà s'étendait la verte vallée de l'Arketta du Nord et, déjà, les bois se transformaient alors que le groupe approchait de la fin des montagnes. Des chênes feuillus et des frênes remplaçaient les pins à l'écorce amère, la terre rouge et sèche se transformait lentement en un sol brun et riche.

Clearwater était également la dernière ville avant Northrock qui possédait une maison d'hospitalité. En dehors de la Balafre, il y avait très peu de sang-de-poussière et donc très peu de Filles de la chance. Ce serait la dernière chance pour Zee de retrouver ses sœurs.

– Vous êtes sûres que vous voulez que je prenne le risque d'aller à Clearwater ? demanda Zee alors qu'ils se dirigeaient vers la ville.

Il leur restait un peu moins de deux kilomètres à parcourir, et le soleil commençait tout juste à décliner.

– On a déjà votre lustre, et on est presque sortis de la Balafre. Je pourrais repasser par ici à mon retour, après vous avoir conduites jusqu'à Lady Fantôme.

– Tu vas y aller maintenant, répondit Aster.

Après leur mésaventure à Scarcliff, il était tentant de filer directement jusqu'à Northrock, mais elle n'était que trop consciente de ce que Zee avait sacrifié pour les aider. S'il existait ne serait-ce qu'une chance infime qu'elles puissent l'aider à retrouver sa famille, Aster voulait la saisir.

De toute évidence, Zee était soulagé, même s'il ne le dit pas.

– D'accord. Vous allez m'attendre ici, alors, et restez sur vos gardes. S'il y a le moindre problème, partez sans moi. Je vous rattraperai.

Il éperonna son cheval pendant que les filles mettaient pied à terre et s'abritaient derrière des buissons bas. La route de l'Os était à peine visible derrière la végétation.

Violette attacha son cheval.

– J'espère qu'il trouvera ses sœurs, mais j'en doute, dit-elle, à personne en particulier.

Ce n'était pas l'un des commentaires acerbes dont elle avait l'habitude. Elle énonçait simplement un fait.

– Où sont-elles, alors, si elles ne sont pas dans une maison d'hospitalité ? demanda Clémentine, le visage marqué par l'angoisse.

– Qui sait ? marmonna Mauve. Des filles sang-de-poussière disparaissent tout le temps dans la Balafre. La police ne perd jamais beaucoup de temps à les rechercher.

– Mais c'est sûrement une bonne chose, si elles ne sont pas

à la maison d'hospitalité, non ? demanda Tanaisie à Clémentine. Ça veut peut-être dire que des gens corrects veillent sur elles quelque part... des sanctifieurs, ou des Scorpions...

– Ou alors, elles sont déjà mortes, intervint sèchement Violette.

– Par le Voile, Violette, tu ne peux pas tenir dix minutes sans gâcher la journée de quelqu'un... commença Mauve.

– Silence ! chuchota soudain Aster.

Elle avait vu du mouvement du coin de l'œil. Un dévoreur remontait la route de l'Os sur un cheval de l'enfer. Les filles plongèrent toutes derrière les buissons, la main sur leurs armes.

– Oh, que les morts nous protègent, souffla Tanaisie.

Il tirait une carriole derrière lui, avec des barreaux en fer formant une cage sur la base en bois. Elle ne contenait qu'un prisonnier : une fille qui ne devait pas avoir plus de dix ans.

Une recrue pour la maison d'hospitalité.

Aster entendit Violette jurer alors que son regard croisait celui de Clémentine.

– Même à cinq, on ne pourra rien contre lui, murmura Tanaisie.

Les dévoreurs ne sentaient ni la douleur ni la peur, ce qui les rendait bien plus difficiles à combattre qu'un homme normal. Voilà pourquoi Aster avait toujours préféré les fuir.

– Alors on devrait juste rester plantées là et le laisser l'emmener ? demanda Mauve. Non, moi je dis qu'on lui tend une embuscade. Une balle dans la tête, et c'est fini.

– On ne pourra pas bien viser, dit Violette d'un air sombre. Et il n'y a pas grand-chose d'autre qui pourra l'arrêter.

Elles se tournèrent vers Aster, qui déglutit. C'était une chose de prendre un risque relativement faible pour Zee et ses sœurs – elles leur devaient bien ça –, mais courir un risque bien plus grand pour sauver une inconnue ?

Et puis il y avait d'autres facteurs à prendre en compte. Où étaient-elles censées emmener la fillette ensuite ? Comment Zee les retrouverait-il ? Que feraient-elles quand la police accourrait ? Elles ne pouvaient certainement pas se permettre un autre face-à-face avec les autorités.

On va la prendre avec nous en attendant de trouver une solution.

Zee a dit qu'il nous rattraperait si on rencontrait des ennuis.

Et la police ne pourra pas nous suivre dans les bois, une fois que les vengeants seront sortis.

Mais le dévoreur…

Il se balançait sur le dos de son cheval de l'enfer, le canon d'un fusil pointant au-dessus de son épaule. Aster sentait déjà la pression de son influence mentale sur son esprit. Il irradiait le désespoir pour que la fille reste tranquille.

Une colère brûlante et acide s'agitait dans le ventre d'Aster. Si elles ne faisaient rien, alors d'ici à quelques jours, cette petite fille serait mutilée par un médecin, défigurée par une faveur, et torturée jusqu'à ce qu'elle perde toute volonté de se battre. Sans parler du travail qu'on la forcerait à accomplir pendant des mois et des années.

– Alors, Aster ? Qu'est-ce qu'on fait ? demanda Clémentine.

Aster serra les mâchoires.

– On va faire tout ce qu'il faut pour la sauver, répondit-elle.

Son cœur tambourinait dans sa poitrine, non sous l'effet de la colère, mais de la certitude soudaine qu'elles s'apprêtaient à faire ce qui était juste.

– Dépêchez-vous, on ne peut pas les laisser entrer en ville.

Rapidement, les filles enveloppèrent leur visage dans un

foulard et chargèrent leur revolver. Pendant ce temps, Aster leur expliqua son plan dans un murmure précipité :

– Mauve, tu te serviras des bolas pour arrêter le cheval, et Violette et moi courrons libérer la fille. Quand elle sera en sécurité, Clémentine et Tanaisie pourront ouvrir le feu, et on s'enfuira toutes dans les bois.

Les autres lui lancèrent un regard déterminé. Elles allaient le faire.

– J'ai encore mal, alors je ne peux pas vous promettre de très bien viser, les prévint Mauve en fouillant dans les sacoches de selle à la recherche des bolas, une arme constituée de trois cordes en cuir brut tressé qui se terminaient par des poids hérissés de pointes. Quand on les lançait sur un animal, elles s'enroulaient autour de ses pattes. Zee les avait utilisées pour chasser du petit gibier les fois où un coup de feu aurait trahi leur présence.

Aster ignorait complètement si cela suffirait à immobiliser un cheval de l'enfer adulte.

Le dévoreur n'était plus qu'à quelques mètres désormais.

– Reculez, chuchota Mauve.

Elle se mit à faire tournoyer l'arme au-dessus de sa tête, qui produisait un vrombissement bas. Elle n'aurait qu'un essai.

Le dévoreur passa devant elles. Des yeux couleur rouille, une barbe de quelques jours, blond-roux, soulignant sa mâchoire. Aucune pitié sur ce visage.

Soudain, son corps se tendit. Il se tourna.

Mauve relâcha les bolas. Elles s'envolèrent, basses et rapides. S'enroulèrent autour des pattes avant de l'animal et s'y enfoncèrent profondément.

Oui !

La bête se cabra et poussa un hurlement surnaturel. Elle atterrit lourdement, mais ne perdit pas l'équilibre. Néanmoins, elle était immobilisée pour l'instant et se débattait pour se libérer. Il n'y avait pas de temps à perdre. Aster s'élança sur la route, suivie de Violette à cheval. Elles se précipitèrent vers la carriole. La fille semblait abattue et lente à réagir, les crochets du dévoreur encore enfoncés profondément dans son esprit.

Ne t'en fais pas, petite, pensa Aster, l'indignation lui faisant monter de la bile dans la gorge.

Je n'ai pas pu sauver Clémentine, je n'ai pas pu me sauver, mais je vais te sauver, toi.

Le dévoreur descendit de selle. Apaisa son cheval, s'agenouilla pour inspecter et détacher ses pattes. Il ne releva pas les yeux lorsque Aster sortit son pistolet. Un ruisseau de sueur coulait le long de la tempe d'Aster, et elle s'intima de ne pas se figer alors qu'elle braquait son arme sur le cadenas de la cage.

– Tout va bien, murmura-t-elle à l'intention de la petite fille, qui la dévisageait sans un mot.

Aster jeta un dernier coup d'œil au dévoreur. Il se déplaçait lentement, apparemment serein. Quelque chose dans ses mouvements tranquilles lui donna la chair de poule.

– Vas-y, souffla Violette depuis sa selle.

Aster posa de nouveau les yeux sur le cadenas. Elle appuya sur la détente.

L'air explosa. Elle recula d'un bond alors que des éclats de métal volaient et que de la fumée emplissait l'air. Tout en toussant, elle ouvrit la porte de la cage et grimpa dans la carriole.

– Qui… Qui êtes-vous ? demanda la fillette d'une voix pâteuse.

On voyait dans ses yeux qu'elle était sous le choc, pourtant elle n'avait pas même poussé un cri quand le coup de feu était parti juste à côté d'elle.

– Je m'appelle Dawn, dit rapidement Aster, sans trop savoir pourquoi elle lui donnait son vrai prénom. On va te sortir de là.

Elle la prit par la main et la fit descendre sur la route. Le dévoreur était debout et s'était enfin tourné vers elle.

– Tu as blessé mon cheval, dit-il calmement en essuyant ses mains pleines de sang sur son pantalon. Je vais te tuer.

Il lui enfonça une lance de douleur dans la poitrine. Elle eut l'impression que son cœur était écrasé par une main de géant. Elle hurla, s'effondra et se recroquevilla par terre, tandis que son pistolet tombait bruyamment. La peur rugissait dans sa tête.

– Prends-la ! Emmène-la loin d'ici ! cria-t-elle à Violette en s'efforçant de se relever.

Mais Violette s'effondra à son tour, glissant de sa selle comme un sac de grain.

Les premiers coups de feu retentirent alors que le dévoreur se dirigeait vers la petite fille qui le regardait, figée sur place, glacée de terreur. Des balles frappèrent ses côtes, sa cuisse. Il ne tressaillit même pas et détacha son propre fusil de son dos. Aster combattit la nausée et la peur qui s'abattirent sur elle tandis qu'elle rampait vers la fille.

– Non ! s'écria alors Clémentine.

Elle sortit en courant de derrière les arbres, éclair de mouvement dans un coin du champ de vision d'Aster.

Non, Clem, pensa Aster, désespérée. *Emmène les autres, fuyez.*

Clémentine leva son arme. Le dévoreur rugit et la repoussa avec la crosse de son fusil. Du sang jaillit du nez de Clémentine. Aster se leva d'un bond, éprouvant une fureur toute nouvelle, alors que l'emprise du dévoreur sur elle se défaisait. Un grondement animal lui échappa. Elle sortit son couteau de son étui et se jeta...

Le dévoreur se tourna vers elle avec une rapidité effrayante et enfonça le talon de sa main dans sa poitrine avant que la lame puisse trouver sa cible. Les jambes d'Aster se dérobèrent sous elle. Ses poumons se vidèrent. Le dévoreur s'empara de nouveau de son esprit, cette fois avec une implacabilité sans espoir qui lui fit monter les larmes aux yeux.

Elles allaient toutes mourir ici. Elle le savait désormais.

Elle avait tout essayé, mais elles allaient quand même mourir.

À travers le brouillard de ses larmes, elle vit Mauve et Tanaisie sortir des bois en courant et viser la tête du dévoreur. Elles se retrouvèrent à court de munitions avant d'avoir réussi à toucher leur cible.

Au loin, des cris.

La police arrivait.

– Montre-moi ton visage, sang-de-poussière, dit le dévoreur en s'accroupissant à côté d'elle, avant de lui arracher son foulard.

Ses doigts froids et glissants effleurèrent sa joue. Elle eut un haut-le-cœur.

Les yeux du dévoreur se mirent à pétiller quand il la reconnut.

Aster agit sans même réfléchir. Il hésitait, se demandant quoi faire d'elle, mais elle n'avait aucun doute. Elle avait su à la seconde où elle l'avait vu qu'elle le tuerait si l'occasion se présentait. Elle avait su, dès sa première nuit à la maison d'hospitalité, quand les dévoreurs l'avaient torturée pour qu'elle se soumette, qu'ils ne feraient jamais preuve d'aucune pitié et qu'ils méritaient la même implacabilité.

– Gloire au Règlement des comptes, murmura Aster, comme une malédiction, avant d'abattre son couteau sur lui.

Cette fois, il s'enfonça dans sa gorge. L'homme convulsa et ses yeux orange s'emplirent de panique alors qu'il portait les mains à sa blessure. Aster le repoussa et vomit dans la terre. Il haletait, dans un bruit de respiration humide, un son sinistre qui se fit de plus en plus faible. Jusqu'à ce que, finalement, son souffle s'arrête.

– Aster ! s'écria Clémentine en se précipitant vers elle.

Elle tenait son nez et du sang coulait entre ses doigts.

Maudit soit-il, pensa Aster.

Il avait touché Clémentine, l'avait blessée. Elle aurait voulu le tuer une deuxième fois.

– Est-ce que ça va ? demanda Clem.

Elle prit la main d'Aster et l'aida à se relever.

– Ça va, répondit-elle en toussant. Où est la fille ?

Clémentine pointa le doigt sur Violette qui aidait déjà la petite fille à monter en selle.

Que les morts soient loués, pensa Aster.

Comme en réponse, ils se mirent à hurler.

– Très bien, alors allons-y avant que la police n'arrive.

Ensemble, elles retournèrent dans les bois et montèrent leur cheval, laissant le dévoreur dans une flaque de sang maudit qui ne cessait de s'agrandir.

CHAPITRE 17

Il fallut plus d'une heure à Zee pour les rejoindre à leur point de rencontre d'urgence, une étroite crevasse dans les falaises. Il remonta jusqu'à leur refuge à une allure inouïe, arrêta brusquement son cheval et se laissa glisser de selle. Le canon de sa carabine à vengeants fumait encore.

– As-tu été suivi ? demanda calmement Aster.

Elle n'était pas là, à cet instant et en ce lieu, pas vraiment. Elle flottait quelque part en dehors d'elle-même, juste quelques centimètres à gauche, depuis qu'elle avait vu la vie quitter les yeux du dévoreur.

Zee secoua la tête.

– Seulement par les morts.

Il avait le souffle court et laborieux et entra dans l'abri en boitant : trois longs sillons laissés par les serres d'un vengeant entaillaient la chair de sa cuisse, et son jean était trempé de sang.

Violette grimaça.

– Mince ! Va rejoindre les autres.

Celles-ci étaient plus loin dans la grotte, en train de se faire soigner par Tanaisie. Clémentine saignait encore du nez. Les points de Mauve s'étaient rouverts. Et la petite fille était sous le choc. Sa peau était à vif, entre les coups de soleil, les piqûres d'insectes et les éraflures.

Zee s'arrêta brusquement à sa vue.

– Qu'est-ce que... ?

– Tu nous as dit de venir ici si on rencontrait des ennuis... eh bien, c'est elle, nos ennuis, dit Aster. On t'expliquera plus tard. Va te faire soigner.

Violette décocha un drôle de regard à Aster.

– Tu es affreusement détendue. Si je ne te connaissais pas, je croirais que tu as sifflé un peu de Chardon sucré, dit-elle à voix basse.

Ces mots semblaient venir de très loin. Aster se tourna vers elle.

– Heureusement que tu me connais, alors, répliqua-t-elle froidement.

Elle essaya de la contourner, mais Violette la prit par le bras. Aster se dégagea.

– Ne me touche pas.

– Est-ce qu'on va parler de ce qui s'est passé ce soir ? insista Violette.

– De quoi faudrait-il qu'on parle ?

– Tu as tué un homme.

Aster eut un haut-le-cœur.

– J'ai fait ce que j'avais à faire, marmonna-t-elle. Et cet « homme » avait vendu son âme il y a bien longtemps pour devenir un dévoreur. J'ai juste tué une coquille vide.

– Quand bien même, c'est un sacré truc. Et tu te comportes comme si ce n'était rien.

Aster se tourna brusquement vers elle.

– C'est toi qui me fais la morale parce que je suis trop

insensible ? Sérieusement, Violette ? Où était toute cette compassion quand tu dénonçais des filles à Mère Fleur ? Pourquoi as-tu attendu aujourd'hui pour développer une foutue conscience ?

Aster avait l'impression de ne plus contrôler son corps, et les mots lui échappaient avant même qu'elle ait pu réfléchir à ce qu'elle disait. Elle se sentait toute tremblante, comme si ses articulations se détachaient, et des frissons lui remontaient sur les bras.

Par les morts, je suis peut-être vraiment en train de perdre la tête.

Les lèvres de Violette formèrent une ligne dure.

– Je ne te faisais pas de reproches, Aster. Je voulais juste... m'assurer que tu allais bien, dit-elle avec raideur.

Elle s'éloigna avant qu'Aster puisse répondre, s'appuya contre un arbre et sortit son Chardon sucré.

Oublie-la, pensa Aster, entêtée, bien qu'elle se sentît nauséeuse. Il y avait des choses plus importantes à traiter.

Elle rejoignit les autres. Tanaisie s'occupait de la jambe de Zee. Mauve refaisait elle-même ses bandages. Et la petite fille restait accrochée à Clémentine. Des larmes séchées maculaient ses joues. Clem lui lava le visage avec un chiffon humide. Elles avaient réussi à lui soutirer son prénom un peu plus tôt – Adeline –, mais guère plus.

– Tu as faim, ma chérie ? lui demanda Clémentine.

Elle répondit quelque chose d'inintelligible.

– Pardon ? fit Clémentine.

– Un peu, répéta-t-elle un peu plus distinctement.

Aster s'assit à côté d'elle et, sans un mot, lui tendit un biscuit sec. Adeline commença à le grignoter avec un bruit de souris rongeant le plancher.

– D'où est-ce que tu viens, Adeline ? lui demanda doucement Aster.

Elle avala.

– Yellowwood... l'homme avec les beaux yeux m'emmenait vivre ailleurs. Dans un endroit où mon père m'a dit que je n'aurais plus faim.

– Une maison d'hospitalité ? demanda Aster.

Adeline hocha la tête.

– Nous aussi, nous venons d'une maison d'hospitalité, dit-elle en désignant les autres filles. Et la vérité, c'est que ce n'est pas un endroit aussi agréable que ce que cet homme vous a sûrement dit, à ton père et à toi.

Elle s'interrompit et jeta un coup d'œil à Clémentine, se demandant comment expliquer ça à la petite fille. Elle n'avait jamais été douée avec les mots, et à cet instant précis, elle ne se sentait pas en état de réconforter qui que ce soit.

– Là-bas, la faim est dans ton âme, pas dans ton ventre, poursuivit Clémentine, ayant apparemment compris la demande silencieuse de sa sœur. Et c'est bien pire.

La petite fille posa ses yeux noirs comme des boutons sur Clem. Elle n'avait aucune raison de leur faire confiance, pensa Aster. Après avoir été arrachée à son foyer, voilà qu'elle était kidnappée par des inconnues. Mais la voix douce de Clémentine semblait l'apaiser. Elle se remit à pleurer, des larmes silencieuses – sans doute parce qu'elle se sentait submergée par tout ce qui s'était passé.

– Je veux rentrer chez moi, dit-elle.

– Si tu retournes auprès de ton père, il aura des ennuis, répondit Clémentine en choisissant ses mots.

On ne pouvait pas revenir sur les marchés conclus avec les

maisons d'hospitalité. En théorie, une famille pouvait racheter sa fille – c'était l'un des arguments qui permettaient aux sang-pur de justifier cette pratique –, mais la somme dépassait ce que n'importe quel sang-de-poussière gagnait en une vie.

– Et de toute façon, la police te ramènerait à la maison d'hospitalité. Mais as-tu de la famille ailleurs ? Quelqu'un qui pourrait te cacher, peut-être ?

La fillette sembla réfléchir.

– Ma tata, répondit-elle finalement. Elle vit à Two Pines.

Aster regarda Zee pour voir si ce nom lui disait quelque chose. Il hocha la tête.

– C'est une petite ville à environ une demi-journée de voyage d'ici. Ta tata travaille dans l'exploitation agricole là-bas, Adeline ?

Elle hocha la tête.

– Est-ce qu'on devrait essayer de l'y conduire ? demanda Clémentine à Aster, d'une voix basse. On ne peut pas l'emmener à Northrock. C'est trop dangereux.

– Ce sera aussi dangereux de l'emmener à Two Pines, murmura Aster. Ça nous fait faire un détour, et on risque de s'exposer. Et si sa tante veut la renvoyer à la maison d'hospitalité ?

– Alors on lui expliquera, répondit Clem. On lui expliquera pourquoi elle ne peut pas faire ça.

Aster hésita. Mais elle n'avait pas sauvé cette petite pour lui attirer encore plus d'ennuis en l'emmenant à Northrock.

– Très bien, Adeline, on va te conduire chez ta tante demain à la première heure, dit Aster. Maintenant, tu vas te reposer un peu, d'accord ? La journée a été longue. Ne t'inquiète pas. On va veiller sur toi.

Aster la laissa aux bons soins de Clem et poussa un long soupir. Elle déroula son tapis de sol et s'y installa. Cette sensation de malaise tremblant ne l'avait pas quittée. Elle regarda l'endroit où Violette était assise, à l'entrée de la crevasse, le visage offert au vent pour rafraîchir sa peau couverte de sueur fiévreuse à cause du sevrage. Violette, la seule qui avait vu clairement le calme mortel d'Aster et avait compris de quoi il s'agissait : d'un épuisement mortel. Le même que celui qui tombait sur Aster après une nuit particulièrement difficile à la maison d'hospitalité. Violette l'avait sans doute ressenti des centaines de fois.

Je ne te faisais pas de reproches, Aster. Je voulais juste... m'assurer que tu allais bien.

Je ne vais pas bien, pensa alors Aster.

Je ne vais pas bien.

C'était une simple pensée, mais elle avait quelque chose d'énorme et de terrifiant. Elle ne pouvait pas se permettre de penser comme ça. Elle devait être forte. La faiblesse n'était pas une option, ne l'avait jamais été. Clémentine comptait sur elle. Mauve et Tanaisie aussi. Et maintenant cette petite fille...

Mais cette pensée se répétait, de plus en plus forte. Elle s'était échappée. Elle ne pouvait pas la renfermer.

Je ne vais pas bien.

Ces mots l'emportèrent sur un courant sombre dans un sommeil agité.

Le lendemain matin, ils se réveillèrent de bonne heure et se mirent en route pour Two Pines, se frayant un chemin vers le nord dans la forêt de plus en plus dense. Le vert des arbres s'intensifiait, le sol s'assombrissait, devenait plus tendre sous leurs pieds. Ils étaient proches de la fin de la Balafre désormais. Il y avait moins de policiers dans le reste d'Arketta, mais aussi moins de sang-de-poussière. Même en couvrant leurs faveurs, les filles attireraient plus l'attention.

Aster essayait de ne pas trop s'inquiéter pour ça. Remettre Adeline saine et sauve à sa tante lui causait déjà bien assez de souci. La jeune fille montait avec Tanaisie, pour laquelle elle s'était prise d'affection, et Mauve avec Zee.

– Tu es contente de revoir ta tante, Adeline ? demanda Tanaisie. Comment s'appelle-t-elle ?

– Ruth, répondit-elle.

Cette nuit de sommeil semblait lui avoir fait du bien et elle regardait la forêt autour d'elle avec un ravissement évident, désignant chaque oiseau, chaque scarabée. Sans doute, comme la plupart des gens, n'était-elle jamais sortie de sa ville natale – jusqu'à maintenant.

– Je ne l'ai jamais vue, poursuivit-elle, confirmant les soupçons d'Aster. Ou du moins, seulement quand j'étais bébé. Mais ma maman parlait tout le temps d'elle. Elle disait qu'elles étaient inséparables, quand elles étaient petites. Elle est morte l'année dernière, ma maman... un vengeant l'a eue.

– Je suis navrée de l'apprendre, dit Tanaisie. Moi aussi, j'ai perdu ma mère.

Aster et Clémentine les suivaient, dans un silence agréable. Aster avait les idées un peu plus claires maintenant qu'il faisait jour, s'étant débarrassée du malaise qui s'était emparé d'elle la veille. C'étaient sans doute les séquelles de l'attaque du dévoreur, se disait-elle. Elle se félicitait d'avoir descendu ce salaud.

– C'est étrange de penser qu'on va bientôt quitter la

Balafre, dit Clémentine en arrachant une feuille lustrée en forme d'étoile sur un arbre.

Elle la pressa contre son nez et inhala. Aucune d'elles n'avait jamais vu autant de verdure auparavant.

– Tu pensais qu'on arriverait aussi loin ? demanda-t-elle.

– J'ai pris chaque jour l'un après l'autre, avoua Aster.

Au début, l'idée de trouver Lady Fantôme lui avait paru aussi probable que s'enfuir sur la lune. Mais maintenant...

– Tu penses qu'on rentrera chez nous, un jour ? demanda Clem. Moi non. Mais c'est tellement dur de s'imaginer ne jamais y retourner.

– Tu ne veux pas retrouver papa et maman ? demanda prudemment Aster.

Clémentine garda le silence un instant.

– Je pense qu'ils voudraient qu'on soit heureuses, répondit-elle finalement. Je pense qu'ils voudraient qu'on soit en vie. Même si ça signifie ne plus jamais nous revoir. Après tout, c'est pour ça qu'ils nous ont envoyées à Green Creek, à la base.

Mais Aster entendait la nostalgie dans sa voix. Il était impossible de savoir si leurs parents vivaient toujours dans le même camp, ou même s'ils étaient encore en vie. Aster avait fait son deuil le jour où ils l'avaient abandonnée. Mais Clémentine, comme toujours, espérait le meilleur. Peut-être imaginait-elle leur famille réunie et heureuse un jour.

Aster savait bien que ce jour n'arriverait pas.

Il était presque midi quand ils atteignirent Two Pines. Après une longue discussion, Violette et Aster décidèrent d'aller seules rencontrer la tante d'Adeline. Il était inutile de mettre en péril la sécurité de tout le monde, et un grand groupe se ferait plus remarquer. Zee et les autres les attendraient dans la forêt à un point de rendez-vous pendant qu'elles se rendraient sur l'exploitation agricole.

– Laisse-moi parler, marmonna Violette alors qu'elles s'engageaient sur la route. Personne ne va croire que tu es un éclaireur honnête – ou un honnête quoi que ce soit, d'ailleurs.

Aster se hérissa.

– À mon avis, c'est plutôt moi qui vais devoir la rassurer sur ton compte. Quand elle verra ton ombre, cette femme va te claquer la porte au nez. Et qui pourrait le lui reprocher ?

Violette poussa un petit *pfff*. Leur plan était de convaincre la tante d'Adeline qu'elles étaient deux éclaireurs ayant trouvé la petite fille abandonnée. Mauve leur avait montré comment bander leur poitrine pour l'aplatir, une habitude qu'elle-même avait prise depuis qu'elle avait quitté Green Creek, afin de passer plus facilement pour un homme. Et Zee leur avait donné son badge d'éclaireur, qu'elles pourraient montrer aux autorités pour prouver qu'elles n'étaient pas des vagabondes. Tant qu'elles repartaient avant que la lueur de leurs faveurs ne transperce leurs foulards, leur couverture demeurerait intacte.

Malgré tout, une appréhension grandissante serrait la gorge d'Aster. Elle espérait que la tante d'Adeline serait trop contente de revoir sa nièce pour se poser des questions sur ceux qui la lui avaient amenée.

Aster suivit les panneaux sur le bas-côté d'une route secondaire qui menait à la ferme de M. Cottenham, où, d'après Adeline, sa tante travaillait dans les champs de tabac. L'exploitation se situait à moins d'un kilomètre à l'est de la ville de Two Pines, où vivaient les sang-pur. Les baraques qui bordaient la mer de feuilles de tabac rappelaient exactement à Aster la maison dans laquelle elle avait grandi : bâties avec impatience et des matériaux bon marché, au bois patiné et grinçant, aux toits se pliant sous leur poids, comme pour s'excuser. Il n'y avait pas de mur aveugle pour protéger ces maisons des vengeants, seulement de grossiers repousseurs en fer et des bouquets de *Melochia tomentosa* séchée pendus aux fenêtres. Plusieurs familles étaient assises dehors sur des bancs et mangeaient leur déjeuner en buvant des louches d'eau tirée du puits.

Aster et Violette mirent pied à terre avant d'aider Adeline à descendre.

– Bonjour, messieurs. On ne voit pas souvent d'étrangers par ici, lança un homme âgé qui les observait d'un air méfiant par-dessous son chapeau de soleil, tout en mâchonnant du tabac.

Il posa les yeux sur l'ombre de Violette, mais ne fit aucun commentaire.

– Nous recherchons une certaine Ruth, dit Violette d'un ton brusque, prenant sa voix la plus autoritaire et montrant son badge au vieil homme. Cette petite fille est de sa famille.

Elle désigna Adeline. L'expression du vieil homme s'adoucit à la vue de la petite.

– Ruth Shepard ?

Adeline hocha la tête, et l'homme sourit.

– Je vais vous conduire jusqu'à elle.

Il leur fit traverser le camp. Les travailleurs portaient leur épuisement comme de lourds manteaux, et deux dévoreurs faisaient des allées et venues dans les rangées de tabac, s'assurant que personne ne prenait de retard ou n'essayait de semer le trouble.

Bon sang, pensa Aster quand elle les vit.

C'était la dernière chose dont elles avaient besoin.

L'homme les conduisit jusqu'à une maison possédant un minuscule jardin fleuri et un repousseur en fer qui représentait des petites filles en train de sauter à la corde. Adeline l'observa curieusement et imita leur pose.

– Reste tranquille, Addy, murmura Aster.

Elle s'humecta les lèvres lorsque le vieil homme frappa à la porte.

– En général, Ruth est chez elle à cette heure-ci, mais elle peut être chez les voisins, dit-il. Elle et Mme Crane aiment jouer aux cartes à l'heure du déjeuner avec quelques autres dames. Il ne faut pas le dire à M. Cottenham, bien sûr. Il n'aimerait pas savoir que certains d'entre nous jouent avec son lustre, encore moins une bande de femmes…

Mais alors, la porte s'ouvrit. Une femme aux cheveux striés de gris et à la peau brune burinée se tenait devant elles, maigre comme une tige, avec les mêmes yeux sombres qu'Adeline.

– Walter ? Qui sont ces deux-là ?

– J'espérais que tu le saurais. Ils disent que cette petite est de ta famille.

– Tata Ruth ? demanda Adeline en s'avançant d'un pas, hésitante.

La femme porta la main à sa gorge, sous le choc. Ses yeux s'écarquillèrent.

– Adeline ?

Walter sourit.

– Je vais vous laisser. Vous savez où me trouver si vous avez besoin de quoi que ce soit.

Ruth les fit entrer et referma la porte. Aster éprouva une

nostalgie presque physique en regardant autour d'elle. Si elle avait remplacé les couvertures en laine filée par celles de sa mère, il aurait aussi bien pu s'agir de sa maison d'enfance.

Ruth serra avec force Adeline dans ses bras et embrassa le sommet de son crâne. Des larmes coulaient sur leurs joues à toutes deux.

– Je pensais ne jamais te revoir, dit-elle en relâchant Adeline pour pouvoir mieux l'observer.

Une vague de soulagement inonda le corps d'Aster. Ruth n'allait pas rejeter sa nièce. C'était évident.

– Je ne comprends pas comment c'est possible. J'ai reçu une lettre de mon beau-frère m'annonçant qu'il allait vendre Addy à une maison d'hospitalité. J'ai tout fait pour l'en dissuader, j'ai même proposé d'accueillir ma nièce chez moi, mais il a répondu qu'il avait besoin de ce lustre, point final.

Ruth lissa les cheveux de la petite fille avec ses doigts. Un grand sourire fendait le visage d'Adeline. Pas une fois, malgré tous leurs efforts pour lui remonter le moral ces deux derniers jours, Aster ne l'avait vue sourire. Son cœur se gonfla sous l'effet d'une joie qu'elle n'avait plus éprouvée depuis…

Eh bien, depuis qu'elle avait eu l'âge d'Addy.

– Elle ressemble tellement à ma sœur au même âge, reprit Ruth en se redressant avec peine. C'est nous dehors, vous savez, les deux repousseurs qui jouent à la corde à sauter. Vous la connaissiez, ou… (Un nuage assombrit son enthousiasme.) Comment avez-vous trouvé Adeline, au fait ?

– Nous sommes des éclaireurs, répondit Violette avec aisance. Nous travaillons ensemble. Nous avons trouvé Adeline alors que nous allions vers le nord pour une mission, apparemment abandonnée par le dévoreur censé l'emmener à la maison d'hospitalité.

– Mais pourquoi ?

Violette haussa les épaules.

– Qui connaît les motivations d'un homme sans âme ? Peut-être une opportunité professionnelle plus lucrative s'est-elle présentée. Quoi qu'il en soit, ça ne nous semblait pas bien de laisser Adeline seule dans la nature.

– Oui, bien sûr, dit Ruth d'un air absent, mais le nuage s'obscurcissait. Alors... alors vous l'avez volée au système des maisons d'hospitalité, c'est ça ? Elle est ici illégalement ?

Aster hésita, son sourire oscilla.

– Vous préféreriez qu'on la leur ramène ?

– Non, bien sûr que non. Ma sœur voudrait que je m'occupe d'elle, j'en suis certaine. Mais... (Elle hésita, puis baissa la voix.) Quelqu'un va venir la chercher, non ? La maison d'hospitalité, ou la police ? Les deux ? Et si vous m'avez trouvée aussi facilement, ils ne mettront pas longtemps à me trouver eux aussi.

Adeline s'était mise à explorer sa nouvelle maison, ouvrant tiroirs et placards, apparemment inconsciente du danger qui la guettait encore.

– Avez-vous un endroit où aller ? demanda Violette en échangeant un regard inquiet avec Aster.

Aster ne savait pas trop à quoi elle s'était attendue quand elles avaient attaqué le dévoreur tête baissée. Elle avait été certaine que c'était la bonne chose à faire, mais elle n'avait pas planifié la suite. Et après, elle avait espéré que la tante d'Adeline saurait quoi faire. Mais tout ce que cette femme venait de dire était vrai. Et si Aster et Violette lui offraient seulement une condamnation à mort ?

Et Addy...

Aster fixait la femme, la bouche sèche.

– Il faut que vous partiez.

Ruth cligna des yeux.

– Je... je suppose qu'on pourrait partir loin d'ici et recommencer de zéro dans une autre ville. On pourrait peut-être changer de nom, d'apparence... mais je n'ai pas assez de lustre pour ça. Pas de lustre du tout, en fait.

Elle balaya du regard sa petite maison. Aster se rendit compte qu'elle ne contenait rien que Ruth puisse vendre : la maison elle-même, tous les meubles, la vaisselle, les vêtements lui avaient été prêtés par le propriétaire terrien, M. Cottenham, et leur coût total avait été ajouté à la dette de sa famille.

– Je peux promettre de l'aimer comme ma propre fille, mais je ne peux pas promettre d'assurer sa sécurité, poursuivit Ruth. Peut-être... peut-être vaudrait-il mieux pour elle qu'elle retourne à la maison d'hospitalité. Au moins, ils pourront prendre soin d'elle...

La peur poignarda Aster en plein ventre. Un souvenir venait de jaillir de son esprit, où elle l'avait enterré, et remontait de force à la surface, tel un monstre refusant de mourir. Le moment où ses parents lui avaient annoncé qu'ils les vendaient, Clémentine et elle, à la maison d'hospitalité. La trahison qui l'avait si complètement brisée qu'elle n'avait jamais réussi à se reconstruire.

Tu seras mieux là-bas, Dawn. La voix de sa mère, d'une douceur et d'un réconfort trompeurs. *Je te promets qu'ils prendront soin de toi.*

– Attendez, l'interrompit-elle alors, si rapidement qu'elle oublia de prendre une voix d'homme, ce qu'elle dissimula dans un toussotement. Il faut que mon partenaire et moi en discutions.

Elle fit signe à Violette de la suivre dehors, s'efforçant de cacher à quel point elle était ébranlée. Elle referma la porte derrière elles. Violette posa les mains sur ses hanches, plissa les yeux à la lumière du soleil.

– Qu'y a-t-il à discuter ? demanda-t-elle. On ne peut rien faire de plus pour elles.

– Si. Il le faut.

Aster se dirigea vers leur jument noire et plongea la main dans la sacoche de selle. Elle en sortit la bourse alourdie par tout le lustre qu'elles avaient rassemblé depuis Green Creek.

Violette écarquilla les yeux.

– Non...

– Violette, on n'a pas le choix. Ils vont venir ici, ils vont venir et tuer la tante, tu le sais. Et ensuite, ils emmèneront Adeline à la maison d'hospitalité. Il faut qu'elles s'en aillent, et pas qu'elles se terrent dans un trou en attendant d'être tuées. Il faut qu'elles puissent commencer une nouvelle vie suffisamment loin pour que les dévoreurs abandonnent leur recherche. Et pour ça, elles ont besoin de lustre, de beaucoup de lustre. Ou tout ça n'aura servi à rien.

– Si tu ne... si on ne garde pas ce lustre pour nous, alors c'est toute cette foutue cavale qui n'aura servi à rien, siffla Violette. Lady Fantôme...

– On ne peut pas les laisser mourir ! répliqua Aster d'une voix basse, mais tremblante de colère. Et on ne peut pas laisser cette petite fille subir ce qu'on a subi.

Violette soupira et referma ses mains sur sa tête.

– Ce n'est pas que je m'en fiche. Vraiment. Je te promets

que je ne suis pas une garce au cœur noir, comme tu sembles le croire.

Aster tressaillit. De toute évidence, Violette n'avait pas oublié ses mots de la veille.

– C'est juste que parfois, il faut savoir se montrer raisonnable. Prendre des décisions difficiles. Et si tu ne fais pas retirer ta faveur, tu mourras aussi, Aster. Vous mourrez toutes.

Aster se voûta. Regarda par la fenêtre. Ruth avait fait asseoir Adeline à la table de la cuisine et lui servait du thé, si calme face à ce chamboulement soudain de son univers.

Elles ont une chance de vivre la vie qu'on nous a volée, à Clémentine et à moi.

– On va au moins leur donner ma part, alors, proposa Aster.

– Ne sois pas ridicule. Ce n'est pas assez pour changer quoi que ce soit. À moins que tu ne veuilles leur donner la part de Clem, aussi ?

Aster ne dit rien, mais les coins de sa bouche se crispèrent.

– C'est bien ce que je pensais.

La brise soufflait entre elles, transportant l'odeur sucrée des plants de tabac. Les travailleurs avaient fini leur repas et rassemblaient leurs affaires désormais, se préparant à retourner aux champs. La faveur d'Aster la brûlait plus intensément sous le tissu de son foulard. Elles n'avaient plus beaucoup de temps.

– Écoute, c'est aussi simple que ça, reprit finalement Aster. Nous, on pourra trouver une solution, comme toujours. Mais pour elles, c'est la seule chance.

Violette se frotta les yeux avec le dos de ses mains.

– Sois maudite, Aster, marmonna-t-elle.

– Les autres comprendront. Si elles étaient ici, elles feraient le même choix.

Elle savait dans son cœur que c'était vrai.

– Bien sûr que oui. Elles ont le cœur tendre, comme toi. Et elles feront tout ce que tu leur demandes, car tu es leur leader. C'est pour ça que tu dois te montrer raisonnable. Si tu avais été chef des filles, tu le saurais.

– Ne me ressors pas cette vieille rengaine. Tu ne pensais qu'à toi, à la maison d'hospitalité. Tu l'as reconnu toi-même.

– Il le fallait bien. Personne d'autre ne l'aurait fait, se justifia-t-elle, mais alors, elle sembla prendre une décision, et son visage se figea dans une expression qui ressemblait presque à de l'ennui. Peu importe, fais ce que tu veux. Donne-lui le lustre, si ça peut te faire du bien. Je veux juste partir d'ici.

Aster déglutit et hocha la tête, soulagée. Pourtant, le doute tournoyait toujours dans son esprit lorsqu'elles frappèrent et attendirent la réponse de Ruth. Si directe que se soit montrée Violette, elle avait tout de même épargné Aster en taisant l'évidence : elles ne pourraient jamais retrouver autant de lustre dans le peu de temps qu'il leur restait.

Mais si vrai que ce soit, si honorables qu'aient été leurs motivations, c'était leur faute si Adeline était recherchée par la police.

Elles l'avaient mise dans cette situation, et elles devaient l'en sortir.

Ruth entrouvrit la porte et les regarda d'un air interrogateur.

– Merci pour votre patience, madame Shepard, commença Aster. Nous avons discuté, et nous avons un peu de lustre de côté que nous aimerions vous donner. Ça vous aidera à commencer une nouvelle vie ailleurs, aussi loin que vous pourrez aller. (Elle lui tendit la bourse.) Il y a un peu plus de cinq mille aigles là-dedans. Ça devrait suffire.

Ruth écarquilla les yeux.

– Je ne peux pas accepter.

– Je vous en prie, insista Violette avec une sincérité qui étonna Aster. Pour Adeline.

– J'aurais aimé que quelqu'un fasse la même chose pour ma sœur, ajouta Aster.

Ruth prit la lourde bourse. Ses yeux luisaient de larmes, qu'elle essuya rapidement.

– Je ne sais pas comment vous remercier... par le Voile...

Aster leva les mains.

– Nous sommes honorés d'avoir pu vous aider.

Ruth les remercia encore et les serra dans ses bras. Une terrible nostalgie envahit Aster, suivie d'une bouffée de fierté et de satisfaction telle qu'elle n'en avait jamais éprouvé. Braquer les bluffeurs lui avait toujours procuré un afflux de plaisir, certes, mais ça, c'était comme un repas copieux qui vous tenait au corps pendant des jours. L'espace d'un instant, toute sa souffrance et sa honte disparurent.

Ça, pensa-t-elle en poussant un soupir frémissant.

C'est pour ça que je suis là.

C'est alors qu'elle entendit des voix derrière elles. Elle se retourna, le cœur serré. Walter, accompagné d'une demi-douzaine de travailleurs armés de faucilles et d'autres outils, se dirigeait d'un pas déterminé vers la maison.

– Je savais que vous n'étiez pas nettes, cria-t-il d'une voix dure, accusatrice. Elles ne sont pas qui elles prétendent être, Ruth ! Ce sont les filles de Green Creek. Ça, c'est un des chevaux volés. (Il brandit un avis de recherche pour le prouver.)

Attrapez-les, les gars ! Et n'oubliez pas, McClennon les veut vivantes !

Aster n'eut pas le temps d'intégrer la tournure des événements, ni même de monter sur son cheval avant que Walter ne brandisse sa faucille. Elle prit la main de Violette et décampa à pied.

– Viens ! cria-t-elle.

Elles piquèrent un sprint sur la terre compacte, côte à côte, jusqu'à disparaître dans l'ombre verte et fraîche des champs de tabac. Le cœur d'Aster tambourinait dans sa poitrine au rythme de ses pas, dont l'impact se répercutait dans tous ses os.

– Ils ne vont pas faire de mal à Ruth et à Adeline, n'est-ce pas ? demanda Violette, déjà essoufflée.

– Ils n'ont aucune raison de s'en prendre à elles, répondit Aster en haletant, bien qu'elle essayât surtout de se rassurer.

La bande était sur leurs talons, et le bruit de leurs pas retentissait derrière elles.

Elles n'arriveraient pas à leur échapper bien longtemps.

Aster arracha son foulard. De toute manière, elles avaient été reconnues, et la douleur les ralentissait. Il fallait qu'elles retournent dans la forêt, au point de rencontre où les attendaient Zee et les autres.

Et on leur amène directement des ennemis...

– Par ici, siffla-t-elle à Violette, réprimant cette pensée.

Elle partit sur un côté, courant à travers les rangs de plants plutôt que de les longer. Leur seul espoir était de semer ces hommes dans ce labyrinthe de verdure.

Les branches lui fouettaient le visage. L'odeur du tabac lui faisait tourner la tête. Un coup de feu détona au loin. L'un des hommes devait avoir un pistolet.

Et puis il y avait les dévoreurs...

– Je... vois... le bout ! haleta Violette.

Un instant plus tard, elles sortirent du champ. Aster traversa la courte bande d'herbe qui bordait les bois et plongea entre les arbres. Le point de rendez-vous se trouvait à environ quatre cents mètres.

Elles parcoururent cette distance en un peu plus d'une minute.

– Aster ? On a entendu des coups de feu... commença Zee quand elles déboulèrent.

– Pas le temps d'expliquer. Ils sont juste derrière nous. Il faut qu'on fiche le camp d'ici.

Violette prit une grande bouffée d'air quand elles s'arrêtèrent. Aster commença à détacher les chevaux.

– On a dû abandonner notre jument, poursuivit Aster. Clémentine, monte avec Zee ; Violette, avec moi.

Le fracas des poursuivants roulait vers eux comme un raz-de-marée. D'autres détonations retentirent, ainsi que des jurons et des cris. Ils ne devaient pas être à plus de trente mètres d'eux.

– Par le Voile, jura Mauve alors que les hommes sortaient d'entre les arbres.

– Il y a aussi des dévoreurs, dit Aster d'un air sombre. Et la police ne va sans doute pas tarder.

Ils lancèrent leurs chevaux au galop et s'enfoncèrent dans les bois. Les hommes ne pourraient pas les poursuivre, mais les policiers seraient eux aussi à cheval. Et ils étaient probablement en alerte rouge, vu le bazar qu'Aster avait causé à Clearwater.

Elle jeta un coup d'œil à Zee, dont le visage était fermé sous le bord de son chapeau. Il semblait penser la même chose.

– Comment va-t-on les semer cette fois ? demanda Aster, le vent emportant presque ses mots.

Il secoua la tête, les yeux rivés devant lui.

– Ça va être compliqué, Aster. Il y a toujours plus de policiers à la bordure de la Balafre.

Les bras de Clémentine étaient serrés autour de sa taille.

– Alors que doit-on faire ? demanda-t-elle.

– J'ai une idée. Mais c'est dangereux, dit-il, regardant enfin Aster. La nuit va bientôt tomber. Les vengeants vont sortir. Si je les conduis jusqu'aux policiers, vous pourrez vous échapper avec la bague de théomite...

– Zee, non, l'interrompit Clémentine.

Aster agrippa la crinière de son cheval lorsqu'il trébucha en contournant un arbre.

– ... vous pourrez continuer jusqu'à la prochaine ville, Stonegate, poursuivit-il, inexorablement. Il y a une gare, là-bas. C'est le premier arrêt sur la ligne qui va jusqu'à Northrock...

– Zee, tu viens avec nous, lança Mauve, un peu derrière eux.

– Non, intervint alors Aster, un respect nouveau se nichant dans sa poitrine. C'est moi qui vais aller avec Zee.

– Non ! cria Clémentine. Pas vous deux.

Zee adressa un bref signe de tête à Aster. Il arrêta son cheval. Aster et Mauve l'imitèrent.

– Elle a raison, Clémentine, dit-il doucement. Aucun cheval ne peut porter trois cavaliers adultes. Quelqu'un doit rester avec moi.

– Moi, alors. C'est moi qu'ils veulent vraiment...

– Non, la coupa Aster, qui mettait pied à terre. Je suis venue jusqu'ici pour te sauver, Grace, tu entends ? Je ne vais pas abandonner maintenant.

– Aster... tu es sûre ? demanda Tanaisie. On pourrait peut-être...

– Ma décision est définitive.

Il fallait qu'elle mette un terme à cette discussion. Ils ne conserveraient pas longtemps leur avance sur les policiers. Clémentine descendit de sa selle, le visage maculé de larmes.

– Promets-moi que vous me rattraperez, murmura-t-elle en étreignant Aster, dont le cœur battait à toute vitesse.

– Je ne veux pas que vous nous attendiez. C'est trop dangereux...

– Promets-le-moi.

Aster n'avait jamais menti à sa sœur. Elle n'avait pas l'intention de commencer maintenant. Mais alors, elle releva les yeux et vit Violette lui adresser un minuscule signe de tête.

– Je te le promets, chuchota-t-elle, disant à sa sœur ce qu'elle avait besoin d'entendre. Bonne fortune.

Clem expira, la remercia et monta derrière Violette, puis elle hésita, comme si elle avait des mots coincés dans la gorge. Mais Violette éperonna leur cheval et elles partirent.

Le ciel avait viré au cramoisi à mesure que le soleil s'enfonçait dans le ciel. Les ombres s'étaient agrandies et obscurcies. Et, au sud, ténu mais de plus en plus fort, on entendait le son d'une centaine de sabots au galop.

– Bonne chance ! cria Clémentine par-dessus son épaule.

Aster et Zee les regardèrent s'éloigner et disparaître dans

les profondeurs de la forêt. Puis il détacha sa carabine de son dos et la tendit à Aster.

– J'espère que tu t'es entraînée autant que tu le prétends, dit-il sans aucune trace de son humour habituel. Tu vas en avoir besoin.

CHAPITRE 18

Aster regarda la carabine comme si c'était un serpent vivant entre ses mains.

– Ce n'est pas plutôt toi qui devrais la prendre ? demanda-t-elle.

Ça avait déjà été suffisamment difficile de tirer sur le cadenas de la cage, et pourtant, il ne s'était agi que d'un petit pistolet et d'un fichu objet.

– La dernière fois que j'ai essayé de tirer tout en dirigeant mon cheval, voilà ce qui s'est passé, répondit-il en tapotant sa cuisse blessée. Je te laisserais bien prendre les rênes, mais Nugget me connaît mieux. Tu peux y arriver, Aster.

Il entailla alors la paume de sa main.

– Zee, qu'est-ce que... ?

– Il faut qu'on attire les vengeants.

– Ce ne sont pas des créatures vivantes. Ils ne peuvent même pas sentir le sang.

Il avait perdu la tête.

– Non, mais ils sont attirés par la douleur et la peur, et il n'en faudra pas beaucoup pour les mettre en appétit, vu comme nous sommes déjà effrayés. (Il grimaça et lui tendit son couteau.) Fais-le aussi.

– Zee… Je ne sais pas si…

Alors qu'elle parlait, le soleil s'enfonça sous l'horizon, et la forêt se retrouva plongée dans le noir. Les vengeants se mirent à gémir, doucement d'abord, puis de plus en plus fort. Le pouls d'Aster rugissait entre ses oreilles.

Elle se coupa la paume.

Elle vit le sang avant de sentir la douleur, et il y en avait beaucoup. Toute sa main était peinte en rouge. Des petits ruisseaux coulaient sur son poignet et jusqu'à son coude. La blessure palpitait au rythme de son cœur. Sa paume la brûlait comme si elle était en feu. Zee lui donna un bandage, mais la tête lui tournait déjà.

– Reste concentrée, dit-il. Quand les vengeants seront là, on les mènera droit sur la police. On va s'en sortir, c'est promis.

Elle se demanda s'il mentait lui aussi.

Les policiers se rapprochaient, sans faire le moindre effort pour dissimuler leur progression. À intervalles réguliers, ils criaient le même avertissement :

– ATTENTION. VOUS ÊTES EN ÉTAT D'ARRESTATION. JETEZ VOS ARMES. AVANCEZ LES MAINS EN L'AIR.

Et si les policiers arrivaient avant les vengeants ? S'il n'y avait pas assez de vengeants pour les arrêter ? Si…

Zee monta sur son cheval et aida Aster à le rejoindre afin qu'ils soient prêts à partir dès que la police serait assez proche. Elle faillit laisser tomber la carabine quand elle s'assit derrière lui. C'était plus difficile de la tenir avec sa main blessée.

– Il y a combien de balles là-dedans ? demanda-t-elle d'une voix tremblante.

Elle sentait que les vengeants venaient aussi, leurs ailes battant l'air et produisant de courtes rafales hachées.

– Six, répondit Zee en caressant l'encolure de Nugget pour la calmer. Elle est longue à recharger, trop longue. Alors, ne tire que si c'est nécessaire.

Leur souffle formait un brouillard devant eux. La température chutait rapidement. Malgré ça, une perle de sueur coulait sur le front d'Aster. Elle l'essuya du revers de son poignet. Fixa l'obscurité, tressaillant au moindre mouvement. Elle ne se sentait pas plus en sécurité avec cette carabine entre les mains. C'était comme d'essayer de se débarrasser d'un orage en tirant dessus.

Alors, elle le vit : un éclair argenté dans le clair de lune qui fonçait vers eux, aussi rapide qu'un coyote. Elle leva sa carabine…

– Attends ! lança Zee en faisant faire demi-tour à sa jument, de sorte que le vengeant les manqua de peu, ses serres effleurant le visage d'Aster. Il ne faut pas leur faire peur tout de suite. Il nous en faut plus.

Combien ?

La forêt semblait bouillonner de vengeants désormais, et des branches se brisaient sur leur passage. Leurs cris inarticulés et haut perchés se déversaient sur Aster comme une vague. Son cuir chevelu se crispa. Son cœur tapait contre sa cage thoracique. Elle sentit plus qu'elle ne vit un autre vengeant plonger sur elle…

– MAINTENANT ! ordonna Zee.

Elle dirigea la carabine vers le haut et tira à l'aveugle dans le noir. La détonation fendit la nuit dans un rugissement et un éclair de feu, et le soubresaut de l'arme faillit la faire tomber de selle. Le vengeant poussa un hurlement de douleur et recula, mais un autre le suivait de près. Zee enfonça enfin ses éperons et le cheval partit à toute allure, attirant les vengeants derrière lui.

Le vent soufflait sur le visage d'Aster alors qu'ils galopaient en direction des policiers. Elle essayait de contenir la panique qui la prenait toujours quand elle se servait d'une arme à feu. De ravaler le vomi qui remontait dans sa gorge. Elle ne pouvait pas se permettre de perdre ses moyens. Pas maintenant, pas ici.

– Tiens bon ! s'écria Zee en accélérant encore.

Les branches leur égratignaient les bras et les jambes. Les os d'Aster s'entrechoquaient à chaque coup de sabot. Elle sentait au moins deux vengeants à leur niveau, un de chaque côté. Elle hésita, ne sachant pas trop dans quelle direction tirer. Alors, celui sur sa droite plongea, planta ses crocs dans son mollet et tira...

Elle hurla et fit feu à deux reprises sur son assaillant, puis une troisième pour faire fuir l'autre vengeant sur leur gauche.

Plus de la moitié des munitions sont déjà épuisées.

– Ça va ? cria Zee.

– Ça va aller, répondit-elle, même si sa jambe la lançait tandis que sa vision se brouillait.

Des cris humains retentirent quelque part devant eux. Les policiers avaient entendu les coups de feu.

– Bon, on y est presque, dit Zee, et en effet, Aster distinguait les silhouettes sombres de policiers à cheval se dirigeant vers eux, à environ trente mètres de là.

Au moins deux douzaines d'hommes, dont certains portaient des torches de *Melochia tomentosa* : assez pour repousser un ou deux vengeants chacun, mais certainement pas la horde que Zee et Aster leur amenaient.

– ARRÊTEZ-VOUS ! cria le premier policier.

Zee ne ralentit pas.

Quelques coups de feu épars retentirent.

– Je pensais qu'ils n'avaient pas le droit de nous tuer, rugit Zee en baissant la tête.

– Je suppose qu'ils préfèrent ramener nos cadavres plutôt que de nous laisser filer une fois de plus, répondit Aster d'un air sombre.

Sa jambe était trempée de sang désormais, et un autre vengeant gagnait du terrain grâce à ses ailes lourdes et puissantes.

Ils n'étaient plus qu'à quinze mètres des policiers.

– Merde, jura Zee en basculant contre Aster et en se tenant l'épaule.

Il avait été touché. Le cheval hésita, livré à lui-même. Ils perdirent de la vitesse.

Zut...

Aster se retourna et tira sur le vengeant éclairé par la lune juste au-dessus d'eux, les serres sorties et les mâchoires béantes. Il couina et sa silhouette vacilla quand il se détourna et s'enfuit.

Dix mètres. Zee avait repris les rênes, le souffle court. Ils reprirent de la vitesse. Foncèrent vers le groupe de policiers.

– ARRÊTEZ-VOUS TOUT DE SUITE...

Zee poussa un hurlement sauvage, désespéré. Aster braqua sa carabine par-dessus son épaule et tira sa dernière cartouche pour forcer le chef de police à se pousser de leur chemin. Alors, ils se ruèrent sur la patrouille, suivis d'une horde de vengeants.

Le chaos.

Une salve de coups de feu détona autour d'eux. Aster et Zee se baissèrent en se couvrant la tête. Les hommes hurlaient, attaqués par les vengeants qui les arrachaient à leurs chevaux ou les emportaient entre les arbres. Les cris des vivants et des morts s'élevaient dans un chœur qui glaçait le sang d'Aster.

Les policiers ne mirent pas longtemps à faire demi-tour et à partir au galop, non pour suivre Aster et Zee, mais pour fuir cette horde grouillante. Ils s'éparpillèrent dans tous les sens. L'odeur du sang et de la poudre épaississait l'air. Zee profita de la confusion pour semer les vengeants et leurs nouvelles proies. Aster éprouva un faible espoir quand ils partirent vers le nord. Vers Stonegate. Vers leurs amies.

On a réussi.

Un accès d'euphorie chassa sa peur. Pendant un moment, ils gardèrent tous deux le silence, écoutant le rythme des sabots et le bruit de plus en plus faible du chaos qu'ils avaient créé. Puis l'épuisement d'Aster s'abattit sur elle comme une masse, et elle lutta de son mieux pour rester droite. Zee réussit à ouvrir sa gourde de sa main indemne et but une gorgée.

– Tu sais ce que va dire Clem quand elle nous verra, n'est-ce pas ? demanda-t-il enfin en s'essuyant la bouche avant de lui passer la gourde, un sourire dans la voix.

Malgré tout, Aster sourit elle aussi.

– « Je vous l'avais bien dit. »

Lorsqu'ils furent hors de danger, Aster et Zee s'arrêtèrent pour nettoyer et panser leurs plaies du mieux possible. Zee arracha un bout de sa chemise pour se fabriquer une écharpe et Aster fit la même chose pour bander son mollet. Puis ils rechargèrent la carabine, remontèrent en selle et voyagèrent toute la nuit, suivant la piste des filles. Plus vite ils les rattraperaient, plus vite ils pourraient laisser la Balafre derrière eux.

Aster évoluait dans une sorte de demi-sommeil, sa tête tombait au rythme du pas du cheval. Elle commençait à ressentir la même chose que la nuit qui avait suivi le meurtre du dévoreur. Déconnectée, hors de la réalité. *Pas bien.* L'attaque des vengeants, les coups de feu de la police, le rugissement de la carabine entre ses mains, ça faisait trop.

Mais à sa grande surprise, la présence de Zee l'aidait à rester ancrée dans le moment. Elle n'était toujours pas complètement à l'aise avec lui – sans doute ne le serait-elle jamais. Et elle savait qu'il leur cachait toujours quelque chose sur son passé, quelque chose dont il avait honte, ou peur, ou les deux. Mais elle aussi avait ses secrets, et elle savait ce que c'était d'être condamné au silence par sa peur et sa honte. Elle s'avoua qu'elle lui faisait plus confiance qu'elle ne l'aurait pensé quand elle avait fait sa connaissance.

Elle n'avait pas envisagé qu'on pouvait avoir ça avec un garçon : une amitié honnête.

– Zee, dit-elle avec lassitude, parlant pour rester éveillée. Avec tout ce qui s'est passé, je n'ai jamais eu l'occasion de te le dire... mais je suis désolée que tu n'aies pas trouvé tes sœurs.

Zee ne répondit pas, et elle se demanda s'il l'avait entendue, si elle avait parlé ou seulement rêvé ces mots. Mais alors il prit la parole, d'une voix aussi douce que la lumière du petit matin qui se déversait dans la forêt.

– Moi aussi.

– Que vas-tu faire maintenant ? Quand tu auras terminé avec nous.

– Je ne les abandonne pas, soupira-t-il. Et je ne les abandonnerai jamais. Mais j'ai perdu toute trace d'elles. Je suis allé dans toutes les maisons d'hospitalité de la Balafre, en vain. On dirait qu'elles se sont évaporées.

Un frisson remonta le long de la colonne vertébrale d'Aster. Ne pas savoir ce qui était arrivé à sa famille… c'était presque pire que de l'avoir perdue pour de bon. On ne pouvait pas faire son deuil, on ne pouvait pas aller de l'avant.

Clémentine aurait sans doute dit : « Tu trouveras une solution, je le sais », ou « Je suis sûre qu'elles sont ensemble, où qu'elles soient ». Et sans doute l'aurait-elle même cru. Mais Aster ne pouvait pas prononcer ces mots. De faux espoirs étaient un cadeau trop cruel à offrir à un ami.

– Si on peut faire quoi que ce soit pour t'aider, dis-le-nous, d'accord ? dit-elle plutôt.

Les sœurs de Zee méritaient d'être libres autant qu'elle et Clem, Mauve et Tanaisie, Violette, ou Adeline, ou n'importe laquelle des centaines de Filles de la chance de la Balafre.

– Merci, Aster, répondit Zee, apparemment surpris. Je n'y manquerai pas.

Ils arrivèrent à Stonegate juste au moment où le soleil apparaissait au-dessus de la vallée, et ils s'arrêtèrent au bord d'une corniche pour regarder la ville en contrebas. C'était de loin la plus grande qu'ils avaient vue jusque-là, et plutôt qu'un mur aveugle, elle possédait une immense arche de pierre en son centre. Zee expliqua que l'arche représentait la porte d'entrée et de sortie de la Balafre, même si, en réalité, les gens arrivaient et partaient de la gare, à l'est de la ville. Les rails sinuaient vers le nord, scintillant comme un ruban d'acier. Le train attendait en gare.

Mais où étaient Clémentine et les autres ?

Zee mit pied à terre et s'agenouilla pour observer la piste qu'il avait suivie. Maintenant qu'il faisait jour, Aster voyait à quel point il semblait épuisé. Il avait le visage tiré et des gestes lents, laborieux. Elle savait qu'elle ne devait pas avoir l'air beaucoup mieux, voire pire.

– Leur piste s'arrête ici, dit-il d'un ton incertain. Elles ne sont pas allées en ville.

– Alors elles nous attendent, comme elles l'avaient dit. Mais où ?

– Elles ne doivent pas être loin.

Aster descendit de cheval et se mit elle aussi à les chercher, l'inquiétude transperçant la brume de son esprit. Et si quelqu'un d'autre avait trouvé leur piste ? Avaient-elles été capturées ? Ou peut-être avaient-elles eu un accident et...

La voix de Clémentine rompit le silence.

– Ils sont là ! Ils ont réussi ! Je vous l'avais dit !

Aster fit volte-face. Clémentine était sortie d'entre les arbres et courait vers eux. Mauve, Tanaisie et Violette étaient juste derrière elle. Aster eut à peine le temps de pousser un soupir de soulagement que sa sœur la serrait de toutes ses forces contre elle.

– Je suis contente de te voir aussi, dit Aster avec un rire fatigué.

Alors seulement, elle se rendit compte qu'elle avait

réellement failli ne plus jamais revoir Clémentine. Sa gorge se serra, et elle ravala ses larmes.

Clémentine la relâcha et se tourna vers Zee pour l'étreindre, mais elle se figea en voyant son bras en écharpe.

– Que t'est-il arrivé, bon sang ? demanda Mauve, les yeux écarquillés.

– On vous racontera tout, répondit Zee. Mais d'abord, il faut qu'on prenne ce train.

Il pointa le doigt sur le train de marchandises en gare.

Violette fronça les sourcils.

– Il faut vraiment que ce soit ce train-là ? On a eu une nuit sacrément longue, Zee. On n'est arrivées ici qu'environ une heure avant vous.

– J'en ai bien peur. Ce sera le dernier jusqu'à ce soir. Pendant la journée, il n'y a que des trains de passagers. On ne pourra jamais embarquer clandestinement dans un de ceux-là.

– Et on ne pourra pas non plus rester ici jusqu'à ce soir sans se faire prendre, conclut Tanaisie.

– Exactement. Mais une fois dans le train, on pourra se reposer jusqu'à Northrock. Le voyage durera toute la journée. Où sont les chevaux ?

Tanaisie et Mauve se précipitèrent dans les bois et revinrent avec leurs montures. Aster et Clémentine changèrent encore de place pour qu'Aster monte avec Violette et Clémentine avec Zee. Puis ils descendirent jusqu'aux abords de la ville et avancèrent en parallèle aux rails, restant sous les arbres pour ne pas se faire remarquer. Ils n'allaient pas prendre le train en gare, leur expliqua Zee, il y aurait trop de monde. Ils sauteraient à bord au premier virage, quand le train serait obligé de ralentir.

Mais il serait quand même en mouvement. Aster n'aimait pas ça. C'était un plan précipité, comme le braquage de la banque. Quelque chose allait forcément mal tourner.

Le train poussa un premier sifflement. Il quittait la gare.

– Allez, il ne faut pas qu'il nous devance, les pressa Zee.

Mais leurs chevaux étaient fatigués et ils ne pouvaient pas les faire aller plus vite. Rapidement, le train commença à les dépasser, fonçant sur les rails à une quinzaine de mètres sur leur gauche. Certains des wagons étaient en bois et leur peinture s'estompait. D'autres étaient ouverts en haut et transportaient des montagnes de charbon. La cheminée crachait de la fumée noire. Les roues prenaient de la vitesse dans un bruit de tonnerre. Aster avait l'impression de poursuivre un démon sorti de l'enfer.

Le virage était juste devant.

– Préparez-vous à descendre de vos montures ! cria Zee.

Il se rapprocha des rails jusqu'à galoper juste à côté du train. Les wagons les dépassaient en rugissant, le vent fouettait leurs cheveux et leurs vêtements.

Il va trop vite, on n'y arrivera jamais, pensa Aster, désespérée. Des images affreuses défilaient dans son esprit : Tanaisie entraînée sous les roues du train, Mauve écrasée contre les wagons. Elle serra les dents et secoua la tête.

Zee arrêta son cheval quand ils parvinrent au virage. Il en descendit.

– Ne prenez que ce que vous pouvez porter sur votre dos, cria-t-il. Où est le lustre ?

Aster et Violette échangèrent un regard. Le lustre était avec Adeline et sa tante.

– On l'a, répondit Violette, déchiffrant l'expression d'Aster.

Elles étaient toutes à terre désormais et remplissaient leurs besaces aussi rapidement que possible. Le bout du train était en vue.

– Là, le 24-67, cria Zee en désignant le wagon qui approchait et dont la peinture rouge sang s'effritait.

Quelqu'un devrait gravir l'échelle sur le côté, expliqua-t-il précipitamment avec force cris et gesticulations, déverrouiller la porte puis l'ouvrir pour que les autres puissent monter.

Et bien entendu, avec son bras, ça ne pouvait pas être lui.

Aster jeta un coup d'œil à Mauve, mais elle aussi était encore blessée, tout comme Aster elle-même, avec sa jambe...

– Je vais le faire, dit Clémentine d'une voix à peine audible par-dessus le vacarme du train.

– Clem, non, commença Aster, le cœur battant à tout rompre.

Mais sa sœur s'avançait déjà à travers les herbes hautes et sur le gravier qui bordait les rails. Les cailloux crissaient sous ses bottes. Elle ferma les yeux et articula une prière. Le wagon était encore à quelques mètres et s'approchait du virage à l'allure d'un cheval au petit galop.

Ou d'une personne courant aussi vite que possible.

– Que tout le monde se prépare à courir ! s'écria Mauve.

Le wagon passa bruyamment à côté d'elles. Clem le suivit en courant, sauta et attrapa l'échelle, des écailles de rouille se détachant sous ses doigts. Elle monta rapidement tout en haut. Les autres couraient toujours, Aster boitillant aussi vite que possible malgré sa blessure à la jambe. Dès que le train aurait passé le virage, il reprendrait de la vitesse.

Et alors, Aster ne le rattraperait jamais.

Désormais sur le toit du wagon, Clem se mit à plat ventre, défit les loquets en haut de la porte. Essaya de l'ouvrir.

– C'est... c'est coincé, bredouilla-t-elle.

– Décoince-la, alors ! aboya Violette.

Le train commençait à accélérer.

Clem réussit finalement à débloquer la porte qui s'ouvrit avec fracas. Elle descendit du toit et se laissa tomber à l'intérieur, atterrissant dans la paille qui recouvrait le sol.

– Tanaisie, monte ! Je vais t'attraper, cria-t-elle en tendant la main.

Tanaisie était en tête du groupe. Elle accéléra, saisit la main de Clémentine et sauta. Clémentine la hissa dans le wagon.

Puis ce fut au tour de Violette.

– Allez, allez, allez, criait-elle à chaque pas alors qu'elle piquait un sprint.

Elle tendit la main et Clémentine et Tanaisie la firent monter. Ensuite, ce fut Mauve, puis Zee, qui poussa un couinement sonore lorsqu'elles l'attrapèrent par son bras blessé.

Il ne restait plus qu'Aster.

Le train avait franchi le virage. Il prenait de la vitesse. Aster se força à garder le rythme, alors même que la douleur lui poignardait la jambe.

– Allez, Aster, tu y es presque ! cria Clémentine, mais Aster vit la peur dans ses yeux.

Aster se maudit, maudit ses poumons et sa gorge en feu, maudit la douleur palpitante dans sa jambe. Elle attrapa la main de Clémentine.

Trébucha.

Ses jambes cédèrent.

Elle hurla.

Clem tint bon alors qu'Aster essayait de se relever. Ses jambes qui traînaient derrière elle la brûlaient, le gravier déchirait ses vêtements et sa peau.

Les roues étaient terriblement proches, des étincelles volaient devant son visage. Leur rugissement noyait tout ce qui n'était pas sa peur pure, muette. Aster tenta de nouveau de retrouver l'équilibre, mais le train allait trop vite. Elle allait mourir emportée par le train ou coupée en deux sur les rails.

Et si elle ne lâchait pas, elle entraînerait Clémentine avec elle.

Je suis désolée, Grace, pensa-t-elle en desserrant sa prise. *Je suis vraiment désolée.*

Soudain, elle sentit une poigne ferme autour de son poignet. Zee. Puis la main de Violette sur celle de Zee. Puis celles de Mauve et de Tanaisie.

– TIREZ ! cria Clémentine.

Aster sentit qu'elle s'élevait. Ils la hissèrent dans le wagon.

Elle laissa échapper un sanglot en s'écroulant à plat ventre, et le bois égratigna sa peau. Elle s'avança en rampant et Clémentine fit coulisser la porte, les enfermant dans le noir. Une bouffée de soulagement l'envahit, une euphorie enivrante qui, l'espace d'un instant, occulta sa douleur.

Combien de fois, par combien de manières différentes, la Balafre avait-elle essayé de la briser au fil des ans ? De toutes les briser ?

Maintenant au moins, elles la laissaient derrière elles pour de bon.

– C'était dangereux, dit-elle en toussant après s'être suffisamment remise pour s'asseoir. Vous auriez dû me laisser.

L'incrédulité lui faisait encore tourner la tête, mais elle s'efforça de se reprendre.

Violette leva les yeux au ciel – Aster ne la vit pas, mais elle le sentit.

– De rien, lança Violette d'un ton ironique, comme pour le confirmer.

Aster sourit. *Merci*, pensa-t-elle. *Merci à tous.*

CHAPITRE 19

Voyager par le train n'était pas très confortable. Dans le wagon, il faisait sombre et l'air était poussiéreux, la cargaison remuait bruyamment dans ses caisses et le sol tressautait à chaque bosse sur les rails. Il y avait aussi un errant, la silhouette brumeuse d'un cheminot assis dans un coin en train de fumer une cigarette, et qui dégageait une impression vague mais écrasante de nostalgie. Cependant, Aster était trop fatiguée pour s'en soucier, et elle s'endormit en quelques minutes.

Quand elle se réveilla, elle ignorait combien d'heures s'étaient écoulées et Clémentine était la seule encore éveillée. Elle montait la garde, assise les bras autour de ses genoux, et fixait l'errant, sans peur, mais avec curiosité. Aster se redressa contre la caisse sur laquelle elle était appuyée et la raideur de sa jambe la fit grimacer.

– On parle encore aux fantômes, Clem ? demanda-t-elle doucement.

Clémentine lui adressa un faible sourire, à peine visible dans la lumière qui s'infiltrait entre les lattes de bois.

– Je l'écoute, plutôt, répondit-elle. Il s'appelle Calvin. Ça fait longtemps qu'il est là.

– Si vous ne m'aviez pas sauvée, j'aurais pu devenir un fantôme dans ce train, moi aussi. Merci encore de... tu sais...

– Oh, je t'en prie. Tu penses que j'aurais pu t'abandonner ? Tu te rends compte qu'on a presque réussi ?

– Ne va pas nous porter malheur, on n'y est pas encore.

Demeurait le petit problème de lustre, mais Aster ne se sentait pas encore prête à en parler. Elle n'était même pas prête à y penser.

– Tu crois vraiment qu'on va trouver Lady Fantôme à la fin de ce voyage en train ? demanda Aster.

– Je le sais.

– Que vas-tu faire quand ta faveur aura été retirée ?

Clémentine porta ses doigts à son cou.

– Je pense que la première chose que je vais faire, c'est entrer dans une pâtisserie et m'acheter un gâteau avec un glaçage à la crème au beurre.

Aster gloussa.

– Quoi, pour fêter ça ?

Mais Clem ne riait pas.

– Non, juste pour faire quelque chose de normal. Quelque chose que peuvent faire les autres filles. Faire des courses en ville, commander quelque chose dans une boulangerie, me promener librement. Et tout ça sans que tout le monde me dévisage, et me déteste.

Il y aura encore beaucoup de haine pour des filles sang-de-poussière, pensa Aster, mais elle garda ça pour elle. Parce que Clémentine avait raison.

Quoi qu'il arrive, au moins elles seraient libres.

– Et toi ? demanda Clémentine. Qu'est-ce que tu feras ?

Aster repensa à sa conversation avec Eli. *On aimerait pouvoir recommencer sa vie depuis le début.*

– J'ai du mal à l'imaginer, dit-elle, d'une voix à peine audible par-dessus le grondement des roues.

L'odeur de sciure de bois alourdissait l'air et lui grattait la gorge.

– Je sais qu'on ne peut pas avoir d'enfants, reprit-elle, mais peut-être… je ne sais pas… j'aime l'idée d'offrir à une petite fille la vie qu'on n'a pas pu avoir.

– Il n'est pas trop tard pour que tu puisses avoir cette vie, répondit Clémentine en la regardant bizarrement. On est encore jeunes.

Aster avait pourtant l'impression que c'était trop tard, et cette pensée l'emplissait d'une tristesse insupportable. Elle la repoussa fermement. Elle n'avait pas le temps pour ça.

– Aster… Dawn… commença Clémentine, mais le train roula sur une grosse bosse et réveilla tout le monde.

Que les morts soient loués, pensa Aster, soulagée d'échapper à la tournure pesante qu'avait prise la conversation. Tanaisie et Mauve, jusque-là blotties l'une contre l'autre, se redressèrent en sursaut. Violette jura quand la secousse la fit rouler sur le sol. Zee souffla comme un taureau surpris.

– On a déraillé ou quoi ? demanda Violette.

– Non, mais on va vraiment à toute allure, dit Zee en se frottant les yeux. On doit traverser la mer Dorée.

La mer Dorée était une vaste prairie près de la frontière nord d'Arketta, laquelle était de nouveau dominée par des forêts.

Cela signifiait qu'ils étaient presque arrivés.

– On a raté quelque chose d'intéressant pendant qu'on dormait ? demanda Tanaisie.

– Pas vraiment, répondit Clémentine. Aster et moi parlions juste de Lady Fantôme, et de ce qu'on fera quand nos faveurs auront disparu.

– Aster a-t-elle dit autre chose à propos de Lady Fantôme ? demanda Violette.

Aster la foudroya du regard. Clémentine fronça le nez.

– Comme quoi ?

– La façon dont vous alliez la payer maintenant que le lustre a disparu, par exemple.

Ces mots restèrent suspendus dans l'air et Aster les sentit peser sur sa poitrine.

– Mais vous aviez dit que... n'est-il pas dans le... bredouilla Tanaisie.

– Qu'est-ce que tu racontes, bon sang ? demanda Mauve avec impatience.

Aster soupira.

– Je voulais vous en parler...

Et alors, elle leur raconta tout : la joie de Ruth en voyant Adeline qui s'était transformée en peur quand elle avait compris ce qui leur arriverait si elles ne s'enfuyaient pas. Que, sans le lustre, Adeline aurait connu un sort pire que si elles ne l'avaient pas libérée.

– Je n'aurais jamais pris une décision aussi importante sans vous si ça n'avait pas été une question de vie ou de mort pour elles, conclut-elle.

Mais ce sera aussi une question de vie ou de mort pour nous si on ne retrouve pas cette somme, pensa-t-elle. Quand elle avait pris cette décision, elle avait été persuadée que les autres auraient fait la même chose ; du moins, c'était ce qu'elle avait voulu croire. Mais maintenant, tandis qu'elle s'efforçait de déchiffrer leur réaction dans la quasi-obscurité, le doute s'emparait d'elle. Tanaisie semblait ébahie. Mauve faisait les gros yeux. Clémentine fixait ses mains.

– Tu étais là, Violette, reprit Aster, désespérée. Dis-leur comment c'était.

– Oh, c'était la bonne chose à faire, je n'en doute pas, répondit Violette. Même si ce n'était pas le plus intelligent. Mais maintenant, on doit trouver un plan B.

Elles gardèrent toutes le silence pendant un moment. Aster avait le cœur au bord des lèvres.

Alors Mauve hocha la tête, lentement mais sûrement.

– Je suis contente que vous l'ayez fait. J'aurais fait la même chose. Mais sans ce lustre...

– Sans ce lustre, on a fait tout ça pour rien, conclut Tanaisie d'une voix pâteuse.

Clémentine secoua la tête.

– Non, on récupérera ces aigles. On trouvera une solution. Comme toujours. On braquera une autre banque...

– Quoi, à Northrock? l'interrompit Mauve. Ce n'est plus la Balafre. Là-bas, toutes les banques possèdent des systèmes de sécurité de premier ordre...

– Et que peut-on faire d'autre?

– ... et regarde-nous. J'ai été secouée comme une poupée de chiffon, Aster s'est fait croquer la moitié de la jambe, Zee s'est fait tirer dessus...

Zee prit alors la parole, comme si entendre son prénom l'avait sorti de sa stupeur.

– Prenez la bague, dit-il.

Elles le dévisagèrent toutes. Comme elles ne disaient rien, il se répéta, d'une voix plus ferme.

– Prenez la bague pour payer Lady Fantôme. Elle vaut au moins cinq mille aigles. Elle l'acceptera.

– Zee, non, intervint aussitôt Clémentine. Nous sommes censées nous en servir pour te payer, toi.

– Tu as déjà trop sacrifié, acquiesça Tanaisie. Tu as dépensé tout le lustre de ton père pour nous, tu t'es attiré des ennuis avec la police, tu as abandonné ton cheval...

– On te doit beaucoup, conclut Mauve.

– Si je n'étais là que pour le lustre, j'aurais laissé tomber depuis longtemps, répondit-il en appuyant la tête contre le mur. Vous êtes comme des membres de ma famille désormais... peut-être la seule famille qu'il me reste. Alors jusqu'à ce que je retrouve mes sœurs... (Il regarda Clémentine et leurs doigts s'entremêlèrent.) Laisse-moi te conduire jusqu'à Lady Fantôme, Clem. Et vous aussi, ajouta-t-il en balayant leur cercle du regard.

L'instinct de protection d'Aster se réveilla alors : pas à l'égard de Clémentine, cette fois, mais de Zee.

– On ne va pas te laisser partir les mains vides, insista-t-elle, à sa propre surprise. Il doit y avoir un autre moyen.

– Il n'y en a pas, répliqua-t-il, tout aussi insistant. S'il te plaît, Aster, laisse-moi juste vous aider. Laisse-moi terminer ça. Crois-moi, c'est le moins que je puisse faire, après... (Il s'interrompit.) C'est le moins que je puisse faire.

Aster prit la bague d'un air incertain, essayant de déchiffrer l'expression de Zee malgré les ombres. Qu'avait-il failli leur dire ?

Quelque chose sur ce qu'il nous cache.

Quelque chose de si affreux qu'il était prêt à abandonner la bague de théomite pour se racheter.

Aster se redressa.

– Zee, commença-t-elle lentement, prudemment, comme si elle marchait sur du verre brisé. Écoute, nous avons toutes des secrets, et tu as le droit d'en avoir un ou deux aussi. Je… Je l'accepte. Mais si tu essaies d'expier quelque chose en nous aidant… si c'est la vraie raison pour laquelle tu ne veux pas prendre la bague… Je pense qu'on a le droit de le savoir. Car moi aussi, je te considère comme un membre de ma famille désormais, et j'ai besoin d'être sûre que c'est réel.

Elle déglutit, le visage soudainement chaud. Elle n'avait pas prévu de parler avec une telle franchise. Zee ouvrit la bouche, mais Clémentine le devança.

– Au nom des morts, Aster ! s'impatienta-t-elle. Que doit-il faire de plus pour te prouver que c'est un homme bien… ?

Zee retira sa main des siennes.

– Non, Clem, elle a raison, dit-il, comme si chaque mot le blessait. Je… Je n'ai pas été complètement honnête avec vous.

Les lèvres d'Aster s'entrouvrirent alors qu'elle inspirait brusquement. Les autres se figèrent et soudain, l'atmosphère dans le wagon s'alourdit.

– Comment ça, tu n'as pas été honnête avec nous ? demanda Clémentine, rompant le silence choqué.

Aster n'arrivait pas à distinguer le visage de sa sœur dans le noir, mais elle entendait le tremblement blessé dans sa voix.

– Zee…

– Je vous considère réellement comme ma famille, dit Zee en retirant son chapeau et en se tournant vers elle. Chaque mot que je viens de dire était vrai, Clem. C'est sur ma première famille que je n'ai pas été complètement honnête. Sur mes parents. Mon père. (Il les regarda tour à tour, et le blanc de ses yeux brillait.) Ce n'était pas un joueur. C'était un dévoreur.

Pendant un moment interminable, personne ne parla.

– Ton père... quoi... ? murmura Aster.

– Il pourchassait les fuyardes des maisons d'hospitalité. Et il m'emmenait. C'est comme ça que j'ai appris à traquer. C'est comme ça qu'on a gagné tout notre lustre.

– Et c'est pour ça que tu tiens autant à aider une bande de fuyardes aujourd'hui, conclut Violette entre ses dents. Pour alléger ta conscience.

– Ce n'est pas la seule raison, répliqua Zee, désespéré.

Mais Aster ne l'entendait plus, un vrombissement emplissait son crâne. Elle avait l'impression que le Voile venait de se lever de devant ses yeux, et qu'elle voyait clairement Zee pour la première fois.

Le nuage de culpabilité qui pesait toujours sur lui, si désintéressées que soient ses actions.

La panique qui le submergeait chaque fois que des dévoreurs approchaient – la seule occasion où il semblait éprouver une peur brute.

Son estomac se souleva, et ce n'était pas seulement le roulis du wagon qui lui donnait la nausée.

Le ton de Zee se fit suppliant.

– J'ai voulu vous l'avouer un millier de fois. Mais je ne voulais pas que vous croyiez... Je n'étais qu'un jeune garçon, il me forçait à l'accompagner. Je n'ai jamais voulu l'aider. J'en détestais chaque minute...

– As-tu déjà tué quelqu'un ? demanda Mauve d'une voix tendue.

– Non ! Bien sûr que non.

– Mais ton père, oui. Ton père tuait des filles comme nous, insista Clémentine.

Zee hésita, puis hocha la tête.

– Des filles comme vous, et des filles comme mes sœurs,

répondit-il d'une voix rauque, abattue. Je voulais juste le meilleur pour elles. Le lustre était censé racheter notre dette...

– Ça suffit, intervint Aster avant qu'il puisse aller plus loin.

Elle n'avait pas assez d'énergie pour soulager son sentiment de culpabilité. Et elle n'en avait pas envie. Le fait d'avoir eu raison sur son compte ne lui procurait aucun soulagement, seulement un épuisement accablant qui s'abattait sur elle comme une maladie.

– Je suis désolé, dit-il finalement, remettant son chapeau, comme pour cacher son visage. Je suis désolé de ce que j'ai fait, et de vous avoir menti aussi longtemps.

Il est désolé. Je suppose que c'est déjà quelque chose, pensa Aster, amère.

– Tu as dit que ton père était mort... comment ? demanda Tanaisie, d'une voix à peine plus forte qu'un murmure.

Zee poussa un long soupir.

– Il s'est suicidé. Être dévoreur... ça laisse des séquelles. Les mortels ne sont pas faits pour supporter un pouvoir qui vient d'au-delà du Voile. Ça vous ronge l'âme. On ne peut pas le comprendre à moins d'avoir vu ça sur quelqu'un qu'on aime. Mon père a choisi cette voie pour nous sortir une bonne fois pour toutes de notre dette, mais il a commencé à perdre ses souvenirs, ses émotions, ses désirs... tout ce qui faisait qu'il était lui. Avant, il construisait des bateaux miniatures pour qu'on puisse faire des courses dans le ruisseau. Il chantait des berceuses à mes sœurs pour qu'elles s'endorment. Tout ça s'est arrêté. On aurait dit qu'il se transformait en pierre. Ma mère est décédée un hiver et il n'a même pas versé une larme. Il s'est tiré une balle un peu plus tard cette année-là

– pas par chagrin, je crois, mais parce qu'il se sentait vide. C'était comme s'il était déjà mort.

Personne ne dit rien. Elles avaient toutes connu des tragédies, et elles avaient toutes connu la froide indifférence d'un dévoreur. Mais l'idée de voir une personne aimée se perdre lentement dans cette malédiction... c'était une horreur qu'Aster n'avait jamais envisagée.

Ce n'est pas toi qui as passé ton enfance à être torturé par eux, que je sache, lui avait-elle dit un jour.

Mais peut-être que si.

– Je suis désolée, Zee, dit-elle finalement, sa colère s'atténuant un peu. Tu aurais dû nous le dire, mais je suis désolée quand même.

– Je comprends pourquoi tu n'avais pas envie d'en parler, cela dit, marmonna Mauve. C'est une sale histoire.

Mais Zee avait reporté son attention sur Clémentine.

– Clémentine ? Tu es si silencieuse, fit-il remarquer avant de déglutir. À quoi penses-tu ?

– Je pense... je pense que tu étais peut-être toi aussi le prisonnier de ton père, répondit-elle finalement, sans le regarder. Mais je regrette que tu m'aies caché ce secret. J'aurais compris. Je comprends. Tu dois me faire confiance.

– Elle a raison, Zee, ajouta Aster en soupirant. Tu crois qu'on ne sait pas ce que c'est de vouloir laisser son passé derrière soi ?

Les autres acquiescèrent dans un murmure.

– En toute franchise, je pensais que vous me détesteriez, admit-il.

– Ce que je détestais, c'est de sentir que tu nous mentais, dit Aster.

Tous les hommes les plus cruels étaient des menteurs. Ils

vous affirmaient que le haut était le bas et vous punissaient si vous les contredisiez. La maison d'hospitalité avait aussi été un mensonge. Toute cette maudite Balafre était construite sur un mensonge : celui qui affirmait que les sang-de-poussière méritaient leur sort.

Aster ne se sentait plus capable d'avaler un seul autre mensonge.

– Eh bien vous avez ma parole : rien d'autre que la vérité à partir de maintenant, annonça Zee. Alors croyez-moi quand je vous dis que je vais vous mener à Lady Fantôme, pas parce que je veux votre lustre, ni parce que je veux votre pardon. Je veux juste vous voir gagner.

Quand le train ralentit aux abords de Northrock, ils en sautèrent. Mieux valait ne pas se faire prendre à la gare en tant que voyageurs clandestins. Mais cela signifiait qu'ils devraient parcourir à pied les trois derniers kilomètres jusqu'à la ville, à travers des pâturages. Le corps d'Aster s'était raidi à force de rester assis, et chaque pas provoquait une décharge douloureuse. Le sol était irrégulier et grêlé de flaques. Les herbes hautes leur arrivaient parfois jusqu'à la taille. Ils avançaient lentement, péniblement, dans un environnement si différent des montagnes qu'ils avaient laissées derrière eux qu'Aster avait l'impression d'être entrée dans un monde entièrement nouveau.

– Il y a de l'eau partout, marmonna Mauve. Même l'air est humide.

– Malgré ça, il me faudra des semaines pour débarrasser mes bottes de cette odeur de bouse de vache, répondit Tanaisie, dégoûtée.

– Tu devrais t'estimer heureuse que ce soient des vaches plutôt que des vengeants, fit remarquer Aster.

La nuit était tombée depuis longtemps, mais elles n'avaient pas encore entendu un seul vengeant. Aster avait toujours su qu'en dehors de la Balafre, ils étaient aussi rares que les serpents à deux têtes. Ça n'en demeurait pas moins étrange, après avoir entendu leurs chœurs chaque soir, de ne trouver que du silence désormais. Les sang-pur vivaient-ils réellement ainsi, sans peur, libres de sortir le soir sans même une pensée pour les morts ?

À Northrock, il ne ferait même pas vraiment noir. C'était une vraie ville, une ville moderne, la seule d'Arketta qui utilisait la voltricité. Même ici, à plus d'un kilomètre, elles distinguaient le halo de lumière d'un blanc bleuté, qui éclipsait les étoiles. La silhouette de la ville se découpait nettement, comme les dents d'une clé.

Un autre monde.

Au moins, dans la Balafre, Aster avait su à quoi s'attendre. Quels dangers les attendaient là-bas ?

Elle se tourna vers Violette, qui marchait un peu à l'écart. Au début de leur aventure, ça n'aurait rien eu d'étonnant. Mais désormais, Aster trouvait ça étrange. Violette tenait là l'occasion idéale de se plaindre ou de leur rappeler que son père était une grosse pointure dans cette ville, et elle la laissait filer sans un seul commentaire. Elle n'avait pas été aussi renfermée depuis leur nuit avec les Scorpions, ce qui avait été compréhensible : il s'agissait d'inconnus, et Violette avait été la seule sang-pur parmi eux.

Mais elle a l'habitude d'être avec nous, alors que lui arrive-t-il, cette fois-ci ?

Peut-être était-elle simplement en manque de Chardon

sucré. Ce serait sa seule nuit où elle devrait s'en passer depuis qu'elle avait commencé son sevrage.

Ou peut-être était-elle nerveuse à la perspective de rencontrer Lady Fantôme. S'il y avait quelque chose dont elles devaient s'inquiéter, Aster voulait le savoir.

Elle se rapprocha d'elle.

– Prête pour demain ? lui demanda-t-elle.

Violette la regarda d'un air méfiant.

– Comment ça ?

– Rien, seulement...

– Je sais où on va.

– Je n'ai jamais dit le contraire. Est-ce que quelque chose à propos de Lady Fantôme te préoccupe ? Tu as peur qu'elle ne soit pas là ?

Violette lui décocha un sourire en coin. Elles traversèrent un passage à gué peu profond.

– C'est un peu tard pour me poser cette question, tu ne crois pas ?

– Tu sais que je déteste qu'on réponde à mes questions par une autre question.

– Très bien, dans ce cas, non, je ne m'inquiète pas pour Lady Fantôme.

– Pourtant, tu t'inquiètes pour quelque chose. Je le vois dans tes petits yeux de fouine.

– Depuis quand est-ce que ça t'intéresse ?

Aster cessa de plaisanter et posa la main sur le bras de Violette.

– Hé, je veux juste m'assurer que tu vas bien.

Mais Violette se contenta de ricaner.

– Ça aussi, c'est un peu tard pour me le demander.

Qu'est-ce qu'elle sous-entend ?

– Violette...

– Aster ! l'appela Zee, qui ouvrait la marche. Il y a une grange abandonnée. On peut se planquer là pour le reste de la nuit.

– D'accord ! cria Aster.

La nuit était trop avancée pour qu'ils puissent trouver Lady Fantôme avant le lever du soleil. Elle jeta un dernier coup d'œil à Violette avant de courir rejoindre les autres.

Dans la vieille grange délabrée, elles grimpèrent dans le grenier à foin pour éviter les rats qui avaient élu résidence en bas. Elles avaient dû abandonner la plupart de leurs affaires quand elles étaient montées dans le train, si bien qu'elles devaient de nouveau dormir sous de fines couvertures et manger des aliments séchés. Une odeur d'humidité et de pourriture saturait l'atmosphère, et Aster avait l'impression de humer un torchon sale.

Mais c'était leur dernière nuit sur la route.

Le lendemain à cette heure-là, elles seraient avec Lady Fantôme.

Le lendemain à cette heure-là, si tout se passait bien, si ce qu'on racontait était vrai, leurs faveurs auraient disparu.

– Je vais prendre le premier tour de garde, proposa Violette alors que tout le monde se retirait pour dormir.

Aster fronça les sourcils.

– D'accord, si tu veux. Mais réveille-moi si tu as besoin de quoi que ce soit.

– À moins que tu n'aies une chambre d'hôtel de luxe à m'offrir, je pense que ça ne sera pas nécessaire, répondit-elle sèchement.

Bon, si Violette recommençait à se comporter comme une garce, c'était sans doute bon signe, se dit Aster. Elle remonta sa couverture sur ses épaules et se coucha pour ce qui serait sans doute une nuit de sommeil agité. Elle se faisait du souci pour le lendemain, bien sûr, mais sous son inquiétude, il y avait autre chose, aussi fragile qu'une bulle de savon... de l'excitation.

« Il n'est pas trop tard pour que tu aies la vie que tu désirais », avait dit Clémentine.

Peut-être avait-elle raison. Ce n'était peut-être pas trop tard. Une fois que leurs faveurs auraient disparu...

Elle commença à s'assoupir, s'autorisant pour la première fois à rêver à toutes ces possibilités. Mais juste au moment où elle sombrait dans les profondeurs du sommeil, quelqu'un la secoua pour la réveiller.

Clémentine. Elle était accroupie à côté d'Aster, les yeux écarquillés par la panique.

– Aster, lève-toi ! murmura-t-elle. C'est Violette. Elle est partie.

CHAPITRE 20

Aster repoussa sa couverture et se leva d'un bond. Violette était censée monter la garde. Pourquoi n'était-elle pas là, bon sang ?

– Violette ? appela-t-elle en vain dans l'obscurité.

Elle voulut prendre son couteau sur sa hanche, le ventre serré par une peur grandissante. Mais le couteau avait également disparu. Elle scruta le plancher à sa recherche, sachant qu'elle ne le trouverait pas.

– Que se passe-t-il ? marmonna Tanaisie quand Clémentine la réveilla.

– Violette est partie, répondit Clem.

– Partie ? répéta Tanaisie en s'asseyant. Elle est sûrement allée faire ses besoins, c'est tout.

– Pas avec mon couteau, répondit Aster, avant d'appeler encore, inutilement : Violette ?

Désormais, Zee et Mauve aussi s'asseyaient.

– Elle a peut-être pris le couteau parce qu'elle avait peur du noir, suggéra Mauve. Tu sais comment elle est.

Mais alors, Aster remarqua quelque chose attaché à l'étui

vide du couteau : une enveloppe soigneusement pliée et cachetée par de la cire.

C'est quoi ça? L'auteur de cette lettre ne pouvait pas être Violette. Elles n'avaient pas d'enveloppe ou de cire à cacheter ici. Et celle-ci était aussi dure et froide qu'un bouton ; elle était sèche depuis longtemps.

Aster prit l'enveloppe et trancha la cire avec l'ongle de son pouce tandis que toutes sortes de possibilités tournoyaient dans son esprit : quelqu'un avait enlevé Violette. Ceci était le message de rançon. Le temps avait tellement assoupli le papier qu'il crissa à peine quand elle le déplia. Il faisait trop sombre pour distinguer les mots.

– Que quelqu'un frotte une allumette, demanda-t-elle, la peur remontant dans sa gorge.

Après ce qui lui parut durer une éternité, Zee trouva une allumette qui s'enflamma dans un doux sifflement. Aster se pencha vers sa lumière. L'encre s'était estompée, mais elle parvint à déchiffrer les mots écrits en pattes de mouche.

– *« Ma très chère Violette*, commença-t-elle à lire d'une petite voix, *j'ignore quand tu liras ces mots, mais sache que je t'aime plus que tout et ne puis supporter d'être loin de toi. Mais une chance de m'échapper et de trouver une vie meilleure pour nous deux s'est présentée, et je dois la saisir. Si le pire se produit et que je ne peux revenir auprès de toi (car seul le pire pourrait m'en empêcher !), continue de te raconter notre histoire du soir. Raconte-la-toi tous les soirs. Car la séraphante attend, et ces mots te guideront jusqu'à elle. Je t'aimerai toujours. Maman. »*

– Attendez une seconde... murmura Clémentine. Violette nous a dit que sa mère avait laissé une lettre avant de mourir. Avant... de se suicider. C'est peut-être ça.

Tanaisie secoua lentement la tête.

– Je ne sais pas. On ne dirait pas les mots d'une femme qui s'apprête à mettre fin à ses jours.

– D'accord, mais pourquoi Violette nous a-t-elle laissé cette lettre ? demanda Mauve. Et où est-elle maintenant ?

– Aurait-elle pu nous abandonner pour aller chercher Lady Fantôme toute seule ? murmura Tanaisie.

À cette pensée, le cœur d'Aster se serra. Elle chercha la bague de théomite autour de son cou et poussa un soupir de soulagement quand elle la trouva.

– Non, c'est impossible, sinon elle aurait pris la bague pour la payer, dit-elle. Elle doit être allée ailleurs.

Mauve souffla.

– Et comment est-on censés trouver Lady Fantôme sans elle ?

L'allumette s'éteignit. Zee en frotta une autre. Aster parcourut de nouveau la lettre, une frustration grandissante lui picotant la peau.

Notre histoire du soir... ces mots te guideront jusqu'à la séraphante...

– Est-ce que quelqu'un se souvient si Violette nous a parlé d'une histoire du soir ? demanda Aster, qui commençait à se demander si cette « séraphante » n'était pas Lady Fantôme, et si cette lettre était censée les conduire jusqu'à elle.

Mais cela n'expliquait toujours pas pourquoi Violette était partie, ni où elle se trouvait désormais.

– Je suis quasiment sûre qu'elle a mentionné une histoire la fois où elle nous a parlé de la lettre, dit Clémentine. Quand on était avec les Scorpions et qu'on racontait comment on s'était retrouvées à Green Creek.

– Mais Violette ne nous a pas raconté cette histoire, alors à quoi cette lettre peut-elle bien nous servir ? demanda Mauve.

– Réfléchissons, dit Tanaisie. Que nous a-t-elle dit d'autre ce soir-là ?

Ils sombrèrent tous dans le silence, fouillant dans leurs souvenirs. La deuxième allumette s'éteignit, et sa fumée dessina des volutes dans l'obscurité.

La mère de Violette est née dans une famille de sang-pur pauvre et a été envoyée à Green Creek, pensa Aster.

Et comme c'était une sang-pur, le docteur ne l'avait pas découpée.

Finalement, elle s'était retrouvée enceinte de Violette et était tombée amoureuse de son père, un riche bluffeur.

Il avait promis de l'emmener loin de la maison d'hospitalité pour qu'ils puissent vivre ensemble et fonder une famille.

Mais en fait, il les avait abandonnées, et le chagrin avait poussé la mère de Violette à se suicider.

– Le père de Violette était un magnat de l'acier, non ? demanda Zee, qui semblait se repasser les mêmes faits dans son esprit. Comment a-t-elle dit qu'il s'appelait ?

– Tom Wells, répondit Tanaisie.

– Et elle a précisé qu'il vivait à Northrock, vous vous rappelez ? Dans un manoir doré sur la plus haute colline, ajouta Clémentine.

– Nous sommes juste à la sortie de Northrock. Peut-être qu'elle...

Aster s'interrompit, se souvenant de Violette au camp de la Pince-Rouge, quand elles avaient échangé des histoires avec les Scorpions.

Et ton père n'est jamais venu te chercher non plus ? Tu ne l'as jamais vu ?

Pas encore. Mais un jour.

Il y avait eu quelque chose d'étrange dans ses yeux quand

elle avait répondu ça. Une noirceur. Un secret. Et, peut-être, une intention.

– Peut-être n'a-t-elle jamais envisagé d'aller voir Lady Fantôme, dit lentement Aster. Peut-être est-elle allée chercher son père à Northrock.

– Lady Fantôme est-elle seulement ici, alors ? demanda Mauve. Ou bien Violette a-t-elle inventé tout ça pour qu'on l'emmène jusqu'ici ?

Aster secoua la tête et déglutit malgré une boule brûlante dans sa gorge. Après tout ce qu'elles avaient traversé ensemble, tout ce qu'elles avaient partagé... Et si Violette les avait utilisées pendant tout ce temps ?

Quoi qu'il en soit, sans elle, cette lettre ne servait à rien.

Aster ferma les yeux pour contenir des larmes de colère. Violette avait déjà trahi des filles. Elle s'en était même fait une réputation. Mais même pour elle, ceci dépassait l'entendement.

Quelque chose clochait.

– Restez ici, dit-elle en glissant la lettre dans sa poche. Je vais aller la chercher.

Aster enfila son manteau et son chapeau et fila dans la nuit. Elle ne disposait que de quelques heures avant le lever du soleil, et elle devrait revenir se cacher quand il ferait jour.

Ce qui signifiait qu'elle devait faire vite.

Elle sauta par-dessus la barrière basse qui entourait le pré et descendit en courant la pente douce jusqu'à la rivière qui bordait Northrock, la Miséricorde. Lisse et sinueuse, elle semblait faire au moins huit cents mètres de large. Aster s'arrêta brusquement au bord de l'eau, ses bottes s'enfonçant dans la boue. La puanteur de l'eau lui retournait l'estomac. Elle serait emportée si elle essayait de la traverser à la nage. Elle en était certaine. Et sur n'importe quel pont, il y aurait probablement un poste de contrôle de la police, comme devant les murs aveugles de la Balafre. Comment diable Violette était-elle passée de l'autre côté ?

Aster serra les dents. D'ici, elle apercevait la plus haute colline de Northrock, les silhouettes des manoirs qui dominaient la ville. Mais ils lui semblaient terriblement éloignés.

Elle allait tenter sa chance sur un pont.

Elle courut le long de la berge jusqu'à trouver un pont en pierre qui traversait la Miséricorde à un endroit où elle se rétrécissait. Elle plongea derrière des buissons, son esprit tournant à toute allure. Il faudrait qu'elle attende une voiture de livraison pour sauter à l'arrière. Elle pria pour qu'il en vienne une sans trop tarder. D'après Zee, la plupart des livraisons en ville se faisaient la nuit, mais il parlait alors des trains de marchandises. Elle ne savait pas du tout s'il en allait de même pour les livraisons par la route.

Je n'ai pas le temps d'attendre, pensa-t-elle, l'impatience lui rongeant les entrailles. Plus elle passait de temps ici, plus Clémentine et les autres risquaient de se faire prendre, ou alors Violette partirait encore plus loin, ou le soleil se lèverait et...

Quelqu'un approchait. Aster se tendit et se prépara. Mais il s'agissait d'une voiture privée, comme celle qu'elles avaient braquée. Elle ne pourrait jamais monter à l'arrière sans se faire remarquer. Elle poussa un soupir frustré et se cacha de nouveau en attendant qu'elle passe.

Les minutes s'écoulaient lentement. La route était vide. Les eaux noires en contrebas coulaient dans un rugissement continu. Elle commençait à avoir les muscles endoloris à force de rester accroupie, et la morsure du vengeant dans son mollet palpitait au rythme de son pouls. La fatigue la tiraillait, faisait tomber ses paupières et éparpillait ses pensées.

Alors, juste au moment où elle allait abandonner et traverser le pont à pied, et tant pis pour le poste de contrôle, elle entendit un autre véhicule.

Cette fois, c'était un chariot de livraison.

Un chariot de lait, vit-elle un instant plus tard, rempli de gros bidons métalliques de lait et de crème.

Elle attacha son foulard autour de son visage. Se prépara à bondir. Dès que le chariot monta en tressautant sur le pont pavé, elle s'élança et grimpa à l'arrière. Une fois certaine que le vacarme des roues avait étouffé le bruit de l'impact, elle tira sur l'une des couvertures rêches coincées sous les bidons de lait et se cacha dessous.

La traversée du pont lui parut interminable. De la sueur coulait dans son cou malgré la fraîcheur de l'air. Elle se figea lorsque le véhicule s'arrêta. Elle entendit les voix de policiers demandant au chauffeur son nom et son permis. La lumière de lanternes passa sur l'arrière du chariot, s'infiltrant à travers les fibres de la couverture d'Aster. Une fois, deux fois. Après un silence terriblement long, les policiers les laissèrent passer.

Aster expira. Elle compta jusqu'à mille, voulant s'assurer que les policiers étaient loin, puis elle sauta du chariot.

– Hé ! cria quelqu'un.

Mais elle se fraya un chemin entre les passants et plongea dans la première ruelle qu'elle trouva, courant aussi vite que possible. L'obscurité et l'humidité lui rappelaient la mine, mais au lieu des rochers et du bois pourri, c'étaient des poubelles et des bouteilles cassées qu'il fallait éviter. Elle jeta un coup d'œil derrière elle pour s'assurer qu'elle n'était pas suivie, puis elle se mit à marcher, lissa sa chemise et retourna dans les rues principales.

Alors c'est ça, Northrock, pensa-t-elle en prenant un moment pour observer son environnement. Les bâtiments étaient aussi hauts que les arbres dans la Balafre et projetaient leurs ombres sur les rues en brique. Même maintenant, alors que le soleil était couché depuis longtemps, ces rues étaient bondées : des bus à étage tirés par des chevaux, des vendeurs à la criée, des policiers à pied et à cheval, des hommes en costume sur mesure sortant en titubant des salles de jeu, des hommes en haillons mendiant à leurs portes. La lueur bleu-violet des lampadaires voltriques baignait toute la ville dans une lumière surnaturelle. Elle entendait vaguement leur faible vrombissement.

Aster luttait pour ne pas se laisser submerger : par la lumière, le bruit, les odeurs fortes, à la fois agréables et nauséabondes. Elle avait beau tenter de se fondre dans la foule, elle sentait qu'elle se détachait dans sa tenue d'éclaireur. Elle baissa le bord de son chapeau et se laissa emporter par le courant humain. Elle ne savait pas du tout comment aller là où elle voulait se rendre, mais si elle ne se dépêchait pas, sa faveur trahirait son identité.

La panique commençait à l'oppresser de toutes parts. Trop de corps l'effleuraient, trop d'yeux couraient sur son visage. Elle avait le tournis. De la sueur couvrait ses paumes. Elle forçait le passage entre les gens qui l'envahissaient. Tâchait de rester concentrée. Elle n'avait pas le temps de perdre ses moyens, pas ce soir. Elle devait trouver le manoir doré sur la plus haute colline...

Quelqu'un la prit par le poignet. Elle réprima un cri.

– La police t'a repérée. Suis-moi, chuchota l'inconnu à son oreille, avant de lui relâcher le poignet et de la dépasser.

La voix appartenait à une personne portant un manteau noir rapiécé, élimé et gris aux coudes, au col remonté pour la protéger de l'air nocturne. Aster eut juste le temps de voir qu'il n'y avait pas d'ombre à ses pieds avant qu'elle disparaisse dans la foule.

Aster avait le cœur au bord des lèvres. Elle déglutit. Elle n'avait aucune raison de se fier à cette personne, mais il lui suffit d'un regard derrière elle pour se rendre compte que deux policiers la surveillaient effectivement, et l'un d'eux portait déjà la main à la matraque à sa ceinture. Elle jura et s'élança derrière l'inconnu.

– Qui es-tu ? gronda-t-elle.

Elle voyait désormais qu'il s'agissait d'une jeune sang-de-poussière du même âge qu'elle, aux yeux noirs comme la nuit et au nez court et pointu.

– Je t'accorde quelques points pour tes efforts. Tu as au moins essayé de passer inaperçue. Mais tu apprendras que se déplacer discrètement en ville est bien différent de se déplacer discrètement dans la Balafre.

– Comment as-tu su...

– Le premier indice, c'est ton foulard. Il n'y a pas de poussière par ici. Et puis tu es habillée comme si tu sortais de la couverture d'un mauvais roman sur les montagnes. Mais le plus accablant, ce sont ces grands yeux que tu fais en regardant autour de toi. Tout le monde fait ça la première fois qu'il vient en ville, énuméra la fille tout en la guidant d'un pas expert à travers la foule. Je te suis depuis que tu as sauté du chariot de livraison. On est quelques-uns à dormir à la dure dans la vieille usine au bout de la rue, et la police cherche la moindre raison pour nous arrêter et nous envoyer dans la Balafre. Alors je ne peux pas te laisser mettre le bazar par ici.

Aster se hérissa.

– Je ne suis pas là pour mettre le bazar. Je cherche quelqu'un, et je n'ai pas le temps...

– Sais-tu seulement où tu vas ?

Aster hésita.

– Laisse-moi t'aider. Entre sang-de-poussière.

– Je n'ai pas de quoi te payer.

– Bien sûr que si, répliqua la fille en brandissant la montre à gousset d'Aster – celle qui se trouvait dans sa poche arrière quelques secondes plus tôt.

Aster jura et tenta de l'attraper, mais la fille retira son bras et lui tendit sa main vide à la place.

– Je m'appelle Cora.

Sans doute Aster était-elle mal placée pour se plaindre étant donné qu'elle-même avait volé cette montre à un bluffeur. Mais tout de même...

– Enchantée, marmonna-t-elle en serrant la main de Cora, bien qu'elle n'eût pas l'intention de révéler son nom en échange. Je dois me rendre au manoir de Tom Wells. Ce soir. C'est un magnat de l'acier. Tu le connais ?

Cora haussa un sourcil.

– Bien sûr, il vit sur les hauteurs avec tous ces autres bâtards bien nés. Des hommes gardent sa maison jour et nuit. Je peux t'en rapprocher, mais ensuite tu devras te débrouiller.

Aster hocha la tête, essayant d'ignorer la peur qui la rongeait et la douleur qui dévorait sa faveur. Elle suivit Cora dans une ruelle similaire à celle qu'elle avait empruntée précédemment, le poing serré, méfiante. Après tout, cette fille pouvait bien l'attirer dans un piège. Mais Aster était désespérée. Elle n'avait pas le choix.

– Pourquoi est-ce que tu veux voir Wells, d'abord? demanda Cora alors qu'elles avançaient dans les entrailles de Northrock.

– Ça ne te regarde pas.

– Pas la peine d'être aussi susceptible.

Mais Aster n'était pas d'humeur à faire la conversation. Elle frotta le côté de son cou avec son épaule, essayant d'ignorer sa faveur.

– On doit se dépêcher, ajouta-t-elle.

Cora hocha la tête et accéléra le pas. Plus elles montaient dans la ville, plus les rues étaient propres et tranquilles. Il n'y avait pas de rats dans ces ruelles, pas d'ivrognes évanouis sur les trottoirs. Elles allaient manifestement dans la bonne direction. Aster éprouva une brève bouffée de soulagement et se sentit reconnaissante que sa confiance ait été récompensée.

– En tout cas, si tu comptes rester à Northrock, tu vas devoir apprendre comment ça fonctionne, dit Cora. C'est dangereux, par ici, pour les sang-de-poussière.

Ça ne peut pas être pire que la Balafre, pensa Aster.

– Je n'y compte pas. Rester à Northrock, je veux dire, marmonna-t-elle, et puis elle s'adoucit, contente d'avoir trouvé une personne disposée à l'aider dans cet endroit étrange. Mais... merci. J'apprécie ta sollicitude.

Cora haussa les épaules.

– Tu es manifestement douée si tu as réussi à fuir la

Balafre et à arriver jusqu'ici. Mes amis et moi aurions bien besoin de quelqu'un comme toi, si jamais tu changes d'avis.

Cora s'arrêta alors. Elles étaient parvenues au bout d'une ruelle qui donnait sur une place vide, bordée de manoirs de chaque côté, de grands bâtiments en pierre avec de la lumière jaune à leurs fenêtres à barreaux. Au moins une demi-douzaine de gardes patrouillaient dans la zone.

– Tom Wells vit dans celle-ci, annonça Cora en désignant le manoir juste en face d'elles. C'est ici que je te laisse. Bonne chance.

Aster déglutit.

– D'accord. Merci.

Elle se retourna pour lui dire au revoir, mais Cora avait déjà disparu dans l'obscurité.

Aster était seule. Et si Violette n'était pas là...

Non, elle n'avait pas le temps de penser comme ça.

Elle se précipita hors de la ruelle avant de pouvoir changer d'avis, restant à l'abri des ombres. Ces gardes étaient des hommes mortels, pas des dévoreurs, mais ce serait tout de même difficile de les éviter.

Se déplacer discrètement en ville est bien différent de se déplacer discrètement dans la Balafre.

Elle ramassa une brique par terre et la jeta le plus loin possible à l'autre bout de la place. Elle atterrit dans un grand *crac.* Le garde le plus proche courut voir de quoi il s'agissait, et elle se précipita de l'autre côté, puis elle se faufila entre les barreaux de la grille en fer devant la demeure de Tom Wells. Une courte allée menait à la porte d'entrée et se divisait autour d'une petite fontaine décorative. Aster s'avança à pas de loup, se concentrant sur le ruissellement de l'eau plutôt que sur son cœur qui battait à tout rompre.

Elle y était presque.

Du mouvement devant elle. Elle porta instinctivement la main à son couteau et jura quand elle se souvint qu'il n'était plus là. Quelqu'un était assis sur le porche, presque entièrement dissimulé par un gros buisson.

Aster hésita. Elle voyait que ce n'était ni un garde ni un policier. Mais cette personne appellerait probablement à l'aide dès qu'elle la verrait.

Ou alors, elle saurait quelque chose à propos de Violette. Maintenant qu'elle était là, Aster n'allait pas repartir sans réponses.

Ce fut seulement en se rapprochant qu'elle découvrit qu'il s'agissait de Violette elle-même, toute recroquevillée, en train de pleurer doucement. Le couteau d'Aster contre sa gorge. Elle avait retiré son foulard et la lame appuyait contre sa faveur.

– Violette ? murmura Aster, sous le choc.

Elle tira sur son propre foulard pour que Violette la reconnaisse, mais elle ne s'avança pas plus. Elle avait peur de l'effrayer et de la pousser à se faire du mal.

Que se passe-t-il ici, au nom des morts ?

– Je... Je n'ai pas pu, bafouilla Violette. Si j'avais encore eu du Chardon sucré, j'y serais arrivée, je crois. Mais je ressens trop les choses maintenant. Je n'ai pas pu m'y résoudre.

– Violette, je ne sais pas... de quoi est-ce que tu parles ?

Aster se rapprochait doucement. Violette avait baissé le couteau, mais ses doigts serrés autour du manche étaient encore tout blancs.

– J'ai vu mon père, Aster. Avec ses vraies filles. Elles étaient deux, elles avaient environ la moitié de mon âge. Elles me ressemblaient – elles lui ressemblaient : mêmes cheveux, mêmes yeux. Il les a étreintes et il les a embrassées et il les a fait monter dans sa voiture. Elles vivent la vie que j'étais censée mener. J'ai tout vu cachée ici.

La main tremblante, elle désignait avec le couteau les buissons bas qui encadraient la maison tel du glaçage sur un gâteau.

On aurait dit qu'elle parlait dans une autre langue. Aster s'efforçait d'assembler les mots pour comprendre ce qu'elle avait sous les yeux : Violette, avec un couteau pointé sur elle. Toute la colère qui l'avait menée jusque-là, toute sa peur insoutenable d'avoir été trahie, tout disparut lentement, remplacé par une sensation d'irréalité. Elle ne savait pas à quoi elle s'était attendue, mais pas à ça.

– Je ne comprends pas, dit-elle finalement.

Violette la regarda. Elle avait les yeux rouges, brillants de larmes.

– J'étais venue ici pour le tuer, Aster, dit-elle, chaque mot aussi clair et dur qu'un diamant. Je suis venue à Northrock pour tuer Tom Wells à cause de ce qu'il a fait à ma mère, puis pour me tuer afin de mettre un terme à toute la souffrance qu'il m'a causée. Mais je n'ai pas réussi. Je ne suis pas assez forte. Même après tout ce qu'on a surmonté depuis Green Creek, je ne suis pas assez forte.

Sa voix se brisa, et un autre sanglot secoua son corps. Elle enfouit son visage entre ses mains. Aster parcourut finalement la distance qui les séparait et s'assit à côté d'elle sur le porche, se cachant du mieux possible derrière le buisson. Après un bref moment d'incertitude, elle passa un bras autour des épaules de Violette, qui se laissa aller contre elle.

– Violette, tu es l'une des personnes les plus fortes que je connaisse, dit Aster, et elle le pensait.

Violette avait été bien des choses, mais elle n'avait jamais été faible. Elle n'avait jamais montré sa peur à personne à la maison d'hospitalité et, depuis leur départ, elle ne l'avait jamais laissée l'arrêter.

– Le fait que tu ne sois pas allée jusqu'au bout en est la preuve, ajouta-t-elle.

Violette secoua la tête.

– J'ai échoué. J'ai voulu ça pendant des années, Aster. Toute ma vie. La plupart des soirs, c'était la seule chose qui me permettait de tenir bon. Je savais que je devais vivre assez longtemps pour voir mourir cet homme. Je n'ai jamais détesté aucun bluffeur autant que je le détestais. Et quand j'ai vu que vous alliez vous enfuir, Clémentine et toi, j'ai compris que ce serait peut-être ma seule chance d'aller à Northrock et de le faire payer. (Elle laissa échapper le couteau, frustrée.) Et j'ai échoué. Alors à quoi ça a servi, tout ça ? Dis-le-moi. Pourquoi est-ce que je respire encore ?

– Parce que tu mérites d'être là, répondit précipitamment Aster. Violette, écoute-moi : Tom Wells n'a rien à t'offrir. Ni son manoir, ni sa voiture, et encore moins son affection. Et tu n'as pas besoin non plus de l'entendre exprimer ses remords, tu comprends ? Tu peux t'en aller sans rien de tout ça et tu seras toujours entière.

– C'est facile à dire, pour toi, marmonna Violette.

– À vrai dire, non, ça ne l'est pas. Tu me connais, Violette. Tu m'as déjà vue fuir une bataille ? Je suis venue jusqu'ici pour t'affronter, toi ! (Violette haussa un sourcil et toussota de rire.) J'ai cru que tu nous avais abandonnées à une mort certaine.

– Non, je n'aurais jamais fait ça ! Je... J'ai laissé la lettre. La lettre de ma mère. Je ne mentais pas au sujet de Lady

Fantôme. Elle est réelle. Ma mère me l'a toujours dit. Elle a tout expliqué, non ?

Aster plissa le front.

– Pas vraiment, répondit-elle en sortant l'enveloppe. C'est bien de cette lettre que tu parles, hein ? Les derniers mots de ta mère avant qu'elle ne renonce à la vie ? Je dois admettre que ça ne ressemble pas à une lettre d'adieu. Tu ne nous as peut-être pas laissé la bonne ?

– Non, il n'y avait que celle-là... dit Violette en fixant le papier comme s'il risquait de la mordre. Que... qu'est-ce qu'elle dit ?

Aster hésita.

– Tu pensais qu'elle disait quoi ?

– Quand... quand ma mère me l'a donnée, elle m'a dit que la lettre m'indiquerait comment trouver Lady Fantôme quand je serais plus grande, si on ne pouvait pas aller la voir ensemble, comme prévu. Tu sais, elle m'avait toujours dit que quand nous irions vivre avec mon père, il paierait pour faire retirer nos faveurs, parce qu'il était riche. Mais elle ajoutait que la lettre était juste au cas où, que je ne devais pas m'inquiéter. (Elle s'essuya les yeux du revers de la main avant de poursuivre.) Mais le lendemain du jour où elle me l'a donnée... elle est morte. Elle m'a laissée. Seule. Et... et je... je ne sais pas. Je n'ai appris à lire que l'année suivante, et à ce moment-là, j'avais trop peur de la lire, de découvrir ce que ma mère me disait d'autre. De savoir pourquoi... elle s'était suicidée. (Elle hésita.) Peux-tu me lire la lettre, Aster ? Je suis toujours... Je ne peux pas.

Il y avait dans sa voix une peur presque enfantine qui ne lui ressemblait pas. Mais rien dans cette lettre ne justifiait cette peur, si ? Aster la déplia à la lueur de la lune et commença à la lire d'un ton hésitant, surveillant Violette du coin de l'œil.

Violette poussa un sanglot déchirant avant même qu'Aster ait terminé.

– Elle voulait me sauver ? s'étrangla-t-elle avant d'arracher la lettre des mains d'Aster pour la regarder. J'ai toujours cru qu'elle m'avait abandonnée, mais elle dit qu'elle voulait... elle n'aurait jamais...

En entendant la souffrance dans sa voix, les dernières bribes de colère qu'Aster éprouvait à son égard s'évaporèrent.

– Violette, commença-t-elle, perplexe. Tu es sûre que ta mère s'est suicidée ? Si cette lettre est la seule que tu possèdes... C'est juste que manifestement, elle avait d'autres projets.

– C'est Mère Fleur qui m'a raconté comment ma mère était morte. Je n'ai jamais eu aucune raison de mettre sa parole en doute... Pourtant, Mère Fleur ment. Je le sais. Je l'ai même aidée à mentir, parfois. Mais elle ne m'a jamais menti à moi, Aster. Elle était différente, avec moi. Elle disait qu'elle m'aimait comme ma mère ne m'avait jamais aimée. Que ma mère regrettait ma naissance, et que c'était en partie pour ça qu'elle s'était suicidée : parce qu'elle ne pourrait jamais avoir mon père et qu'elle ne pourrait jamais m'aimer alors que je lui rappelais l'homme qui lui avait brisé le cœur. C'est ma faute si elle s'est tuée.

Bon sang. Aster avait la nausée.

– Écoute, Violette. Quoi qu'ait fait ta mère, ça n'a jamais été ta faute. Jamais. Tu dois le savoir.

Violette cligna des yeux et secoua la tête.

– Mère Fleur devait te dire ça simplement pour te contrôler. Pour s'assurer ta loyauté.

– Dans ce cas, ça a fonctionné, répondit Violette d'une voix éteinte. Au début, je ne voulais pas la croire. Bien sûr que je ne la croyais pas. Mais ensuite, elle m'a dit – je me souviens parfaitement de ses mots – elle a dit : « Si tu as parfois eu l'impression que ta mère t'aimait, c'est parce qu'elle était douée pour faire semblant de ressentir des choses qu'elle ne ressentait pas. Comme toutes les Filles de la chance. » Comme moi, depuis.

Une prise de conscience soudaine frappa Aster comme un coup de poing dans le ventre.

– Alors pendant tout ce temps... tu pensais que cette lettre...

– Je ne sais pas, Aster ! s'exclama Violette, frustrée. J'essayais de ne pas y penser du tout. Mais au fond, oui, je pensais qu'il s'agissait d'une confession, qu'elle m'avouait qu'elle ne m'aimait pas, qu'elle regrettait que je sois née. Qu'elle avait voulu s'ôter ce poids de sa poitrine avant de traverser le Voile. (Elle plia soigneusement la lettre et la rangea.) Tu dois comprendre que je ne vous aurais jamais quittées si je n'avais pas honnêtement cru ce que ma mère m'avait dit : que la lettre indiquait le moyen de parvenir jusqu'à Lady Fantôme. Je voulais tellement, j'avais tellement besoin que ce soit vrai. Je ne savais pas que ses indications seraient cachées dans notre histoire du soir.

Violette ramassa le couteau et le tendit à Aster, dont l'esprit tourbillonnait.

Violette avait-elle réellement été certaine que la lettre les guiderait jusqu'à Lady Fantôme, étant donné les mensonges qu'elle avait crus sur le compte de sa mère ? Aster étudia son visage. Violette semblait totalement épuisée, incapable de trouver du réconfort dans ce moment après toute la douleur qui l'avait précédé. Et en voyant ses yeux injectés de sang et ses joues couvertes de larmes, elle ne put douter d'elle plus longtemps. Peut-être avait-elle réellement cru à Lady Fantôme tout au fond d'elle, ou peut-être s'était-elle simplement forcée à y croire, car c'était le seul moyen de supporter sa peine. Aster ne le saurait jamais avec certitude, mais à cet instant, elle comprit que ça n'avait pas d'importance. Plus maintenant.

– Bref, soupira Violette, si tu veux oublier tout ça et me laisser ici aux mains de la police, je ne t'en voudrais pas. Je ne vaux pas mieux que Mère Fleur. Je vous ai menti. Et de toute manière, je n'ai plus de raisons de vivre. Ma vraie mère est toujours morte, après tout.

– Violette, non. Tu viens avec nous. Mère Fleur... Mère Fleur est cruelle de t'avoir fait ça. Et les bluffeurs le sont aussi, pour tout le mal qu'ils nous ont fait. Mais je préfère mourir que d'admettre que cette cruauté est nécessaire pour survivre. On est arrivées jusqu'ici uniquement parce qu'on avait confiance les unes dans les autres, et parce qu'on veillait les unes sur les autres. Alors c'est ce qu'on va continuer à faire, d'accord ? (Aster déglutit en saisissant qu'elle adressait autant ces mots à elle-même qu'à Violette.) Malgré tout ce qu'ils nous ont pris, ils ne nous ont toujours pas pris ça. Nous avons toujours notre humanité. Et eux ne peuvent pas en dire autant.

Violette garda le silence un bon moment.

– Je ne sais pas. Tu avais raison, tu sais, à Clearwater. J'ai été cruelle envers toi et les autres filles. J'étais prête à tout pour améliorer ma situation. Parce que j'ai toujours eu de la rancœur d'avoir dû vivre cette vie. Ça n'était pas censé m'arriver à moi. La fille sang-pur au père riche. (Elle secoua la tête et retroussa les lèvres, dégoûtée.) Mais aucune d'entre nous n'aurait dû vivre cette vie. Et je vous ai empoisonné l'existence. J'aurais fini aussi méchante que Mère Fleur. J'aurais fini pire. (Elle regarda Aster en face.) Je sais que ça ne suffit pas, et je sais que c'est trop tard, mais je suis désolée, Aster. Pour tout.

Aster avait la gorge serrée par les larmes. Elle les ravala, surprise par cet afflux soudain d'émotion. Elle n'avait pas mesuré à quel point elle avait besoin d'entendre ces mots de la bouche de Violette, après les avoir attendus si longtemps : des excuses honnêtes, la promesse d'être meilleure.

– Eh bien, si tu veux te rattraper, je ne vois pas de meilleur moyen que de nous conduire jusqu'à Lady Fantôme, comme promis, lança Aster en se forçant à rire et à lui sourire faiblement. Alors tu vas rentrer au camp avec moi, ou je dois te traîner jusque là-bas ?

Violette rit avec reconnaissance et Aster l'aida à se relever. Elles se dirigèrent furtivement vers la grille.

Mais alors, ses portes s'ouvrirent à toute volée, et une marée de policiers armés de fusils se déversa dans l'allée.

CHAPITRE 21

Aster était assise à l'arrière de la voiture de police, les mains menottées mais la tête haute. Violette était assise en face d'elle, le visage aussi pâle que de la cendre dans l'obscurité. Chacune était accompagnée d'un policier fusil à la main. Le cœur d'Aster tambourinait contre sa poitrine, mais elle avait l'esprit clair. Maintenant que le pire s'était produit, elle se sentait étrangement calme. Au moins, Clémentine et les autres étaient en sécurité.

Tu t'en sortiras, se répétait-elle. *Tu les reverras.*

L'alternative était trop terrible pour être envisagée. Elle devait la repousser, ne penser qu'à un moyen de s'échapper. Elle essayait de communiquer tout ça à Violette par le regard, mais celle-ci était trop accablée pour réagir. Elle avait le regard vitreux, dans le vide, et ses cheveux pendaient devant son visage. Son apathie effrayait Aster plus que tout le reste. On aurait dit qu'elle avait déjà abandonné.

La voiture roula sur quelque chose. Aster bougea ses jambes pour retrouver l'équilibre et le policier sur sa gauche lui donna aussitôt un coup dans les côtes. Elle serra les dents. Il n'y avait pas de fenêtres, mais elle savait qu'ils voyageaient depuis longtemps : plus longtemps qu'il ne l'aurait fallu pour rejoindre la prison du coin, même dans une ville aussi grande que Northrock.

Alors où allaient-ils donc ?

Elle ravala la peur qui montait dans sa gorge. Enfin, ils s'arrêtèrent. L'un des policiers se leva et ouvrit les portières du fond avant de sauter dehors. Les autres firent sortir Aster et Violette.

On apercevait toujours Northrock au loin, chaude lueur dans l'obscurité, mais ils se trouvaient désormais à la périphérie de la ville, dans une sorte de domaine luxuriant. L'herbe était épaisse, l'air chargé d'une odeur végétale. Aster frémit lorsque le vent releva ses manches.

– Par ici, dit un policier en la faisant pivoter brusquement.

Aster faisait face à un manoir de trois étages en pierres blanches inébranlables. Elle jeta encore un coup d'œil à Violette pour voir si elle savait où elles étaient, mais celle-ci baissait les yeux. Elle semblait murmurer quelque chose dans sa barbe. Une prière ?

Les policiers les firent avancer.

Les bottes d'Aster crissaient sur l'allée en gravier. Elle ne pouvait pas se battre les mains liées. Si elle partait en courant, ils lui tireraient dessus. Mais à chaque pas, elle était de plus en plus sûre que si elle entrait dans ce bâtiment, elle n'en ressortirait jamais.

Ils parvinrent à la porte d'entrée, où un homme les attendait. Il portait un gilet à rayures parfaitement coupé, mais ses manches blanches impeccables étaient retroussées jusqu'aux coudes, comme s'il avait travaillé avec ses mains. Ses yeux bleu ciel les regardaient par-dessous son chapeau melon.

Aster ravala difficilement un renvoi de bile. La dernière

fois qu'elle avait vu ces yeux, c'était de l'autre côté d'un ravin.

– Monsieur McClennon, le salua le policier derrière Aster. Nous avons les filles. Où voulez-vous qu'on les mette ?

Jerrod McClennon.

La détermination d'Aster se craquela. Le fait qu'il ait voulu les faire venir dans sa propriété plutôt que les avoir envoyées en prison n'augurait rien de bon. Et c'était sans doute illégal, mais qui allait l'en empêcher ? Désespérée, elle vit du lustre passer des mains de McClennon à celles du policier. Finalement, Violette croisa le regard d'Aster, comme si elle aussi commençait à comprendre que la situation était désespérée.

McClennon les devança sur un sentier de pierre qui contournait l'immense demeure, jusqu'à l'entrée d'une cave gardée par deux dévoreurs diffusant un sentiment d'effroi. Ils se penchèrent pour ouvrir les portes, révélant un escalier béant.

Nous nous reverrons, je vous le garantis.

Et quand votre heure sera venue, vous le saurez.

Aster savait.

Elle commença à se débattre avec force, essayant de libérer ses bras de l'emprise du policier, son cœur palpitant dans sa poitrine comme une bête affolée. Peu importe que ce soit inutile. Elle préférait mourir ici, en se battant, que piégée dans cette cave.

– Pas de ça maintenant, la gronda McClennon, et aussitôt, l'un des dévoreurs posa les yeux sur elle et planta un poignard de peur dans sa poitrine.

L'effroi se propagea comme du givre, la laissant hébétée, tremblante.

– Vous vous conduirez comme des dames le temps de votre séjour ici, reprit-il.

Aster serra les dents alors que la douleur lui martelait le crâne et que la panique courait dans son sang. Elle sentit à peine que le policier lui retirait ses menottes. Il la poussa en avant, et l'un des dévoreurs la prit par l'épaule et lui fit descendre l'escalier derrière McClennon. L'autre dévoreur les suivait avec Violette, qui trébuchait dans l'obscurité. Les dévoreurs voyaient parfaitement, bien sûr, mais McClennon avait une lanterne. Aster distinguait tout juste les pièces devant elle à sa lueur.

Des cellules de prison.

McClennon posa la lanterne sur une table et prit un jeu de clés accroché au mur. Aster s'humecta les lèvres, cherchant désespérément un moyen de s'échapper. Elle recommença à se débattre pour échapper au dévoreur, mais il lui donna un coup de pied à l'arrière des genoux, et ses jambes cédèrent.

– Vous vous demandez sans doute pourquoi je vous ai fait venir ici, dit McClennon d'un ton badin tout en cherchant la bonne clé, tandis que les dévoreurs faisaient monter la pression contre leurs esprits. C'est parce que vous êtes spéciales : vous n'êtes pas les premières filles à vous enfuir d'une maison d'hospitalité, bien entendu, mais vous êtes certainement les premières à tuer un membre de ma famille au passage. Alors il m'a semblé approprié que je m'occupe personnellement de votre cas. M. Mason, le chef de police, a été ravi de me faire ce plaisir.

– C'est quoi cet endroit? demanda Violette d'une voix morne.

C'était la première fois qu'elle parlait depuis qu'elles avaient été capturées.

McClennon trouva la clé qu'il cherchait et prit son temps pour ouvrir le cadenas de la cellule la plus proche.

– J'emploie plusieurs dévoreurs pour garder mon domaine. Je les autorise à pratiquer leurs talents ici sur des volontaires. Ils font un travail fascinant.

– Des volontaires ? répéta Aster, horrifiée.

– Les sang-de-poussière sont prêts à tout quand on leur propose d'effacer leurs dettes. Tout le monde a un prix, mais ça, vous le savez, bien sûr. Entrez, maintenant. Une longue journée nous attend, demain.

Aster et Violette obéirent, trop affaiblies pour résister, et McClennon verrouilla la porte. Il partit sans leur adresser un dernier regard, prenant la lanterne avec lui. Mais les dévoreurs restèrent, et Aster sentait qu'ils la regardaient. Les portes de la cave claquèrent.

Aster trouva Violette dans le noir et elles se laissèrent glisser sur le sol en terre battue. Pendant un moment, elle n'osa pas parler, à cause des dévoreurs qui les écoutaient, mais entendre la respiration régulière de Violette la réconforta.

– Comment tu te sens ? murmura finalement Aster.

Violette poussa un long soupir.

– Ça a été une sacrée soirée, c'est le moins qu'on puisse dire, répondit-elle, et Aster sentit qu'elle se tournait vers elle. Mais merci, pour tout à l'heure...

Aster ne savait pas si elle restait vague à cause des dévoreurs, ou par pudeur.

– De rien, dit-elle en lui prenant la main et en la serrant.

C'était une promesse : *On va s'en sortir.*

Violette lui pressa la main en retour, comme pour dire : *Je n'y crois pas une seconde, mais merci quand même.*

Elles sombrèrent de nouveau dans le silence.

Que les morts soient loués, Clémentine et les autres ne sont pas là, pensa de nouveau Aster. C'était sa seule consolation, et elle s'y raccrochait. Zee avait promis de rester avec elles. S'ils ne trouvaient pas Lady Fantôme, il les ramènerait peut-être chez les Scorpions.

Même maintenant, après tout ce qui s'était passé, tout n'était pas encore perdu pour elles.

Aster tenta de rester éveillée, mais son épuisement la rattrapait. Ce devait presque être le matin désormais. Elle se mordit le pouce, espérant que la douleur suffirait à la maintenir consciente. La peur grandissait dans son ventre, et pas seulement du fait des dévoreurs, mais à l'idée de rester seule, dans le noir, à la merci des autres. S'endormir ajouterait encore à sa vulnérabilité.

Mais rapidement, le froid se glissa sous sa peau, l'obscurité dévora son esprit, et elle s'abandonna à la fatigue.

Quand elle se réveilla, elle ignorait combien de temps s'était écoulé. McClennon était de retour, et la lumière de sa lanterne brillait sur leur visage.

Et il n'était pas seul.

– Je me suis dit que vous aimeriez avoir un peu de compagnie, dit-il en déplaçant sa lanterne pour éclairer les personnes derrière lui.

Tanaisie, Mauve... et Clémentine.

Les dernières bribes de courage d'Aster la désertèrent alors. Elle aurait pu supporter tout ça en sachant que Clémentine s'était échappée. Mais maintenant...

McClennon ouvrit la cellule et força les autres à entrer, puis la referma.

– Je vous avais dit que nous nous reverrions. Maintenant, j'ai tout le bouquet, n'est-ce pas ? demanda-t-il en ricanant.

Vous savez ce qui est le mieux, à Arketta ? C'est qu'ici, les gens obtiennent autant ou aussi peu qu'ils le méritent. L'époque de l'Empire et de ses rois tyrans n'est plus. Au lieu de ça, l'homme qui travaille se dirige lui-même, et s'il paie ses dettes, il peut vivre comme un roi. Gloire au Règlement des comptes, en effet. (Il faisait les cent pas, gesticulant comme s'il adressait à un public dans une cérémonie officielle.) Vous êtes toutes jeunes, et ces opportunités vous semblent aller de soi. Vous détestiez la maison d'hospitalité alors que d'autres mouraient d'envie de prendre votre place. Vous vouliez la liberté sans avoir travaillé pour. Et pire encore, vous n'avez pas respecté les lois qui assurent l'intégrité de notre société. Vous avez tué un honnête homme. Je comprends que c'est dans votre sang de vous conduire de façon criminelle – la science a prouvé que vous ne pouviez pas vous en empêcher –, mais tout de même...

Aucune d'elles ne bougeait ou ne parlait. Les deux dévoreurs se tenaient de chaque côté de lui, faisant circuler un faible courant de peur dans le sang d'Aster. Ce n'était rien comparé à la colère qui s'élevait en elle. Elle retroussa les lèvres, exaspérée par cette tirade, par ses mensonges. Il prenait son temps pour préciser où il voulait en venir, et elle n'osait pas imaginer quelle punition lui semblerait adaptée à la fin de son petit discours.

Il croisa ses bras massifs.

– Heureusement pour vous, jeunes filles, je suis un homme clément. Je crois aux secondes chances, à la rédemption. Notre pays a été fondé sur ces idéaux, et ce sont ces idéaux que je défendrai en tant que gouverneur. J'ai bien conscience que celle qui a assassiné mon neveu est la seule véritable criminelle. Les autres ne sont que des suiveuses, faibles d'esprit et lâches, comme les gens de votre race ont tendance à l'être.

Il se remit à marcher de droite à gauche. Une fois. Deux fois. Puis il poursuivit.

– Évidemment, les circonstances désignent Clémentine, la fille suffisamment chanceuse pour avoir été sélectionnée par Baxter. Mais je détesterais administrer un châtiment sans en être absolument certain. Quel genre de gouverneur serait aussi peu respectueux des droits de ses citoyens ? Alors, dès que vous me direz laquelle d'entre vous a tué Baxter, je promets que les autres seront renvoyées indemnes à Green Creek, où elles pourront se remettre au travail.

– Vous devriez toutes nous laisser partir, répondit Aster avant que les autres puissent parler, avant que Clémentine puisse se dénoncer.

Elle ne croyait pas une seule seconde que la promesse de McClennon fût sincère, mais s'il y avait la moindre chance qu'elles puissent toutes s'en sortir vivantes, elle devait la saisir.

Mais McClennon lui décocha un regard écœuré.

– Il s'agit d'un meurtre, tel que défini par la loi, et la loi spécifie bien comment les meurtriers doivent être traités. Je crois que l'exécution sera un grand spectacle. C'est ce que veut le peuple. Néanmoins, il n'y a aucune raison pour que les autres se sacrifient pour la meurtrière. Alors, qui était-ce ?

Il les regarda tour à tour. Elles se figèrent et échangèrent des coups d'œil. Aster vit de la peur dans leurs yeux à toutes, mais aussi de la détermination. Aucune d'elles n'allait parler.

Alors, Clémentine remua légèrement. Aster lui prit la main.

– Très bien, dit finalement McClennon. Je vous reposerai la question demain.

Aster poussa un soupir tendu alors qu'il s'éloignait, mais il s'arrêta et se retourna.

– Oh, et comme je vous le disais, ici, les gens obtiennent ce qu'ils méritent. Alors si vous voulez manger, il faudra travailler. Je suis sûr que ces deux individus seront ravis de vous y aider.

Il désigna les dévoreurs, un petit sourire aux lèvres, et disparut dans l'escalier.

Dès que la porte de la cave se fut refermée derrière lui, Aster prit Clémentine dans ses bras.

– Comment vous ont-ils trouvées ? demanda-t-elle, tremblant tant de peur que de colère.

Les dévoreurs étaient toujours là et les observaient en silence. McClennon avait laissé sa lanterne cette fois-ci, sûrement pas par gentillesse, mais pour qu'elles y voient assez clair pour faire leur « travail ».

Aster se tassa sous leur regard scrutateur.

– On se faisait du souci pour toi, répondit Mauve en se tenant le flanc, grimaçante. On est allées te chercher en ville. Mais elle grouillait de policiers.

– Et Zee ? demanda Violette, anticipant la question d'Aster.

Clémentine lança un coup d'œil aux dévoreurs.

– Il... Il est parti de son côté. On le lui avait demandé. En tant qu'homme, il pouvait se rendre dans certains endroits qui nous étaient interdits.

– Je suis sûre que McClennon l'aurait amené ici s'il l'avait, murmura Tanaisie. Alors on a toutes les raisons de croire qu'il n'a pas été capturé.

– Et toutes les raisons de croire qu'il ne sait pas où on est, ajouta Mauve d'un air sombre.

Cette remarque démoralisa encore plus Aster. Elles ne pouvaient donc pas compter sur lui pour les sortir d'ici. Mais de toute manière, il n'aurait pas pu le faire. McClennon avait dit que plusieurs dévoreurs gardaient sa propriété, sans parler de ceux qui restaient là avec elles.

– J'ai réfléchi et je... Je veux me porter volontaire pour assumer la responsabilité de tout ça, dit prudemment Clémentine.

Elle ne pouvait pas avouer quoi que ce soit ouvertement, avec les dévoreurs qui les écoutaient et qui lisaient leurs émotions, mais si la maison d'hospitalité leur avait appris quelque chose, c'était à s'exprimer de façon détournée en présence des dévoreurs.

– Non, dit Aster.

– Aucune d'entre nous ne peut en assumer toute la responsabilité, renchérit Tanaisie.

– Moi si, marmonna Violette, mais Aster la fit taire d'un regard.

– Non, répéta-t-elle. Tu es avec nous maintenant, Violette. Jusqu'au bout. Aucune d'entre nous ne se dénoncera. On trouvera une autre solution.

Mais ses propres paroles lui semblaient creuses, et sans doute aux autres aussi. S'il fallait en arriver là, ce serait elle qui se dénoncerait. Elle l'avait su dès qu'elle avait vu le cadavre de Baxter sur le lit de Clémentine.

On n'en arrivera pas là, se dit-elle. Elles avaient toujours trouvé des solutions. La lampe en verre de scories. Le Chardon sucré. La banque. Le train.

Mais elles étaient à court d'options désormais.

– Peut-être que Zee nous trouvera, dit doucement Clémentine.

Aster et Violette se regardèrent. Elles ne pouvaient pas parler librement, mais elles n'en avaient pas besoin pour se communiquer la triste vérité.

Elles ne pouvaient compter que sur elles-mêmes.

CHAPITRE 22

Le matin arriva, bien qu'elles ne pussent le deviner dans leur cellule en sous-sol. Le seul signe que le soleil s'était levé fut l'arrivée d'un jeune domestique portant une casserole de céréales chaudes. Il garda ses yeux sombres rivés au sol.

– Vous vous souvenez de ce que M. McClennon vous a dit, lança l'un des dévoreurs, le plus jeune des deux. Ce n'est pas gratuit, ici. Si vous voulez manger, il va falloir payer.

– Tu peux te brosser, répliqua Mauve.

Aster sourit faiblement. La malveillance enflamma les yeux du dévoreur.

– Comme vous voudrez, répondit-il, et une vague de malheur s'abattit sur elles.

La poitrine d'Aster se comprima. Sa gorge était serrée par les larmes.

– On reviendra à la tombée de la nuit, reprit-il. Espérons que vous serez revenues à la raison d'ici là.

Il leur tendit un pichet d'eau à travers les barreaux, mais il laissa la nourriture hors de portée. L'odeur donnait des crampes d'estomac à Aster. Les dévoreurs et le domestique partirent sans ajouter un mot. Aster enfonça le revers de sa main indemne sur ses yeux pour essuyer ses larmes. Elle se sentait à peine soulagée qu'ils les aient laissées seules.

– Apparemment, on ne sera surveillées que pendant la nuit, dit doucement Tanaisie. Peut-être que les dévoreurs ont plus important à faire.

– Que les morts soient loués, marmonna Mauve, le visage pâle.

Aster ne leur dit pas ce qu'elle pensait : que McClennon avait sans doute envoyé les dévoreurs à la poursuite de Zee, et qu'il ne les aurait pas laissées seules ici s'il n'était pas certain qu'elles ne pouvaient pas s'enfuir.

Mais au moins, elles pouvaient discuter librement.

– Tout le monde va bien ?

Elles acquiescèrent toutes dans un murmure, bien qu'elles parussent aussi en forme que les chatons que Clémentine avait un jour sauvés de la noyade, enfermés dans un sac, avant la maison d'hospitalité.

– Alors, dit Clem, dont le regard passait d'Aster à Violette. On n'a jamais entendu toute l'histoire. Où étais-tu passée hier soir, Violette ?

Aster remua sur le sol dur, silencieuse. Ce n'était pas à elle de raconter cette histoire. Au bout d'un moment, Violette déglutit et la raconta elle-même, d'une voix de plus en plus forte à mesure qu'elle parlait. Elle n'omit rien, ni son projet de tuer son père, puis de se suicider, ni les mensonges qu'elle avait crus au sujet de sa mère, ni les regrets qu'elle éprouvait quant à la façon dont son ressentiment l'avait poussée à traiter les autres filles. Clémentine, Tanaisie et Mauve l'écoutèrent sans un mot, leur expression passant du choc à la compassion puis à l'incertitude. Peut-être n'étaient-elles pas prêtes à accepter les excuses de Violette, mais peut-être qu'étant donné les circonstances, elles s'y sentaient obligées.

Finalement, Tanaisie rompit le silence.

– Merci de nous avoir tout raconté, Violette. Je... je suis désolée pour tout ce qui vous est arrivé, à ta mère et à toi. Ce que Mère Fleur t'a fait...

– Elle nous a fait du mal à toutes, la coupa Violette d'un ton neutre. Je suis la seule à l'avoir aidée.

– Mais tu n'es plus la même, rétorqua Clémentine.

– C'est vrai, Violette, on ne serait jamais arrivées jusque-là sans toi, ajouta Mauve. Je suis contente que tu sois là. Enfin pas là, dans cette cellule, mais tu comprends...

Aster et les autres hochèrent la tête.

– Et autre chose, Violette, intervint Aster. Tu peux peut-être nous raconter l'histoire du soir de ta mère, maintenant. Celle qui est censée nous aider à trouver Lady Fantôme.

– Pour quoi faire ? demanda Violette d'une voix vide.

– Pour qu'on puisse savoir où elle est, répondit Aster, formulant l'évidence.

Elle ignorait comment elles pourraient repartir à la recherche de Lady Fantôme, mais là n'était pas la question. Elles avaient besoin de croire que c'était possible.

Violette lui adressa un hochement de tête presque imperceptible, comme si elle comprenait ce qu'Aster attendait d'elle.

– Eh bien, l'histoire commençait toujours de la même manière. *Il était une fois une séraphante qui vivait dans un château de théomite, bâti au milieu de dix griffes.* Ensuite, ça changeait tout le temps. Une orpheline toujours différente se retrouvait dans le pétrin – elle était tombée dans un puits, ou elle s'était perdue dans les bois, ou elle avait été kidnappée par un bandit, n'importe quoi. Alors elle appelait la séraphante et celle-ci apparaissait, la sauvait et lui proposait de venir vivre dans le château avec elle. *Et elles y étaient aussi en sécurité que les étoiles dans le ciel*, concluait toujours ma mère.

– La séraphante doit être Lady Fantôme, commença Aster, exprimant ce qu'elle avait pensé quand elle avait lu la lettre dans la grange. Des filles désespérées partent à sa recherche pour qu'elle les sauve.

– Ça se tient, acquiesça Clémentine en jouant avec son bracelet. Mais il n'y a pas de château de théomite à Arketta, bien sûr, alors qu'est-ce que ça peut bien vouloir dire ?

– Et les dix griffes ? ajouta Mauve. Que sont-elles censées représenter ?

Violette haussa les épaules.

– Ma mère ne m'a jamais expliqué ces choses-là, et j'étais trop petite pour lui poser la question. J'aimais juste l'idée de vivre dans un château scintillant avec un tas d'autres filles perdues et un gentil fantôme. Je ne savais pas que c'était *Lady* Fantôme.

Aster se leva et se mit à faire les cent pas dans la petite cellule. Lady Fantôme vivait quelque part où il y avait beaucoup de théomite. Ça au moins, c'était clair.

– Une mine, peut-être ? suggéra Mauve. Vous pensez qu'elle vit dans une mine, comme les Scorpions ?

– Tu pourrais avoir raison ! dit Clémentine.

– C'est ce que je pense aussi, approuva Aster, mais si c'est le cas, comment saura-t-on où la trouver ?

De toute manière, on n'aura pas cette chance... Aster tenta d'ignorer cette voix insistante dans ses oreilles.

– Ce doit être là que les dix griffes interviennent, dit Tanaisie. Tu n'as pas d'autres détails, Violette ?

Celle-ci secoua la tête.

– J'étais jeune. Peut-être que je ne m'en souviens pas.

– On va résoudre l'énigme, dit Clémentine avec assurance.

Personne ne répondit, comme si elles voulaient toutes savourer ce rêve un peu plus longtemps.

– Où irez-vous, une fois que votre faveur aura été retirée ? demanda Tanaisie.

– Je vais me construire une jolie cabane quelque part dans les bois au nord d'Arketta, répondit aussitôt Mauve. La Balafre peut bien aller au diable. Tu vas rester avec moi, n'est-ce pas, Tanaisie ? On pourra mener une vie tranquille.

– Tant que je peux étudier la médecine d'une manière ou d'une autre, répondit celle-ci. Avant de quitter la maison d'hospitalité, je ne me rendais pas compte de tout ce qu'il me restait à apprendre.

– Pour moi, ce sera la ville, dit Clémentine. Un endroit comme Northrock, avec autant de monde... Je pourrais juste disparaître. (Elle remua, mal à l'aise.) J'emmènerais Zee, bien sûr.

Aster ne dit rien. Autrefois, l'idée que Clémentine veuille lier sa vie à celle de Zee l'aurait bouleversée au-delà des mots, mais désormais, elle le considérait comme son propre frère. Elle voulait qu'il soit là pour Clémentine.

– Et toi, Aster ? demanda Tanaisie.

– J'irai avec Clem, répondit-elle doucement.

Un sentiment sourd de solitude s'était insinué dans sa poitrine. Mauve avait Tanaisie, et Clémentine avait Zee... Près de la cascade d'Annagold, elle avait avoué à Violette qu'elle ne pouvait pas s'imaginer se rapprocher autant de quelqu'un, et c'était toujours vrai. Mais elle espérait que ça ne serait pas toujours le cas, si elles sortaient d'ici. La maison d'hospitalité lui avait déjà tellement pris.

Mais au moins, elle aurait toujours une famille en la personne de Clem. Et, peut-être...

– Je pourrais... je pourrais essayer de rejoindre les Scorpions, poursuivit-elle, en repensant à ce que sa sœur lui avait dit, qu'il n'était pas trop tard pour qu'elle vive sa propre vie. Ils pourraient faire beaucoup pour les recrues des maisons d'hospitalité, et qu'ils aillent au diable s'ils nous jugent indignes de leur aide. Je leur prouverai le contraire, à ces imbéciles. Quelqu'un doit s'occuper des filles comme nous.

– Comme la séraphante dans l'histoire ? demanda Violette en haussant un sourcil.

Aster rit, gênée.

– Peut-être. Après tout, nous avons bien aidé Adeline. Peut-être aura-t-elle une chance de mener une vie plus heureuse, maintenant. En tout cas, je l'espère. (Son cou la brûlait, et elle regarda Violette, voulant détourner l'attention de sa personne.) Et toi, Violette ? Quand ta faveur ne sera plus là, quelle sera la première chose que tu feras ?

Violette la regarda droit dans les yeux. Et à sa grande surprise, elle sourit.

– Si vous voulez bien de moi, je serais contente de rester avec vous.

Les dévoreurs revinrent ce soir-là. L'estomac d'Aster se mit à gargouiller quand elle sentit l'odeur de la nourriture que le domestique avait apportée cette fois-ci : des patates douces au four nageant dans du beurre.

– Alors, mesdames, qu'est-ce que ce sera ? les railla le plus jeune dévoreur. Êtes-vous revenues à la raison ?

Le plus âgé ne disait jamais rien, mais il effrayait encore plus Aster. Il avait les yeux d'un mort.

– Nous n'avons pas faim, répondit Aster d'un ton catégorique.

– Êtes-vous prêtes à avouer vos crimes ? demanda le plus âgé, d'une voix aussi douce que du sable mouvant.

– Là aussi, ce sera un non.

– Je suis navré de l'apprendre, répondit le jeune dévoreur en inspirant entre ses dents, avant de claquer des doigts à l'intention du domestique, qui sursauta nerveusement. Vas-y, et dis à M. McClennon qu'il n'y aura pas d'aveux ce soir. (Il se retourna vers les filles.) On sera là toute la nuit si vous changez d'avis. Vous pouvez mettre un terme à tout ça quand vous voulez.

Aster et les autres s'installèrent sur le sol dur et froid pour essayer de dormir, mais chaque fois qu'Aster commençait à s'assoupir, les dévoreurs lui envoyaient une petite pique mentale, un bref coup de panique. Elle se réveillait alors en sursaut, tremblante et nauséeuse. Elle refusait de leur faire le plaisir de montrer son désarroi, mais elle avait de plus en plus de mal à garder son calme à mesure que la nuit avançait. Elle retenait des jurons et des cris inarticulés, combattait l'envie de se jeter sur les barreaux de la cellule, déterminée à rester forte pour les autres.

Pire encore, sans sommeil, impossible d'échapper à la faim qui lui tenaillait le ventre.

Quand le matin arriva et que le domestique revint, elle avait à peine dormi et, à en juger par leurs têtes, les autres non plus.

Comme toujours, le domestique garda les yeux baissés lorsque les dévoreurs leur demandèrent si elles étaient prêtes à abandonner et à échanger leurs services contre de la nourriture. Il n'y eut pas de réponse cassante cette fois-ci, rien qu'un silence plein de haine.

– Comme vous voudrez, dit le jeune dévoreur en haussant les épaules.

Sur ce, ils les laissèrent seules, comme la veille. Dès que la porte de la cave se referma, l'atmosphère se détendit.

– Par le Voile, je me sens malade, murmura Clémentine.

– On devrait essayer de dormir en leur absence, dit Tanaisie, les yeux injectés de sang, les cheveux sortis de sa natte.

Aster ne dit rien. Elle avait déjà connu une telle faim. Sans doute l'avaient-elles toutes déjà connue, à part Violette. Elle savait d'expérience qu'elle pourrait tenir une autre journée sans nourriture, s'il le fallait. Mais si en plus les dévoreurs les privaient de sommeil...

– Celles qui veulent manger devraient manger, dit-elle finalement. McClennon aura ce qu'il veut si l'une de nous meurt.

– Il aura aussi ce qu'il veut si nous nous offrons à ces bâtards aux yeux morts, répliqua Mauve. Je n'ai pas fait tout ça pour céder maintenant.

Aster et Violette échangèrent un regard. Les autres n'étaient jamais allées avec un bluffeur. Leur résistance était compréhensible. Mais Aster... elle avait déjà franchi cette ligne pour survivre, et si cela lui permettait de les sauver aujourd'hui, elle savait qu'elle recommencerait. Pourtant, cette idée la rendait encore plus malade que la magie des dévoreurs. Mauve avait raison. Elles n'avaient pas fait tout ça pour ça.

– En tout cas, Tanaisie a raison, reprit-elle. On ferait mieux de dormir. Les morts savent qu'on ne le pourra pas ce soir.

Mais même sans dévoreurs pour la tourmenter, Aster avait du mal à trouver le sommeil. Des souvenirs de la maison d'hospitalité remontaient à la surface de son esprit, des horreurs enfouies déterrées par les dévoreurs – et avec eux, le chagrin et la honte qu'elle avait cachés tout au fond de son cœur. Ils enflaient dans sa poitrine, menaçant de l'étouffer, redoublant la peur que les dévoreurs avaient déjà imposée en elle.

Elle s'assoupissait par moments, et ses rêves étaient aussi effrayants que la réalité.

Il parut s'écouler une éternité avant que les dévoreurs reviennent avec le dîner. À ce moment-là, Aster n'avait plus d'appétit, alors même que l'odeur de la nourriture lui tordait le ventre. Il y avait dans ses entrailles un animal sauvage qui la dévorait lentement.

– Avouez, ordonna le plus jeune dévoreur, sans aucune trace d'humour cette fois.

Peut-être McClennon lui avait-il mis la pression pour qu'il obtienne des résultats.

Mais les filles gardèrent le silence.

Elles refusèrent aussi la nourriture, et le domestique la laissa par terre, hors de portée. Le plat de la veille avait commencé à tourner et des mouches grouillaient tout autour. Leur vrombissement aigu exaspérait Aster. Le pichet d'eau avait été rempli, mais étancher sa soif aiguisait encore sa faim.

Cette nuit-là, les dévoreurs jouèrent encore avec elles, mais cette fois, ils leur donnèrent des visions. Apparemment, c'était la spécialité du dévoreur le plus âgé, un don rare. Il faisait remonter des cafards marron foncé, longs comme le doigt, sur les jambes d'Aster, lui donnait des plaies suppurantes infestées d'asticots, tranchait les veines de ses bras et la forçait à regarder couler son sang.

Aster hurla. Elles hurlèrent toutes. Elle savait que ce n'était pas réel, mais elle sentait les insectes courir sur ses jambes, sentait l'odeur de décomposition de sa propre chair, avait la tête qui tournait comme si elle se vidait réellement de son sang. Le jeune dévoreur souriait en voyant qu'ils avaient enfin percé ses défenses, mais le plus âgé ne disait pas un mot, ne bougeait pas d'un pouce, restant assis, immobile comme une pierre alors qu'il les torturait.

Le matin arriva.

– Avouez, ordonna le jeune dévoreur.

Aster secoua la tête. Elle avait à peine la force de bouger. Les tortures de la nuit avaient été pires que celles qu'Aster, comme toutes les filles, avait subies quand elle était arrivée à la maison d'hospitalité.

Il désigna le domestique qui, les yeux rivés au sol, tenait un plat fumant d'œufs et de biscuits.

– Mangez, ordonna-t-il encore.

Aster regarda les autres. Tanaisie sanglotait doucement. Mauve arborait l'expression ahurie d'un lapin à l'ombre d'un aigle. Clémentine avait les yeux fermés et les genoux serrés contre sa poitrine. Violette avait un air sombre et concentré. Mais elles secouèrent toutes la tête quand Aster croisa leur regard.

Il retroussa les lèvres, et abattit sur elles une vague de chagrin en guise d'au revoir, avant de partir avec les autres.

– Qu'est-ce qu'il vous a fait voir? demanda Aster.

– Des serpents, répondit immédiatement Clémentine, les yeux luisants de larmes. Des serpents à sonnette. Je sentais leur poison dans mes veines. Comment a-t-il su? Peut-il… lire dans nos pensées?

– Non, ils ont juste beaucoup d'intuition pour trouver ce qui nous fait peur, murmura Violette.

– Mon frère était mort, dit Mauve, apathique. On aurait dit qu'il avait été battu à mort. Son visage… (Elle se tourna vers Violette.) Ce n'était pas réel, hein? Savent-ils quelque chose que j'ignore, à propos de Koda?

– Non, rien n'était réel, répondit rapidement Aster. Comme l'a dit Violette, ils sont juste doués pour nous terrifier.

– Je n'arriverai jamais à dormir après ça, dit Mauve.

Mais elles essayèrent. Quand le soir tomba et que les dévoreurs revinrent, Aster leur rappela qu'elles auraient besoin de force pour la nuit qui les attendait, et les supplia presque de la laisser au moins s'offrir à eux en échange d'un repas. Elles refusèrent catégoriquement.

– Je vous promets qu'on va s'en sortir, leur dit-elle quand le domestique s'en alla. Je le promets. Restez fortes.

– Tu ne crois même pas à ce que tu dis, se moqua le dévoreur.

Elle le foudroya du regard, s'armant de courage.

Mais au fond d'elle, elle savait qu'il avait raison.

Encore trois jours et trois nuits passèrent sans nourriture ni sommeil réparateur. Les séances de torture étaient de plus en plus affreuses. Aster se voyait infliger des visions de Clémentine en décomposition, une solitude profonde et une peur extrême, des sensations de noyade et de brûlure vive et d'être écrasée à mort. Au bout de six jours dans la prison de McClennon, elle était à peine consciente. Sa faim était devenue si féroce qu'elle avait vomi. Sa langue était épaisse et lourde dans sa bouche. L'épuisement faisait danser des spectres dans les coins de son champ de vision. Elle n'aurait su dire où se terminait l'œuvre des dévoreurs et où commençait sa propre souffrance.

Elles étaient toutes dans un sale état, mais Clémentine allait encore plus mal que les autres. Aster haïssait McClennon qui lui infligeait ça, et elle haïssait encore plus sa propre impuissance. Elle essuya le vomi sur le menton de Clémentine avec sa propre manche, regrettant de ne pouvoir faire plus.

– Aster, dit Clémentine quand le domestique fut parti avec leur petit déjeuner, d'une voix faible, épuisée. Aster, ça ne sert à rien. Je dois leur dire.

– Non, répondit Aster, bien qu'en réalité, elle aussi eût envisagé de se dénoncer, car elles ne pourraient tenir beaucoup plus longtemps. McClennon ne nous laissera pas mourir. Il ne peut pas. Sinon, il n'aura jamais la satisfaction de nous avoir brisées. Et il n'aura jamais sa réponse. Il va devoir arrêter ça.

– Ou alors il trouvera quelque chose de pire, murmura Violette.

Aster n'avait même pas la force de se mettre en colère. Elle savait que Violette avait raison. Mais elle pouvait difficilement l'admettre.

– On s'en sortira... commença-t-elle.

– Aster, je jure devant les morts que si tu dis ça encore une fois… la coupa Mauve, les lèvres craquelées, les yeux injectés de sang.

Mais Aster refusa de céder.

– C'est pourtant vrai. Clémentine, regarde-moi, dit-elle, car sa sœur s'était mise à pleurer. Tu te rappelles ce que je t'ai dit le jour de ta Nuit de chance ? Avant tout ça ? Je t'ai donné ce bracelet serpent à sonnette et je t'ai dit que tu pouvais survivre à tout. Tu survivras aussi à ça, Clem, je te le promets. Je te sortirai de là.

Clémentine regarda le bracelet, passant le doigt sur le motif diamantin sophistiqué. Elle semblait encore retenir ses larmes, mais soudain, son expression se transforma. Elle déplia lentement l'épingle à cheveux qui fermait le bracelet.

Un sourire s'épanouit sur son visage, telles des ailes se déployant pour s'envoler.

– Bon, les Chanceuses, dit-elle, s'efforçant de garder une voix calme. Laquelle d'entre vous sait forcer une serrure ?

Aster détacha soigneusement l'épingle à cheveux du bracelet. Elle était en métal flexible, et en forçant un peu, elle réussit à la casser en deux : un bout pour faire levier, comme une clé qu'on tourne, et l'autre pour mettre les goupilles en place. Un bluffeur lui avait un jour expliqué comment il avait forcé la serrure de la maison de son ancienne maîtresse. Aster se souvenait des détails.

Mais elle ne l'avait jamais fait elle-même.

– Est-ce que tu vois ce que tu fais, au moins ? demanda Clémentine.

– Suffisamment, marmonna Aster, agenouillée à côté du lourd cadenas.

Elle y inséra les deux tiges métalliques. Elle était mal

positionnée et devait se tordre le cou pour voir la serrure. Le silence se fit alors qu'elle travaillait, tout le monde écoutant le raclement du métal.

Rien.

Aster inspira pour se calmer.

– Je vais réessayer, dit-elle d'un ton léger. On ne sait pas dans quel sens la clé tourne. Il faut peut-être aller dans l'autre sens.

Elle recommença. Les tiges glissaient entre ses doigts trempés de sueur.

– Combien de temps avant que les dévoreurs reviennent ? demanda Violette, tendue.

Il était impossible de connaître l'heure. Ils pouvaient arriver à tout moment. Et même s'ils ne venaient pas tout de suite, Aster ignorait comment elles pourraient fuir le domaine sans se faire prendre.

Une chose à la fois.

– Je crois que ça vient, lança-t-elle, un flot d'excitation coulant dans ses veines.

Il y eut un cliquetis, et la serrure céda.

– Oui ! Oui ! s'exclama Mauve.

Aster se tourna vers les autres en souriant.

– Par le Voile, on a réussi...

Les portes de la cave s'ouvrirent, laissant entrer une cascade de lumière du soleil déclinant.

Le cœur au bord des lèvres, Aster se hâta de remettre le verrou en place, les mains tremblantes. Elle releva les yeux.

Et se rendit compte qu'il était trop tard.

Le domestique.

Il tenait un pichet d'eau et la dévisageait de ses grands yeux marron. Aster se tendit et soutint son regard. S'il courait les dénoncer à McClennon, elles ne pourraient jamais forcer de nouveau la serrure à temps pour le rattraper.

Elle s'humecta les lèvres et leva les mains.

– Vous devez vous dépêcher, dit le garçon, d'une voix ferme et claire. Les hommes de McClennon viennent juste de quitter le domaine. Ils pensent avoir trouvé l'éclaireur un peu au sud d'ici. Ils ne savent pas quand ils reviendront.

Clémentine émit un son désespéré. Aster s'efforçait de comprendre.

– Tu dis que les dévoreurs sont partis ? demanda-t-elle, toujours tendue.

– Je ne vais pas verrouiller les portes de la cave, répondit-il.

Il glissa le pichet à travers les barreaux et partit avant qu'elles ne puissent lui poser plus de questions. Les portes claquèrent.

Aster se tourna vers les autres et vit sa stupéfaction reflétée sur leurs visages.

– Tu penses qu'il dit la vérité ? demanda Tanaisie. Qu'il n'y a pas de dévoreurs montant la garde pour l'instant ?

– Il a aussi dit que Zee était dans les parages, ajouta Clémentine. Il faut qu'on le trouve avant les dévoreurs.

– Non, il faut qu'on s'éloigne autant que possible de cet endroit, dit doucement Violette. Zee peut se débrouiller. Tu sais qu'il en est capable.

– On ne sait même pas si ce garçon dit la vérité, fit remarquer Aster.

– Il nous a vues tripoter la serrure, répliqua Tanaisie. Et plutôt que nous menacer de nous punir, il nous a dit de fuir maintenant car ce serait peut-être notre seule chance.

– Oui, mais il a peut-être menti, répéta Aster. Ça pourrait être un piège.

Elle avait soupçonné McClennon de tenter autre chose rapidement. C'était peut-être ça. Leur laisser croire qu'elles étaient libres, et les déclarer coupables du crime d'avoir tenté de s'échapper. Elle savait qu'il fallait se méfier d'un coup de chance aussi soudain.

Clémentine essayait déjà de forcer de nouveau la serrure. Mauve jeta un coup d'œil à Aster.

– Tu penses vraiment qu'on ne peut pas lui faire confiance ? demanda-t-elle.

Aster hésita. Le jeune domestique ne s'était pas comporté comme les dévoreurs. Il n'avait pas ri de leurs souffrances et n'avait pas tenté de les convaincre d'avouer. Il avait toujours détourné les yeux quand les dévoreurs insistaient pour qu'elles leur cèdent leur corps. Lui aussi avait certainement souffert entre les mains de McClennon, et peut-être était-il lui aussi son prisonnier.

Mais surtout, Aster se surprit à penser à Violette, à Zee, à Sam et Eli. Des personnes auxquelles elle avait fait confiance malgré ses peurs, et qui le lui avaient bien rendu. Parfois, refuser de laisser sa chance à quelqu'un était plus dangereux que de lui accorder sa foi. Parfois, on ne pouvait pas y arriver seul. On avait besoin d'aide.

Et elle sentit, même si cela l'effrayait, que c'était le cas aujourd'hui.

– Non, dit-elle finalement en croisant le regard de Clémentine. Je crois qu'on peut lui faire confiance. Et je pense qu'il a raison : on doit se dépêcher.

Comme il l'avait promis, le domestique n'avait pas verrouillé les portes de la cave. Aster grimaça en entendant leur grondement quand elle les ouvrit, mais alors, l'air extérieur se déversa sur elle, clair et frais comme un ruisseau un jour d'été. Il faisait nuit, et des étoiles froides parsemaient le ciel. Aster frémit quand le vent souffla dans la cage d'escalier et se retourna vers les filles regroupées sur les marches derrière elle.

– À trois, chuchota-t-elle, espérant qu'elles n'entendraient pas la peur dans sa voix. Un... deux...

Elles partirent en courant.

Aster s'autorisa un bref moment de soulagement lorsqu'elles disparurent dans les ombres, courant le long de la maison. Pas de dévoreurs en vue. Néanmoins, elles devaient partir du principe qu'un ou deux d'entre eux étaient restés pour garder la propriété, et ils pouvaient être n'importe où.

– Dans quelle direction, Aster ? murmura Tanaisie.

Elles traversaient l'épais tapis de pelouse, pliées en deux, contournant les flaques de lumière se déversant des fenêtres du manoir. L'odeur de la terre était lourde dans les narines d'Aster.

– Il faut qu'on trouve Zee, répondit Clémentine à sa place.

– Et on le fera, mais d'abord il faut qu'on fiche le camp d'ici, dit Aster. Le garçon a dit que les dévoreurs poursuivaient Zee : comment est-on censées les combattre ?

– Mais on ne peut pas l'abandonner !

– Doucement ! supplia Aster. On va trouver un endroit où se cacher et essayer d'y voir plus clair. On pourra aller trouver de l'aide et revenir le chercher. Ou peut-être qu'il a de l'avance sur eux, et qu'on peut trouver un moyen de le rattraper.

– Mais...

– On ne peut pas aller à la rencontre des dévoreurs, Clem, l'interrompit Mauve. Pas sans nos armes et nos chevaux et... Écoute, si quelqu'un peut se montrer plus rusé que ces bâtards, c'est bien Zee. Aie un peu confiance en lui.

Clémentine céda, mais Aster sentait qu'elle était toujours inquiète. Aster l'était aussi, pas seulement pour Zee, mais pour elles. Elles n'étaient pas en état de courir longtemps. L'adrénaline lui donnait de l'énergie pour l'instant, mais elle avait déjà la tête qui tournait et les membres tremblants après près d'une semaine sans manger et presque sans dormir.

Poum. Aster se retourna en entendant ce bruit. Violette était étendue au sol.

– Violette ! chuchota-t-elle.

Elles coururent vers elle. Elle était affalée dans l'herbe, le visage pâle comme la mort et les yeux entrouverts, aveugles. Aster lui tapota la joue. Violette gémit mais ne revint pas à elle.

– Violette ! Aide-la, supplia-t-elle, désespérée, en se tournant vers Tanaisie.

– Je... Je ne sais pas si je peux... bredouilla-t-elle. Avoir arrêté le Chardon sucré, et ensuite se passer si longtemps de nourriture... Je crois que c'était trop pour son corps.

– Alors allons-y, dit Aster. Prenons-lui les jambes.

Le cœur d'Aster tambourinait douloureusement, et même en tenant chacune un membre de Violette, elles avaient à peine la force de la soulever. Aster se sentait elle-même dangereusement proche de l'évanouissement. Les ombres mangeaient les coins de son champ de vision alors qu'elle s'efforçait de tenir le bras de Violette. Et à peine avaient-elles fait quelques pas que Violette se mit à vomir.

– Vite, posez-la, mettez-la sur le côté, ordonna Tanaisie. Elle va s'étouffer.

Des coups de feu au loin.

Les dévoreurs approchaient.

Oh, par les morts...

Violette toussota faiblement. Elle s'était réveillée.

– Aster. Laissez-moi ici.

– Sûrement pas...

– Je ne peux pas suivre. Je... (Elle frémit et eut un autre haut-le-cœur, mais ne vomit rien.) Je ne veux pas que vous mouriez. Partez...

– Tais-toi, Violette, on n'ira nulle part sans toi, dit Mauve avec colère.

Elle tenta de soulever Violette, mais ses bras tremblaient violemment.

– Je vois leurs traces ! cria une voix d'homme.

Aster regarda Clémentine, la panique coulant dans ses veines.

Sa sœur mourrait si elles ne partaient pas tout de suite.

Elles mourraient toutes.

– Pour une fois... dans ta maudite vie... fais ce qu'on te demande, la supplia Violette.

Aster croisa son regard et secoua la tête.

Non. Ils vont la tuer. Non...

Les paupières de Violette se remirent à papillonner. Elle avait le regard dans le vague.

– Aster... chuchota Tanaisie.

– On y va, dit Aster, d'une voix qui parut lointaine à ses

propres oreilles, puis elle pressa la main de Violette et se releva avant de changer d'avis. Suivez-moi.

Personne ne dit rien alors qu'elles partaient en courant. Et bien que sa gorge fût serrée par des larmes qui refusaient de couler, Aster ne regarda pas en arrière.

CHAPITRE 23

Elles n'arriveraient pas à garder longtemps leur avance sur leurs poursuivants dans l'état où elles se trouvaient. Aster ne parvint même pas à se sentir soulagée lorsqu'elles passèrent de l'exposition terrifiante de la pelouse à l'abri relatif des bois. Elle n'avait aucune idée de l'endroit où elles allaient. Elle savait juste qu'elles devaient s'éloigner de McClennon.

Elles ralentirent toutes quand il fallut traverser des ronces, enjamber des racines et passer sous des branches. Elles n'avaient pas de lanternes pour éclairer leur chemin, et la lueur des étoiles leur permettait à peine de voir juste devant elles. Aucune d'elles ne parlait, et le silence était aussi lourd qu'une pierre tombale.

Tu es avec nous maintenant, Violette. Jusqu'au bout. Les mots d'Aster résonnaient à ses oreilles.

McClennon l'avait transformée en menteuse.

Soudain, un bruissement se fit entendre devant elles. Aster se figea et fit signe aux autres de l'imiter. Une silhouette d'homme apparut entre les arbres, armée d'un fusil.

Il le baissa lentement. Son sourire étincela dans le noir.

– Et moi qui pensais devoir m'introduire de force dans ce manoir.

– Zee, souffla Clémentine d'une voix tremblante.

Elle courut vers lui et il la prit dans ses bras, puis, à l'apparente surprise de la jeune fille, il l'embrassa. Il rit, gêné, lorsqu'elle s'écarta.

– Je... je pensais t'avoir perdue, dit-il. Qu'est-ce qui ne va pas ?

– Violette, répondit Clémentine d'un ton malheureux. Elle...

– Elle est restée là-bas, l'interrompit Aster.

Elles n'avaient pas le temps de fêter leurs retrouvailles avec Zee, pas plus que de se lamenter de l'absence de Violette. S'ils ne s'échappaient pas maintenant, elle se serait sacrifiée en vain.

– Il faut qu'on reparte, dit-elle.

Quelqu'un devait prendre les décisions difficiles.

– Mince, murmura Zee.

Mais il n'hésita pas et leur fit signe de le suivre plus profondément dans les bois.

– On nous a dit que les dévoreurs étaient à ta poursuite, dit Tanaisie, qui semblait à bout de souffle.

Elles l'étaient toutes. Mais en même temps, c'était un miracle qu'elles tiennent encore debout.

– Ils l'étaient... ils le sont, répondit Zee. Quand j'ai compris que vous aviez toutes été capturées par McClennon, je vous ai pistées jusqu'au domaine. Depuis, je cherche un moyen de contourner les dévoreurs qui gardent la propriété, mais ils sont trop vigilants, et j'ai toujours dû battre en retraite avant d'avoir eu une chance d'entrer. Finalement, ce soir, l'un d'eux m'a repéré et une minute plus tard, ils s'élançaient tous après moi. J'ai réussi à conserver mon avance sur eux, mais je ne savais pas où aller, jusqu'à ce que je vous entende trébucher dans les bois, à l'instant même.

– Tu as quelque chose à manger ? demanda Mauve.

– Quelque chose à manger ?

– McClennon nous a affamées, expliqua Clémentine.

– Le sale bâtard, souffla Zee d'un air sombre. Il y a une vieille maison sainte abandonnée où j'ai trouvé refuge. Il me reste quelques provisions là-bas. Je vais vous y emmener.

Elles lui racontèrent leur captivité tout en marchant aussi vite que possible dans la forêt. Aster avait l'impression d'être une somnambule évoluant dans un cauchemar. Elle était terrifiée à l'idée que les dévoreurs les rattrapent, d'autant plus qu'ils étaient à cheval tandis qu'eux se déplaçaient à pied. Mais Zee restait concentré et les guidait dans le noir tout en effaçant leurs traces.

– On y est, dit-il enfin en désignant la maison sainte.

C'était sans doute là que les domestiques qui travaillaient pour les McClennon avaient autrefois prié, se dit Aster. Il y avait aussi quelques maisons délabrées. Elle se demanda où vivaient ses employés désormais. Quelque chose dans ces bâtiments vides lui semblait de mauvais augure.

Mais tout valait mieux que la cave de McClennon.

– On ne peut s'arrêter qu'un moment, les prévint Zee alors que Tanaisie s'effondrait sur l'un des bancs. Les dévoreurs vont nous trouver si on passe la nuit ici.

Il plongea sous le pupitre et ressortit avec une besace et une gourde. Il les leur fit passer. La besace contenait du porc salé et du pain sec. Aster n'avait jamais été aussi heureuse de voir de la nourriture insipide.

– On devrait partir directement à la recherche de Lady

Fantôme, dit Clémentine, la bouche pleine. Violette nous a expliqué comment la trouver.

– Vraiment ? demanda Zee.

– En quelque sorte, répondit Aster en refoulant son chagrin. Elle nous a donné un indice. As-tu entendu parler d'un endroit qui s'appellerait les Dix Griffes ? On pense que Lady Fantôme pourrait se cacher dans une mine de théomite abandonnée là-bas.

Soudain, cela lui parut stupide d'espérer quoi que ce soit de cette histoire : que les Dix Griffes existent, que Lady Fantôme vive là-bas, que la mère de Violette ait su ces choses et qu'elles aient interprété correctement son récit. Soudain, toutes ces hypothèses lui apparaissaient comme les espoirs stupides de personnes ayant désespérément besoin de se raccrocher à quelque chose. Et peut-être l'avaient-elles toujours été.

Mais à sa grande surprise, Zee hocha lentement la tête.

– Les Dix Griffes ? Je ne connais pas ce nom. En revanche, il y a deux collines au nord d'ici qui, d'après les gens du coin, ressemblent à deux pattes de chat, et une mine dans la vallée entre elles. Je pense qu'on devrait au moins aller y jeter un coup d'œil.

– C'est proche d'ici ? demanda Aster.

Elle retint son souffle. Pour ce qu'elle en savait, un autre voyage d'un mois les attendait peut-être. Un voyage auquel elles auraient du mal à survivre.

Mais alors, le sourire de Zee réapparut.

– On peut y être après-demain.

Aster sut qu'elles étaient au bon endroit dès qu'elle aperçut les deux collines au loin. Ce n'étaient pas des collines rouge sombre comme dans la Balafre, mais vert profond, comme les forêts du nord d'Arketta, et les roches grises pointues formaient dix pics déchiquetés, qui ressortaient nettement contre le ciel bleu.

L'espoir d'Aster s'envola aussi haut que les collines elles-mêmes et elle éprouva une légèreté soudaine dans sa poitrine. Elle tenta de la réprimer. Ces deux dernières journées à marcher dans les bois, à manger ce qu'ils pouvaient trouver, à dormir à la dure sans le confort de leurs couvertures et de leurs tapis de sol avaient été interminables. Aster ne s'était pas encore complètement remise de sa captivité, ni du choc d'avoir perdu Violette. Aucune d'elles n'y était parvenue, semblait-il. Elle se sentait nerveuse, peu sûre d'elle, comme si son esprit était un miroir brisé dont les morceaux n'avaient pas été entièrement recollés, comme si son corps était un épouvantail remuant dans le vent. Elles avaient parcouru tellement de chemin, enduré tellement d'épreuves, qu'elle ne savait pas comment elles trouveraient la force de continuer s'il s'avérait que Lady Fantôme n'était pas là. Toute cette histoire n'était peut-être que ça, justement : une histoire. Ou pire, un piège créé pour attirer des idiotes crédules dans les bras de la police.

Désormais, sa peur était comme une vieille amie qui ne voulait que le meilleur pour elle. Mais depuis qu'elle avait quitté Green Creek, elle avait appris que cette amie n'avait pas toujours raison. Il lui avait fallu du courage pour s'échapper de la maison d'hospitalité, et il lui en faudrait encore pour terminer sa mission.

– On est sûrs que c'est le bon endroit ? demanda Clémentine, traçant du bout des doigts le contour de sa faveur.

Comme sa sœur, elle semblait craindre de trop espérer. Mais Aster hocha la tête.

– Je trouve que ça ressemble à deux pattes de chat. Du moins, autant que c'est possible pour des collines. Tu es déjà venu ici, Zee ?

– Non, mais j'ai rencontré des collègues qui connaissent cet endroit. D'après eux, c'est l'enfer en hiver, dans la vallée. La ville qui était là a disparu depuis longtemps.

Il n'y avait aucune raison de ne pas continuer, mais ils restaient tous plantés là, silencieux à l'orée de la forêt, hésitants, saisis par la même peur.

Et puis Aster fit un pas en avant.

L'air était pur et froid ici, pas aussi mordant que celui qui descendait sur la Balafre après le coucher du soleil, mais suffisamment pour qu'elle ait la chair de poule sous les manches de sa chemise quand ils quittèrent l'abri des arbres et se dirigèrent vers la ville abandonnée en contrebas. Comme il faisait encore jour, il n'y avait aucun signe des errants qui, à n'en pas douter, s'étaient emparés des lieux. Aster n'osait imaginer cet endroit la nuit. Elle avait l'impression d'être surveillée alors qu'elle marchait en silence dans ce labyrinthe d'immeubles vides.

Finalement, Zee les conduisit à l'entrée d'un puits de mine. Il n'y avait pas de symboles gravés dans le bois pour indiquer qu'il s'agissait d'un endroit particulier. Il s'arrêta là, l'air dubitatif, mais ne voulant rien dire. Aster le poussa doucement pour passer devant lui.

– Venez, dit-elle d'une voix ferme.

Cela faisait un peu plus d'un mois qu'elles s'étaient échappées de Green Creek, plus d'un an depuis la Nuit de chance d'Aster, une décennie entière que ses parents l'avaient vendue.

– On a assez attendu.

Zee alluma une lanterne et ils descendirent dans le puits. Il était encore en plus mauvais état que celui de Pince-Rouge : il n'y avait pas de sentier en planches pour les guider à travers les débris, et à un moment, elles durent même escalader un éboulement. Personne ne parlait, mais le silence était aussi chargé que l'atmosphère pendant un orage. Aster sentait leur excitation et leur inquiétude grandir à chaque pas.

Quand ils parvinrent en bas, deux jeunes femmes les attendaient, chacune armée d'un fusil voltrique.

La femme de gauche avait rasé ses cheveux blond-blanc dans une coupe militaire, tandis que celle de droite avait enveloppé ses épais cheveux noirs dans un foulard. Elles portaient des robes noires à manches longues identiques et une écharpe grise tombant de l'épaule à la hanche, et elles avaient aussi des faveurs : des sortes d'oiseaux. Cette vision démoralisa Aster, et la déception écrasa son cœur dans son poing. Si elles avaient des faveurs... si Lady Fantôme ne pouvait pas retirer cet enchantement...

Lady Fantôme était-elle seulement là ?

Quelqu'un était là, en tout cas. Derrière les deux femmes, un tunnel était éclairé par la lueur jaune et chaleureuse de lanternes.

Les femmes ne souriaient pas et ne parlaient pas, attendant qu'elles se présentent.

Aster déglutit.

– Nous sommes ici pour Lady Fantôme, dit-elle sans grand espoir, avant de se tourner pour leur montrer sa faveur. Nous... nous venons de loin.

Finalement, la femme à gauche sourit faiblement. Elles baissèrent leurs armes. La femme à droite leur fit signe d'avancer.

– Suivez-moi, dit-elle.

Les deux femmes les précédèrent dans le tunnel jusqu'à un espace ouvert presque aussi vaste que la salle de réception de Green Creek, avec des lampes de mineurs pendues au plafond qui déversaient leur lumière dans tous les coins. Cette pièce rappelait un peu à Aster la salle de rassemblement de Pince-Rouge, avec ses rangées de longues tables et une table plus petite à l'avant pour les dirigeants. Plusieurs tunnels plus petits partaient de cette salle centrale, menant peut-être aux zones de couchage et de stockage. Environ vingt femmes étaient assises aux longues tables et discutaient tout en dînant, mais la table à l'avant n'était occupée que par une femme plus âgée qui se leva et se dirigea vers Aster et les autres. Comme toutes les autres, elle portait une robe noire et une écharpe grise. Sa peau était blanche et ridée, ses cheveux fins et cendrés tombant autour de son visage creusé. Le silence se fit lorsqu'elle s'approcha d'Aster.

Celle-ci éprouva le besoin absurde de faire une révérence ou de s'incliner ou de la remercier ou de s'excuser. Elle avait les larmes aux yeux, la gorge serrée. C'était vrai, alors, l'histoire était vraie, Lady Fantôme était réelle...

– Bienvenue, dit la femme en souriant avec douceur. Je suis Lady Fantôme.

Aster tendit le bras pour lui serrer la main, mais la femme blonde à côté d'elle prit la parole.

– Et je suis Lady Fantôme, dit-elle.

– Et je suis Lady Fantôme, dit la femme à la peau noire avec le foulard dans les cheveux.

Les femmes assises aux tables répétèrent en chœur : « Je suis Lady Fantôme. »

Aster regarda autour d'elle, perplexe. Elle se tourna vers Clémentine.

– Je ne comprends pas, bredouilla-t-elle. C'est une blague ? Un test... ?

– C'est la vérité, répondit la femme âgée. Il n'y a jamais eu une seule Lady Fantôme. Elle est nous toutes, qui travaillons ensemble. Les histoires que vous avez entendues, nous avons toutes contribué à les raconter. (Elle désigna la table à l'avant de la salle.) Venez vous asseoir avec moi, et je vous expliquerai tout.

Les deux femmes qui les avaient escortées repartirent garder l'entrée de la mine tandis que Lady Fantôme – Aster se demandait comment elle s'appelait vraiment – retournait à sa table, lentement, comme si cela lui était douloureux. Aster et les autres échangèrent un regard. Elles semblaient aussi perplexes qu'elle, mais leur excitation palpitait encore, plus forte que jamais.

Elles allaient enfin obtenir des réponses.

Les autres Lady Fantôme se remirent à manger et à parler entre elles. Aster ne put s'empêcher de remarquer, comme elle passait devant elles, qu'elles avaient toutes des faveurs. Certaines plus estompées que d'autres, mais tout de même... peut-être fallait-il longtemps pour les enlever ? Des années, même ? Aster se gratta le cou, mal à l'aise.

– Voilà, dit Lady Fantôme en leur faisant signe de s'asseoir.

Ils se glissèrent tous sur le banc en face d'elle. Mauve, Tanaisie et Clem vrombissaient presque d'impatience, mais

Aster demeurait sur la réserve – elle n'arrêtait pas de penser à Violette, dont la foi les avait conduites jusqu'ici. Certes, elle les avait emmenées à Northrock pour ses propres fins, mais elle avait toujours cru qu'elle leur laisserait les indications pour venir ici. Zee tripotait ses manches, l'air plus gêné que jamais. Peut-être se sentait-il aussi peu à sa place ici qu'Aster parmi les Scorpions.

Aster était assise juste en face de Lady Fantôme. Et elle aussi avait une faveur : des pierres précieuses ternies parsemaient sa joue et son cou. Le doute s'insinua de nouveau dans le cœur d'Aster.

Lady Fantôme suivit son regard.

– On ne peut pas s'en débarrasser, dit-elle, répondant à sa question silencieuse. C'est juste une partie du mythe, je le crains. Mais la plupart des filles que nous aidons arrivent à trouver du travail à Ferron malgré leurs faveurs.

– Attendez... Ferron ? demanda Clémentine d'une voix haut perchée, haletante.

– C'est ce que nous faisons ici : nous aidons les filles à passer la frontière de Ferron et à commencer une nouvelle vie. Il y a encore beaucoup de personnes mal intentionnées là-bas – ce n'est pas parfait, je ne vais pas vous mentir –, mais il n'y a pas de dettes de sang-de-poussière, pas de dévoreurs, pas de vengeants, pas de propriétaires terriens. Vous serez enfin libres.

Les cinq amis la dévisageaient, incrédules. Pendant un moment, ils gardèrent tous le silence. Les Scorpions étaient encore à des années de trouver un passage sûr jusqu'à Ferron, et personne d'autre n'y était parvenu.

– Vous êtes sérieuse ? chuchota Clem.

– Je ne pensais pas que c'était possible, dit Mauve en secouant la tête.

Lady Fantôme sourit.

– Bien plus de choses qu'on ne le croit sont possibles en ce monde, répondit-elle.

– À part nous débarrasser de nos faveurs, lança Aster, incapable de se retenir.

Elle ne pouvait réprimer un sentiment de défaite. Elles étaient venues jusqu'ici pour se faire retirer leurs faveurs, et elle savait désormais que cela n'arriverait jamais. La perspective de fuir à Ferron ne pouvait effacer la question qui remuait dans son ventre : comment pourrait-elle réellement laisser la maison d'hospitalité derrière elle si celle-ci s'affichait sur sa peau même ?

Tu n'aurais jamais pu la laisser derrière toi, aussi loin que tu ailles, répondit une petite voix. Cette pensée l'emplissait de chagrin, ce qui n'était pas étonnant, mais aussi de soulagement, ce qui l'était. Au moins, elle pouvait enfin arrêter de courir.

Green Creek ferait toujours partie d'elle, qu'elle porte sa faveur ou non. Elle ne pouvait pas changer le passé.

Mais elle n'était pas non plus obligée de le laisser décider de son avenir.

– Oui, répondit doucement Lady Fantôme. À part ça.

– Passer la frontière, répéta Clémentine d'une voix incertaine. Est-ce que ça coûte beaucoup ? Parce que...

Lady Fantôme secoua la tête.

– Il n'y a pas de prix fixe. Quand tout a commencé, ça nous coûtait environ mille aigles par tête de faire passer la frontière et de nous occuper des arrangements nécessaires à Ferron. Mais nous n'avons jamais exigé que les femmes que nous aidions nous remboursent intégralement, et maintenant nous sommes mieux organisées, alors... Tout ce que vous pourrez donner sera le bienvenu. Mais la seule chose dont nous ayons vraiment besoin, c'est d'une réponse à cette question : voulez-vous que nous vous aidions à trouver une nouvelle vie de l'autre côté de la frontière ?

– Alors, là, carrément ! s'exclama Mauve, et Tanaisie éclata de rire.

Elles se tournèrent l'une vers l'autre pour s'embrasser, tout excitées, puis elles se séparèrent, un grand sourire aux lèvres.

– Ferron ! On va à Ferron !

Leur enthousiasme remonta le moral d'Aster. Si ce n'était pas le rêve auquel elles s'étaient toutes raccrochées pendant ces journées interminables à cheval et dans la cave de McClennon, c'était peut-être parce qu'on ne leur avait pas proposé cette option-là. En regardant Tanaisie et Mauve, Aster comprit que c'était encore mieux que ce qu'elles avaient imaginé.

– Est-ce que Zee peut venir ? demanda Clémentine. On ne serait jamais arrivées jusqu'ici sans lui, et il est aussi en danger que nous pour nous avoir aidées.

– On va se débrouiller, alors, répondit Lady Fantôme en regardant Zee, dont le visage se détendit dans un sourire de gratitude.

Clémentine et lui s'embrassèrent, les yeux fermés. Zee caressa la tête de Clémentine, qui enfouit le visage dans son cou. Et l'espace d'un instant, la poitrine d'Aster se gonfla d'émotion alors qu'elle les regardait, heureux, en route pour la liberté.

C'était pour ça qu'ils avaient tout risqué, et ça valait bien toutes les difficultés qu'ils avaient rencontrées en chemin.

Clem prit la main d'Aster, et ils se mirent tous les quatre à mitrailler Lady Fantôme de questions.

– Comment est la vie à Ferron ?

– C'est vrai qu'ils ont des trains voltriques qui roulent sous terre ?

– Est-ce qu'on pourra voir un film en mouvement ?

Aster avait beaucoup de questions elle aussi, mais d'un autre ordre. Pourquoi n'était-elle pas aussi excitée qu'eux ? Pourquoi ne pouvait-elle pas profiter de ce moment ? Elle pensait toujours à Violette, mais les autres aussi, évidemment, et de toute manière, ce n'était qu'une partie de l'explication. Violette ne serait pas la seule fille qu'elles laisseraient derrière elles. Il y en avait d'autres. Des filles dont elle n'avait jamais vu le visage, dont elle ne connaîtrait jamais le prénom. Aster pensa à Adeline, enfermée dans sa cage roulante. Elles avaient réussi à la sauver, mais il y en avait tellement d'autres comme elle, en route pour une maison d'hospitalité ou y étant déjà emprisonnées.

Et Lady Fantôme continuera de se battre pour elles. Ce n'est pas ta responsabilité. Clémentine, si. Tu l'as sortie de là. Tu mérites d'être libre.

Mais tout le monde méritait d'être libre. Tout le monde méritait de ressentir ça.

Aster regarda ses amis, tous trop enthousiastes pour remarquer son silence, l'isolement que lui causait son indécision. Elle avait le ventre noué, douloureux.

Si Clémentine est sous ta responsabilité, ça veut dire que tu ne peux pas la laisser. Elle a encore besoin de toi.

Mais était-ce vraiment le cas ? Elle avait Mauve et Tanaisie.

Elle avait Zee. Et elle s'avait, elle. Clem avait grandi au cours de ce dernier mois, si difficile que ce soit pour Aster de l'admettre. Elle comprendrait.

Je suis fatiguée, pensa Aster. C'était son dernier argument, et il faillit la convaincre. Tout ce qu'elle avait voulu, toute sa vie, c'était fuir la Balafre. Elle avait la possibilité de passer le reste de sa vie à Ferron avec les gens qu'elle aimait. C'était un rêve aussi beau que tous ceux qu'elle s'était inventés, petite fille – plus beau encore, parce qu'il était réel.

Mais alors, elle se souvint de sa conversation avec Eli, de la vérité qu'il avait assénée, d'une voix douce mais sûre. Il avait dit qu'il le devait aux autres, si injuste que ce soit d'être obligé de se battre.

Aster voulait aider les femmes sang-de-poussière de la même façon que lui et son frère aidaient les hommes. Les Scorpions et Lady Fantôme avaient déjà fait un bien incommensurable chacun de leur côté. Mais si quelqu'un parvenait à les réunir...

– Je... je veux rester, annonça-t-elle finalement en regardant d'abord Clémentine, puis Lady Fantôme.

Elle déglutit malgré la boule dans sa gorge. Raffermit sa voix.

– Je veux rester à Arketta et me battre à vos côtés.

– Aster, non ! s'exclama Clémentine. C'est trop dangereux. On a finalement réussi, tu ne peux pas repartir maintenant...

– Je suis sûre de moi, Clem, dit doucement Aster. Je vais retourner chercher Violette. Je vais toutes les chercher.

Pendant un moment, Lady Fantôme conserva une expression sérieuse, puis son sourire réapparut.

– Eh bien, si c'est vraiment ton souhait, nous serions honorées de t'avoir parmi nous. Mais tu n'es pas obligée de te décider tout de suite. Tu y verras plus clair après une bonne nuit de sommeil.

Aster hocha la tête, bien qu'elle se sentît plus sûre d'elle à chaque instant.

– Vous devez tous être très fatigués, reprit Lady Fantôme. Et si je vous accompagnais là où vous dormirez ce soir ?

Elle se leva et leur fit signe de la suivre.

Elles passèrent une semaine aux bons soins de Lady Fantôme, à se reposer, à se soigner et à se préparer pour leur prochain voyage. Un chariot emmènerait Clémentine, Tanaisie, Mauve et Zee jusqu'au point où ils passeraient la frontière le lendemain matin. Ils avaient tous demandé à connaître les détails de cette expédition, curieux de savoir comment il était possible de franchir une frontière qu'aucun sang-de-poussière n'avait apparemment jamais réussi à franchir, mais Lady Fantôme avait répondu que, pour l'instant, il valait mieux que peu de gens soient au courant, même parmi les personnes de confiance. « Disons simplement que cela demande beaucoup de travail et de bravoure, et des connexions importantes des deux côtés de la frontière. »

Aster n'aurait jamais cru qu'on pouvait se sentir aussi heureuse et aussi triste à la fois.

Clémentine grimpa dans son lit, et Aster la prit dans ses bras et déposa un baiser sur le sommet de son crâne.

– Tu es sûre que tu ne veux pas venir avec nous, Aster ? Vraiment sûre ?

Aster garda le silence pendant un long moment.

– C'est juste que je n'arrête pas de penser à toutes les filles comme nous qui sont encore là-bas. Des filles qui n'ont pas la chance d'avoir quelqu'un qui veille sur elles. C'est un tel miracle qu'on soit parvenues jusqu'ici, Clem. On avait une chance sur mille. Il est grand temps que quelqu'un augmente cette probabilité.

– Je sais, soupira Clémentine. C'est juste que je ne suis pas prête à ce que nos chemins se séparent. Je n'ai jamais vécu sans toi.

Aster sentit son souffle s'accélérer. Une pointe de doute la traversa. Peut-être que Clémentine n'avait plus besoin d'elle, mais si elle avait encore besoin de sa petite sœur ? Car Aster savait sans le moindre doute qu'elle n'aurait jamais survécu à ce voyage sans la lumière de sa sœur pour éclairer ses propres ténèbres. Elle n'aurait jamais survécu à la maison d'hospitalité si elle avait dû affronter seule ces horreurs.

Mais Aster aurait les autres Lady Fantôme... et elle aurait Clémentine, aussi. Le temps et la distance ne signifiaient rien au-delà du Voile. D'une manière ou d'une autre, dans un monde ou un autre, elles seraient toujours ensemble.

Des larmes mouillaient les joues d'Aster. Quand avait-elle pleuré pour la dernière fois ? Elle ne s'en souvenait même pas.

– Le moment venu, je viendrai te rejoindre, dit-elle dans un murmure. On se retrouvera, d'accord ?

Clémentine hocha la tête, et Aster sentit qu'elle pleurait aussi. Elle la serra encore plus fort contre elle et l'embrassa de nouveau, et quelques instants plus tard, elles s'endormirent.

CHAPITRE 24

Trois semaines plus tard

– Tu es sûre ? demanda la femme blonde.

Robin. Elle s'appelait Robin, comme l'avait appris Aster.

Elle avait beaucoup appris ces dernières semaines – elle avait appris comment les Lady Fantôme faisaient passer les filles de l'autre côté de la frontière, et qu'un sang-pur qui travaillait dans un bureau du gouvernement participait à leurs actions. Elle avait appris que sa camarade de chambre lui faisait penser à Clémentine, et que c'était parfois réconfortant, parfois insupportable. Et elle avait pris conscience de tous les risques que prenaient chaque jour les Lady Fantôme pour faire leur travail.

Mais il restait certaines choses qu'elle ignorait et en lesquelles elle ne pouvait qu'avoir foi, parce qu'elle le sentait dans son cœur : que les autres s'étaient installés à Ferron, qu'ils commençaient leur nouvelle vie là-bas. Et que ceci, ce qu'Aster faisait à présent, était exactement ce qu'elle était censée faire.

Aster hocha la tête, essayant de ne pas regarder l'aiguille

dans la main de Robin, ni l'encre à côté d'elle : de l'encre du Voile, dont on se servait pour faire les tatouages qu'on ne pouvait pas cacher, qui vous brûlaient quand vous essayiez de les dissimuler. Sa première faveur avait été un viol, ni plus ni moins. Ils l'avaient immobilisée, lui avaient fait du mal, avaient laissé leur marque sur elle pour toujours. Mais malgré tout ce qu'ils lui avaient pris, ils ne lui enlèveraient pas son avenir. Cette faveur serait différente. Elle avait choisi ce combat. Elle ne fuirait plus, elle ne se cacherait plus... elle n'aurait plus honte.

– Je crois que tu dois être la première à faire quelque chose comme ça, marmonna Robin en nettoyant délicatement le cou et le visage d'Aster avec un tissu. Ça va faire parler les autres filles.

– Les autres filles parlent toujours, répondit Aster avec un demi-sourire. Autant leur donner un sujet de conversation.

Elle avait pu toutes les rencontrer désormais, et bientôt elle serait l'une d'entre elles, elle ferait le travail qu'il fallait faire.

– Très bien, détends-toi, alors, dit Robin en lui rendant son sourire.

Puis elle appuya l'aiguille sur la peau d'Aster. Celle-ci ne bougea pas. Ça brûlait, mais pas plus que sa faveur quand elle la couvrait. Mais celle-là... celle-là, elle serait fière de la montrer. Elle représenterait tout ce qu'elle avait surmonté. Sa vie de fille de l'aube, quand elle redoutait chaque matin le lever du soleil, et sa vie de fille du crépuscule, quand elle craignait son coucher. Toute sa vie de sang-de-poussière, debout au soleil sans une ombre à ses pieds.

Elle ne resterait plus jamais dans l'obscurité pour cacher qui elle était.

Quand Robin eut terminé, elle sourit à Aster.

– Ça va ?

Aster hocha la tête. Robin la conduisit jusqu'au miroir et Aster contempla son propre visage. Sa peau marron avait foncé après ces semaines sur la route. La cicatrice sur sa joue était aussi irrégulière que la Balafre elle-même. Son regard était plus âgé, mais ses yeux brillaient vivement de toutes ces nouvelles possibilités. Ce n'était plus Aster qui lui rendait son regard, mais Dawn, la fille qu'elle avait été autrefois, la femme qu'elle espérait devenir.

Et sur le côté de son visage, descendant dans son cou, dessinant des rayons lumineux autour des pétales sur les bords de sa joue : sa faveur transformée en soleil levant.

REMERCIEMENTS

Les remerciements pour un premier roman pourraient facilement être aussi longs que le roman lui-même. De nombreuses personnes m'ont accompagnée jusqu'à cette étape dans ma vie d'écrivain, et je leur en suis incroyablement reconnaissante.

Tout d'abord, je veux remercier l'équipe éditoriale de Dovetail, Lynn Weingarten et Marianna Baer. Vous êtes ma tour de contrôle : *Les Filles de la chance* ne serait jamais sorti de terre ni n'aurait survécu aux turbulences sans vos conseils constants. Je ne pourrais vous remercier assez pour les séances de brainstorming, les paroles d'encouragement, et vos retours pertinents et complets. Cette histoire, entre autres thèmes, traite du pouvoir que l'on obtient en comprenant sa propre colère et ses propres peurs et en les transformant en quelque chose de bien. Merci de m'avoir aidée à traduire les miennes dans ces pages.

Je dois aussi remercier ma formidable éditrice Melissa Frain pour son soutien infaillible depuis le début. Un énorme merci aussi au reste de l'équipe Tor : Melanie Sanders, ma relectrice à l'œil de lynx ; Saraciea Fennell, ma publicitaire ; et Elizabeth Vaziri, l'assistante éditoriale – d'assistante à une autre, je sais que rien n'est possible sans ton travail acharné.

À mes autres mentors dans l'édition pour jeunes adultes, un

énorme merci pour m'avoir entraînée dans ce monde et m'avoir aidée à m'y déplacer. Cheryl Klein : je ne serais jamais sortie de notre coin du Midwest si tu ne m'avais pas offert la possibilité de travailler avec toi et ne m'avais pas encouragée à continuer d'écrire. Jill Santopolo : tes conseils m'ont donné tellement plus confiance en mon travail, et je n'aurais jamais pu écrire ce livre si tu ne m'avais pas montré la bonne direction. Un immense merci à vous deux.

Je suis tout aussi reconnaissante à ma famille fantastique de la New School MFA, qui m'a offert la communauté dont chaque écrivain a besoin pour garder la raison. Un remerciement particulier à Darcy Rothbard, ma partenaire critique, pour avoir lu mes pires premiers jets, pour m'avoir sortie de problèmes d'intrigue autour d'un verre, et pour avoir répondu à mes textos paniqués à trois heures du matin. Je ne m'en serais jamais sortie sans ton aide.

J'ai aussi eu certains des meilleurs professeurs d'écriture du monde. Tous les écrivains disent ça, mais ça n'en est pas moins vrai ! Mary Klayder en particulier, je ne peux te remercier suffisamment de tout l'amour et du soutien que tu apportes à tes élèves. Tu m'as donné tellement de courage pour dire ma vérité. Et à Mme McCormick, la première enseignante que j'ai eue qui me ressemblait et la première à m'avoir dit que j'avais quelque chose d'unique à offrir au monde grâce à mon écriture : merci d'avoir donné à cette jeune fille noire l'espoir de rêver.

Je me suis plongée dans des recherches pour écrire cette histoire, et quelques livres m'ont été particulièrement utiles :

The Half Has Never Been Told : Slavery and the Making of American Capitalism, d'Edward E. Baptist.

Slavery by Another Name : The Re-Enslavement of Black Americans from the Civil War to World War II, de Douglas A. Blackmon.

Enterre mon cœur à Wounded Knee : une histoire américaine, de Dee Brown.

Wicked Women : Notorious, Mischievous, and Wayward Ladies from the Old West, de Chris Enss.

Gateway to Freedom : The Hidden History of the Underground Railroad, d'Eric Foner.

Sex Trafficking : Inside the Business of Modern Slavery, de Siddharth Kara.

Girls Like Us : Fighting for a World Where Girls Are Not for Sale, an Activist Finds Her Calling and Heals Herself, de Rachel Lloyd.

Ces ressources m'ont été très précieuses, et cette histoire est infiniment meilleure grâce à elles. Un immense merci à ces écrivains. Merci, aussi, à mes relecteurs experts en relations humaines, qui m'ont aidée à écrire des émotions justes. Toute erreur dans le texte est uniquement la mienne.

Et, finalement, j'aimerais remercier ma famille, pour son amour et son soutien infaillibles. Vous lisez mes histoires depuis que je les écris au crayon de papier et les attache avec des agrafes. Celle-ci nous appartient à tous.

D'autres livres

Wiz Albin Michel

Jennifer BELL, *Les Extraordinaires. Les Mystères de Londinor*
Jennifer BELL, *Les Extraordinaires. Le Sablier Fumant*
Jennifer BELL, *Les Extraordinaires. L'Armée des spectres*
Roshani CHOKSHI, *Aru Shah et la lampe du chaos*
Roshani CHOKSHI, *Aru Shah et le royaume naga*
Neil GAIMAN, *Coraline*
Neil GAIMAN, *L'Étrange Vie de Nobody Owens*
Neil GAIMAN, *Odd et les géants de glace*
Ben GUTERSON, *Winterhouse Hôtel*
Ben GUTERSON, *Retour à Winterhouse Hôtel*
Inbali ISERLES, *Foxcraft. Les Possédés*
Inbali ISERLES, *Foxcraft. Les Anciens*
Inbali ISERLES, *Foxcraft. Le Mage*
Stephen KING, *Brume*
Stephen KING, *Le Corps*
Rick RIORDAN, *Percy Jackson. Le Voleur de foudre*
Rick RIORDAN, *Percy Jackson. La Mer des monstres*
Rick RIORDAN, *Percy Jackson. Le Sort du Titan*
Rick RIORDAN, *Percy Jackson. La Bataille du Labyrinthe*
Rick RIORDAN, *Percy Jackson. Le Dernier Olympien*
Rick RIORDAN, *Percy Jackson et les dieux grecs*
Rick RIORDAN, *Héros de l'Olympe. Le Héros perdu*
Rick RIORDAN, *Héros de l'Olympe. La Fils de Neptune*
Rick RIORDAN, *Héros de l'Olympe. La Marque d'Athéna*
Rick RIORDAN, *Héros de l'Olympe. La Maison d'Hadès*
Rick RIORDAN, *Héros de l'Olympe. Le Sang de l'Olympe*
Rick RIORDAN, *Kane Chronicles. La Pyramide rouge*
Rick RIORDAN, *Kane Chronicles. Le Trône de feu*
Rick RIORDAN, *Kane Chronicles. L'Ombre du serpent*
Rick RIORDAN, *Magnus Chase et les dieux d'Asgard. L'épée de l'été*
Rick RIORDAN, *Magnus Chase et les dieux d'Asgard. Le Marteau de Thor*
Rick RIORDAN, *Magnus Chase et les dieux d'Asgard. Le Vaisseau des damnés*
Rick RIORDAN, *Les Travaux d'Apollon. L'Oracle caché*

Rick RIORDAN, *Les Travaux d'Apollon. La Prophétie des ténèbres*
Rick RIORDAN, *Les Travaux d'Apollon. Le Piège de feu*
Rick RIORDAN, *Les Travaux d'Apollon. Le Tombeau du tyran*
Jonathan STROUD, *La Trilogie de Bartiméus I. L'Amulette de Samarcande*
Jonathan STROUD, *La Trilogie de Bartiméus II. L' Œil du golem*
Jonathan STROUD, *La Trilogie de Bartiméus III. La Porte de Ptolémée*
Jonathan STROUD, *L'Anneau de Salomon*
Jonathan STROUD, *Les Héros de la vallée*
Jonathan STROUD, *Agence Lockwood & Co. Chasseurs de fantômes. Le Manoir de Combe Carey*
Jonathan STROUD, *Agence Lockwood & Co. Chasseurs de fantômes. Le Crâne qui murmure*
Jonathan STROUD, *Agence Lockwood & Co. Chasseurs de fantômes. Le Garçon fantôme*
Jonathan STROUD, *Agence Lockwood & Co. Chasseurs de fantômes. L'Ombre qui parlait aux morts*

Logo Wiz : Caroline Ancelot

Composition IGS-CP
Impression CPI Bussière en mai 2021
Éditions Albin Michel
22, rue Huyghens, 75014 Paris

ISBN : 978-2-226-43507-1
ISSN : 1637-0236
N° d'édition : 23021/01 – N° d'impression : 2050145
Dépôt légal : juin 2021
Loi n° 49-956 du 16 juillet 1949 sur les publications destinées à la jeunesse.
Imprimé en France.